陆勇———口述

高仲泰———著

我不是药神

同名电影原型

陆勇

经历纪实

人民东方出版传媒
People's Oriental Publishing & Media

东方出版社
The Oriental Press

图书在版编目（CIP）数据

我不是药神：同名电影原型陆勇经历纪实／陆勇口
述；高仲泰著. —北京：东方出版社，2022.7
ISBN 978-7-5207-2756-3

Ⅰ.①我… Ⅱ.①陆… ②高… Ⅲ.①纪实文学—中
国—当代 Ⅳ.① I25

中国版本图书馆 CIP 数据核字（2022）第 064393 号

我不是药神：同名电影原型陆勇经历纪实
（WO BUSHI YAOSHEN：TONGMING DIANYING YUANXING LUYONG JINGLI JISHI）

著　　者：	高仲泰
策划编辑：	朱兆瑞
责任编辑：	朱兆瑞
出　　版：	東方出版社
发　　行：	人民东方出版传媒有限公司
地　　址：	北京市西城区北三环中路 6 号
邮政编码：	100120
印　　刷：	北京联兴盛业印刷股份有限公司
版　　次：	2022 年 7 月第 1 版
印　　次：	2022 年 11 月北京第 2 次印刷
开　　本：	710 毫米 ×1000 毫米　1/16
印　　张：	22.25
字　　数：	295 千字
书　　号：	ISBN 978-7-5207-2756-3
定　　价：	69.8 元
发行电话：	（010）85924663　85924644　85924641

陆勇父亲

2017 年 3 月 25 日，陆勇留影于印度教圣地瓦拉纳西恒河边

2019 年 3 月，陆勇留影于印度孟买维多利亚火车站

2015年，陆勇案受到舆论关注，2月10日他参加东方卫视《东方眼》节目后和主持人崔永元合影

2015 年 2 月 26 日，沅江市人民检察院宣布不起诉决定后，陆勇和央视记者合影

2015 年 4 月 27 日，陆勇受邀参加清华大学法学院组织的药事法座谈会

2015 年 12 月 25 日，陆勇出席印度医疗旅游专线开通发布会暨丙肝首团发团仪式

2016 年 2 月底，陆勇带领的丙肝患者医疗团抵达印度拜拉斯医院，他和肝病专家拉贾尼什·蒙加合影

《我不是药神》电影海报

2017年3月13日，陆勇参加电影《我不是药神》开机前座谈会，与主创人员合影

2017 年 3 月陆勇和徐峥在印度合影

2016 年陆勇在拉萨布达拉宫前留影

陆勇在印度采购防疫物资之一

陆勇在印度采购防疫物资之二

陆勇在印度采购防疫物资之三

谨以此书献给

病疫面前的一切奋斗者

和我患白血病去世的父亲

没有谁是一座孤岛，

在大海里独踞；

每个人都像一块小小的泥土，

连接成整个陆地。

如果有一块泥土被海水冲刷，

欧洲就会失去一角，

这如同一座山岬，

也如同一座庄园，

无论是你的还是你朋友的。

无论谁死了，

都是我的一部分在死去，

因为我包含在人类这个概念里。

因此，不要问丧钟为谁而鸣，

丧钟为你而鸣。

——英国诗人约翰·多恩《没有人是一座孤岛》

拯救一个人，就等于拯救整个世界。

　　——犹太人谚语

生命本身就是所有的人平等享有的，一切音乐、绘画、诗歌都是为它创造的。

火车飞驰过空旷的田野时，新生的信念在他心里形成了一种丰富而坚强的主张。

　　——［加］泰德·阿兰、塞德奈·戈登《手术刀就是武器：白求恩传》

目　录

序　章

2020年春节，鼠年初四，陆勇连夜乘红眼航班飞去印度。

这些年，他常去印度，他对印度有感情，毕竟印度的仿制药救了他的命，但也给他带来了曲折和坎坷，改变了他的人生命运。印度，可能是他的一个宿命。他自己这么说过。

历史总是在偶然事件中发生转折。1月24日，迎来了中国人最重要的传统节日——春节，但是不期而至的新冠肺炎疫情给人们重重地关上了欢乐的大门。人们停止了出行的脚步。

从除夕那天开始，早春的江南，在潮湿的寒气浸渍中彻底失去了年味。从年底至年初，天公不作美，几乎都是冷雨绵绵的气候，鲜见阳光。初四晚上，夜色深了，大雨敲窗，陆勇在无锡市紫金门花苑的居所里坐立不安，时而坐在沙发上陷入沉思，时而站在湿漉漉的窗户前，凝望着雨中静寂的小区，每幢楼都亮着灯，但没有一点儿动静。刚才，他从新闻中得知武汉疫情日趋严重。

接着，他和云南省印度研究院副院长柳老师通了电话，两人不约而同地提出要为新冠肺炎患者做点什么的话题。他们都有些莫名的激动，夹杂着些许沉重的心情。虽然没有任何人或组织动员他们、督促他们，但他们经过简短的商量，决定去印度采购口罩和防护镜等防护用品，支援受全国瞩目的武汉。其实，他们当时对新冠肺炎疫情所知甚少，以为只是类似十几年前"非典"的疫情。对于"非典"，陆勇有着很深的印象，因为那段时间正是他查出白血病的至暗时刻。

对于陆勇来说，印度不仅有绵长的恒河、咖喱饭、仿制药、在街头旁若无人漫步的牛群和德里总统府屋顶的兀鹫，还有"世界的药房"这样的称号。当时，印度没有疫情，因此中国疫情所紧缺的物资在那里相当充足。这之前，他来印度只有一个目标：购买治疗白血病的仿制药"格列卫"。为此，他认识了不少药商，这些人此时也许能帮上他的忙。

可是，这不是时候啊！他的手套厂虽已放假，但他并非无事可做。他有年近八十岁的老母和瘫痪在病榻的岳母，她们昼夜都离不了人照顾。他完全可以宅在家里——他喜欢品茶，可以在家里静静地泡上一杯茶（通常是普洱茶老班章），在袅袅的充满清香的水汽中自得其乐，更重要的是可以陪陪妻子、女儿和母亲，探望躺在床上的岳母。想了片刻，他觉得顾不上这些了，尽管他也意识到这个时候离家出远门有点不太妥当。但是，他不甘心自己袖手旁观，武汉的疫情让他揪心，这比待在家里陪伴家人重要得多。他坚定了去印度的决心，好声对妻子张滢滢（化名）说："我要去印度，先到云南，再转机，你安心陪伴老妈吧。"

张滢滢大吃一惊说："这个时候，你要去印度，这么急吗？"

陆勇回答："我要去印度采购口罩、防护镜，武汉很缺，急需这些东西。印度我熟，我要抓紧时间去。柳老师也去。"

妻子问："是这样吗？你真的要去印度？"

陆勇说："这个时候，哪有心思和你开玩笑？我真的决定了。我刚才和柳老师通过电话了，他在昆明机场等我，我马上就走。从网上订机票，航班空得很。"

"当然空了，过年了，都往家里来，谁还往外面跑？何况还有疫情。"妻子一边收拾东西一边说。

"对不起，这个时候，我不该往外跑，可武汉情况很紧急，我觉得不做点什么，心里不踏实。你是理解我的，也一直支持我，印度我熟门熟路，我跑一趟，快去快回。"陆勇继续解释。

妻子不再说什么了。女儿坐在沙发里看电视，听到了父母亲的对话，她保持沉默。电视里正在播放着各地医护人员支援武汉的镜头，气氛是凝重的。对于父亲突然想去印度，她并没有感到意外。在她心目中，父亲似乎特别喜欢去印度，几乎快变成半个印度人了。另外，自从几十家媒体包括央视采访他之后，尤其是电影《我不是药神》上映后，他已经是个地地道道的名人了。对于做一些公益性的事，他马上精神抖擞。

妻子心里有些不悦，甚至有些生气。她认为丈夫为了买口罩去印度，没有必要，这些物资对中国来说，并非大事，紧张是暂时的，依中国的生产能力，很快就能解决的。但她说了几句后，就不再说了。她克制住了，尽量不发脾气，好好说话，点到为止。他们一起经历过风风雨雨，是患难与共过来的。她知道丈夫的脾气，他看起来很温和，其实很执着，他决定了的事，是谁也改变不了的，三头牛都拉不回来。

妻子默默地为他准备行李，印度天气热，带几件衬衫、几件内衣、一件外套就够了，还带上了一瓶印度仿制的格列卫，这是他每天必须服用的。他顺手把一只硕大的保温杯放进包里，他患病以来，每天要喝下两大碗苦涩的中药。医生嘱咐他多喝水，并告诉他，喝水对病人很重要。人喝水少，血液就会变稠。印度气候炎热干燥，更要多喝水，加之印度很多地方的水不干净，所以他要带上水杯，好装干净的水。他穿上羽绒服，怀着一丝愧疚，火急火燎地驾驶着汽车往无锡新区的苏南国际机场赶去。

陆勇后来告诉我，他理解妻子，她说的也不是没有一点道理，过年是团圆的日子，他却离家出国，似乎不合情理。但在那种情况下，他不做点事是过不去的。

整个城市都笼罩在茫茫的雨帘中，疾风阵阵，一路上如入无人之境，氛围清冷凋零。车速很快，雨刷左右摇摆，头顶的暖气孔吹着热气。他知道，明天就会有印度灿烂的阳光扑面而来，印度洋强劲的热带季风使得这个国家在冬季大部分地区也温暖如春。这个时候是印度全年的最佳季节，到处万紫千红、春意浓烈，吸引着来自世界各地的游客。可陆勇不是去赏景的，他要进入一个尖峰时刻，忙碌、紧张而疲倦。

飞机是七点左右起飞的，九点多钟他和柳老师在昆明会合，一起等候飞往印度的班机——依然是红眼航班。在候机过程中，陆勇和我通了个电话。听说他要去印度，我深感意外，有些迷惑：这个时候急吼吼地去印度，有什么重要的事情吗？他简单地说，他要去印度采购口罩和其他医疗卫生用品，大事帮不上，只能出点小力，这一阵子恐怕难以见面了。我马上明白了，问了一句，是受命去的，还是自个儿去的。他回答说，自个儿去的。电话挂了，听着手机里传来的长鸣声，我还是感到有些突然。如果说，购买仿制药与他和病友们的病还有些关联，可这一次并不涉及他的个人利益。细想也在情理之中，疫情事发突然，印度之行应该是他临时起意，这就是陆勇，不奇怪。

后来的一段时间，我天天读他在印度期间发的微博，对他的行踪了如指掌。他的微博写得很详细，时间、地点、经过都说得很细致、很生动。

飞机是午夜十二点多起飞的，半夜三点多到达印度，初五下午到达新德里。据陆勇在微博中说，去印度买口罩的中国人已不少，口罩也成了抢手货，市场上很难买到了。开始，与他熟识的一个药商发来信息：海德拉巴有 20 万个 N95 口罩，100 卢比一个，要不要？陆勇大喜过望，还是良心价，立即应承下来。但由于多种原因，这笔买卖没有成功。几经周折，他买到了 3000 只 N95 口罩、

4800 只一次性医用外科口罩、9000 只防护镜等，出境时又磨蹭了一番。去机场的运输过程很不容易。雇了一个小三轮，陆勇称之为"小毛驴"，装了四十几箱货，艰难地在拥挤的公路上爬行，陆勇亲自驾驶了一段路。小三轮发出蹦蹦的声响，和中国的手扶拖拉机差不多。路途中被印度警察拦下来，不得已，陆勇亮出印度报刊刊登过的有关他的事情的文章与图片。警察看了，立即放行，还和他合了影。

紧接着，他又通过更多的印度熟人购买防疫用品，印度药商不断提价，有趁火打劫的味道，有点不太地道。陆勇反复和他们讨价还价，还请他们喝啤酒。"五花马，千金裘，呼儿将出换美酒，与尔同销万古愁。"诗仙李白饮酒，以三倒铜人之豪饮气魄，不喝到人家变卖宝物不罢休。陆勇不可能这么豪放，他自生病以来就滴酒不沾，因此他只是象征性地喝上几小口，而印度人酒量普遍不大，两杯啤酒下肚就微醺了，这时候谈价格正合适，谈到差不多了就定下来。但没有想到的是，之后不久，印度政府下令禁止医疗防护用品出口，这明显是针对中国人在印度的大批量采购。在一刹那陆勇被印度政府的这个决定惊呆了。他有些想不通：这些物品都是出钱买的，对印度也有好处，为什么这样的好事要禁止呢？这未免显得有些心胸狭隘，柳老师也长吁短叹。

好在还留了条"缝隙"，印度当局还允许个人随身携带 300 只口罩、10 只防护镜。于是，陆勇在微博上寻找从印度回国的旅客帮忙。他向大家承诺：一个人如果能帮忙带回 300 只口罩，就能免费获得 10 只，能带回 10 只防护镜就能免费获得 1 只。唯一的要求就是把剩下的口罩和防护镜寄给武汉协和医院的医生。

他确实寻找到了一些回国旅客帮忙带货。去印度的中国人不多，虽然微博被大家积极转发，但还是找不到那么多人。他和柳老师一边收集旅客信息，一边联系其他渠道。

陆勇和柳老师接到很多电话，都是帮他们出主意的：有的说可以把货空运到金奈，从那里走海运回国内；有的说可以把货运到印缅边境，从缅甸走私回来。后来他们发现，这些人中有一些是被利欲熏心的印度药商忽悠了的，以便于利用中国人的迫切心情，高价推销防疫用品和药品，获取暴利。他们没有上当，陆勇知道，印度和缅甸路都不通，没法运输。

中国很多驻印度的媒体要采访陆勇，他实在没有时间，便一一谢绝了。有天下午，陆勇收到了两条有用的信息：一个是来自广州的一家旅行社，他们2月2日回国，愿意帮陆勇带一些口罩回国；另一个是家庭组团来印度旅游的，3号回国，有10个人，他们也愿意帮忙带。

柳老师在亚马逊买了一批N95口罩。虽然印度药商都在涨价，但亚马逊没有涨价，霍尼韦尔N95每只5~6元不等。可惜不能发货到中国，只能发给印度国内的单位或个人。后来他们在麦德龙也买了些口罩，价格差不多。这说明正规渠道还是没有涨价，涨价的原因不言自明。但非常可惜的是，这些口罩不能发回国内，只能托回国的旅客帮忙带。

一到周六，印度放假，基本找不到人，只有通过电子邮件跟印度人继续找货。这是陆勇他们到印度以后最轻松的一天。虽然没有出门，但他们对联络工作一点也不放松。陆勇父亲是个很看重事业的人，对人对己都有着近乎严苛的标准，从小就希望陆勇凡事靠实干完成。这个习惯使陆勇终身受益。

晚上吃药的时候，陆勇发现药盒里的药多了两天的量，保温杯里早上灌的水还有大半杯，他这才想起来，此前两天都忘记吃药了。白血病患者是需要每天服药的，陆勇每天都忘不了，可是到了印度，居然漏服了两天，连水都少喝了，可见他在印度的忙碌程度。

后来，基本上没有中国人回国了，陆勇还是逗留在印度，求救的微信和微博潮水般地涌向他。他内心有着无法言说的焦虑和烦躁，但他仍抱有侥幸心理，期待着印度政府解除禁令，或者有所松动，放开关卡，允许部分防疫物资出口。我发微信问他何时回来，他答无法确定，并且希望了解印度是否有治疗新冠肺炎的药品。他了解印度这个国家，印度人善于把一些新药拿在手里，就像治疗慢性粒细胞白血病的"格列卫"那样。如果有这样的药物，他便可以着手找制药公司采购。

但等了几天，他失望了，印度人铁了心"闭关锁国"，于是他和柳老师各自带着300只口罩回到了云南。我和他隔三差五地通电话，并在电话中了解到他在云南继续为中印合作生产仿制药的事而奔波。

当陆勇去印度买口罩的消息传开后，他再一次进入公众视野，社交媒体上的跟帖纷至沓来，他微博的浏览量达到近千万。网友大加赞赏，称他是大侠、英雄、战士。更多的人说，你就是药神，期待拍摄电影《我不是药神》的续篇。有人竟然写了一个名为《印囧》的电影剧本，主角名字仍叫程勇，内容是他赴印度采购防疫用品的略带戏剧性的情节，但由于种种原因没有投资拍摄。陆勇把这个剧本发给了我，我的感觉是剧本并不怎么成熟。

面对人们的赞美和肯定，陆勇不好意思了。因为购买的防疫物品没有达到预期目标，他在微博上有点内疚地说：买到的东西不多，对不起！"对不起"这三个字听了令人有些心酸。他又说，你们把我夸过头了，我顶多是个志愿者。

我明白这不是陆勇的矫饰，他的内心确实是有些愧疚的。他的目标是要买数十万只口罩和数万套防护服，但是他尽力了。不存在对不起谁的问题，要知道，他千里迢迢、不辞辛劳地赶赴印度购买防疫用品已经是很了不起了，况且他是个和白血病博弈了十七年的病人。尽管他看上去很健康、精力充沛，但实际上他还是个癌症患者，离不开格列卫这种药品。在印度有两天忘了吃药，忘了多喝水，对他的健康是不利的，他无所谓，豁出去了。朋友们有些替他担心，反复叮嘱他千万不能再漏服药品。

《"尴尬"的黑泽明》里有句话："人只有在不涉及自己利益的时候才会讲'道德'。"

这话，对也不对。对于大多数人来说也许是这样，但对另一部分人来说或许并非如此。例如陆勇，一个普通老百姓，一个病人，没有得到任何指令，没有人对他进行动员，没有人在背后推他，他却闻风而动，逆风而行。他实实在在地行动起来，毫不犹豫地做出努力，冒着风险前往印度采购口罩等疫区紧缺物资，虽然没有达到自己的目标，但再次成为《我不是药神》中的那个主角，一个善良仁爱、尊重生命、珍惜生命的人，一个敢于挺身而出且具有同情心和担当精神的人。

陆勇的印度之行，让我越发感觉到，重温他的故事是有现实意义的。

在陆勇去印度抢购防疫用品的日子里，国内运用独特的高效率的紧急动员机制，以前所未有的规模快速向武汉乃至整个湖北省集中医护人员和物资。数千万人的瞬间移动管制，从大都市到乡镇，从沿海发达地区到偏僻山区，一声令下，十四亿人大多宅在居所，从尘世的喧嚣中安定下来。尽量避免社会系统的繁杂运转，不让病毒有机可乘，这是一种责任和义务，也是一种自我保护。公园、影院剧场、娱乐场所、饭店、健身房等公共场所均被关闭。

生命的密度一下从公共空间收缩到私人空间。中国空旷了，从未有过的空旷；中国静悄悄了，从未有过的静悄悄。交通进行管制，层层设卡检测，一旦发现有症状的感染者，立即收治或观察。人口达千万的武汉封城后采取了一系列严厉的阻隔措施，其他城市的管控措施亦全面升级。在很短的时间内，武汉建设了两座专门医院——火神山医院和雷神山医院，并在大型会展中心、体育馆改建方舱医院收治轻症确诊病人。各地医院、军队多次抽调医护人员驰援武汉，救治患者，抗击疫情。

这是和平时期的一场宏大的、悲壮的战争，华夏儿女正节节击退猖獗蔓延的病毒，中国人撼天动地的民族魂魄，令世界叹为观止。这一切都展示了一种长风豪雨般的力量。

春节长假放完了，接下来是社会的停摆，一个漫长的"假期"。人们都宅在家里，或办公，或等待，或上网课，或无所事事。让自己不被感染，就是对抗击疫情的最大贡献。人们对防控措施的理解与支持，耐心、理性、坚韧地生活，都是出于对生命的尊重。

我每天读书、爬格子，写电影《我不是药神》原型陆勇人生经历的第一稿。他从云南回来后，也闷在家里，我不断通过电话和他沟通，了解一些细节和问题。他的手套厂暂时关闭了，有不少事等着他去做，但他只能焦急地待在家里。

经过两个多月的苦斗，抗疫之战取得了阶段性胜利，许多省市已遏制住新冠肺炎疫情蔓延的势头。各项数字连日下降，感染确诊病例逐渐归零，工厂企业开始复工。

3 月底，陆勇去了新疆，在那里，他被隔离了一个星期。他把手套厂交给年迈的母亲管理，自己忙于药品方面的推进，千头万绪，烦琐复杂，包括融资、寻找合作平台等。他走南闯北地忙起来，云南、海南、北京等各地跑，乐此不疲。而我的书稿也完成了初稿，在他出差的间歇，我们多次相约在咖啡馆面谈。

我和陆勇生活在同一座城市，我俩相识的时候，他已是炙手可热的人物了。他的故事被改编成电影《我不是药神》，票房创下纪录，应该说这是现实主义艺术的胜利。作为电影核心人物原型的陆勇风尘仆仆地进入了人们的视野。与他熟悉的人们都疑惑：这个程勇哪里像陆勇啊？但印度仿制药确实是他第一个发现和购买的，有这一点就足够了！

事实上，在电影之前，媒体已对陆勇的遭遇做了广泛的报道，包括央视几次对他的面对面采访。电影的艺术感染力使陆勇进一步蹿红，他成了名副其实的名人。他的故事广为传播，为人们所认可、所熟知。他的微信朋友圈和微博天天被刷屏，拥有十几万的粉丝，并且这个数字还在扩大。这是陆勇做梦都没有想到的。

我和他的初次见面是在一家咖啡馆，他给我的第一印象是斯文、温和，文质彬彬，衣着时尚，举止沉稳，皮肤白皙，脸略有些浮肿，据说是长期服用格列卫这一靶向药的反应。除此之外，他没有丝毫的病态，完全是一个年富力强、办事干练、思维敏捷的人。当我提出要把他的经历写成书出版时，他一口答应了。他当然并不了解，我父亲也曾经是一位慢粒白血病患者，靠他的乐观、豁达和中草药的维持，在拖了漫长的十几年之后，父亲的病进入了急变期。大约一个月后，骨瘦如柴、浑身剧痛的父亲去世了。

岁月无声，父亲已去世近三十年。每年春风化雨、万种灿烂的时候，我都会去扫墓，给他焚香磕头。父亲和陆勇患病时间相差二十余年，但结果完全不同。陆勇活下来了，而且很健康。而我父亲却经历了极其痛苦的折磨，离开了我们，离开了他所眷恋的家，享年六十六岁。

父亲去世前，躺在二楼床上，他自己要求从医院回家，他已意识到自己走到了生命的最后时刻。我和母亲陪在一旁，忽然，父亲要求坐起来，我扶他下床，坐在一张藤椅上。他让我把窗户打开，我打开了，这是朝北方向，对着父亲的故乡江阴。他凝视着蓝色的天空，一群鸽子带着悠长的哨声从天空掠过。附近有个菜园，一行行菜垄，长满了绿色的蔬菜和一片金黄色的向日葵。外面的世界是美好的。父亲缄默着，望着目所能及的景物。我不知道此刻他在想什么。忽然，他口齿清楚地对自己也对我说："绝症，我得的是绝症！"

几分钟后，父亲就与世长辞了，这是他留下的最后一句话。父亲没有说错，他得的就是绝症。慢粒白血病在那个时候确实是绝症，只要提到这个词，我就很自然地想起父亲的这句话。这也是我对这个血液病的一个惨痛认知。这句话像钉子一样牢牢地钉在我心上，这么多年过去了，我只要想起，就会感到一阵阵心悸。

和陆勇第一次长谈时，我主动提到了父亲的事，陆勇听后很同情。我们的关系一下子拉近了，除了访谈与被访者的关系，还有点"同病相怜"的病友关系。虽然是我父亲得了此病，但他毕竟是给我生命的那个人。

2018 年 8 月 13 日，他在微博中写道：一个作家朋友的父亲，20 世纪 80 年代初期得了白血病，他乐观地工作、生活，吃中药和其他药物辅助治疗，与病魔共存了十多年，活到了六十多岁，创造了生命的奇迹！乐观起来，每个人都可以创造奇迹！

正是有了这样一种巧合，陆勇全力配合我。我和陆勇畅谈了四五次，笔记、录音、阅读资料，每次达两三个小时。一壶茶一冲再冲，冲得茶水发白。我提出问题，他详尽地回答。内容主要集中在他的病，偶然发现印度仿制药，他服用后效果与原研药完全相同，他再推广给病友，无偿替他们办购买手续，因此获罪等。他很少谈到他的个人生活，比如他和前妻是怎么离婚的，他大学毕业后是怎么进入外贸公司的，后来又是怎么下海开办手套厂的，以及他的第二次婚姻。在我的一再追问下，他回忆了往昔的一些事情。我渐渐对他个人生活方面的情况有了一个基本的轮廓，有些事他是竭力回避的，比如他和已因病去世的前妻的关系，他大致说了些事情，一带而过，不愿深谈。这是可以理解的。

他谈得最多的就是他的病和病友，他特别谈到了他和病友之间的那种常人难以理解的惺惺相惜的感情，同舟渡海，中流遇风，救患若一，所忧同也。他觉得帮助病友理所当然，毕竟都在同一艘船上。有几个病友特地到无锡看过他，他们都靠印度仿制药活下来了，虽然在朋友圈内交流过，但初次见面不亚于久别重逢的老友，这种感觉就像拜伦那首诗说的："假若他日重逢，我将何以贺你，以沉默，以泪流。"他们确实常常相顾无言，唯有泪千行。

他不是医生，但对于白血病和印度仿制药，可以毫不夸张地说，他已经相当专业了。对于印度仿制药的了解和研究，他可以如数家珍般说得非常清楚，头头是道，令人信服。

和他对话是一种学习。我在写作过程中碰到专业性比较强的问题时，就立即打电话请教他，他总是有问必答，解释得很清晰。这本书写下来，我对于白血病和某些癌症，对于仿制药也能够说出一些道道了。后来，我读到了美国学者凯瑟琳·埃班著的《仿制药的真相》，对仿制药有了进一步的了解。

陆勇对病友怀着真诚的亲人一般的感情，谈到那些令人痛心和震惊的病友的遭遇和不幸，他会哽咽，眼睛里会潮湿。他反复说，每个人的经历，不需要任何艺术加工，都可以是一部丰富多彩的电影剧本或者纪实文学。他讲述的时候，语调总体是平实的，谈到牢狱之灾时，他也毫无顾忌地讲了那个角落里的阴暗，这是一段令他不愉快的回忆，他说了一些细节，露出苦涩的笑容。他忽然提到了电影《肖申克的救赎》并说，不管什么样的监狱，无不以剥夺自由为惩罚，可电影中一个长期关押被释放的人，居然得了监狱依赖症，离开监狱活不下去了，最终选择上吊自杀。这写得很深刻，监禁扭曲了人性。陆勇忘不了那段丧失了自由的生活，从而深感自由的可贵。提起一些细节，他有些激动，仰头把杯中的茶水喝干，气喘吁吁的。但他的话语相对来说还是平和的，他会有所批评，但没有过多的抱怨和抨击。最后他说，算了，都过去了，增加了阅历，而阅历也是一种财富。

他更多关注的是医学和医药的进步，新疗法、新药物不断更新、涌现，从临床意义来说，他还是个患者，得靠仿制的格列卫来维持，他所期待的理想状态当然是彻底治愈。他说，和这个目标比较起来，一切都是小事，疾病才是相关的人们，包括研发者、管理者、医生、患者需要共同面对的第三方。这需要科学、智慧、资金和责任。他对此充满信心，他说，我认为已经进入了能彻底治愈慢粒白血病的窗口期，这种药物的产生只是时间问题。

陆勇是个懂得感恩的人。他感恩印度仿制药，因为印度仿制药，他在和病魔的较量中挺住了；他感恩病友在他最艰难的时候，拼死拼活地为他申辩正名；他感恩媒体为他伸张正义，媒体的力量给了他信心，唤起了社会舆论对他的关注；他感恩检察官的温度，经过几次反复，最终宣判他无罪；他也感恩自己能好好地活下来，而许多病友经过痛苦的挣扎最后还是倒下了。

陆勇身患慢粒白血病，病痛的折磨使他经受了一场生与死的考验和洗礼，使他对有着同样命运的人能够感同身受。他迈过的坎、蹚过的泥，日后都会成为他脚下的风。

虽然电影给他带来巨大的声望，但他对电影还是保留着自己的看法。因为电影主角比较猥琐，卖印度神油，有家暴行为，举止粗鲁，形象邋遢，一点也不像他。他知道艺术和现实生活是不同的，但不是所有观众都会把两者区别开来。他们多半会把生活原型和电影角色挂钩。

他同意我写他的这一段坎坷经历，目的也是想消除电影可能会对他造成的误伤，告诉大家真实的陆勇是什么样子的。因此，他毫无保留地向我打开了他的病痛和人生书卷的全部内容。让他刻骨铭心的是对他问罪的那段经历。不是他耿耿于怀，而是法律并非一开始就懂得侵犯生命的价值是不道德的。

2013 年，陆勇代购抗癌救命药却遭遇法理困局，他因被控"销售假药罪"而锒铛入狱，被关押连同两次取保候审达 466 天。在他被关押期间，上千名白血病患者联名上书为他请命，他们感念陆勇的救命之恩。检察部门并未一味地坚守法条的冰冷和无情，而是展示了一定的温度和公正。最后陆勇被无罪释放了，不予起诉。他的"假药贩子"罪名得到昭雪。沅江市人民检察院在不起诉裁定书中写道："如果认定陆勇的行为构成犯罪，将背离司法应有的价值观。"检察机关的裁定肯定了陆勇所作所为的正当性，体现了一种道义上的勇气。

但毋庸讳言，陆勇在一年多被囚禁的时间里是痛苦的。他一共在监舍洗了 43 次冷水澡，断了 7 天的药，这是很要命的事情，偶尔断一两天不会造成后果，7 天却足以让他的病复发。正如罗曼·罗兰说的："痛苦就像一把犁，它犁破你的心，一面掘开了生命的新起源。"

如果他不得这个病，他当然不会去找"格列卫"这个药，不会去印度，不会对病友施予援手。他反复对我说，他没有那么高尚，更不是英雄，至多是为病友尽点义务。"人人为我，我为人人·我们病友同病相怜，互相帮助，这是一种义务。"也就是说，他有一种基于帮助别人的"义务心"。在康德看来，世上除了"善良意志"之外，没有绝对的、无条件的、本身即好的东西。然而，在人类身上，这一"善良意志"实际上就是"义务心"。人能够克服自己的种种障碍和限制，摆脱自私和狭隘，纯然出于对义务的敬重而行动。这一对义务的敬重也就是"义务心"。可见，"义务心"就是内心对义务的敬重和推崇，这种内心深处的东西是一种道德本能。

陆勇就是这样一个具有"义务心"的人。他的行为是出于一种道德本能。他自愿替病友代购印度仿制药就是出于这种"义务心"。他自愿一次又一次赴印度洽谈并为印度药商与中国厂家合作生产仿制药而努力，也是出于这种"义务心"。他自愿赶赴印度代购口罩等防疫用品，同样是出于这种天然的"义务心"。

所以，在陆勇看来，他所做的事情是理所应当的。他自认为不是什么英雄，直面死神，他也恐惧；被关在囚室里，他也害怕。但他坦然面对，因为他没有错，只是尽心尽责而已。虽然电影上映有一两年了，当时引起的轰动已经烟消云散。但人们不仅记住了这部电影，记住了电影里那个留着长发的邋遢的程勇，更记住了原型人物陆勇。其实陆勇想多了，以为观众会真的认为他是那么一个人，但观众是有判断力的，他们不在乎程勇的缺陷，却为他救病友的义举而深深感动。他们知道，电影里那个程勇不是病人，是卖印度神油的，而陆勇本人是一个白血病患者，他找到了仿制药，救了自己，再救病友，中央电视台采访了他。这次他又去印度采购防疫用品了，是自觉去的，他就是英雄、药神。做人，就是要有点侠肝义胆。

陆勇的"义务心"在人们眼里，张扬出熠熠生辉的高尚精神魅力和人性光彩，以及富有温情的品质。陆勇在印度购买口罩等抗疫用品的消息传开后，人们又一次提到电影《我不是药神》，他们为陆勇的印度之行赞不绝口。我们的骨子里就是爱憎分明的，尤其是在艰难的时刻，对于做了好事的人，是不吝啬喝彩和掌声的。

2018年7月2日，电影《我不是药神》在清华大学举行首映礼。主演徐峥在台上对观众说："陆勇先生始终是个英雄。"坐在下面的陆勇马上大声插话："不，我只是一个癌症病人。"

2019年年底，在武汉疫情暴发前夕，陆勇受邀到北京大学医学部做"爱与治愈"跨年演讲。海报上有一行字：面对生死，唯爱永恒。当主持人隆重介绍他时，全场起立，掌声经久不息。他的演讲多次被掌声打断。在最高学府的讲坛上，他质朴无华而又不失精彩的讲述，让听众感受到了一个患者在生死面前的惶恐、痛苦、坚韧和对生命及爱的感悟，还有对医药体制、医疗卫生体制短板的省思。

没有空洞的说教，没有深邃的理论，他讲的都是事实，是自己的经历。

他被拘出狱后，有人问他："你后悔吗？重新来一遍，你还会这么做吗？"他思索一下说："最后悔的是害得七十多岁的老母亲乘火车去远离家乡的看守所探望自己。除了这个，只要能救人，重来一遍的话，我还会这么做。"

他别无选择。是的，无论他是一个癌症病人还是一个英雄，毕竟他感动了中国。他以生命卫护了生命。

陆勇就是从"我只是一个癌症病人"开始，向我讲述了他自己。

第一章

"我们永远不知道明天和意外，
哪一个会先来"

我不止一次听到过这样的话："我们永远不知道明天和意外，哪一个会先来。生死就在一瞬间。"对这样的话，陆勇也听过，但他并没有听进去，甚至对此感到不屑。但是有一天，这句话偏偏在他身上得到了应验。一向身体健康、精力充沛的他，突然拿到了一张化验报告，宣布他得了白血病，俗称血癌。这是他怎么也无法想通的。他自忖："我怎么可能得这样令人恐怖的绝症呢？"但怎么不可能呢？一切皆有可能。这样的悲剧实实在在发生在他身上了。"生死于我，就是瞬间的事。这个报告单，薄薄的半页纸，一些数据，宣判了我死刑。"他对我这么说。

2002 年 8 月，是一年中最炎热的季节，阳光火辣，空气像蒸笼散发出的热气般灼人。就在这时，灾难裹挟着热浪，展开令人惊悚的黑色翅膀，突然降临到陆勇身上。

应该说，还是有些前兆的，陆勇持续 10 天高烧不退、浑身无力、缺乏食欲。喜欢游泳的他，突然觉得在水里游起来非常吃力。他以为得了感冒，便服用家中备用的药物，但不见好转。于是，他到无锡第一人民医院就诊，常规验血，他并没当回事，在验血的窗口前坐下，让护士抽了两小管血。护士嘱咐他第二天取化验报告。他点点头，站了起来，回到家里。父亲陆再生（化名）问他："医生怎么说的？"他说："验了血，明天拿报告，我估计是重感冒，打一针，挂点滴就好了。"说着，他拍拍胸膛，胸肌很坚硬，嘭嘭地发出声响。

父亲说："我明天有事去城里，顺便去医院给你取单子。"

第二天，父亲顺便到无锡第一人民医院取化验报告单。结果发现儿子的血液指标很不正常，白细胞高达 21 万，血小板很低，大量幼稚白细胞都出来了。医生怀疑他患上了白血病。陆再生听了大吃一惊，神色大变，如雷轰顶，白血病就是血癌，年富力强的儿子居然会患上这么可怕的病！陆再生不敢相信，他在冰冷的金属靠背椅上坐下来，摸出一支香烟，没有点燃，夹在指缝中，愣了很长时间，一脸麻木的表情。最后，他站了起来，边走边说："但愿是一场虚惊。我了解儿子，他是个好心肠的人，平时蚂蚁都没有踩死过，吉人自有天相。"

他当天并没有将报告单直接拿回家给陆勇看，而是带着徒弟和一个熟悉苏州大学附属医院血液科的朋友，驱车直奔苏州。他找到了苏州大学附属医院血液科的医生，介绍了陆勇的症状，出示了那张化验报告单。因为是熟人，医生没有模棱两可，故意搪塞，而是凭陆勇持久的高烧和种种症状，加上化验单上明显异常的指标，比较肯定地说，陆勇患白血病的可能性很大，但要进一步检查才能确诊。

陆再生脸色苍白，魂不守舍，失神，哀伤。医生安慰他，即使被确诊为白血病，不管是慢性的还是急性的，并非无药可治，医学的进步改进了对某些癌症包括白血病的治疗能力，你儿子即便确诊白血病，还是有办法医治的。

在返回的路上，蒸笼般的汽车内空气沉闷凝重，即使没有打开冷气，他们都觉得冷飕飕的。陆再生和徒弟、朋友商讨要不要将这个结果告诉陆勇，最后达成一致，陆勇是有文化、有见识的人，这么大的事瞒不了他。况且接下来是漫长而艰难的治疗，是需要陆勇配合的，瞒得了初一瞒不过十五，还是把真相告诉他吧！

陆再生以一个老工人的坚定，用朴素的言语说："事情既然发生了，伸头是一刀，缩头也是一刀！"

回到家，父亲把陆勇喊到房间里，关上房门，把无锡第一人民医院和苏州大学附属医院血液科医生的初步诊断告诉了儿子。白血病？陆勇闻之一惊，脸色一下变得惨白。那张纸片犹如晴天霹雳，他顿时蒙住了。这张薄如蝉翼的纸在他手里无比沉重。那时，他对这种血液病所知甚少。但和他父亲一样，知道白血病是癌症。白血病这三个字让他心惊肉跳。它意味着什么，他当然是清楚的。这无疑是一张死刑判决书，乐观一点儿看，是张死刑缓期执行的判决书。当着父亲的面，他故作镇静：这还不一定，医生只是怀疑而已，下一步设法确诊吧！

这天晚上，陆勇通宵未眠。黑暗中，空间泯灭，时间休止，他浑浑噩噩的，脑子里混沌一片。他在三十余年的生命里第一次感觉到死神就在不远处，正在对着自己狞笑。

第二天，他一清早就起了床。在夏日早晨的清凉和寂静中，他站在雾气弥漫的冷落村头，望着那一片片茂密葱绿的庄稼地和一缕缕炊烟，梳理着自己乱麻般的思绪。他顾不上用早餐，开车到无锡第一人民医院血液科，拿了那张化验单问医生："苏州大学附属医院血液科也认为我是患了白血病，请你告诉我，我能活多久？"

医生告诉他："这个问题，我无法回答你，这只是初步诊断，还需要进一步确诊。你不要太紧张，尽快去上海瑞金医院和苏州大学附属医院血液科进一步检查，这两家医院是专业医院。"

他很快镇定下来，不相信自己会得这样可怕的恶疾，他身体一向健康，爱好运动，每天游泳千米以上。而且，他刚三十岁出头，身强体壮，精力充沛，怎么可能会患这种病呢？

于是，他到上海瑞金医院进行复诊。这家医院是上海交通大学的附属医院，创立于1907年，原名为上海市广慈医院，不仅是上海，也是中国最好的医院之一。医院集合了丰富的优质医疗资源和优秀的医学专家。

陆勇心存一丝侥幸，期待无锡和苏州的医生是出于职业性的片面经验，导致诊断有误，说不定是闹了个乌龙。在他的亲友中发生这样的事绝非个别。但他的希望像在大风中摇曳的一星烛火瞬间被吹灭了，上海瑞金医院经过一系列检查所做出的结论明确地告诉他：他得的就是慢性粒细胞白血病。他像被猛击一掌，经受的打击比无锡医院做出初步诊断时还要大。无锡医院仅仅是出于怀疑，有些不确定性，而上海瑞金医院的结论已毋庸置疑了。"我怎么会得白血病？为什么偏偏是我，为什么是我？"他一遍遍绝望地叩问自己，椎心泣血，怨肠百结。对陆勇来说，这一天是黑色的令人心悸的一天。那一瞬间，他觉得自己没有未来了。

盛夏时节，他心灰意冷，不想回家，看到那些或躺在特护病房的病床上，或坐在医院的椅子上一动不动的病人，陆勇脑子里一片空白。医院的各个角落都是挤来拥去的病人，其中不乏像他这样的倒霉蛋。人间充满着欢乐，也充满着悲苦。

这是陆勇的至暗时刻。灾难就这么突如其来地降临到自己头上，他一点准备都没有，自己才三十出头啊，还有大半辈子的人生，上有老，下有少。创办的针织厂刚刚开始，许多美好的憧憬有待他去奋斗，难道就这么草草结束了？涨涨落落的人生就这么退潮了？他就像沙滩上那些冰冷的贝壳，被沙粒所掩埋。他的心颤抖着，泪水忍不住从眶中溢出。这个赫然而至的噩耗，扭紧了父母的每一条神经，他们惊惶、绝望的神态，让陆勇感到不忍。

他住了两次医院。这是他第一次住院，在瑞金医院检查确诊。床位很紧张，病人从全国各地赶来就诊。从 2002 年 8 月 10 日至 8 月 26 日，共住了 16 天。他做了骨髓穿刺，检查骨髓造血原始细胞及造血干细胞的情况，同时还做了细胞免疫表型、细胞遗传学检查和分子基因检查。根据临床表现、外周血象和骨髓细胞学的检查结果，对 CML（慢性粒细胞白血病，也称慢性白血病）做出初步诊断。在对患者做出初诊的基础上，医生尽可能完善细胞遗传学、细胞免疫学和分子生物学（MICM）的检查，以做出更为精确的诊断。

陆勇在瑞金医院的诊断书有厚厚的一本，其中记录几项指标如下：

CML＿CP，67Ga 扫描：肝脏肿大，巨脾。

上腹部 CT：脾脏明显增大。

颈部 CT：左侧颈总动脉及颈内静脉后方可疑软组织影，拟淋巴结可能。

B 超：脾大。

骨髓细胞学检查：整个涂片上细胞数，增生显著活跃，粒红比明显增高。粒系显著增生，核左移，嗜酸、嗜碱粒细胞易见。红系增生相对减低，巨系显著增生，血小板成簇，散在可见。外周血片易见幼粒细胞，嗜碱粒细胞占 6%。结合病史及血象，提示：CML-CP 之骨髓，结合染色体及 BCR/ABL 融合基因。

诊断结论：CML。

在全面检查的基础上，院方综合判断患者的预后，进行了危险度分层并制订相应的治疗方案。这一次住院对陆勇是至关重要的，检查的结果无情地扑灭了还存有热度的期望之火中的最后一颗火星。他被确诊为慢性粒细胞白血病。医生向他宣布时，他不吭声，但依然有种猝然中箭的感觉。随之而来，是一阵剧烈的寒战。

慢性粒细胞白血病是不多见的病症，有统计数据显示，我国大陆地区慢性粒白血病的发病率在成年人中不到十万分之六。像我父亲，像陆勇，像许多身强力壮的病人，怎么也不明白自己会中枪？

X 射线、γ 射线等电离辐射会导致白血病。研究表明，大面积和大剂量照射可使骨髓抑制和机体免疫力下降，DNA 会发生突变、断裂和重组，进而导致白血病的发生。日本在第二次世界大战中受原子弹爆炸核辐射影响的幸存者，苏联（后来在乌克兰境内）的切尔诺贝利核反应堆泄漏事故的幸存者中，得此病的人不少。多年接触苯及含有苯的有机溶剂也可致白血病。乙双吗啉是乙亚胺的衍生物，也有可能致染色体畸变和诱发白血病。

病毒感染机体后，T 细胞白血病 / 淋巴瘤（ATL）可由人类 T 淋巴细胞病毒 I 型所致：作为内源性病毒潜伏在宿主细胞内，在某些因素作用下，被激活而诱发白血病；或作为外源性病毒传播感染，直接致病。

部分免疫功能异常者，如某些自身免疫疾病患者患白血病的概率较高。家族有白血病史者，患病风险可能会增加。家族性白血病占白血病的 0.7%。某些血液病（如骨髓增生异常综合征、慢性骨髓增殖性肿瘤、淋巴瘤、多发性骨髓瘤等），也与免疫功能低下和感染某种病毒有关，家族遗传基因也是一个原因。

理论上是这么说，但很多白血病患者的致病原因并不像上面说得这样确切。像我父亲，一直坐办公室，既不可能接触到物理射线（除做 CT 检查外，父亲因胃溃疡在上海医院做过一次，平生唯一的一次），接触不到化学物质，也没有感染到什么病毒，更没有家族史，怎么会患病呢？实在说不清楚。陆勇也是如此，他可以从理论上排除那些致白血病的因素，但是，白血病就是在他风华正茂的年龄击中了他。多数白血病患者都觉得自己是莫名其妙得上白血病的，特别是那些年轻的健康的少男少女，不可思议地让白血病盯上了，让他们百思不得其解。当然，任何人生病都是有因可溯的，不会是无缘无故的。小则感冒、头疼发烧，大则各种各样的癌症，还有其他疑难杂症，许多都是说不出具体原因的。人体结构太复杂了，常人是不可能足够了解其变化的。虽然说不出，但原因是客观存在的，只是没办法给出一个准确的回答，有些也确实难以查清楚。

"缓解病状是一项日常任务，治愈它是人们的殷切希望。"这是国际医学专家威廉·卡斯特1950年对白血病的描述。这句话是我父亲确诊慢性粒细胞白血病后，我在一篇有关白血病的文章中看到的。父亲一直服用名中医开的方子，定期更变几味药，缓解了病状，但没有治愈。

特需病房每天的床位费是550元，病房住两个人。与陆勇同病房的病友是福建人，从事奶牛养殖，与牛奶和干草打交道。陆勇说，奶牛场里有成堆的草料、成桶的牛奶。和日本电影《远山的呼唤》中的奶牛场一样，风景如画。没有射线，没有化学原料，在这样的环境里怎么会得白血病呢？可偏偏这个养牛人就患上了白血病。"我是做手套的，原材料是白色的棉布，像牛奶那样洁白，也无射线和化学原料，不知道怎么得了这病。死也想不通。"他勉强地笑着，心里是悲凉的。像大多数癌症患者一样，陆勇由于缺乏思想准备，确诊后情绪低落、悲观绝望，而求生欲望又使他对医生的治疗抱有极高的期望。

他们那幢楼是九楼病区血液病房，住的都是白血病患者，急性的、慢性的，年轻人多，将不大的病区挤得满满当当。有的年仅十五六岁，还是中学生。也有极个别上了年纪的，神情凄苦、唉声叹气。不时传出有病人去世，大家听到后几乎没有什么反应了，哪有医院不死人的？特别是这样的癌症病房，其实每个病人都会在心里发出感喟。这个血液病病区有种沉重的、无奈的窒息感和逼仄感，不过也潜伏着一线生机。在这里，求生的欲望特别强烈。

窗外传来声声蝉鸣，急吼吼的，让人感到凄厉。因为优先安排，住在这个病房的病人检查费双倍收取。口服化疗片和羟基脲干扰素，一天6粒，这两种药都很便宜。一个月不过90多元，但效果一般。陆勇住院 16 天，收费 3.2 万元，主要是检查费和住院费。

陆勇住院时，带了 1 万元，最后超出了预算，但和服用进口药格列卫相比，这就不算什么了。出院后，这种药陆勇又服用了一段时间，白细胞指标很快降下去了，从原来最高时的 20 多万降到出院时的 1 万左右。令人丧气的是，他的反应很强烈：胃部隐隐作痛，浑身感到不舒服，走路摇摇晃晃。经过权衡，陆勇决定改服格列卫。

正是烈日炎炎的酷暑时节，病房里的空调吹着冷气，陆勇没有感觉到热，只感到冷，心境越发颓丧。他想了很多，以前从来不太相信的因果报应这种在人世间有着普遍共识的认知占领了他的思维，他把自己三十余年的人生翻来覆去地想了个遍，一件事都不放过，最后，他断定自己没有做过什么坏事。那么，何以得此重疾？窗外是尘世的喧闹和繁华，鲜衣怒马、流光溢彩，人群来来往往，一个个健康而愉悦，充满活力。可自己却孤苦落寞地待在病房。外面的世界如此精彩，这是他所熟悉的，以往并不觉得怎样，可现在令人神往。他曾经也是其中的一员，也迈着急匆匆的步履，在包括上海在内的许多城市的街头走过。他还能成为这群人中的一员吗？他无法想象，有的只是心灵的颤动和惋叹。

陆勇第二次住院是 2014 年 12 月在上海市中医医院住了一周。当时，他因为代购印度仿制药，于 2013 年 11 月 23 日被沅江市公安局拘捕。2014 年 3 月 30 日沅江市公安局决定取保候审。在这期间，由于春节放假，看守所疏忽，断了他 7 天的药。陆勇很担心会因此而病变，所以在上海中医院做骨髓穿刺检查。

我完全可以理解和想象他的心情，就像我当年听到父亲被初步诊断为脾脏癌那一刻一样，有一种难以言状的恐惧感，恐惧得瑟瑟发抖。担心父亲受不了，我跑到卫生间涂改了医生在病历上写的脾脏癌的结论，把恶性改成良性。其实父亲心知肚明，但他不揭穿我，而是不动声色地接受我们进一步检查和治疗的安排。后来在上海中山医院复诊时，脾脏癌变成了慢性粒细胞白血病，只因为一个"慢"字，我们心里略有一丝安慰。其实现实往往不是这样的。虽然暂时还没有死到临头，但不能否认，它还是令人生畏的癌症。我们兄弟商量后，还是把病情告诉了父亲，并安慰他这是慢性白血病，有稳定期、活动期、急变期，是一个漫长的过程。他说，我知道，我没有什么不舒服的感觉，我准备看中医，吃中药，慢慢调理吧。

不过，陆勇绝望之余，比我父亲幸运得多。慢性粒细胞白血病的治疗水平，在我父亲去世后的 10 余年中，有了突破性进展。陆勇从医生那里获知，治疗这种病已经有了特效的靶向药，即由美国诺华（Novartis）公司生产的格列卫。诺华公司的总部在瑞士巴塞尔，是世界三大药企之一。诺华公司拥有多元化的业务组合，涵盖创新专利药、非专利药、疫苗及诊断等多个领域，并在每个领域处于世界领先位置。

公元前 2625 年，古埃及医生印和阗记录了 45 例疑似乳腺癌的病例。此后，瘟疫主导了人类医学史上绝大部分恐怖篇章，癌症则隐匿在浩渺悠远的时光长河中。美国哥伦比亚大学医学院副教授悉达多·穆克吉在《众病之王：癌症传》里概括：只有当所有其他人类杀手被消灭之后，癌症才能堂而皇之地占据主导地位。

20 世纪下半叶，全球癌症的发病率比上半叶增长了近 10 倍。其主要原因是人类寿命的普遍延长。30 岁女性罹患乳腺癌的概率是 1/400，这个概率在 70 岁的女性中上升至 1/9。2014 年，我国癌症平均发病年龄为 63.59 岁。癌症是写在人类基因里的疾病。人的机体在生长或者修复组织的时候，细胞就会分裂。每一次分裂都会产生基因突变。在不计其数的分裂过程中，一些关键的突变可能发生，细胞由此会失控，畸形生长，从而形成肿瘤，入侵人体器官，破坏正常的组织。而年龄越大，就意味着细胞分裂的次数越多，产生突变的概率也就越大。新的结论还有，癌症的发生与人的基因排列有关，某些基因在构成上容易致癌，等等。

印和阗曾言简意赅地描述过这种古老疾病的治疗：无药可治。甚至在4000多年后的20世纪末，人们对癌症的了解都极为有限，能够采取的治疗手段也屈指可数。手术切除病变组织，用 X 射线来做放射治疗——高能粒子轰击癌细胞，破坏细胞的 DNA；或者通过电离产生自由基，造成癌细胞的灭绝；后来有了细胞毒性化疗药物。这些手段的弊端是，它们不能区分所杀伤的细胞是恶性的还是良性的。有些类似匪徒用枪扫射，不管是好人还是坏人统统格杀勿论。进入21世纪，短短几年中，癌症治疗从传统的细胞时代进入分子时代。标志性的事件就是 2001 年 5 月，美国 FDA（Food and Drug Administration）批准新药伊马替尼以商品名格列卫（Glivec）上市。第二年，伊马替尼（格列卫）进入中国。也是这一年，陆勇查出了慢性粒细胞白血病。所以医生说他运气不错，不早不晚地撞上了特效药上市。

1983 年，研究者发现，两条染色体的交错易位形成了一条 BCR-ABL 融合基因，由此产生的酪氨酸激酶导致不受控制的细胞分裂，这就是出现慢性粒细胞白血病的根本原因。此后，科学家开始寻找和筛选酪氨酸激酶抑制剂，这就是伊马替尼。伊马替尼预示着癌症治疗靶向时代的开始，人们开始通过辨别癌细胞的基因靶点，对它们进行精确打击。

格列卫的诞生具有里程碑意义，它是白血病真正的克星，能让慢性粒细胞白血病成为可治、可控的疾病，患者的 5 年生存率提高了近 90%。这个"神药"还使得胃肠道间质瘤的治疗也迈上了新的台阶：晚期患者的平均生存期提高了 3 倍，10 年的生存率达到了20%。但是，令人遗憾的是，格列卫在慢性粒细胞白血病上创造的奇迹是难以复制的。这也是靶向药时代的终极困境：慢性粒细胞白血病是单一基因突变，但绝大多数肿瘤远比这复杂得多，同一肿瘤的病灶内可能同时存在具有不同基因突变的癌细胞。还有，癌细胞之所以难对付，不仅因为它胡乱成长、到处乱窜，还在于在药物或免疫系统的攻击下，按照适者生存的逻辑不断进化迭代，从而产生了"耐药性"。于是，一代又一代靶向药不断被研制出来并投入临床使用，和癌细胞进行博弈，有点像无休无止的"猫捉老鼠"游戏，但医学正是在这种"游戏"中得到发展的。在最近十年中，癌症治疗又进入了一场新的革命。免疫治疗的思路使人们攻克癌症的前景具有了无限的可能性。可以这样说，今天的癌症治疗一次次突破了边界，这是无数医患共同努力的结果。使用新疗法、新药物赢得了时间，等待未被发现的新的生机，这是人类彻底攻克癌症前现实而积极的期待。

这是陆勇现在对癌症的认知，这个认知是经历了一个很长的过程的。从他吃上第一颗比黄金还贵的格列卫、第一碗草药汤剂开始，到他选择了印度仿制药，接触了许多进入生命最后的艰难时刻、痛苦至极的病人，许多事才使他增长了见识，而非他某一时刻顿悟的。说到底，他确实很幸运。存活时间越长，他越感觉命运对自己的眷顾。不错，他拿到那张宣判书之时，心被撞开了一个口子，但格列卫已在中国悄然登场，虽然奇贵，但救了他的命。且没有正版的天价药，何来印度的仿制药？自患病以来，他对医药的发展与发现倍加关心。潜心加以研究，他了解的情况，不要说超过常人，甚至超过某些医生。正是这种关心和研究，让他发现了印度仿制药。此后，几乎所有新药物的开发和应用，是否有仿制药，以及某种药物的走向和前景，他都能说得一清二楚。除了他的本业——特种手套生产以外，医药和疫情防控成了他的第二"专业"。和他聊天时，他这方面的信息量之大会让你吃惊。

存活 5 年后，陆勇再一次迈进了婚姻殿堂，这在白血病患者中是罕见而温暖的美好故事。朋友圈内一片祝福声、喝彩声，不少人喜不自禁，替陆勇感到高兴。无限感慨之余，他也有了更大的希望和坚定的信心，更有勇气期许未来。在患者中，因病造成家庭变故，配偶离去的绝非个例，山盟海誓被病魔击得粉碎，生活之藤绵绵，突然折断了，让病人雪上加霜，受到了双重的打击，曾经的温柔和脉脉之情只有在回忆中才能重温了。而陆勇因为爱越活越阳光，越活越豁达。

可是，当陆勇第一次接触格列卫时，他表现出了一个"外行"的许多特点。他还不了解格列卫这个药是开创了癌症治疗的新纪元，意义非凡。陆勇只是知道，那时格列卫刚刚获得审批，开始在中国销售。这款新药临床效果很好，但每盒需人民币 2.35 万元，每月需服用两盒，药费接近 5 万元，自费，不报销一分钱。陆勇听后倒吸了一口冷气。这么高昂的药价加上检查费，意味着每年要五六十万元，而且要长期服用下去，这是一个深不可测的无底洞。就像高血压病人常年服药一样，可以稳定病情，"正常活着"，但药实在太贵。另一种治疗方法就是骨髓移植。与我父亲那个时候不同，陆勇患病时国家相关部门已建立了骨髓库和捐献骨髓制度，并且已与国际骨髓库联网。这是一大进步。不过，患者必须排队等待配对。什么时候能配上？效果怎么样？是否会产生排异？每个患者的情况都不尽相同。但一直以来，骨髓移植是主流的治疗方式，虽然花费也不菲，但它是一次性花费，相比服用格列卫，还是可以接受的。

猝不及防的大病袭击，使得陆勇那时处在思想混乱中，对这个病和靶向药及骨髓移植这两种治疗方式心中没底，也缺乏足够的了解，疑虑颇多。如今，二十年过去了，白血病早已不是不治之症，有了移植、生物制剂和靶向药等多种治疗方法，其中干细胞移植（骨髓移植）的效果还很好。陆勇患病时虽比我父亲患病之时进步了不少，但选择上并没有今天宽裕。

陆勇考虑得最多的就是：药物治疗和骨髓移植何种方式为佳，两者效果孰优孰劣？天价药的药效到底如何？会不会出现耐药性？骨髓移植能不能一劳永逸地治愈疾病？作为患者，陆勇存在这些疑问和思考是正常的。任何一个患者，在重症面前都会苦苦思索，迷茫、犹豫，不知如何是好。大部分病人感到最为难的还是钱的问题，盘算来盘算去，只恨自己钱包太瘪，仅有的那点钱和巨额的治疗费用比起来，简直就是几小桶水要浇灌一大片旱地。当然，除了腰包之外，还有精神上的恐惧和焦灼，这种痛苦折磨得患者不能自拔，惶惶不可终日。

《重生手记》的作者凌志军曾这样描述自己抗癌的心路历程："在死亡的癌症患者中，有三分之一是被吓死的，三分之一是错误治疗致死的，很多患者不是死于肿瘤，而是死于对肿瘤的无知、高度恐惧以及恐惧本身带来的盲目应对。大多数癌症晚期患者在有意或被迫接受着'过度治疗'。面对医生的死亡判决，要用我们的脑子救命，而不是用腰包救命。"他还表示，几乎所有的癌症患者都是有希望的，只要不恐惧、不盲从，不走上错误的治疗之路，就有更多生的机会。

陆勇在度过了短暂的恐慌期以后，逐步变得理性、冷静，开始收集慢性粒细胞白血病的防治知识，以便选择正确的治疗之路，得到生的机会。他知道，如果没有面对现实的勇气，自己会不可避免地沦为弱者。很重要的一点，就是对人生要看得开，人生中总会留下遗憾，也许求而不得，也许得而不喜，无论如何，人们很难过得淡然自若。

陆勇阅读的一些书籍中都谈到了精神的重要作用。领悟到这一点，是他康复路上的一个重大收获。他告诫自己，要把生死置之度外，镇定和坚强是生命的琼浆，而悲观和恐惧是生命的毒液。

当时瑞金医院和苏州大学附属医院的医生都主张和推崇骨髓移植，陆勇也把骨髓移植列为首选。在当时，骨髓移植普遍被认为是治疗白血病的最佳手段，有人认为这是唯一能使白血病得到根治的一种手段。其实并非如此。骨髓移植对多种类型的白血病来说确实是比较有效的治疗方法，比如慢性粒细胞白血病，医生一般都会提议考虑这个方式。但部分类型白血病不采用骨髓移植也是可以治愈的，比如急性早幼粒细胞白血病、儿童急性淋巴细胞白血病中的M3类型等，传统化疗疗效很好，可以治愈，只有复发率高和难治的病例才考虑选择骨髓移植。还有部分类型白血病用药物治疗，患者也可获得较长生存期，预后良好。

骨髓是人体的造血器官，其内有造血干细胞和各种基质细胞。造血干细胞就像种子一样，能够成熟分化成各种类型的血细胞，如白细胞、血小板等；而基质细胞能够提供造血干细胞增殖分裂所必需的造血微环境和营养支持。形象地说，骨髓就像是一个人的生命引擎，通过骨髓不断造血释放出各种血细胞，才能够维持人体血细胞中数量的稳定，以维持人体正常功能的运转。白血病患者的正常血细胞受到了癌细胞的攻击，溃不成军。白细胞是一支卫护身体的部队，为了抵抗癌细胞，它大量繁殖，连幼稚的、不成熟的都出来了，就像人类战争中未成年的孩子都拿起武器、奔赴战场作战一样，当然是缺乏战斗力、不堪一击的。因而只有通过骨髓移植来恢复人体的抵抗力，白血病患者方能抑制癌细胞兴风作浪。可想而知，这个生命引擎是何等重要。它关系到生与死这个任何人都不敢轻慢和忽视的大问题。这就是骨髓移植的意义和作用。

移植，就是黑暗中的一束光。医生告诉陆勇："你还年轻，做手术（骨髓移植）是最好的选择，做成功了就可以痊愈。"

陆勇听了医生的话，当时一心寄希望于骨髓移植并将其视为拯救自己生命的回春之术。他对父亲和妹妹等亲友说："我的命全靠它了。用几十万块钱换一条命，值得！"

然而，骨髓移植也要受患者经济条件、是否有合适的供者、移植相关并发症等因素的限制，医生要根据具体情况进行具体分析，因人而异地选择最佳治疗方案。苏州大学第一附属医院血液科骨髓移植中心告知陆勇，他首先要交30万元押金，由中心通过中华骨髓库寻找合适的供者。然后由医院抽取患者所有完整的指标，再通过有关机构根据所掌握的资料来进行配对，确定供者。此事看起来简单，其实很复杂。骨髓是由健康人自愿捐献的。通常是从捐髓者的骨骼（通常是盘骨）抽取或其他方式提取健康的骨髓细胞，过程约需半小时，然后以输血形式注入病人体内。

供者与患者的骨髓必须匹配，这个条件比较苛刻，因为白细胞表面抗原HLA六个位点要全符合，才算匹配。茫茫人海，要选择这么一个供者谈何容易。层层的搜索、筛选，不亚于大海捞针，充满着偶然性。对于患者来说，能及时找到一个合适的供者，无异于等到了一个救命菩萨，那种虔诚的感激、感恩之情是无法用言语来形容的。因为骨髓是无法人工合成的，因此，供者捐献的每一份骨髓都体现了拯救生命的道义，是弥足珍贵的。

捐献骨髓对身体没有什么害处，却能救人一命。这种体现人道主义的善举、义举在实际操作中，却并不是那么顺利。有些供者一时冲动报了名，提供了个人样本，但真的要他捐骨髓时，他却会因误听了一些不实之言而反悔，怎么劝说都没用，只能作罢。按规则，患者和供者之间不发生利益关系，也就是说，患者不能用金钱来打动供者。

哲学家说，世界上没有完全相同的两片树叶。但骨髓移植，如果将患者和供者的骨髓比喻为两片树叶，它们应该完全相同，不能有半点差异。

得了癌症等大病的人就是一个溺水者，水淹到脖颈了，连连呛水，看到漂来一根稻草都会拼命抓住，所以谓之救命稻草。稻草当然救不了命，但手里抓到的任何东西，都会给病人带来力量和信心，拼命一搏，也许会获救。我读过苹果创始人乔布斯的女儿丽莎写的《小人物：我和父亲乔布斯》一书，在乔布斯身患癌症之后，不知听信了谁的话，他甚至吃过马粪来治疗自己的病，还吃了不少。一个打造了手机和电脑王国并因此而深刻地改变了现代通信、娱乐和生活方式的伟大企业家，居然会听信这样荒谬至极的话，这岂非咄咄怪事？我们还可以看到，许多人患上癌症或其他重病后，曾到寺庙虔诚地磕头烧香，企求菩萨保佑，化解病痛。

陆勇告诉我，对于一个生命受到严重威胁的人来说，这是正常之举，不要笑话他们。想想也是，我身边有过这样的人，很聪明、很理智的人患了重病以后，一下子变得迷信和盲从。听信各种没有根据的民间传言，相信各种偏方，吃过许多稀奇古怪的东西，蜈蚣、癞蛤蟆、泥鳅等。

陆勇还是比较理智的，有人给了他几个秘方：一个是吃黑猫，一个是吃一种俗称酱板头草的野生植物，还有一个是用时间长达百年的棺柩上的铁钉煮汤喝。陆勇一个都没有采用，他不信。但他的母亲曾去拜过菩萨，陆勇没有阻止，这是老人的一番心意。

他把希望寄托在骨髓移植上。他翻阅了大量与此相关的资料，这种治疗方式相对来说比较科学、比较有效果。

近亲骨髓移植的配对成功率比较高。陆勇的父亲、母亲、妹妹义不容辞地进行了骨髓配对验证，但都未配型成功。这让陆勇，也让全家人感到失望。

那就等待吧！只能等待，别无选择。等待多长时间，他说不清楚，可能近在眼前，也可能遥遥无期，全凭运气了！他预期半年内能有结果。回家后，他常在一条很宽阔的河边掷碎瓦片，看它们在水面上飞快漂浮过去，通过漂飞的距离来试验自己的臂力，以测试自己的身体。

2003年年底，陆勇在苏州大学附属医院血液科配了一瓶诺华公司生产的格列卫，2.35万元，一粒药100毫克，价值200元，换成1克的话就是2000元，是同等重量黄金价格的10倍。于是，他开始服用这种天价药。陆勇的想法是，边服药边等待。同时，他开始服用中药，设法找到了上海曙光医院著名老中医吴正翔主任医师把脉就诊。

从2002年12月起，陆勇开始服用吴教授的方子，有20多味草药，量很大，每次都开一大堆，用专门的锅煎熬。乌褐色的汤药苦涩难喝，但良药苦口，陆勇每天认认真真地吞咽两大碗，一天都不落下。看医生、配药、煎药，成了陆勇生活中不可或缺的一部分。浓浓的草药味道弥漫在屋里各个角落。他的心情，怀着对康复的期盼，随着砂锅里那滚烫的药汤的涟漪而翻动。

下面选择四个不同时期的药方抄录如下：

2002年12月19日

太子参　丹参　归尾　赤芍　桃仁　炙龟板　炙必甲　石斛急性子　粉葛根

肥玉竹　焦山楂　焦大曲　炒黄芩　川朴　川连　口术　黄精甘杞子　茵陈

莪术　小蓟草

2005年10月13日

太子参　丹参　生米仁　茯苓　生甘草　甘杞子　黄精　茵陈焦山栀

生地 泽泻 炒蒲黄(包) 丹皮 淮山药 小蓟草 决明子 石斛

炙龟板 墓头回 焦白术 怀牛夕 陈皮

2007 年 4 月 12 日

太子参 淡竹叶 玄参 淡竹叶 生甘草 板蓝根 焦山楂 茵陈 小蓟草

甘杞子 黄精 决明子 肥玉竹 炒蒲黄(包) 山楂炭 海金砂 石斛 焦白术 炙鳖甲

2008 年 10 月 9 日

太子参 丹参 归尾 赤芍 桃仁 粉葛根 肥玉竹 淮山药 生地 茵陈

玉米须 焦山楂 黄精 干杞子 泽泻 炙龟板 山楂炭 炒蒲黄(包) 小蓟草 怀牛夕

上述处方另附西药及中成药:脂必妥、血脂康、甘草甜素等

剂量 12 克、15 克、20 克不等,一般要服 28 帖

至暗时刻的自我解救是劳心费力的。他一喝中药就是 9 年,从 2002 年年底一直喝到 2010 年。初喝吴教授的方子时,老先生已 72 岁。2010 年,吴教授 80 岁去世。陆勇接着找他的学生(上海曙光医院血液科主任王运律医师)就诊,继续喝中药。9 年多时间里,熬坏了 7 只药锅,喝下去的中药药汁超过一吨半。我当时听到后,忍不住"哇"的一声喊起来,这是一个惊人的数字!

那么多年能持之以恒喝苦不堪言的中药,是不容易的,唯一支撑的恒心和力量是求生的欲望,以及对医生特别是名医的高度信任和崇拜。对于患者来说,医生无疑是令他们敬畏和敬重的贵人。他们对患者的影响超过所有人,特别是那些拥有专家、教授头衔,有相当知名度的受人尊敬乃至膜拜的医生,他们完全会令患者佩服得

五体投地，因为他们的手中握着关系自己生命的密码。医生的一句话足以影响患者的情绪，对病情哪怕是一句安慰的话，都会让患者兴奋不已，而一句草率的不够严谨的话，则会让患者黯然神伤。

医学家迈克尔·拉克姆在《内科学年鉴》上说："最好的'医生'似乎对疾病有第六感。他们能感受它的存在，知道它在哪里。在任何知性过程还不能对之定义、分类并在用语言描述之前，就能感知它的严重性。病人对于医生的感觉也是相同的：能感到他的专注、机警和严阵以待；知道他的关怀。每一个医学学生都不应该错失观察这种境遇的机会。在医学史上，这是最富有戏剧性、剧情、情感和历史性的一幕。"

疾病治疗从来不只是医生的事。良好的医患关系是至关重要的，医生要与患者交心，透明地、翔实地把患者的病情讲清楚，把各种治疗方案提供给患者，分析利弊得失，隐瞒、掩饰可能对医学知识贫乏的某些老年患者有些用，但对陆勇这样的患者没有用，他的知识结构完整，有广度和深度。互联网很大程度上缩小了医生和患者间的信息差距，陆勇懂英文，他阅读的相关文献不比医生少，甚至更多。医生不光是医病，更要"医心"，鼓励、安慰、解开患者的心病是他们的一种责任。癌症起于人，亦止于人。科学的抽象概念，有时候可能会使人忘记这样一项基本事实——医生治疾，但也治人。可惜中国医生一天接待的患者有几十个甚至上百个，一个人看几分钟，无法回答病人的一大堆疑问，患者觉得医生太草率，但医生也有他们的难处。这种状况有待解决。

第二章

这个殷实之家感到吃紧了

陆勇是无锡县（现为锡山区）安镇人。对于无锡市区的人来说，那里是乡下、是农村。其实，小镇和周围的村庄有相当一部分人家不种地、不务农，陆勇家就是这样一个家庭。

安镇是一个江南古镇。望虞河上游西岸就在其境内，东岸是苏州望亭镇。安镇古称西堠村，堠为古代瞭望台的意思。相传南唐李家王朝在这里建立过几个瞭望敌情的烽火台，这样看来，它应该是个军事重镇。至于生过几次火，打过几次仗就不得而知了。李后主当时还是王子，曾和新婚妻子大周后来这里巡察过。大周后名周娥皇，因此他们在这里的留情之处命名为金娥墩。这是传说，给安镇增添了一份浪漫的色彩。明朝年间称胶山。清乾隆年间，安氏兴盛，遂称安镇，为锡东大镇。两宋之际抗金名将、民族英雄李纲，唐代名臣、在"安史之乱"滚滚烟火中死守睢阳数月后被俘但宁死不屈的张巡，以及明朝因铜活字印刷而闻名中外的出版家、藏书家安国均为安镇人。安国酷爱桂花，植丛桂于胶山山冈上，自题住所为"桂坡馆"，人称安国为"桂坡公"。

安镇周围湖沼星罗、河港密布、胶山葱茏，有许多秀颀而静默的水杉林。清丽的景致托起了一个古老的街镇。街镇四周分布着一个个村落。小镇老街的石条路面被磨得很光滑了，这是由一代又一代人的脚步打磨过的，留下岁月的印痕，几座石桥、一条小河、弯曲的巷子、古拙的略显陈旧的建筑，显示了安镇的沧桑历史。

安镇，是锡沪公路穿越而过的江南重镇。它的美好风物吸引着无锡市区、苏州乃至上海的游客。小桥流水、吴侬软语、饭稻鱼羹、山温水软，充满柔情的风韵，透着江南水乡浓厚的生命底色。热闹中有种农业文明的人间烟火，不失为一个好地方。这里的人在城市的边缘生活着，苏州、无锡、上海等地的市民也时常来安镇体验新鲜的小镇风情和田野气息。

从 20 世纪 70 年代后期开始，随着乡镇企业的异军突起，在安镇布满桑园、稻花香和菜花的平坦原野上，一座座密集的厂房陡然矗立起来，打破了绵延数百年的田园牧歌似的安宁，增添了小镇从未有过的一份工业化气息。烟囱和机器的轰鸣声成了这块土地上的新仪仗。道路拓宽了，新的街区出现了，灰暗的黛瓦白墙的平房被簇新的贴了马赛克的楼群所代替。

经过改革开放几十年的奋斗，安镇发生了历史性的变迁，成了交通枢纽，高铁无锡东站设在这里，且距离机场仅五公里。高速、高架、高铁，高楼林立，道路四通八达。小镇的诗意和农业文明像稀薄的空气，变得很朦胧了。崛起的制造业挤兑了历史沧桑的最后空间。安镇变成了一个现代化的小城镇。从这里走出来的居民已与城市人没有了区别，那份粗糙逐渐变得精致了，而且越来越精致。相当一部分人已在无锡、苏州、上海买了住宅，成了原来他们可望而不可即的城市新居民。但他们身上还有着从容淡定和纯朴守序的特质。

陆勇原来住在玉树堂村翻建的宅院里，后来搬迁到无锡市一个小区定居下来，他在那里买了住宅。他的针织厂和五金厂在安镇，他每天驱车上下班，来回半小时的路程。安镇如今成了无锡市锡山区的一个街道。那个古老的安镇已经消失了，淹没在时代的变迁中。

陆勇出生于 1968 年"文化大革命"时期。乱世的小镇也没有了从前的安宁。幸运的是，陆勇上学时那场浩劫已终结，社会正在拨乱反正的过程中，重知识、重科学的风尚重新回归学校。陆勇天资聪颖，从小学到中学读书认真、自觉，故成绩一直名列前茅，用不着父母亲操心。父亲陆再生初中毕业后在铁业社当学徒，刚开始学的是打铁（锻工）。这是很辛苦的活。风箱、炉火、大小锤子抢着锻打，赤红火热的铁块淬火时发出"哧"的一声，随之冒出一股白色的烟气。后来，陆再生转岗学了车工，很快成为无锡县第三机械厂的技术骨干，历任金工车间主任、厂技术质检组长。改革开放后，陆再生任安镇中学五金厂厂长。

陆勇的爷爷，即陆再生的父亲是当地小有名气的柴油机修理师傅。这是一个擅长干技术活的匠人家庭。陆勇是陆再生唯一的儿子，从小被严格要求，陆勇还有一个妹妹。陆勇的聪慧和本真无疑有着家族的遗传。高中毕业后，他考上了南京工学院金属材料专业（毕业时学校改名为东南大学），这是一所名牌大学。陆再生为儿子能考入重点大学而感到骄傲。

陆勇大学毕业后，分配到了无锡县外贸公司，主要负责针织品的对外出口，并在这个岗位上工作了十年。改革开放的澎湃大潮席卷江南大地，市场经济撬动了原有呆板的计划经济体制，外贸公司的垄断性瓦解了。外贸公司转制，时代的一粒灰尘让陆勇下岗了。早已厌倦了旧体制沉闷气氛的陆勇，渴望呼吸新鲜的空气，更希望能独立地在更大的空间里闯一番。他下海了，创办了振生针织品有限公司，生产特种手套。那是世纪之交的 2000 年，同期，他父亲陆再生负责的校办五金厂亦转制为个人所有。

就在这个时候，陆勇生病了，患上了白血病。不久之后，"非典"席卷中国，这使得陆勇的处境雪上加霜。除了患病，陆勇的生活怎样呢？苦吗？许多报道都说陆勇家是殷实人家，这话不全对。开有两家工厂，应该收入不菲，然而，事实并非如此。这里要提到托尔斯泰的名言："幸福的家庭是相似的，不幸的家庭各有各的不幸。"陆勇的家庭也有不幸、有烦恼。癌症不只是患者身上的一个病灶或恶魔般的坏细胞，更是整个家庭的毒瘤。是的，病人不是一个人，他的背后是一个家庭，有一批和他血肉相连的亲人。

陆勇不愿多谈他的个人生活，但在我的追问下，他还是说了一些。他的妻子也是安镇人，但不是一个村的。婚后生下一个女儿，但因为性格不合，夫妻关系并不好，经常为了一些家庭琐事争吵或者冷战，家里的气氛冷冰冰的，缺乏应有的温馨。

我没有从八卦的角度来扒料，这不是我所需要的。我只是关注有些事情与他的病是否有关系。因为在他与妻子离婚三个月后，他就生病了。陆勇没有抱怨妻子，他自称现在回忆起来，他们之间也没有了不起的原则性问题，只是性格合不来。"我也有错。其实，我们也有过亲密的时光，有过对彼此的依赖，但这段时光很短暂。"陆勇对我说。他妻子是县级机关的公务员，一个女干部在小镇上是令人刮目相看的。"离婚是双方共同的选择，谁也没有理由责怪对方。"陆勇说。

婚姻是很微妙、复杂的，很难说清楚，也不是简单的对错就可以界定的。

他们曾经想挽回婚姻，都愿意冷静冷静，思考一下，反省一下。于是分居，妻子回了娘家。三年以后，2003 年 5 月，他们都觉得不可能复合了，好聚好散，于是离了婚。让陆勇感到于心不忍的是幼小的女儿，虽然前妻会定期探望女儿，但女儿需要的是一个父母都能陪伴着她的温暖而完整的家庭。可是，破碎的婚姻覆水难收。

陆勇创办的手套厂生产的白色长袖手套漂亮、防污染，畅销欧洲各国，订单源源不断。荷兰王储威廉·亚历山大 2016 年 4 月 30 日继承王位。在这之前，荷兰向陆勇的针织厂订了一批手套。在阿姆斯特丹，亚历山大王储戴着陆勇工厂生产的手套参加加冕仪式，正式登基。在一片橙色的海洋里，新国王和王后频频向欢呼的百万民众挥手致意。白色的手套分外醒目。这是荷兰历史性的一天，也足见陆勇工厂手套受欢迎的程度。

可这是十几年以后的事了。

在陆勇刚查出白病血时，针织厂还处于比较困难的境地，本来订单就不多，资金链又断了，账户上只剩下100元钱。这样的厂子，三天打鱼，两天晒网，开开停停，难以为继。仅仅几个月后，陆勇就被确诊为慢性粒细胞白血病，治病又需要高额的费用。

陆再生有点积蓄，他拿出了全部家底100万元给儿子治病。所谓的殷实之家，就是指陆勇的背后有父亲、母亲和妹妹。有这样一句话，活着本身就是一场苦难修行，表面上看不见硝烟，实则异常残酷。在那个时期，面对生活的种种苦难特别是不期而至的重疾，陆勇是慌乱的、仓皇的，在父母亲面前，他竭力装出镇定自若的样子。在一阵阵痛楚、伤感和叹息中，他明白了一个道理：活下去只能靠自己，不能拖累别人，哪怕父母亲和妹妹。

离婚虽是一种解脱，但毕竟不是好事。在传统的农村社会，离婚会引起种种议论。企业又不景气，看病治疗是一个巨大的窟窿，还要让一辈子拼尽了全力的父亲掏钱。想到这里，他甚至想放弃服用格列卫，单单服用吴教授开的中药或再加一点西药。但父亲、母亲和妹妹都不同意他这种自暴自弃的想法。

陆勇和父亲之间曾经有过这样一次谈话，谈话之前是长时间的沉默，沉默中是暗淡、疼痛和沉重，还有揪心和无奈。天气仍然酷热，风扇摇动着，送来一阵阵凉风。父子同心，一个人的沉默里容纳着另一个人的沉默。

是父亲率先打破了沉默，他说："你不要胡思乱想，看病要紧，中药要吃，格列卫也要吃，钱用掉了，我们可以再赚，我们有两家工厂，能保证你看病的钱。"

陆勇说:"我心里很乱,骨髓移植不知道要等到什么时候,我想先服中药维持,等待配对还是可以的。我在瑞金医院看到,许多病人就是吃吴教授的煎药控制病情的。我现在还没进入发展期,更没有到急变期,吃中药完全可以使病情保持稳定,这样会省下不少钱!"

父亲陆再生说:"不行,西药中药都要服,我们要双保险,只有身体好了,我们才有体力和精力赚钱。"

陆勇说:"这100万元是你一辈子的心血,这可是你和妈的养老钱啊!"

父亲陆再生说:"养老,早哪,我刚六十岁出头,还可以干上十几年,干到七十五岁都没问题。再说,你病好了,把两家厂办兴旺了,有你替我们养老呢,老话说,养儿防老嘛!"

妹妹说:"还有我呢,我也可以帮上一把。"

父亲说:"儿子啊,你是大学生,是有知识的人,也有主见,这种时候一定不要像无头苍蝇那样乱转。人家不是说吗,癌症患者一大半是被吓死的,我看你一点都不害怕,这点很好。事情已经在那里了,车到山前必有路,我们要撑住,特别是你要撑住,懂了吗?"

陆勇心里顿感轻松,回答说:"我懂了,我会挺住,再苦也会挺住!"

父亲站了起来,抱紧胳膊说:"就这么办,废话不说了,一句话,撑住!坚持就是胜利!"

这次父子之间赤诚相见的谈话,给了陆勇活下去的力量和信心。危难时刻,亲人与你同舟共济、与你温情陪伴,这是对患者最好的精神抚慰。对于一个家庭而言,在与癌症的拉锯战中,既有山穷水尽的伤痛和迷茫,也有不离不弃的温暖与力量。这种血浓于水的情感,这种打碎骨头连着筋的骨肉之情,是医治疾病最有效的良药。实际上，家庭的鼓励和方方面面的"关怀"在癌症治疗的过程中会起到潜移默化的感染、激励作用，会给予病患力量和信心。

1994年，国际医学界开始使用"支持治疗"（supportive care）这个词。癌症支持治疗多国协会（MASCC）将它定义为：预防、治疗肿瘤本身及抗肿瘤治疗的不良反应，涉及的范畴包括药物不良反应的预防和处理、营养支持治疗、躯体症状处理、精神心理症状处理、康复治疗、终末期问题、照顾者问题、社会支持等方方面面。医学界认为，支持治疗、情感治疗和传统的放疗、化疗、手术一样是癌症治疗不可或缺的组成部分，事关肿瘤康复及提高患者生活质量和精神状态等大事。在一些发达国家，理想的肿瘤支持治疗团队应该由医生、心理学家、药师、康复治疗师及宗教工作者、营养学家和护士组成。其中还包括家人和朋友的悉心照顾、理解、勉励和爱情，这些是任何东西都无可替代的。春风化雨般的关怀、春暖花开般的鼓励、阳光般的笑容、安静而充满温暖的环境，就是对病人无声无形的心灵滋润和抚慰。这一点对于陆勇来说是具备的，父亲、母亲、妹妹，无不对他给予无微不至的关怀，还有一个人，那就是未婚妻张滢滢（化名）对他超凡脱俗的关爱，这简直是他倒霉的时候上帝赐给他最珍贵的礼物。除此之外，他还同时进行着适度的运动，保持着良好的睡眠。由此可见，癌症治疗涉及的不仅仅是一瓶药、射线和手术刀那么简单。

患难见真情。同事、朋友在惊愕之余，也在第一时间给了他安慰、问候和鼓励，为他献计献策，讲一些道理，举一些例子。他们中的绝大多数是真诚的、真心的。他们惋惜、唏嘘、感叹，并在力所能及的范围内提供帮助。这让陆勇感激不尽。

有没有对陆勇患病幸灾乐祸、暗中窃喜、隔岸观火的人呢？有，人心是复杂的，有些心理阴暗的人看不得别人好，别人比自己好便心生妒忌。

陆家是良善之家，但儿子是名牌大学的高才生，办了两家企业，这在村里并不多见。有人以为他们赚得盆满钵满，便得了红眼病。最主要的是，陆勇全家都是城镇户口，在那时，户口是大事，事关身份、利益、前途和城乡差别。城镇户口和农业户口还是世袭的，隐含着血统的意味。农业户面对城镇户有种明显的自卑感和羡慕嫉妒。

因此，陆家的城镇户口这个标签在村子里令人生羡，当然也令人妒忌。好事怎么都让陆家占了？陆勇得了白血病，某些人不平衡的心态稍稍平抚了一些。关于他病的飞短流长、闲言碎语在村巷里流传着。异样的目光一直围绕着陆勇，甚至还有歧视、冷漠和讥讽。

于是有人造谣陆再生的厂占了集体资产的便宜，陆勇的手套厂利用了他在外贸公司的资源，是假公济私等。陆勇不理睬这些人，不急不躁，不怒不争。他很明白，这是某些人的内心独白：你的美好，时时刺伤着我的不堪；你的不幸，说明老天有眼，是对你的惩罚。陆勇的态度是：随你怎么想，我才不在乎，在生死面前，一切都是小事。

正值"非典"时期，甚至有人造谣说陆勇的白血病有传染性，因而，有部分人对他避之不及。对于这些，陆勇大多没听到，耳朵里被刮进几句，他也并不在意。他的心思放在如何治病上，他记住了父亲的话，挺住就是胜利！在拯救自己生命的过程中，斑斓的世界，投向自己眼睛更多的是充满同情和鼓励的微笑致意。人生的深邃、美好与千言万语就写在这阳光般照拂生命的笑容里。

从2002年年底到2003年初春，一场突如其来的"非典"以迅雷不及掩耳之势袭击了中国大地。陆勇的头上挂着两把达摩克利斯之剑：一把病毒之剑，一把癌症之剑。在这场与"非典"的斗争中，爱和责任凝聚了一个民族。疫情是凶恶的，但并非是坚不可摧的石墙，一场斗争在中国大地上轰轰烈烈地展开。

这场斗争的氛围感染和影响了陆勇，他慢慢缓过劲来，惊魂渐定，开始和病魔进行斗争。这是一次长途跋涉，其行程注定是曲折的。除了煎中药、喝中药、服用格列卫外，他就是设法多生产手套，多赚钱用来看病。他想起了电影《肖申克的救赎》中的一句台词："每个人都是自己的上帝。如果你自己都放弃自己了，还有谁会救你？每个人都在忙，有的忙着生，有的忙着死。忙着追名逐利的你，忙着柴米油盐的你，停下来想一秒：你的大脑，是不是被体制化了？你的上帝在哪里？"

"非典"给经济和生产带来了不可避免的冲击。疫情期间他没有到处奔波，而是守住他的厂，守住他的药瓶子和药罐子。陆勇开始变得沉稳、理性、安静。疲惫和倦怠渐渐远去，他感觉到自己的体能在悄然恢复。有时走在街头，那种在病床上自己从街头人群中剥离出来的奇怪感觉消失了，他感到自己又回到了令他神往的人群中，步伐也变得轻松起来。

但是，格列卫的价格奇高，每月将近5万元，加上住院费、检查费、中药费，短短一年时间已花去了五六十万元，父亲的家底没了一大半。这让陆勇感到吃紧了，他也了解到，病友中能像他一样吃得起格列卫的寥寥无几。患上白血病对于无力承担昂贵药费的病人来说，要活下去是一个巨大的挑战，他们除了无奈之外，只能听天由命了。《重生手记》中说："面对医生的死亡判决，要用我们的脑袋救命，而不要用钱包救命。"对于治疗白血病，陆勇认为，这句话前半句无疑是对的，得了病要理性、冷静，要有自己的主见，不能盲从。但钱包是极为重要的，白血病患者有了足够的钱，就能服用格列卫这一特效药，生命就能得到维持，就能完全像正常人那样健康地活着。索尔仁尼琴在小说《癌病房》里问道："生命的最高价值究竟是什么？到底为它该付出多少代价？而多少不可以？"

这是很残酷的。随着时间的推移，陆勇了解到的患者的不幸情况越来越多。陆勇明白，这些人命悬一线，其治疗过程是极其痛苦的，除了苦难还是苦难。而问题的症结就是囊中羞涩，缺钱。这就造成了生命不可承受之重。因此，陆勇在《我不是药神》上映后说过这样的话："每个病人的经历，不需进行艺术加工，都是一个血泪斑斑的悲痛的故事。"

也正因为如此，他认为我父亲得了这个病，靠乐观和中药拖了那么多年，也是创造了生命的奇迹。从某种意义上说，当治疗越来越不是一个医学问题，而成为一个经济问题、生死观问题时，患者及其家庭对待病人的态度就显得敏感而微妙。特别是病治不好了，亲情会让家庭其他人员很为难，但又不得不硬撑下去，明明知道要人财两空，但还是不愿放弃。这里面有责任心，也有对别人议论的顾忌，毕竟人言可畏，大多数人是很介意的。至于患者，一般都想继续治疗，还存有一丝渺茫的希望和侥幸，但又为拖累家庭而感到抱愧。这种情况怎么办？这是摆在重疾病人及其家人面前的一个现实问题。

第三章

爱之光照过生命的缝隙

陆勇的第二段婚姻已经走过了十多年，是伴随他的病以及由仿制药带来的曲折和考验一路走过来的。应该说，这次婚姻是他苦难经历中的幸福和欢乐。但他对此谈得也很少，几句话就带过了。他很少提到爱情这个词，但任何幸福而稳定的婚姻都是离不开爱情的，即使不用爱情这个词来表达，爱情也是真实存在的。尤其是像陆勇这种情况，没有爱情，怎么会冲破现实生活中那些客观存在的阻碍呢？因为这与陆勇的疾病有关系，我尽可能委婉地询问了这些个人隐私问题。不是出于好奇——坦率地说，好奇是不可避免的。但更重要的，是我佩服不顾陆勇身患重症而爱上他的这个女孩子的勇气。同时，也不得不说，陆勇之所以能健康地活着，能保持一个良好、积极的生活态度，除了格列卫仿制药，也是与爱情、婚姻的滋养和幸福的家庭分不开的。

陆勇的第二次婚姻确实有些特殊，尽管他谈得不多，但还是在诉说自己的经历时提到了第二个妻子。她比陆勇小十岁，像绽放的花一般的年龄，出身于一个从事司法工作的家庭，父亲是市检察院的干部，母亲是区法院干部。家庭背景不同，成长环境不同，经历不同，尤其是作为病人的陆勇，有过一次婚姻，还有一个孩子，从世俗的眼光来审视，他们俩并不怎么般配。但他们是怎么走到一起的呢？也许这就是我们经常说的命运吧。也可以用人们常说的一句话来说明："上帝给你关上一扇门，就会同时为你打开一扇窗。"或者像中国古人所说的"失之东隅，收之桑榆"。总之，在陆勇的生活进入人生至暗期的时候，一个年轻美丽的女孩子悄然走近了他。

爱之光芒照过陆勇生命的缝隙。万物皆有裂痕，那是光照进来的地方，这是尼采说的。

她叫张滢滢，一家汽车 4S 店的销售员。她认识陆勇是很偶然的。一次从北京回无锡的飞机上，张滢滢和陆勇坐在同一排。张滢滢的座位对着冷风口，她感到有些冷，陆勇便和她调换了座位。后来张滢滢迷迷糊糊睡着了，陆勇便招呼空姐拿了条毛毯给她盖上。张滢滢醒来后，知道这是陆勇让空姐给她盖上的，便向陆勇道谢，不由得对这个对她体贴入微的男人多看了几眼，发现他是个皮肤白皙、举止斯文的男子，戴着眼镜，知识分子的模样。下飞机时，有车来接陆勇。陆勇见张滢滢行李较多，便邀请她上车，表示可以送她去目的地。见张滢滢犹豫，陆勇便掏出自己名片给她，并笑着说："你放心，我是做手套的。安镇人。我几步路就到家，让司机送你回去，没有别的意思，替你行个方便。"张滢滢上了车。就这样，他们认识了。

4S 店在客户购买汽车时会附送一些小礼品，比如车套、香水、手套、坐垫、洋娃娃等。张滢滢要买一些白色的手套，她想到了陆勇的针织厂是生产手套的，便按名片找上了门。陆勇热情接待了她，琳琅满目的手套吸引了张滢滢。张滢滢订了一批，客人很喜欢。她又来厂里订了一批，一来二去，他们就熟悉了。

这时候，陆勇还没有和前妻离婚，但他们已成陌路，早已分居，剩下的就是去办离婚手续，领一个小本。张滢滢不知道从哪里听到了陆勇的事情，她很同情这个负重前行的男子。离婚了，陆勇谈不上高兴，一个有过短暂的甜蜜生活而后又产生种种纠葛的家庭解体了。他只是松了口气，压抑了好多年，一段名存实亡的婚姻结束了，他可以放下了，终于如释重负。三个月后，他被查出了白血病，除了治病和经营厂子，他心无旁骛，根本没有重组家庭的念头。他的身体和工厂的状况不允许他考虑这些问题。

一扇窗户在陆勇面前打开了，不过他没有感觉到。陆勇没有对张滢滢产生超过客户之外的非分之想。他的心思不在这里。白血病是他的生命之重，还有猖獗一时的"非典"造成的阴影笼罩着他的小厂。在他眼中，小张端庄大方、温柔清纯、单纯可爱，是一个贤惠的淑女。女孩，就该有女孩样儿。张滢滢就是个讨人喜欢的女孩子，仅此而已。

周围的人都很喜爱这个女孩子，和陆勇说笑话，鼓励他去追她。他连连摇头，说："这不可能，绝无可能！一个女孩子怎么会看上我，我是一个白血病患者，有一家赚不了几个钱的破厂。况且刚离婚，还有个孩子，她图我什么？而且，我得的这个病不是小毛病，谁也不知道未来等待我的是什么，我不能害人。"

还有一个理由他没有说出来，那就是张滢滢的父母都是司法干部。在陆勇心目中，公检法的干部都是严肃的、冷漠的，似乎和常人不一样。他们是人群中的"另类"。

在这样一个"另类"的家庭里长大的女孩子，怎么可能会看上人群中的另一种另类——一个得了绝症的人。但不可能的事往往却有着一定的可能。一次偶然的机会，他们一起在安镇街上的一家饭店吃了顿饭。临望虞河，坦荡的河面上，行着一条条船，水波摇晃，船头船尾挂着风灯，灯光不是很明亮，甚至是昏暗的，火焰微微跃动。他们可以看到船夫一家在忙碌、在用餐，盘腿而坐，说说笑笑，薄暮中营造出一个个水上人家特有的风情。河水平静黯淡，倒影幢幢，星空浩阔。两人吃饭时都有些拘谨，场面略有些尴尬。这次吃饭，他们谈了手套厂，谈了陆勇的病，张滢滢说了句："要我做什么，你尽管开口，比如配配药、开开车什么的。"

陆勇说："你是可怜我，我不要人可怜。人生无常，无常就是苦，我自己来承受。"

张滢滢说："我不是可怜你，我觉得你需要人帮助。这样吧，我先帮你做点事，陪你看病、配药、煎药。你父亲有自己的厂，他骑摩托车天天忙着跑业务，抽不出时间来照顾你，我替他分担一点吧！"

陆勇没有说同意，也没有说不同意，他沉默着。他不忍心让张滢滢难堪，但他又确实不愿麻烦一个女孩子。

陆勇说："你帮我可以，不过不能影响你的工作，业余时间、礼拜天来吧。"

从此以后，张滢滢便以朋友的身份出现在了陆勇的生活中。他们有了来往。陆勇住在厂里，她下班后就为陆勇先用清水把草药泡干净，再在黄泥小炉上小火煎熬。熬得浓稠的头一遍药汤，先冷却一碗，温度适度时，让陆勇喝下去。再加一点水，连同剩下的是第二顿的服用量，让陆勇自己热一下服用。一天两碗。第二天下班后，她再熬新的一帖药。一个疗程两个星期，两个星期后去上海医院复诊、做常规检查。吴医生对方子进行微调，再配一个疗程的中药。

每次去上海，张滢滢都陪同前往。早晨天色刚亮就起床，5点就开车出发。7点半左右到达上海中医医院，排队挂专家号，再排队候诊。每次几乎要花上一天的时间。有时陆勇的父亲也去，一般是张滢滢驾驶汽车。到了医院，她忙前忙后，挂号、交费、取药都是她。

2004年起改为四个星期去一次。

周末两人在一起时，陆勇服用汤药以后，张滢滢准备晚餐，尽可能荤素搭配，以新鲜的鱼虾为主。江南水乡鱼肥虾鲜。素菜更是随吃随采，带着泥土的芬芳。听说哪一种食物有抗癌作用，张滢滢就尽量买来吃，黑木耳、鲜蘑菇等成了他们餐桌上最常见的菜肴。

张滢滢总是劝陆勇多吃些，告诉他与疾病斗争要吃好，以增加营养、增加能量。她相信老人的话，药补不如食补。看到陆勇吃得津津有味，有时甚至风卷残云般地把菜一扫而光，她便放下碗筷，安安静静地看着他，脸上露出欣慰的笑容。她还会说："你胃口这么好，哪像个病人啊！完全是个健康人！"

晚饭后，她会陪陆勇散步，夕阳西下，暮色苍茫。在杂草丛生、芦苇飘荡的河道边，在成熟的金黄色的稻田阡陌上，在清澈见底、散发着潮湿水气的湖沼畔，他们慢慢走着，看着远处幽深的山影，村庄农舍的屋顶上冒着一缕缕白色的炊烟。随着他们的脚步，田埂边有青蛙蹦跳，芦苇荡里扑簌簌地扬翅飞出一群水鸟。河边泊着一艘艘农船，有着野渡无人舟自横的悠闲景象。每当这时候，陆勇就会感慨地说："这种有着烟火气的平平常常的小日子以前感觉不到有什么好的，现在我才体会到，这样的生活其实挺好的。"一旦重病缠身，平静的生活、充满烟火气的小日子就会成为一种奢望。

张滢滢望着那轮血红的落日，说："这个地方不错，不像城里那般嘈杂，这日子真的不错，我也挺喜欢的。"

张滢滢有点小资，陆勇也有，他们趣味相投。另外，张滢滢欣赏陆勇的聪明能干，他似乎什么都懂，让她很有安全感。

陆勇说："可是……也许，不久后，我连这样的日子都过不上了，我自己倒无所谓，可父母亲还不算太老，母亲已从服装厂退休，帮着我管手套厂。父亲有家五金厂，虽然赚得不算多，但够他们宽裕地生活了，我最不放心的是女儿，她只有九岁啊！我万一不好了……她怎么办？"

说到这里，迎面吹来一阵劲风，大热天的黄昏，他不禁哆嗦了一下。那轮夕阳已落下，天一下子黑了下来。一塘蛙鸣，点点归鸦。

张滢滢说："你又来了，你现在身体不是挺好的吗？眼前的一切，并不是奢望，而是实实在在存在的，我们在享受这一切，我会陪你这样平静地生活下去，这不是很好吗？"

陆勇说："我现在心情不错，我觉得身体正在向好的方向转变。格列卫这个药是好药，吴医生的中药也不错，在我身上都有好的效果。还有你的照顾和安慰，让我的心态好起来，心态很重要。"

张滢滢很高兴地笑了，她说："你别夸我，只要不赶我走就蛮好了。"

陆勇说："我怎么会赶你走呢？只是你太辛苦了！而且，我们不会有什么结果的……"

张滢滢："我不辛苦。结果不是出来了吗？你还活着呢，活得好好的。"

陆勇说："不，你要好好考虑，你不能当我的牺牲品，不值得。"

张滢滢问："为什么？为什么不值得？"

陆勇坦言："我现在是活着，但我仍旧是个病人，格列卫不是万无一失的，这个病很顽固，我不是悲观，而是理性地看待问题。你是个好女孩，不嫌弃我这个病人，让我很感动。我没有理由不喜欢你，但我要为你负责。这样吧，如果五年内我的病情稳定了，我们就向前走，好吗？"

张滢滢点头答应："好，我等你，你可不能食言。"

五年，这是他们的约定。

陆勇每周都要去附近的体育馆游泳数次，这个习惯他坚持了很多年。生病后，他停过一段时间，现在身体逐步恢复，他又恢复了游泳。张滢滢有时间就陪他去，她原来不会游泳，但跟着陆勇学会了，而且进步很快。两人在碧波中划动着，张滢滢快如飞鱼，陆勇竟然有点赶不上她了。

药物、锻炼、爱情，这三股力量的激荡，让陆勇的感觉越来越好。张滢滢从购买汽车的客户那里打探到好几个身患癌症而健康地活下来的人，有活了五六年的，有活了七八年的，有活了十多年的。她要了他们的地址和电话，一一给他们打电话联系。但大多数人一听她的话题，就生硬地挂掉了电话。后来她改变了方法，让客户代为联系，并告诉他们，自己的男朋友得了癌症，要打听治疗和保养的方法。她表示只是借鉴，一定会保密，不会泄露他们的个人隐私。对方被她的诚意感动了。

她和一个开美容院的女老板有过几次接触，为了听她讲述，她去做了几次美容。这个女老板十多年前在读高中时得过急性白血病，她是在上海瑞金医院血液科治好的，一直快乐地活到现在。出院后，她服用过半年药物，吃过一个老中医的方子，里面有一味药是雄黄。后来就停药了，中西药都停了，现在只吃六味地黄丸和蜂胶。她还在生病后上了大专，做了两年工人，开过鲜花店，结婚生子。现在的美容院生意兴隆，客户不少是乡镇企业的老板或老板娘。她说，她每年检查两次身体，一次血液检验，一次全身体检。

她做瑜伽、跳舞、唱歌，日子过得有声有色。

张滢滢见到她时，见她皮肤白里透红，气色绝佳，靓丽时尚。但她还记得自己得病时绝望和悲痛的心情，因为化疗，头发都掉光了。她觉得自己已走到了生命的尽头，身心处于极度疲劳的状态，她已经没有活下去的勇气了。现在觉得有点可笑，但得了这样的病，有坚强忍受力的人不多。她总结了一条：心态要好。她后来横下了一条心，人总归要到那边去的，与其哭，不如活一天捡到两个半天，笑比哭好。

张滢滢还与一个胃癌病人交谈过。他当年经常胃痛，胃出过一次血，后来查出是胃癌，手术切除了大半个胃。十几年过去了，现在活得好好的。戒烟戒酒，过分烫和过分冷的食物及饮料都不碰。这位胃癌病友将近五十岁，在一家国企担任车间主任，他觉得癌症并不可怕，只要早发现早治疗，完全是可以治愈的。

　　还有得乳腺癌的中年女子、得脑瘤的一个篮球运动员、得肝癌的中学数学老师等等，张滢滢都一一拜访过，发现他们都活得愉快而充实。他们的共同点是乐观、豁达，不是老想着自己的病，不恐惧，还有家庭和睦，饮食注意营养，注意体育锻炼，跑步、游泳最佳。张滢滢每与一个这样和死神握过手的人（这是她对癌症患者的特别称呼）交谈过后，就会兴奋不已地将过程讲述给陆勇听。每个人的背后都积聚了太多难以言说的酸甜苦辣，其中包括服用不少稀奇古怪的秘方：有服灵芝的，有服蟾衣的，有服鹌鹑的，还有上面说的，服老中医开的雄黄的。

　　每次听张滢滢的讲述，看到她的认真劲儿，陆勇都忍不住想笑，心里当然满是感动。他知道每个人患的病千差万别，有的看似很重，却活了下来；有的看似较轻，却甩手而去了。这里面有许多原因，说不太清楚，但乐观、豁达是有道理的。那些奇奇怪怪的所谓偏方，陆勇是拒绝服用的，他很排斥那些东西。他不相信它们对癌症治疗会起什么好的作用。蟾衣是癞蛤蟆身上脱下来的一层壳，在惠山直街专门有人销售，广告连篇累牍地做。陆勇始终拒绝吃蟾衣、雄黄。他认为这两样东西是有毒的，虽然以毒攻毒是中医的一种原理，但不能随便攻，攻不好，适得其反。

　　在治疗白血病的过程中，陆勇坚持正规的治疗。他也相信中医，四气五味，八纲辨证；正气存内，邪不可干。这是中医的基本原理，陆勇是认可的。千百年来，中国人就是这么看病的。中医的望、闻、问、切是看病的主要方式。中医的"把脉"看似简单，却学问很深，考验着一个中医大夫的功力。

　　陆勇对张滢滢为他的病到处奔波以及对他的不离不弃，不禁心生感激，这给他带来了巨大的精神安慰。陆勇承认，他已经离不开这个女孩了，一天不看见，就感觉若有所失。他希望自己能活下去——不仅仅是想过有烟火气的小日子，更是为了幼小的女儿陆雨荷（化名），也为了这个不嫌弃自己的女孩。他必须好好活着。

但是，他心里还是有一种说不出口的疑惑：她到底图他什么？这又回到了原点。一个如花似玉的女孩子，愿意跟他这个挣扎在生死线上的人一起生活，是出于高尚的道德追求还是有功利性的目的？这个问题连父亲、母亲也问过他。图钱，陆勇没有钱，针织厂利润很薄，看病配药还得靠父亲支援。父亲为了多揽业务多挣钱治疗儿子的病，天天骑着摩托车来往于各地各个单位，风雨无阻，疲于奔命。

至于出于道德一说，那太虚幻了，这世上令人痛惜的事太多，她为何要为自己做出这么大的牺牲，还那么心甘情愿？如果是同情自己、怜悯自己，她在力所能及的范围内提供帮助即可，不至于为自己付出那么真挚的爱。那到底是为什么呢？唯一的解释，就是缘分，一种神秘而华彩的缘分。是命运对自己的眷顾，那么，既然命中有她，命运也定会让他活下去，否则，对张滢滢不是莫大的伤害和捉弄吗？

"看来自己还是不幸中有大幸的。自己应该珍惜，珍惜生活将她赐予自己，珍惜我还能活着。格列卫、吴教授的中药，它们维系着我的生命。"漫长的"非典"疫情在 9 个月后结束了。陆勇一直小心翼翼地保护着自己，因为自己是个患者，免疫力低下，如果感染上了病毒，他就没得治了。但是，这不寻常的 9 个月，深深地镌刻在他记忆深处，永远不会忘却。

陆勇成了"瓦尔登湖"式的隐居者，在自然的安谧中，在一个偏隅僻地中寻找本真的生存状态。蓝天和沃野汇聚于茫茫的天际。在晨昏浪漫而华丽的柔情中，一个女孩陪着他，这样的时光安抚了他的心绪，他们不仅要一起与病魔做斗争，还要各自谋生。尽管要做这些事，但陆勇竭力在他的"瓦尔登湖"畔隐匿自己。"非典"和白血病的双重压力，差点让他喘不过气来。这9个月是他人生中最重要的时期，使他感悟到不少受益终身的人生真谛。

2003年10月，"非典"过去了，正常的生活秩序又回来了，喧嚣和活力也回来了。陆勇在张滢滢的陪同下，去北京大学附属血液医院咨询骨髓移植的事。格列卫虽有效，但价格奇高，他感到难以为继，这副担子太重了，把全家人都赔进去了。骨髓移植虽然也要花费三四十万元，但这是一次性花费，移植手术成功了，癌细胞就可以连根拔出，不需要继续花钱。而服用格列卫是终生的，陆勇不得不考虑自己长期的承受能力。

不料，半年以后，他改变了主意，放弃了骨髓移植这个选择。原因是，他寻找到了印度仿制药，其价格他完全可以长期承受。另外，对于骨髓移植，他也有了新的认识。

此后，他坚持服用印度仿制药和吴医生的中药。他的身体完全恢复，心境渐渐沉静下来。经过多次检查，病情终于得到稳定，他的生活质量越来越好，而手套厂的经营状况也有所改善。

2007年2月，春节期间，他和张滢滢走进了婚姻的殿堂，正式结婚。一切疑惑随着婚礼的庄重、喜庆和誓言消失殆尽。那缝隙中透出来的光已变成一团炽热的幸福火焰。

陆勇放了很多鞭炮、烟火，随着尖利、欢快的轰鸣声腾空而起，烟火让夜空变得五彩缤纷。宾客众多，其中有他的病友代表。张滢滢仪态万方，笑容可掬。她整整等了陆勇5年。她说，她坚信会等到这一天。

陆勇有种再生的感觉。死神和他握了下手，就转身离开了。抗癌五年，在这些刻骨铭心的岁月里，在与白血病的拉锯战中，既有山穷水尽的痛楚和迷茫，更有不离不弃的温暖和力量。这是张滢滢给她的，他从心底里感激她。

在这之前，有一次他一个人路过胶山，这是个圆圆的小山岗，他情不自禁地爬上了高低不平的山坡，一段湮没在荒芜中的蜿蜒小径突然向他敞开，他认出这是小时候常爬的一条路，也许还留着他当年的印记。好多年没上去过了，他不由得往上爬去。山上树木稀落而翠绿，清气入腑。已找不到安国当年栽种的桂花树了，山坡上长满了杂草野花，他印象最深的是烂漫绵密的野蔷薇那粉色的团花，花开如瀑，气势极盛。当地人称这种野花为七姐妹，何以得此名，陆勇从未深究。还有田埂、河滩等到处可见到的狗尾巴草，耷拉着毛茸茸的长长草冠。他一口气爬到了山顶，映入眼帘的是那灰白色的低矮平房，被岁月侵蚀得斑驳的老墙，一大片一大片的黑瓦——世代是这种单调而恒久的白、灰、黑。听老人说，有过黄色稻草的屋顶，时间一长，也变成灰黑的了。这是他年少时对安镇印象中褪不掉的色彩，也是乡愁的底色。田野、阡陌、池塘、油菜花，天地辽阔，乡野安宁。现在不同了，看到的都是楼房和厂房，无边无涯的。他站在山顶，俯视了一会，像小时候一样躺了下来，除了鸟的啁啾声，很静，出奇地静。时间仿佛停摆了。他觉得自己好像回到了多年前的过去，那时他会睡着。他就是这样躺着，内心很平静，小时候的事涌了上来。那时候多单纯啊，无忧无虑，少年不知愁滋味。忽然，他想到了自己的病，他如梦初醒，不禁流出了眼泪，后来大声号啕起来，泪流如泉。哭过之后，他站了起来，沿着留有他印记的小路下山。

陆勇忍不住把这件事告诉了张滢滢，张滢滢执意要和他一起爬胶山，他俩再次踏上了那条小径。到了山顶，张滢滢说，生活中许多事就是爬坡，爬到顶上，就该下坡了。你上次是独身一人，从现在起由我陪你一起爬，但是，你要笑，不能哭。陆勇笑了，张滢滢也笑了。自此以后，他们经常爬胶山，沿着弯曲的小径。这些年，他的病情比较稳定，这与张滢滢的陪伴分不开。在婚礼上，他讲出了那句藏在他心中多年的话，他赞扬妻子说，她是老天恩赐给自己最珍贵的礼物，她是自己的福星。命运循环往复，陆勇这辈子注定有一个张滢滢出现在自己的身边，使自己拥有了她的关爱。格列卫仿制药和爱拯救了他。

让陆勇遗憾和叹息的是，有一个对陆勇来说最重要的人缺席了，他不可能再来了。这个人就是陆勇的父亲陆再生，一个为儿子操碎了心的慈父永远地离开了。

结婚前，陆勇和张滢滢特地去了父亲的坟前祭奠父亲，并把准备结婚的喜讯告诉了父亲。在父亲坟前，陆勇泪流满面地说："爹爹，我要告诉你，我和小张要成亲了，你肯定会感到非常欣慰和高兴的。你一直对我说小张有良心，你可不能亏待她，我记住了。"还有一点，让陆勇略为宽慰的是，父亲活着的时候知道儿子找到了印度仿制药，他听到这个消息后长长地吁了口气并说了句："儿子，你有救了！好好活着吧！"

陆勇和张滢滢结婚后曾专程游览了太湖鼋头渚。陆勇患病后几乎没有游览过任何风景区。在命运散乱的安排里，他对任何风景都不感兴趣，只是对平凡的岁月有种留恋。

在三万六千顷湖面包孕吴越的太湖边，他们感到神清气爽，陆勇的精神为之一振。他来过这里很多次了，但这次前所未有地感觉到太湖是那么美丽，那么气势磅礴。他们长时间站在嶙峋的巨石上，迎着凛冽的湖风。陆勇说，我要去游泳了，在这里游泳的感觉肯定跟游泳池里不一样。

张滢滢说："以后有机会到太湖里游吧！我想起了一首诗。"

陆勇感到奇怪，他还是第一次听张滢滢谈到诗歌。

他问："什么诗？"

张滢滢："《人到中年》那部电影你看过吗？潘虹和达式常主演

的，他们在里面念了裴多菲的诗《我愿意是急流》，我当时就听得眼泪出来了。"

陆勇说："这电影我看过，我也人到中年了，你还很年轻。裴多菲的诗很感人，我在大学时，听同学在联欢晚会上朗诵过。还有一个同学送了一本书给他暗恋的女同学，在扉页上抄了这首诗。"

张滢滢高兴地说："真的？太好了，你也送我一本书，写上这首诗。记住了，你欠我一首诗。"

陆勇说："我欠你太多了，我要用一辈子来偿还。"后来，他还是送给了她一本舒婷的诗集《致橡树》。他不懂诗，但在大学时，他知道不少同学都喜欢舒婷的朦胧诗，其中有《致橡树》《祖国啊，我亲爱的祖国》《双桅船》等。在联欢晚会上，有人在台上朗诵舒婷的诗，会激起兴奋的掌声和欢呼声。他选择了舒婷的诗集，再把匈牙利诗人裴多菲·山陀尔于1847年创作并题献给恋人的《我愿意是急流》抄写在扉页上：

> 我愿意是急流，
> 是山里的小河，
> 在崎岖的路上、岩石上经过……
> 只要我的爱人是一条小鱼，
> 在我的浪花中快乐地游来游去。
>
> 我愿意是荒林，
> 在河流的两岸，
> 对一阵阵的狂风，
> 勇敢地作战……
> 只要我的爱人是一只小鸟，
> 在我的稠密的树枝间做窠，鸣叫。

我愿意是废墟，在峻峭的山岩上，
这静默的毁灭并不使我懊丧……
只要我的爱人是青青的常春藤，
沿着我荒凉的额，
亲密地攀援上升。

我愿意是草屋，
在深深的山谷底，
草屋的顶上饱受风雨的打击……
只要我的爱人是可爱的火焰，
在我的炉子里，愉快地缓缓闪现。

我愿意是云朵，
是灰色的破旗，
在广漠的空中，
懒懒地飘来荡去，
只要我的爱人是珊瑚似的夕阳，
傍着我苍白的脸，
显出鲜艳的辉煌。

那时候，他们是幸福的。爱情之所以为爱情，是因为它让经历在其中的人发现了另一种意义，让还未尝试的人有了可以期待的理想。虽然会有泪水，会有失望，甚至没有想象中的幸福结局，但我们还是应该真诚地感谢另一半。感谢他们陪伴我们成长，陪伴我们经历，陪伴我们走过最美与最苦闷的日子……许多东西会见证这一切，比如安镇的胶山、那条留着记忆的小径、金黄色的油菜花、日出日落、月亮星空，比如太湖、灯塔和《我愿意是急流》这首诗。

第四章

"两个心房：
一个住着不幸，一个住着幸运"

　　陆勇患病后，他的求治征途和药物紧密联结在一起，灌满了浓浓的药香。陆勇每天在不间断服用格列卫和中药，他自称药罐头。陆勇说，每个人的心脏都有两个心房，他的两个心房一个住着不幸，一个住着幸运。他的生活半是阳光半是雨，有幸福，因他收获了爱情，找到了印度仿制药；也有悲伤，因他失去了父亲。

　　陆勇的父亲陆再生出行都是骑摩托车，车技娴熟。他东奔西跑，穿梭于客户之间，就是靠一辆摩托车。他为五金厂拉业务、拉订单，没日没夜地忙碌着。他的五金厂没有固定的产品，主要是承接各种金属零配件的加工业务，设备也是车床、刨床、铣床、钻床等比较陈旧的机器。从现在的标准来看，那不过是个小作坊。

　　自从陆勇确诊患了白血病以后，高昂的医药费让陆再生压力陡增。虽然他一直在鼓励儿子坚持治疗，但对自己寄予厚望的儿子得了这样的病，他心理上产生了巨大的消耗，经常整宿整宿失眠，在黑暗中愁眉苦脸，身上的衣服常常被冷汗浸湿。命运为儿子准备了一颗"子弹"，他不知道儿子哪一天会被击倒。一个人独处的时候，他暗暗淌眼泪，情绪一片沉重肃杀，如坐针毡。为了多挣一些钱，他不得不到处寻找业务，"非典"之后跑得更勤了。以前看不上的小单子，他也会接下来，多多益善。但毕竟到了花甲之年，精神压力和过度的劳累使他整个人疲惫不堪、神情恍惚。

　　2005 年 3 月底，他急匆匆地从一个单位返回安镇，在锡东大道上，摩托车与一辆面包车相撞。他脑部受重伤，当场昏死过去，病情危急。他被送到医院抢救，动了开颅手术，未苏醒，一周后去世，年仅六十二虚岁。

父亲是家里的顶梁柱，他的意外和突然离世，对陆勇是沉重的打击。他悲伤欲绝，心里充满着内疚、自责，情绪坏到了极点。他明白，父亲多半是因为自己才出的车祸。这件事直到今天，还是一个牢牢地刻在陆勇心上的难以抚平的伤口。一提到父亲的死，他就会感到特别难过、愧疚。父亲勤勉朴实，临大事而有静气，遇不顺而有担当，心有善意却又豁达大气，是一个有侠肝义胆的厚道人。

陆勇确诊白血病后，父亲说得最多的一句话就是不管怎样，都要好好活下去。父亲的遇难，让陆勇母亲和妹妹也很悲痛，但她们没有责怪陆勇，这是肇事者犯的错。她们担心陆勇心里过不去，会影响刚稳定的病情，母亲、妹妹、张滢滢耐心劝慰陆勇不要过于伤心，要从失父的痛苦中解脱出来。

张滢滢说："父亲生前最担心的就是你的病，你的病好了，他在天之灵就会得到安慰。你好好保养身体，按父亲所嘱咐的，好好活着，就是对父亲最大的纪念。"

陆勇听进去了。

陆再生去世的日子正好是 2005 年的清明节。他是一瞬间昏迷过去的，保持了一个星期的生命体征，心跳微弱，气若游丝，植物人一样度过了一生的最后几天。他没有留下只言片语，陆勇知道父亲是不甘心的。他守着父亲，盼望父亲闭着的眼睛奇迹般地睁开来，发出他善良而聪慧的光亮。可是，奇迹没有发生，父亲的眼睛永远地合上了。

"清明时节雨纷纷，路上行人欲断魂。"杜牧的这两句诗，是陆勇心境的真实写照。清明时节，他安葬了父亲，涕泪纵横，肝肠寸断。"白水暮东流，青山犹哭声。"丝丝缕缕的冷雨，绵绵不断。几天前还活生生的父亲现在在一个小盒子内，生命是何等的脆弱。就在那么一瞬间，父亲的生命就结束了，他一天清福都没享受过。骨灰盒在雨水中被埋入墓穴，这给陆勇留下了一个阴冷潮湿的苦痛记忆。那段时日，是陆勇人生中最黑暗逼仄的一段，甚至比得知自己得了白血病还要痛苦。

葬礼结束，在回家的路上，陆勇接到了 5 年来翘首以待的电话，是苏州大学附属医院血液科打来的。院方告诉他，他的骨髓配对找到了，白细胞表面抗原 HLA 六个位点完全契合，十分完美、十分理想，就像两片完全相同的树叶，形状、大小、色泽、茎脉都一样。

"陆勇，你的运气太好了！祝贺你！"医生在电话中说。

如果在半年前，他听到这个消息，会欣喜若狂，会奔走相告，会大声欢呼，可此时此刻，陆勇却没有半点儿兴奋，父亲的突然遇难，让他的心情无比凄凉，甚至有些神魂散乱。更主要的是，他对骨髓移植已改变了看法，他经过认真郑重的考虑，决定放弃骨髓移植。原来对骨髓移植有着热切期待的他为何会改变主意呢？

陆勇对骨髓移植一直是十分重视的，认为它寄托着自己再生的希望。但慢慢地，他感觉到骨髓移植并非完美无缺的治疗方式。骨髓移植成功的前提是合适的病人在适当的时机进行移植，对于急性白血病，适当的时机是在第一次完全缓解期；而对于慢性粒细胞白血病患者的适当时机在慢性期。骨髓移植治疗的原理是：用超大剂量的化疗加放疗进行预处理，病人体内的白血病细胞会遭到杀灭，同时使病人机体的免疫机制及骨髓功能受到极度抑制，后者难以自我恢复；然后将供者或是先期取出的骨髓以静脉输注的方式移植到病人体内。

骨髓移植治愈白血病的成功率理论上为 60% 至 80%，它是主要针对中、高危白血病患者的终极治疗手段。至于患者能活多久，主要取决于其疾病状态、配型结合程度和移植后的并发症。如果以上三个环节都顺利并且没有并发症，那么这个患者可以长期生存。慢性粒细胞白血病，慢性期约80%的骨髓移植病人可以存活3年以上，部分可以存活达6年以上。当然，也有的能存活10多年或更长时间。这是因人而异的，一旦复发，就会导致病情更加严重，非常不利于治疗甚至生命就此终结。所以骨髓移植其实风险很大，有排异的反应，绝不是原来想象的一移就灵。随着医学科技的发展，在世界范围内，骨髓移植的水平也在不断完善、进步，治愈率已经有了大幅度的提高，有相当一部分得到根治。虽然有了特效药，但骨髓移植仍然是医治白血病包括陆勇这样的慢性粒细胞白血病的重要手段。

陆勇知道骨髓移植有成功的，且成功的是多数，但也有失败的。他打听到有几例患者的骨髓移植没有取得理想的效果。上海某大学一个女研究生患了白血病，她和一位台湾供者的骨髓配型成功，但移植失败，坏细胞恶性生长，花掉了100多万元。山西一个白血病患者，等待了几年，好不容易找到了匹配的骨髓，移植一年后复发了，不久就因医治无效去世了。后面这个病例的情况和陆勇相似，所以对他打击非常大。他一直把这个病友作为参照病例，病友骨髓移植后，陆勇以为他会从此脱离苦海了。在听到这个病友移植失败后，陆勇如同被迎头浇了盆冰水，整个人从头凉到脚。他意识到，骨髓移植并不一定能够一劳永逸地治愈此病。他知道任何医疗手段都有风险，哪怕只有很小的风险概率，他也得认真对待，不能马虎。在抗击重疾的过程里，病人和家人要做出无数次抉择，有时候抉择是很难的，就像开一扇门一样，手里握有好几把钥匙，到底哪一把可以开门呢？钥匙可以一把把试，这是一种方式，如果只能选择一把呢？那你肯定会犹豫不决。看病就是这样，只有一两次选择的机会，虽然有多种医疗手段，但没有一种是万无一失的绝对保险、绝对成功、绝对完美的治疗方案。不同的选择都包裹着病人内心对生的渴望以及命运的不同判决。这种时候，就需要病人和家人理性地用头脑去选择，可以考虑医生的建议，但最终还是得由自己来决定，陆勇放弃了骨髓移植这把钥匙。除了对骨髓移植存在疑虑之外，更主要的原因是他通过药海淘金寻找到了印度仿制的靶向药格列卫。他毅然选择了这把钥匙。这是陆勇病程中意义非凡的转折点。

印度仿制药是陆勇偶然间发现的。他是个对网络信息非常关注的人，自从患病以后，他对国内外有关的医学信息尤为注意。他在网络上收集、观看有关白血病治疗的信息，他懂英语，他经常浏览欧洲一个慢性粒细胞白血病论坛。这是由患者、家属、医生、专业人士（研究者）、志愿者共同建立的公益性论坛。2004年5月的一天，是改变他命运的一天，他在论坛上读到一篇文章，韩国 1000 多名白血病患者组成自助协会，用印度海德巴拉 Natco 公司生产的类似瑞士正版格列卫的仿制药做实验，患者服用后的效果与正版药相同，但价格只有原价（2.35 万元）的 17%，即不到4000 元。

陆勇不由得眼前一亮："这是天大的好消息。"这是他第一次知道有这么一种印度仿制药，其相对低廉的价格是诱人的。他进一步跟踪、打探，又看到韩国白血病协会曾拿印度和瑞士两种格列卫做对比检测，结果显示药性相似度为 99.9%，同时发现一家日本药店正在销售这款仿制药。

他通过手套厂的一位日本客商买了一盒。6月份拿到药后，陆勇疑虑重重，这盒药包装简单，药片颜色和正版药相比有些差异。但韩国的实验结果在那里。他通过原外贸公司的关系，送了一颗印度仿制药到韩国白血病协会去求证，结果是此药与正版格列卫相比较，成分完全相同。陆勇决定尝试一下，这种选择本身也意味着有一定的风险。小心起见，一开始他搭配正版药服用。一天正版药，一天仿制药，或者几粒正版药，几粒仿制药，夹杂着服用。隔几天检查一次，指标正常，便逐步增加仿制药的比例。

数月后，陆勇在检查中得到了改变他人生的结果：各项指标正常。从9月份开始，陆勇以仿制药替代了正版药。他肩头的重担卸了下来，顿时感受到患病以来从未有过的轻松。

他把这个消息告诉了父亲，父亲紧皱的眉头舒展开来，心情也变得开朗起来，激动地说："我说嘛，天无绝人之路，柳暗花明又一村。"

从2003年8月到2004年5月，陆勇因服用格列卫已花掉40多万元，加上其他费用，包括上海瑞金医院的检查费、中药费等，不到一年花费总额已达60余万元，家底被掏空了一大半。这让陆再生和陆勇都焦虑起来，长此以往，如果把家底全部吃光怎么办？格列卫的疗程是终生的，就是说，如果不进行骨髓移植，陆勇就要吃一辈子格列卫，一天都不能落下。那么，照这么吃下去，吃上几十年，要有几千万的身家才能承担得起药费。可陆家只能算是小康之家，要攀升到具有数千万财力的豪门谈何容易？这让陆再生大为发愁。

陆勇虽然也担心，但他认为格列卫的价格不可能长期居高不下，过了专利期以后就有下降的可能。这也是他在网上了解到的知识。另外，他知道药物有普惠性，像诺华的正版药格列卫，在中国也推出了一些优惠措施。比如2006年时，诺华搞过一段时间买6个月赠终生的活动。但对于中国的广大患者来说，6个月十几万元的费用依然是很高的，这项政策过了半年多也就取消了。陆勇表示，他当时并不知道诺华有这项优惠政策，如果知道，他可能会参加该活动。这些优惠活动没有引起陆勇注意的原因是，他已找到了印度仿制药，而且仿制药给他带来了与正牌药没有差异的良好效果。直到今天，即便原研格列卫价格已大幅度下降，国产仿制药也进入医保，价格低廉，但他每天服用的还是印度仿制药，这个药有效地抑制了他的病情，让他健康地活着。理由很简单，这个药是他找来的，它救了自己，救了很多病人，已经成为他生活的一部分，他不愿意舍弃它。

陆勇一直在用脑子看病，他劝慰父亲："车到山前必有路，走一步看一步吧！"

正如父亲所说的，柳暗花明又一村，陆勇找到了仿制药，一个月4000元不到，一年4万多元，陆勇承受得起。他进而分析，日本药商销售印度仿制药，肯定会加价，如果他找到印度药商直接进货，价格肯定便宜一些。他仔细读了说明书上和药瓶上的文字，通用名：甲磺酸伊马替尼；商品名：格列卫。此外有电子邮箱、传真号码、公司地址和电话号码。

陆勇和印度仿制药生产商联系上了，对方很乐意向中国患者供货，谈下价来每盒折合3000元不到，比日本商店出售的仿制药便宜了1000多元。从对方的口气来看，还有降价的空间。陆勇决定利用这个机缘把购药渠道转向印度。这时候，陆勇对印度这个国家、印度的制药业、药品专利及印度何以能生产仿制药等问题还一无所知。随着时间的推移，陆勇开始思考这些问题，他是个有独立思考精神的人，从不人云亦云，对待任何事情都不盲从，包括在疾病的治疗上也不盲从，完全是用自己的脑子在救自己的命。

在和陆勇的接触中，我觉得在这一点上他不亚于《重生手记》的作者凌志军。而电影《我不是药神》的主角程勇不具备这个特点，他本人不是病人，只是目睹了白血病患者悲惨命运的药商，从一开始到印度购买仿制药再提价转卖给病人，从中获利，到后来他在病人的现状面前有了道德觉醒，从而愿意低价供应药物给病人。

发现印度仿制药对于陆勇而言，就像久旱逢甘霖。我觉得，陆勇之所以舍弃他原来全心依赖的骨髓移植，和印度仿制药的发现是紧密相关的。但陆勇认为不全然是这个原因，更主要的原因恐怕在于骨髓移植存在着一些不可忽视的缺陷和不足，并不像他原来想象的那么完美。应该说，他原来对骨髓移植期待太高。父亲的猝然去世也是陆勇白血病治疗方案转向的主要原因。

是的，他父亲刚去世，留下的工厂要他去打理。非常时期，他实在脱不了身，也没有心思去做相当复杂的移植手术，更是对不可知的移植信心不足。同时，在经济上，他要马上打9000元为供者做精准体检，并支付押金30万元给医院。供者的体检费不管供得上还是供不上，都得由患者来承担。他当时立即凑够30多万元这么一大笔钱也不是那么容易，况且两家厂的生产需要资金投入，抽掉这么多钱，企业怎么办？他住院做移植手术，两个企业谁来管理？

再说，印度仿制药将他的病控制得不错，病情已经稳定五年了。而且，他感觉精力、体力等方面都在向一个比较好的趋势发展，没有任何不适，未必需要冒着风险去做骨髓移植。因此，他婉转地拒绝了苏州大学附属医院的安排。院方为他感到可惜，说这个女学生马上要去美国留学了，如果错过了这个机会，再找到这样的供者就很难了。

医院是认真的，也是真诚负责的，但陆勇没有被说动。他回到家，与张滢滢、母亲和妹妹商量了一下，他们都同意他的选择。尽管他"错失了良机"，但一晃十几年过去了，他至今没有后悔。他说，现在看来，他的这个决策是理性的、正确的、明智的。这么多年来，他一直活得好好的，如果当年去做移植，后果会怎样，他并不知道。不过，他现在很健康，非常健康，还需要多说什么吗？

他继续盘桓在求医问药的路上。水乡的波光桨声已悠然远去，通过便利的高速公路，他们一天之内甚至半天工夫就可往返于无锡、苏州、上海之间。风情绰约的江南村镇已完全城市化，小桥、流水、石板街、农舍、炊烟已被时代的洪流所湮灭，但传承了几千年的中药依然不变。

他没有想到，他的求医之路最后竟然延伸到了遥远而温暖的印度。

第五章

印度仿制药之谜底

假如命运中真的存在什么神秘的力量，那么对陆勇来说，就是他无意中发现的印度仿制药。他敏感地抓住了这条信息。这让他找到一条维系生命的"脐带"。

陆勇决定对印度仿制药一探究竟。他不仅要发现白血病药物治疗"新大陆"，还要到生产这种药的"新大陆"上去窥视一番，看看它到底是一个什么样的地方。于是，他通过查询和研究，对仿制药有了逐步深入的了解和探索，他发现这是一个十分复杂的领域。严格地说，仿制药是在原研正版药专利到期以后，合法仿制出来的廉价版本。据称它的成分、效果与正版药几乎一样。美国药监局规定，仿制药要获得生物等效性批准，就必须和原研药具有相同的"剂型、安全性、效力、用药途径、品质、性能特点和适应证"。

但有一些问题有待他揭开谜底，那就是印度海量的仿制药是在原研药的专利并未到期的情况下生产的，不仅和原研药具有同等疗效，而且价格低廉。全世界只有印度能做到，这是怎么回事呢？印度凭什么可以冒天下之大不韪，享有这个特权？既然印度能仿制，中国为何不能呢？

中国对于国外的药品进口，是由卫生部药监局负责管理的。并且法律规定：未经许可或批准，不准进口和使用国外药品，任何药品不管其真假，私自购买入境，一概按假药处理。如果买卖，当事人就会涉嫌销售假药罪，会被追究刑事责任。一开始，陆勇并不了解中国的这些法规。而正是这些法规给他带来了麻烦，他因此锒铛入狱。

印度仿制的格列卫是美国诺华制药厂研发的。陆勇在购买印度仿制药后，为了证实其有效性，仔细研究了诺华公司这个厂和格列卫的治病原理，以便对仿制药有一个对照的标准。

陆勇发现：2011—2013年，诺华制药连续三年蝉联《财富》杂志全球最受尊敬制药公司的称号；2012年，诺华公司位居《巴伦周刊》全球最受尊敬医药保健企业榜首位置。很显然，诺华是一家有社会责任感的、以攻克疾病这一人类共同敌人为目标的企业，在国际上声誉很高。

格列卫是诺华公司研发的一种治疗慢性粒细胞白血病的特效药，是抗癌救命药。格列卫是药品作为商品时的名字，它的有效成分是甲磺酸伊马替尼。这一有效化学成分的先导化合物是20世纪90年代由来自美国俄勒冈的健康与科学大会和制药公司共同探索发现的。

陆勇掌握的资料显示，研究人员在筛选化合物时，针对的就是慢性粒细胞白血病，因为这种病的致病机制在当时已经基本搞清楚了——由于细胞核中第9号染色体与第22号染色体各自长臂上的一部分进行了交换而引发病变。也就是说，由于两个基因错误地嫁接了，从而使不正常基因编码的蛋白质在细胞生长、增殖、分化中起了有害的作用——病态细胞中的酪氨酸激酶始终打开、无法调控关闭，血液中的粒细胞不受控制地大量产生，挤压了正常造血细胞的生存空间。

靶向药格列卫正是针对"开关坏了"的酪氨酸激酶而开发的，经过反复筛选，科研团队终于找到了一种化合物。它的化学键正好结合了酶的活性中心，抑制了酶的活性，阻止它发挥作用，进而叫停了粒细胞的产生。因为患者用药后错误的基因仍然存在于体内，因此需要持续用药，持续抑制不断合成的错误蛋白发生作用。格列卫如此之"神"，即便是近些年被追捧的免疫治疗与之相比也有逊色的地方。北京大学肿瘤医院主任医师鲁智豪博士对《科技日报》（2018 年 3 月 8 日）记者说："大部分肿瘤，如肺癌、乳腺癌等的免疫治疗有效率仅为 10% 至 30%，我国胃肠道肿瘤的免疫治疗总体有效率仅约 17.1%。"然而，格列卫使慢性粒细胞白血病患者的五年生存率提高到 90%，且长期服用不会产生抗药性，也就是说，任凭癌细胞狡猾地突变，它也会受到钳制。这意味着该药物结合抑制的正是致病突变蛋白的核心功能结构域。

目前，格列卫已经被美国食品药品监督管理局批准用于十种不同癌症的治疗，不仅仅是慢性粒细胞白血病。甚至还有报道称，格列卫对于糖尿病也有一定的疗效。

那么问题来了，为什么格列卫在中国会卖得那么贵？为什么印度可以仿制，而中国不能？

2015 年，国际上每盒格列卫的价格折合人民币为：韩国 9700 元，美国 13000 元，日本 16000 元，澳大利亚 11000 元。考虑到美国和日本的人均收入是中国的将近十倍，所以他们负担这个药相当于中国人的 1000 多元，再加上保险，患者几乎没有压力。

格列卫在中国的价格高达每盒 23500 元，为什么会比国外高那么多？陆勇了解后才得知，中国很长时间是没有部门负责和药企进行定价谈判的，中国在这方面既缺乏经验，又缺乏人才，好像制药公司怎么开价，中国人都能够接受。国外生产商报了离岸价后，到了中国，再加上关税、增值税，还有层层经销商要赚的钱，就成了最终售价。这是陆勇总结的原因。

那么，诺华公司为什么在格列卫这种药上定价这么高呢？这其实是由医药企业的特点决定的。药品的研发成本非常高，往往要高达几十亿美元，可以说"下了血本"，而且一种新药的专利期只有 20 年，到期后就无偿为全人类使用了。所以，前面 20 年的销售必须把成本挣回来，再加上要获得合理的利润，否则药企就可能破产，也就无法再研制新药了。

如果一个国家严格执行药物专利保护法规，在保护期内便不能生产相应药物的仿制药，包括中国、美国在内的世界大多数国家都执行专利保护，这是一个国际规则。大多数国家都认可和签署了相关的条例和公约。2001 年，中国加入了 WTO（世贸组织），但作为加入条件，我们必须全面履行中国在知识产权领域要承担的权利和义务。这意味着，我们无法生产、制造、购买、出售一切未经授权的药品。

毋庸置疑，专利保护了创造力的价值，让更多人得到拯救，高昂的专利也是符合经济理论和法律逻辑的。但我们真的没有勇气去跟一个病人说："很抱歉，我们不能救你，因为你没有钱。"

这不是中国独有的问题，全世界都面临这样一个法律和道德的困境。于是，在秩序法理之外、在求生本能之内，仿制药就成了折中的最好手段。

仿制药，初听这个名字你会想起莆田的鞋、陈田的车、华强北的苹果手机，又或者是朋友圈微商 200 元包邮的 LV 包包。但仿制这个词在药物研发中，并不是假冒的代名词。

从药物研发的角度来看，一切药品都可以分为三种：专利药、原研药、仿制药。

专利药指的是在全球最先被研制出来并获得专利的药品，其专利保护期一般为 20 年；原研药就是研发厂家生产，但是没有获得专利保护的药，药效有充足的保证。

专利药和原研药其实就是一个东西。假设你研发了一种药品，成功获得专利上市，那么在专利期内，这种药就是专利药，别人不能仿制，全世界只有你能生产，价格随你定。当专利期过了之后，这种药就从专利药变成了原研药，一切都没变，但这种药就不再受到专利保护，任何人都可以仿制，你仍然可以高价卖，但有没有人买就不一定了。

仿制药就是那些不受专利保护的原研药的复制品，和原研药具有相同的活性成分、剂型、给药途径和治疗作用，是得到法律认可的替代药品。所以，仿制药并不是假药或冒牌货，从严格意义上说，它应该被称为"非专利药"，没有专利、出身平凡，但同样有效。

专利药和原研药都可以称为创新药，需要巨额的前期研发投入，有多巨额呢？药界有个"双十定律"，就是每研发一种新药都需要 10 年时间和 10 亿美元。这个定律近年来愈加紧迫，到现在研发一种新药的成本已经逼近 15 年时间和 20 亿美元了。

一旦研发成功，配方和成分都是明摆着的，仿制药可以直接复制生产。与创新药相比，仿制药的成本几乎不值一提，所以仿制药的价格无疑可以低于创新药。

以万艾可为例进行说明。2012 年，辉瑞公司生产的万艾可在韩国的专利到期，到期的第二天，有 28 种万艾可的仿制药上市，价格仅为辉瑞公司原研药的三分之一。万艾可还只是最普通的，有时候这种价格差会大到令人咋舌，譬如格列卫，诺华的专利药 2.8 万元一盒，豪森的仿制药 124 元一盒。这其中的价格鸿沟，是创造力的价值保障，是医学技术进步的根基，同时也是患者无法迈过的生死门槛。

不过仿制药的生产也并非一本万利。和创新药一样，仿制药的生产必须通过生物等效性实验，因为即使仿制药和原研药的成分配比相同，但是由于药物成分和制剂工艺的差别，药效不可能完全相同。

就好比同样一颗鸡蛋一勺油，有人能把它炒成家常小菜，有人能把它炒成宫廷御膳，还有人能把它炒成一锅蛋糊。

所以，你可以把生物等效性实验理解成一个标准，由国家机构来当裁判，不管你是怎么仿制的，用的什么工艺，用的什么成分，但最后你的效果至少得达到创新药的 80%。

但即使有了便宜的仿制药，有些患者还是愿意去高价购买原研药，因为原研药有大量的数据背书，药效能做到更加精确。当然，这样的人始终是少数。而对药企来说，更多时候，仿制药才是最挣钱的生意。全世界 90% 的药企都在盯着专利表，某种特效药专利保护一旦失效，众药企就会立即仿制。医药界有个词叫"专利断崖"，意思是说当一种药的专利到期后，原厂商的收入就会断崖式下跌。譬如头孢曲松钠，一种用来治疗呼吸道感染、肺炎等多种病症的药品，具有极强的抗菌性，由瑞士罗氏公司研发生产，对，就是曾经在 20 世纪 90 年代带头围剿中国 VC 产业的那个罗氏制药。

头孢曲松钠售价 80 元，其专利保护到期后的第二个月，市面上就出现了 10 多种国产仿制药，平均价格仅 5 块钱。所以，讲到这里，你就理解了整个药物研发的逻辑架构：受到专利保护的是专利药，没有专利保护的是原研药，专利过期之后其他药企复制的是仿制药。其中专利药成本高、投入大，但是利润高，拥有定价权；仿制药成本低、投入小，但是利润透明，没有定价权。

不过这个架构也有一个问题，你可曾记得电影中程勇的那句怒吼："他就是想活命，他有什么罪？"这句话折射的便是这个专利结构的死穴：无力购买专利药的患者，只能转而购买非法仿制药，而根据专利法案，国家机构又必须追查非法仿制药，否则会打击药企的研发动力。

这是一个无言的困境，诚然，在资本当道、奉行竞争的西方，这一切合理又正常，但在中国，因为贫穷而导致死亡，是不可容忍的，也是不道德的。但我们不得不遵守这个无视穷人的规则，因为这是我们签署过的文件。

2001 年，中国经过旷日持久的谈判终于成功加入 WTO。你不知道的是，在 2001 年之前中国已经多次申请加入 WTO，但均遭到了拒绝，原因就是中国在法律中保留了强制许可制度，这是国际法为了照顾发展中国家而设定的一条法规。通过这个制度，发展中国家可以无视部分专利保护，强制性进行专利授权。譬如某种药品的收费远远超出了中国民众的承受水平，那么中国就可以否决这种药品的专利保护，强制授权药企生产仿制药。

但是中国加入 WTO 时，美国等西方国家强硬要求中国将这一制度从法律中删除，同时还要签署美国的专利保护法。经过多年的博弈，2001 年强制许可制度从中国法律中消失。从此，中国药企不得仿制专利保护期内的药品，大量专利药进入中国市场，而这些昂贵的专利药品被拒绝纳入医保系统。和强制许可制度一同消失的，还有无数重病患者的希望。

这件事没有对错，它就是这样发生了。直到今天，我们的大量癌症等重病患者只能依靠昂贵的专利药生存，即使国家在不断与药企谈判，将各种高价专利药纳入医保，但因病致贫还是时有发生。这不单单是中国面临的问题，每个国家都存在这样的难题。但凡事总有例外，就像电影中的程勇远渡重洋，前往印度购买仿制药一样，在现实生活中，每个被专利药压垮的人都会把眼光投向印度。

不错，印度是一个例外。

陆勇对印度也产生了兴趣，甚至产生了一种感情。近十年中，他一趟趟去印度，百去不厌。我说他有印度情结，他不否认。

受宗教信仰的影响，早在 20 世纪 30 年代，打破欧美制药垄断、为穷人做"救命药"的理念就在印度扎根了。为了让仿制药"名正言顺"，印度 1970 年出台的《专利法》规定"只保护制药工艺，不保护药品成分"，这等于为印度药厂对原研药稍加改动即上市开了绿灯。

1995年印度推出了"专利强制许可制度"：当专利危害到民众健康和国家安全的时候，国家有权不经过专利所有者的同意，将它强制许可给本国生产厂家进行仿制。这能够防止印度人因为买不起专利药而无法保证基本医疗和国家安全的情况发生，同时也大大放宽了仿制药的覆盖面。这就导致印度仿制药不仅价格低廉，质量上也得到了保证。换句话说，仿制药在印度是得到国家支持和推广的。

虽然老挝、孟加拉国等不发达国家也都适用这种专利的强制许可权。不过，由于仿制能力的限制，这几个国家生产不了仿制药，唯有印度在仿制药生产领域全球领先——即便是美国上市不久的新药，也能很快出现在印度药品市场。

印度对药品专利技术保护条例不买账。他们振振有词，认为印度是低收入国家，又是人口大国，按照专利保护制度，印度人根本承担不起这么高的药价。而人权和生命权是高于一切的，因而，他们有权仿制，以保证国民基本医疗和国家安全。他们的逻辑就是这么硬核，甚至有点耍无赖，但引发了世界许多国家的同理心、共情心，它们对印度的态度竟表示理解和支持。诺华公司对于印度几乎在诺华推出格列卫的同时允许仿制药出现的做法表示愤慨，并于2006年向国际法院起诉印度政府和专利局的侵权行为，但遭到败诉。

这让印度更加肆意妄为，大规模地仿制其他专利药，甚至出现了一个完整的产业链。印度仿制药除了供应本国居民，还出口，由此，印度有了"世界药房"的称谓。

中国的人均收入虽略高于印度，但在20世纪80年代，中国也是一个低收入的发展中国家。按理说，我们也可以实行专利强制许可制度，但中国认可、遵守药品专利规则和条例，从来没有仿制过专利保护期内的药品。而且，进口的专利药价格定得比较高，例如格列卫，其售价对于绝大多数患者来说是无法承受的天价，实际上无法保证国民的基本医疗需求。

陆勇说，开始他也抱怨过当时的国家食品医药监督管理局，认为他们缺乏民生为上的使命感和求真务实的精神，或者是为了维护某种所谓的大国尊严和面子。后来我们才知道，事实并非完全是这样，这只是我们的揣测。

印度的格列卫仿制药和瑞士诺华的格列卫专利药效力基本相同，它经过了包括陆勇在内的无数慢性粒细胞白血病患者的亲身测试。同样的效果、极低的价格（不需要专利药高昂的成本）是仿制药的"功劳"，让付不起药费的低收入患者受益匪浅，具有非凡的公益、普世和道德的意义。印度有着全世界最丰富和廉价的仿制药。印度之所以敢这样做，还得从人称"铁娘子"的英迪拉·甘地说起。

20世纪70年代，出身显赫、曾长时间担任总理的英迪拉·甘地用一句流传甚广的名言推动了印度专利法的改革。这句名言就是"生死之间无利益"，意思就是在人的生死之间，商家不能获取利益。这句话剑指专利制度。一番改革之后，印度法律规定，专利有产品专利和过程专利两种形式，药品、食品及农产品只适用过程专利。

也就是说，不管你的药品在WTO受到何种专利保护，在印度，政府只保护你的生产过程，不保护你的生产结果。换句话说，假如你的专利是用一颗鸡蛋、一勺油，先下油后下鸡蛋，炒出一盘鸡蛋。那么在印度，你的专利只有先下油后下鸡蛋这个过程受到保护，如果有人把过程顺序变一下，先下鸡蛋后下油，炒出了一盘和你一样的鸡蛋，那么他并不违反专利法。

依靠这种专利制度，印度的仿制药产业得到快速发展。到今天，印度的仿制药占全球出口量的 20%。2020 年，全球营收前十的仿制药企业印度占了五家，而印度也得到了一个称号——"世界药房"。治疗肺癌的易瑞沙，专利药每盒售价为 2358 元，而印度仿制药每盒仅售 750 元；治疗肝癌的多吉美，专利药每盒售价为 12180 元，印度仿制药每盒仅售 630 元。这就是"世界药房"的仿制力。

印度的廉价药最终形成了一条完整的产业链，不管是中国、美国还是英国的重病患者，都可以坐飞机到印度，用在本国 10% 的价钱治好病。当然，这样的事情也只能发生在印度，在知识产权受到前所未有的重视的大背景下，全世界任何一个国家都不敢如此明目张胆地违反专利法。2012 年，一家印度企业向化工巨头拜耳申请一款药的授权，遭到拒绝后，这家企业一怒之下将拜耳告上了法庭。同年 3 月，印度专利局宣布，这家印度药企可以越过专利法，强行生产仿制药，只需要每年支付 6% 的销售额给拜耳。

2005 年，为了推进仿制药的发展，印度宣布放宽药物试验限制。自此以后，无数药企不远千里来到印度扎根生产，它们明知道印度的强制专利许可制度，却执意要来，原因就在于这个药物试验限制。一款创新药，从研发到上市，要经过 2 年的临床前研究阶段、3 年的临床前试验阶段、5 年的临床三期试验和 1 年的上市审批，无论哪个阶段出了问题，整个项目都得推倒重来或废弃。即使是罗氏这种巨头，也都是一次启动 3 个项目，只要有一个能推动到临床三期就算成功。大多数时候，药企都要面对几十亿资金打水漂的结局。

那么，这个问题最好的解决方案，就是到印度进行生产和试验。

从 2005 年到 2012 年，仅仅 7 年时间，这些药企就在印度进行了 475 项药物试验，其中只有 17 项经过审查，另外 458 项试验未经批准、没有许可、不具备任何保护措施。这 7 年里，整个印度超过

57万人被当作人体小白鼠，仅试药之后直接死亡的人数就有2644人，还有几十万人在试验之后罹患重病死亡，副作用引发的事故超过12万例。

即便如此，印度的专利制度也并没有遭到反对，很大一部分原因就是这个不受监管的药物试验。人家做出了那么大的牺牲，应该对它包容一点。这时候再回想英迪拉·甘地那句"生死之间无利益"，你会不会觉得有点讽刺。

美国作家凯瑟琳·埃班所著的《仿制药的真相》一书中提到，仿制药占据了药品市场90%的份额。但这个行业的真相是，它充斥着大量不守信用的造假者。作者对仿制药覆盖全球的产业链进行了历时十年的调查，揭示了其背后的安全隐患、骇人听闻的骗局、欺诈猖獗、伪造数据、规避和违反几乎每一条安全生产原则，病人在不知情的情况下服用这些药物，会产生难以预测的后果甚至危及生命。仿制药存在的种种问题，给公众健康带来了可怕的风险。

然而，这不是我们在这里探讨的重点问题，仅点到为止。但这无疑值得我们警醒，毕竟中国也存在伪劣药品，甚至发生过多次事故。

陆勇认为，印度的仿制药总体上不存在品质黑洞，药企不做为了牟利而忽视产品质量或故意欺诈病人这样的蠢事，因为能够在专利期间生产仿制药已经让它们获得了巨大的利益，并获得了全球性的良好声誉。他们明白，没有必要去作弊，这会毁掉印度仿制药产业的声誉，并为此付出沉重的代价，其结果是得不偿失。所以，根据陆勇的了解，印度仿制药的质量是能够得到保证的。陆勇对印度仿制药的信任，不仅源于他长期服用的仿制格列卫药效丝毫不比原研药差，也在于其他仿制药的质量都很不错。这不是出于感激而得出的结论，而是他多次亲临印度观察制药业后得出的结论。除了现场观察体验、知识谱系，更关键的是病人的口碑。陆勇说，病人最敏感，也最有发言权，一种药物的优劣好坏，他们一试就会分辨出来。就像他一开始服用印度的格列卫仿制药那样，病人都是实践者。

当印度乘着用几十万人的性命拼凑出来的大船驶向"世界药房"的旅程时，中国正在主动地越走越慢，我们可以晚一点到达彼岸，但我们不想落下任何人。

2015年7月，中国国务院发布了第44号文件——《国务院关于改革药品医疗器械审计审批制度的意见》。这份文件拉开了药业改革的大幕。同年7月22日，国家食药监总局发布了第117号文件，这份文件出台了中国药业史上最严的数据核查要求，无数中国药企面临割肉抉择。这个文件出台的目的很简单，不破不立，用监管手段结束中国药业散兵游勇的局面，倒逼整个药业接入国际标准，只有这样，我们才有机会创造出自己的创新药。

陆勇后来为病友代购印度仿制药是出于一种义务。他生来就有一种侠肝义胆，对这个侠和义，陆勇是承认的，他父亲就是这样一个有仪肝义胆的人，也从小教育他要做这样的人。他为病友所做的一切，都是无偿的，正因为如此，他在狱中并没有陷于内心的迷乱与挣扎。他并没有觉得做错了什么，也没有负罪感。即便到了那种地步，他对印度还是有一种难以诉说的感情，在审讯时曾被问道："没有好处，你为什么会这么帮人？"陆勇回答："你们知道吗？印度当时的总理英迪拉·甘地曾经说过'生死之间无利益'的话，我们同病相怜，我不帮他们，他们就有可能死去。那么贵的正版药，谁吃得起啊！你们如果能稍稍了解这些病人，就会理解我为何会帮他们。"

这些年，他一趟趟去印度，乐此不疲。他向往恒河，在烈日下、风雨中及人口拥挤的街头欣赏那些杂乱肮脏的街景，也穿过乡野村庄，出入河流和山谷。他在印度交了不少朋友，会在印度高低不平的泥沙公路上长途开车，也会在巨大的浓密树荫下休息喝水。他甚至喜欢吃咖喱饭，学着印度人用手抓。他请我吃过一次印度餐馆的咖喱饭，我难以下咽，他却吃得津津有味。

他对印度的感情感染了家人，包括当时还健在的父亲，以及他患病后对他不离不弃的张滢滢——他们都对印度有种特别的好感。

几年前，他的前妻患上了结肠癌，尽管他们之间多年来已没有来往，但她永远是女儿陆雨荷的亲生母亲。生性善良的陆勇并没有袖手旁观，而是安排女儿陪同前妻到印度看病，顺便游览了印度的一些景点。他还花了几万元在印度买了德国产的药品给前妻服用，尽管前妻最后还是去世了。

从此，陆勇就专注于印度仿制药。他不仅个人服用，还在病友中竭力推荐、推广，获得了良好的反响。他们对陆勇既崇拜又崇敬，称他是救命恩人。这种感激之情是发自内心的。但我觉得陆勇是一个揭榜人，不是吹哨人，抗击白血病和癌症的哨声早已响彻中国大地。在白血病患者身处绝境、走投无路时，陆勇揭了印度仿制药这个榜。

他是无意中揭的榜，但没有他的知识面，没有他的英语水平，没有他的聪明和专注，他就不会在国外论坛上发现印度仿制药的信息，这就是陆勇的本事。英雄不问出处，陆勇没有特殊的背景。他是一个普通的人，一个有血有肉的凡人。不过，他有侠肝义胆的家族传统，他乐意帮助人，把他的发现共享以救病友的命，许多绝望的患者因此获救了。但在人们的心目中，他是个英雄，平民英雄，同时也是一个脚踏泥泞、在疾病的血雨腥风中艰难跋涉的患者。

在生死存亡的窘境中，在高额医药费的沉重压力下，他找到了一条通向印度的活路。这是玄奘取经的一条路，也是《西游记》里唐僧取经的一条路。

第六章

在悬崖边上徘徊的人

像电影《我不是药神》里抢药的黄毛、自杀的吕受益、卖掉了房子的老妇等，以及电视剧《天堂的张望》中的小女孩，他们之所以痛苦不堪，说到底，还是钱的问题。

在我所知的白血病患者中，只有陆勇和浙江一个做皮草生意的商人能承受得起诺华正版格列卫这一药物高昂的价格，还有那个和他在同一病房待过的养奶牛的人。其余的患者都吃不起格列卫，可望而不可即。

前文谈到了，实际上陆勇本人也没有这个能力，他背后有个具备一定经济实力的父亲。但父亲也只是小富而已。所以，陆勇也是感到很吃紧的，每天早晨一睁开眼，首先想到的便是这一天800元的医药费。800元是他每天服用正版格列卫的花销，每吃一粒药，他都会情不自禁地自言自语道：200元没有了，这吃的是钱啊！

人类总是与疾病相伴，与灾难为伍。对于瘟疫、病毒、疾病及其他灾害，人类似乎无法逃避。"三灾九难十劫"是人类的坎，我们只能昂首面对，悲壮相迎。

当然，得了白血病，如何求生？如何治疗？每个人都会做出自己的选择，关键是看你的钱包有多厚。俗话说，病急乱投医，许多患者确诊白血病等重症后，在焦急和绝望情绪的支配下，就会盲从地、不理性地选择不恰当的治疗之路。到海外治疗就是一种选择，许多人对美国、日本等国的医疗水平抱有过高的期待和憧憬。

一个不争的事实是，国外医治白血病和癌症的手段并不比中国一流医院领先多少，因为白血病和癌症是世界性难题，还没有一个国家能实质性地攻克。然而，国外医院收费之昂贵令人咋舌，不过，还是有相当一批人不惜花费巨资赴境外就医。

我与陆勇探讨过治病的一些例子。陆勇说，治疗白血病，包括其他重病，钱无疑是重要的，没有钱，寸步难行。但并不是堆钱就能取得最好的效果，而必须以积极的心态和正确的思路应对治疗，特别是要走适合自己的治疗之路。治疗的主角应该是病人自己。以为花的钱越多，医院设备越先进，医生名声越大，就对疾病的治疗越有利，这其实是一个误区。

陆勇认为，不能全盘否定日本、美国等发达国家的医疗水平。根据中国国家癌症中心发布的《2019 全国癌症报告》，我国癌症患者的生存率有所上升，但与发达国家比还有较大的差距，且癌症发病率还在"稳步增长"。以白血病患者中美五年生存率进行比较，美国是 59.7%，中国是 19.6%。

陆勇收集了一些病例，有的来自 QQ 群，有的是病友讲述的，有的来自公开的报道。他对这些病例都予以高度关注。他向我讲述了许多白血病患者的故事。经过整理，我选择了以下几则，每一则读后都会让人感受到白血病的残酷、人生的无常，以及患者痛苦、悲恸背后不堪的默片般的经历。在生活的苦役下，有人离去了，有人活下来。活下来的人要更努力地享受生活，寻找生命的意义。

但确实有很多患者的结局是悲惨的，他们无奈地在一个个悲剧中扮演着听天由命的角色。生死之间，暗影幢幢，有些人没有一点儿生路。这是一群在悬崖边徘徊的人，每每听到他们的故事，善良的人都会泪目，一颗心疼得揪到一起。陆勇寻找到印度仿制药，无疑是找到了一条把他们从悬崖下拯救上来的绳索。

陆勇说，或许出于自卑，或许不愿去触碰这些创痛，患者不太愿意对健康人讲他们的遭遇。但他发现，对病友讲自己的事情，几乎就没有讲不好的人，因为病友之间有一种天然联结的共生关系。

这是一个真正的命运共同体。陆勇总是想方设法让他们讲出自己的故事。在陆勇看来，大量病人背后的悲剧是那么的急迫、真实和沉重，这些故事是真实的，也是最生动的，可以延伸出很多思考。北大学霸、白血病患者、新阳光骨髓库秘书长刘正琛说："不要浪费了我们的痛苦，要拿出来分享给更多的患者。"那么，生命的最高价值究竟是什么？到底该为它付出多少代价？而多少不可以？

让我们读一下这些故事吧！一人一世界，理解一个故事，就等于理解了这一群在悬崖边徘徊的人。这些故事的共同归结点，就是会让我们感受到无病无痛多么幸福，健康是何等重要，应该珍惜太太平平的小日子！陆勇发现印度仿制药是多么漂亮的一件事儿，它对于这个像水中浮木般随波逐流、挣扎求生的群体来说，是在黑暗中见到了一束光芒，他们从此能够把握住自己的人生命运，摆脱死神的纠缠，这是何等深厚的大恩大德！懂得了这一切，你就会理解为什么陆勇的行为会感动那么多人，以及他被拘捕会引起那么强烈的群情激奋，不计其数的人为他鸣不平，造成舆论的沸腾，甚至有人自费赴京为他上访说情。最终，检察官尊重民意，做出了"如果判定陆勇有罪，就违反了司法的价值观"的结论。以他为原型的电影《我不是药神》获得罕见的成功也就并不奇怪了。

所以，这些故事是不能不说的故事。在中国这个人口庞大的发展中国家，那些辛酸的、为生存而奔波的让人泪目的故事过去存在，现在存在，或许以后还会存在，但我相信会逐步减少，直至消失。但愿如此。

故事一　是养蜂人的错吗？

浙江某县，靠近太湖，村子在一座驼峰似的小山脚下。村庄周围草木茂盛，空气透彻清爽，到太湖五六里路。村庄里有多条河流通往湖边，河岸长满了密集的芦苇。山丘却光秃秃的，植被稀少，显现出荒凉的轮廓，一点不像江南的山。

村民王振华（化名）是个四十岁不到的木匠，身体壮实，高高大大。他聪明勤奋，会造房子，会打家具，为人善良、憨厚。妻子长得端正清秀，小时候得过轻微的精神病，姓金名秀（化名）。金秀大部分时间是清醒的，内向寡言，偶尔会神情恍惚、愣愣地坐着。他们有一个十六岁的女儿、一个十四岁的儿子。女儿读书成绩一般，读到初中就不读了，帮着母亲种田、养猪。儿子成绩优秀，在学校年级里总是考第一第二，奖状贴满了一面墙。王振华一年到头都有接不完的活。承包地里的庄稼长势很好，猪圈里养着四五头猪，鸡舍里有几十只鸡。家里的日子在村里算中等以上。

王振华造了一幢三间宽的三层小楼，外墙贴了瓷砖。屋顶有一个小塔，塔尖有个耸立的避雷针，其实是电视机的天线。这是当地农村建筑的一种风格。虽然与那些宽敞的豪华楼宇不能比，但与村里大部分普通农舍相比，王振华家可以说是鹤立鸡群了。王振华很满足自己的生活。他的两个弟弟也住在同一个村里，两对夫妻都在杭州打工，家里的孩子由上了年纪的父母亲照料。父母亲住在上一代传下来的一个带院落的老宅。王振华和弟弟、父母和睦相处，作为兄长的他对弟弟两家的支持是尽心尽力的。王振华不仅协助父母照顾读小学的侄儿侄女，弟弟家修建新房时，他还搭上一把手，把木工活包括新家具包下来，分文不收，还贴上木料。

命运在 2003 年发生了变化。一个春天的温暖夜晚，他在一户人家的新建住宅里喝了上梁酒后骑自行车回家，路上下起了倾盆大雨，王振华被淋得湿漉漉地回到家。当天晚上就发高烧，喝了两包板蓝根，无用，依然高烧不退，而且浑身乏力，没有食欲。王振华很少生病，对发烧不以为然，以为是感冒，想着休息休息便会好的。所以他睡了两天，服用了"白加黑"感冒片，感觉症状有所减轻便开始外出干活。本来精力充沛的他，觉得很累，连锯木材的电锯都快拿不住了。大弟正好从杭州回来，见他憔悴不堪，便陪他去湖州人民医院检查，报告显示他白细胞奇高，且有幼稚细胞，医生怀疑他患有白血病。王振华不懂白血病为何物，一点都不紧张。

医生背着他对大弟说，白血病是癌症，是血癌，要立即到苏州大学附属医院血液科或上海瑞金医院确诊。大弟听后大惊，面部肌肉连连抽搐，不敢对哥哥说真话。回家后他把真相跟父亲说了，父亲虽是农民，但很有头脑，处事果断，觉得这事非同小可，不能瞒大儿子，便向大儿子说了实话。王振华听后，像所有癌症病人一样震惊恐惧、万箭穿心，无法接受。本来他与更好的生活有个约会，可死神突然从天而降。这个平时做事有条不紊、心思缜密的汉子一时不知怎么办好了。父亲做主，由自己和弟弟陪同他赴苏州大学附属医院血液科检查，因为湖州市人民医院仅仅是怀疑。

他们第二天便去了苏州，住了十多天医院，做了穿刺，最终被确诊为慢性粒细胞白血病，且已是变化期，必须马上治疗。院方提供的治疗方案有多种。一种是服用正版格列卫，每瓶 2.35 万元，一个月要 4 万多元。父子三人一听，简直不相信自己的耳朵，吓得张大了嘴巴。这个天价药，他们闻所未闻。

父亲思考了一下，对医生说："这药这么贵，是外国进口的'仙丹'。我们买两瓶，连这一次检查费，七八万元，能救一条命，值了！"

医生告诉他："不是两瓶，而是要一直吃下去，三年、六年、十年，可能一辈子。另一个治疗方法是骨髓移植，你们都是他的直系亲属，骨髓配对成功的概率很高，可以先试试。总的费用大概 30 万元。"

他们又被吓了一跳。30 万元，对于他们这样一个农村家庭来说，绝不是一笔小数目。王振华很坚定地对父亲和大弟说："我听说，得了癌症，治，是找死，不治，是等死。我们回去吧！治还是不治，再商量商量，这么一大笔钱，天上掉不下来的，治也得想办法。"

王振华结了账，拿了一大叠检查报告，和父亲、大弟一起回了家。

回家后，王振华将自己生病的事告诉了妻子金秀。金秀是初中毕业生，母亲当过赤脚医生，父亲是一个镇上的小学老师，1957年被打成右派，后来遭到批斗。幼年的金秀受了惊吓，精神一度有些错乱，是母亲用中药把她治好的，但还是留下了轻微的后遗症，也正因此，读到初中就读不下去了。而她的弟弟金瓯（化名）是南京中医药大学毕业生，毕业后在南京一家制药厂任研究员。金秀听后，明白这个病意味着什么，顿时脸色变得苍白如纸，眼里一片仓皇恐慌，忍不住恸哭起来，整个人瘫作一团，陷入了巨大的惊骇中。很久很久之后，她才喃喃道："金瓯、金瓯……小瓯……"王振华明白她的意思，是让他找在南京工作的小舅子金瓯。从第二天起，金秀旧病复发，时而清醒，时而糊涂。

王振华在大弟陪同下来到南京，找到妻弟金瓯。金瓯看了他的检查报告后，要姐夫不必紧张，慢性粒细胞白血病是一种慢性病，发展缓慢，暂时无生命危险，中西医结合是治得好的。金瓯建议他服用中药，再考虑骨髓移植，自己来协助他办理手续。金瓯给了他一个中药方子，让姐夫长期煎服。听了金瓯的话，王振华悬着的心才放松了一点。临走前，金瓯塞给王振华2万元，并关照姐夫要调整好自己的心态，在姐姐面前尽量少提病情。王振华收下了钱，回家后便配了中药每天煎服。同时，与父亲商量直系亲属骨髓配对的事，父母亲是不必说的，一口答应，两个弟弟也没有话说，痛快地同意了。但弟媳妇是农村人，缺乏医学常识，听别人说，抽骨水（当地农村人把骨髓称为骨水）对身体损伤特别大，搞不好会造成残疾，所以坚决反对。特别是二弟媳妇表现得特别激烈，夫妻间经常大吵大闹，二弟拗不过妻子打了退堂鼓。大弟瞒着妻子和父母亲到苏州医院做了骨髓检测，都没有配上。二弟见父母和二哥做配对没有什么副作用，也瞒着妻子做了骨髓配对，结果也未配上。王振华失望之余，只能等待中华骨髓库的配对。父亲也在经济上进行了准备，拟将老宅卖掉，可得 20 万元，余下的王振华自己拿出积蓄10 万元，必要时，二儿子和小儿子再凑一点。这个等待的时间具有很大的不确定性，但王振华只能等。他服用中药后，自感身体可以，便开始外出干活。这样过了一年，生活平静了下来，金秀也恢复了正常。春天来了，油菜花盛开，到处是一片耀眼的金黄色。这个小山村变得华美灿烂。

　　这时来了个养蜂人，他在王振华家附近油菜地旁的空地上摆了蜂箱，搭了一个小小的油布帐篷，供晚上住宿。养蜂人 30 岁左右，穿着类似医院防护服的白色的养蜂衣，袖子连着手套，帽子上缝着防护网。他只是在从箱子里取蜜时才穿养蜂衣，平时不穿，任凭无数蜜蜂在油菜地里飞来飞去地采花粉，发出嘤嘤嗡嗡声，而蜂箱里外则聚集了密密麻麻的蜜蜂，并在上空飞翔着，人们都远远躲避，怕蜜蜂蜇人。金秀也远远躲着。

　　养蜂人带着方便面及坚硬的干饼，还有火腿肠、咸菜等充饥。一天，他带了两大瓶蜂蜜和一个个暖瓶，来向金秀要白开水。他告诉金秀，不去招惹蜜蜂，蜜蜂是不会蜇人的，它们蜇了人就会死去。它们那么勤劳地采蜜，为什么要蜇人而付出生命的代价呢？金秀不相信，她胆怯地走到蜂房前，蜜蜂在忙碌着，果然没有蜇她。她跟养蜂人就这样熟悉起来，还参观了养蜂人简陋的小帐篷。一来二去，养蜂人常到王振华家坐坐，孤男寡女，他们发生了肌肤之亲，就那么一两次，被干农活回来的女儿撞上了。他们很尴尬。金秀求女儿保密，养蜂人当天就搬走了。

女儿还是没有憋住，把这个秘密告诉了父亲。王振华像当初得知自己得了白血病一样，脑袋轰的一声，像炸开似的，一片空白。他其实精力很差，已干不动活了。他没有吭声，要女儿别声张，原因是妈妈有病，那个养蜂人利用妈妈脑子有病，勾引了她。吃晚饭时，儿子提出来，初中毕业后，他不上学了，要跟着叔叔去杭州打工，赚钱为爸爸看病。王振华不同意，一定要儿子继续读下去，争取考上一个好大学。他还说自己的病喝中药能维持，如果骨髓配上了，他就去移植，而且爷爷奶奶准备把老房子卖掉，用这笔钱替自己看病。儿子点点头，承诺继续读下去。

这天晚上，王振华没睡着。他想了很多，这段时间，他在朋友的帮助下，加入了陆勇的QQ群。在群里，他也了解到，即使骨髓配上，移植成功率也只有一半，活上一两年又复发的不在少数。他曾偷偷去苏州做了复查，医生告诉他，他已到了急变期，要他住院治疗或服用格列卫，但高昂的费用让他望而却步。可惜的是，那时陆勇还没有找到印度仿制药。他想来想去，还是那句话：治，是找死；不治，是等死。那座老宅，是父母亲的养老本，卖掉了，如果自己看好了病，和两个弟弟能供养他们；万一治不好，几十万元钱就是打了水漂。自己决不能冒这个险，拖累大家。想到这里，他悄悄地爬起来，来到猪舍，抽了七八支香烟，上吊自缢了。

早晨，儿子第一个起床背英语单词，发现桌上有张纸条，上面写着："我得的这病，看好的希望不大，再多的钱都没用，不忍心把钱往里面扔。我还是走了的好。生有何欢？死有何苦？这是我上小学时，我们的语文老师得了肺癌时去医院动手术前，上最后一堂课时写在黑板上的。当时不懂，现在我懂了。"儿子喊起姐姐和妈妈，在猪舍里找到了早已断气的王振华。在猪舍一角，他们看到了一堆烟头。

金秀得知女儿向丈夫泄露了自己的秘密，以为丈夫的死和自己有关系，强烈的愧疚感使她彻底疯了。金瓯把姐姐接到南京精神病医院治疗，并到处找那个养蜂人算账，但养蜂人像嗡嗡乱舞的蜜蜂一样早已跑得无影无踪。王振华父母亲把老宅卖掉了，供养孙子读书，和孙女一起种地、养猪养鸡。

王振华的头像在这个 QQ 群里熄灭了。

故事二　爱情救不了她

邹杰和郑秀文（均为化名）是上海某纺织大学的同学。邹杰读的是纺织机械专业，郑秀文读的是服装设计专业。邹杰是个理工男，准备考清华、北大的，后来考砸了，被上海这所大学录取了。

郑秀文出生在安徽北部一个城市，上高一时个头就长到了 1.75 米，被市里某文化演出公司看中，当业余模特走过几次 T 台。父母是普通工人：父亲原是省篮球队运动员，身高 1.87 米，退役后被分配到某钢铁厂当机修工；母亲曾经是省羽毛球队运动员。父母亲是老派人，反对他们唯一的女儿去当模特。女儿很听话，很快就在这种场合消失了。但郑秀文表现出了绘画和服装设计的天赋，走过几次 T 台的经历还是在她身上播下了时尚的种子。这一爱好得到了父母亲的支持，他们为女儿报了绘画和服装设计的业余训练班。老师是当地小有名气的画家和服装设计师，但收费昂贵。郑秀文进步很快，素描训练打下了扎实的基础，对色彩的感觉敏锐，运用准确，对比强烈，富有层次感，清新而生动。虽然还显得青涩、稚嫩，但掩饰不住的才气在画面上跳跃。她画水彩画、油画，还尝试画国画，除了画静物，还到街头写生。笔法越来越老到、娴熟。与此同时，她也开始设计服装，构思新颖、巧妙，现代感强，又糅进了民族文化的元素。她的好几个设计被服装厂采用，得到了几笔设计费。高中毕业后，她以优异的成绩考上了这所大学的服装设计专业。在学校，她的才华、外貌和艺术修养是出类拔萃的，无论老师还是同学都认定她将来会成为一个优秀的服装设计师。她是校园里冉冉升起的一颗明星，前程似锦。

邹杰认识郑秀文是很偶然的。郑秀文有早起晨跑的习惯，来自苏南城市的邹杰也有这个习惯。两人在空荡荡的操场上，在清晨的新鲜空气和鸟语声中一圈一圈地跑着。邹杰身高1.87米，带着江南男孩子特有的秀气和精致。开始时，他们没有打招呼，但无疑都发现了对方。于是，仿佛约定好似的，他们每天几乎在固定的时间出现在空旷的晨雾弥漫的操场上。邹杰跑的速度比较快，超过郑秀文时，邹杰会侧过脸朝她微微一笑，郑秀文也回以微笑。

还是邹杰主动，在他们跑完后气喘吁吁用毛巾擦汗时，邹杰开口了："跑道上的女孩，我们正式认识一下吧。我叫邹杰，邹韬奋的邹，纺织机械系的，大一，你呢？"

郑秀文大方地回答："我叫郑秀文，郑州的郑，秀才的秀，文章的文，服装设计系的。也是大一生，你是上海本地人？"

郑杰说："我是江苏苏州人，离上海很近。余秋雨说，苏州是上海的后花园。"

郑秀文说："苏州，好地方啊！上有天堂，下有苏杭，原来你来自天堂。我是安徽蚌埠人，朱元璋的老家凤阳离蚌埠不远。"

就这样，他们认识了。除了晨跑见面之外，郑秀文系里举行服装设计方案比赛，在举办作品发布会时她邀请了邹杰参加。邹杰到了会场，才知道郑秀文在这所大学里是个小有名气的人物。虽然和自己一样入校只有半年多时间，但她已是整个服装设计系引人注目的名人。比赛的主题是职场服装设计，分两种款式：女职员服装设计和男职员服装设计。郑秀文的设计是中式风格的男女职业装，简练、大方、别致。在论述设计理念时，郑秀文的叙述流畅、简明扼要。评委对郑秀文的设计评价很高，评比投票结果，郑秀文获得了第一名。

他们正式开始交往了。放寒假时，邹杰邀请郑秀文到苏州自己家做客。邹杰父亲是中学教师，母亲是小学老师，和郑秀文一样，邹杰也是独生子女。房子虽然不大，但透着一股浓郁的书卷气。邹杰陪郑秀文游览了苏州园林、枫桥、虎丘、周庄、同里。自此以后，他们就正式确立了恋爱关系。大家公认他们是十分般配的一对才子佳人。

但到了大三，厄运降临到了这对幸福的青年身上。先是郑秀文的父亲在马路上被一辆水泥搅拌车撞到，车辆从他身上轧过，当场去世。母亲闻讯后就昏倒了，引发脑梗，半身不遂。驾驶搅拌车的是个农民工，事故后不见踪影。施工单位是私企，反咬郑秀文父亲违章在快车道上骑车，责任自负，出于人道支付了 5000 元慰问金。此事就这样不了了之。郑秀文和邹杰非常无奈，他们不是纠缠住某件事情不放的人，加上母亲的病，没有精力也没有经验与肇事者及其单位长时间纠缠下去。突然的打击让两个年轻人不知所措。书还是要继续读下去的，郑秀文的姨妈替他们请了一个居家保姆伺候中风的母亲。

但祸不单行，天妒英才。不久，郑秀文查出了慢性粒细胞白血病，住进了苏州大学附属医院血液病病房。医生推荐了格列卫，但因价格太高，郑秀文因失去父亲和母亲中风，显然没有能力承担药费。她又不愿用邹杰家的钱，所以选择了化疗。化疗的副作用让她一头漂亮的青丝掉落殆尽，邹杰给她买了顶绒线帽，请了假照顾她。几个疗程下来，郑秀文承受了难以用语言表达的痛苦和折磨，呕吐、全身疼痛、没有食欲、失眠，一句话，生不如死。一个生气勃勃的美丽女孩硬是变得骨瘦如柴、面目全非。她的情绪坏透了，拒绝继续化疗。医院仍建议她服用正版格列卫。

邹杰向父母要了 10 万元，写了一张借条给郑秀文看，说钱是他向父母亲借的，将来我们一起还他们。郑秀文勉强接受了，她开始服用高价格列卫，病情才稳定了下来，出院后她住到邹杰家养病，身体逐步恢复过来。郑秀文和邹杰商量，再休息几天就返校上课，自己可以接服装设计的活，挣钱还债。她清楚一个教师家庭的经济状况也不会宽裕到哪里去。邹杰家的住房是两房一厅，大房间父母住，小房间是邹杰的卧室兼书房。一个客厅放着沙发、餐桌和两个书架，阳台封了起来，是父亲的书房。母亲在餐桌上批改作业。郑秀文来了之后，邹杰把小房间让给了她，自己睡客厅的沙发。一次郑秀文一觉醒来，听到邹杰和他父母亲在谈话，虽然他们在竭力压低声音，但郑秀文可以听出他们都有些激动。

邹母说："小郑这个病要终生服药，一年要 50 多万元，你们承受得了吗？不错，小郑是个好女孩，但她这种病，再加上她那个瘫痪的母亲，这副担子你挑得动吗？"

邹父说："我们不是嫌弃她，但你妈说的问题是个现实问题。你们大学还未毕业，将来要结婚生子，还要买房，这么高的药费以及今后的支出，我和你妈当然会真心帮你们，可心有余而力不足啊！"

邹杰说："小郑在服装设计上已小有名气，她会赚不少钱，我也会找到一个好的工作，我们有这个能力维持下去的，再苦再累，我都要和小郑在一起。"

邹母说："小杰，你太幼稚了，她会赚不少钱？别忘了，她是一个血癌病人，格列卫不是仙丹，我问过医生了，这药不能担保病情一辈子不复发。你们准备回校上课了，小郑的药一天都不能断，我们家的存款还有 20 万元，本来是预备让你出国留学的，如果全部用在小郑身上，你到美国难道靠刷盘子来付学费？"

邹杰说："我想过了，我不出国了，本科毕业就找工作，上海有几家外资企业有意向要我。"

沉默，长久的沉默。郑秀文故意弄出很大的声音，装出刚醒来的样子。拉开门，若无其事地朝神情尴尬的邹杰父母笑了笑，走进卫生间，忍不住潸然泪下。她上完卫生间，擦干泪水，又若无其事地走出来。他们已转移话题，在谈别的事情。郑秀文依然莞尔一笑，对他们说，你们怎么还不休息，我今天特别好睡，我去睡了。说完，走进小房间，把门锁上。隔了三天，郑秀文和邹杰回校上课。郑秀文对邹杰说，缺了这么长时间的课，我们要抓紧时间补上，这段时间我们少见面。中午在食堂里见个面，星期天我要休息，服了这药，人特别困。

就这样，他们中午在食堂一起吃饭，聊上一会儿。郑秀文的状态越来越好，虽然脸略有些浮肿，但气色不错，头发也长出来了，原来的披肩发变成了短发，妩媚中增添了一份精干。邹杰虽然答应她少见面，但有时晚上忍不住要给她宿舍打电话约她，但室友都会回答郑秀文有事出去了。第二天在食堂见面时，邹杰问她晚上干吗去了。

郑秀文回答："到街上找设计服装的灵感去了，上海女人是最善于打扮的，她们的穿着会传递出潮流的信息。"

邹杰有种感觉，郑秀文没有讲实话，移情他人也是绝对不可能的。那么，她到底干什么去了呢？总之，返校后，郑秀文没有和自己一起在浓密的梧桐树荫下散一次步，欣赏路边的老洋房透出的灯光——郑秀文对这几条优雅的原法租界的街道百逛不厌；也没有和自己看过一回电影，吃过一次饭。邹杰意识到，郑秀文是有意在躲避自己。中午吃饭时，郑秀文如约而至，坐在他对面，小声和他说话，脸颊上露出浅浅的笑容，邹杰问她晚上到底上哪里去了。

她平静地回答："有些事，以后会告诉你的。"

邹杰问："为什么现在不能告诉我，我们不是有个约定，无话不谈吗？"

郑秀文说："我会遵守这个约定的，但现在还不到时候。你耐心等待吧！”

邹杰几乎恳求地说：“秀文，你别折磨我了，早点告诉我吧，我快疯掉了。我的第六感告诉我，你有秘密瞒着我。”

郑秀文说：“不是第六感，确实有秘密，但我会告诉你的，这事与你有关，我不会瞒你的。”

郑秀文说完就端着盘子走了。三天后，她主动约了邹杰来到操场，她生病以后就不再晨跑了，但她这几天改为傍晚在操场跑步。夜色笼罩下的操场上有一些情侣坐在踢足球的草坪上，一对一对的，靠得很近。他们在跑道上踱步。夜空深邃无垠，没有一轮明月当空，但有星斗璀璨。郑秀文期期艾艾的，好像很难启齿的样子。邹杰不吭声，不安地等着她开口。

郑秀文说：“那天晚上，你和你父母亲的谈话我都听到了。他们说得没错，我的病拖累了你们。我想了很久，我不应该毁掉你的前程，我那样做就太自私了，你应该按你的既定生活轨道走下去，我会成为你的绊脚石。我决定了，我要离开你！”

邹杰听了，目瞪口呆，半晌才反应过来：“我父母亲的想法并不代表我的想法，我为了你，付出任何代价都是心甘情愿的，你是我的一切！”

郑秀文感动了：“我会记住你的好，但你救不了我，你不放手，我们两个都会很惨。所以，唯一的办法，我只能离开你，从此，我们井水不犯河水。告诉你吧！我要订婚了，和一个服装公司的老板。他大我二十岁，有几亿身家，人也很善良。他是摆服装摊起家的，温州人，在上海拥有两家服装厂，一幢十多层的大厦。只有他有经济能力让我服用格列卫，或到日本、美国做骨髓移植。我对不起你，我背叛了你，我是个负心的女人。但我不能把你拖下水，不能害你。你的那份情，我会深深藏在我心里的一个角落。好了，这就是我的秘密，我全部告诉你了，请你理解我的选择，除此之外，我别无选择了。"

郑秀文说完，长长叹了口气，抱了下邹杰，转身跑开了，眼泪飞洒。她跑到一片小树林里，放声大哭起来，哭了很久。有几个不认识的同学上去问她出了什么事，有人认出了她，她还在哭泣。她做出了一个艰难的选择，一条可以拯救她自己，同时也能拯救邹杰的路。她不愿意邹杰背负那么多沉重的东西，他根本背不动。在那一个个失眠的夜里，她在黑暗中睁大了眼睛，苦苦思索，最后才下定了决心。

邹杰很痛苦，倦色满面，他忍着不去找郑秀文。有时偶尔碰到，郑秀文转身要大步走开时，他追赶了几步便收住脚步。他了解郑秀文，她决定的事必定经过了深思熟虑，轻易是不会改变主意的。他沿着跑道一圈一圈地走着，知道郑秀文这样做完全是为了自己。那个晚上，他与父母亲的争执，她都听得一清二楚。可她却装得没事的样子，脸上还笑嘻嘻的，尽管心里很疼。其实从那一刻起，她的自尊心受到了极大的损伤，她就思忖着离开自己了。可她居然那么多天没有露出什么痕迹，中午一起吃饭时还是镇定自若，最后想好了才向自己摊牌。她不可能再回头了。

邹杰请了半个月的假，回到苏州家里。他病了一场，发烧、胃疼，他拒绝服药，把房门锁上。床上还留着郑秀文的体香，枕头上还有她的几根枯草般的头发。他整天用被子蒙着头睡觉，不吃不喝。父母亲急得在客厅团团转，隔一会就轮流敲他的房门。在门外轻声地絮叨着，说他们错了，收回自己的话，他爱怎么办就怎么办，再也不会干涉他和郑秀文的事了。但邹杰什么也没有听进去。他也没有责怪父母亲的意思，只怪自己无能，无力解救郑秀文。郑秀文只能做出这样的选择，而自己什么也改变不了。

半个月以后，他背着行囊，回学校去了。临行前，关于他与郑秀文的事他什么也没有说，只是淡淡地和父母亲说了声自己没什么事，回学校上课去了。大学毕业后，他考上了纽约大学，攻读博士学位去了。郑秀文正式就任那个服装集团公司的副总裁兼首席设计师。

她坚持服用格列卫，也加入了陆勇的QQ群，她的头像始终亮着。陆勇在群内介绍印度仿制药，郑秀文没有多大兴趣。她已和那个温州老板正式结婚。婚姻改变了她的处境，她成了富婆，不愁钱了。但她并不是享受奢华生活的贵妇，她把母亲接到上海医治中风后遗症，母亲的状况逐步得到了改善。她给公司带来了一股清流，迅速成了集团灵魂人物，其服装设计理念使产品的款式和品位大为提高。

一年后，郑秀文的骨髓配对成功，她赴美国做了骨髓移植手术，结果很完美。从临床效果来看，她的病算是治愈了。但她常失眠，黑暗中，眼睛睁得大大的，像夜间的蝙蝠或者无眠的猫。她经常回母校，在操场上踱步良久，在风声中沉湎，在树荫下站立，默默地盯住一棵树，或者某个角落，或者飘在空中的一只风筝，操场还是那个操场，一切都没变，但物是人非了。所有的一切真的随风而逝了。

故事三　刘大川和刘小川

刘小川和林玲（均为化名）是一对恩爱夫妻，从四川农村到无锡打工有些年头了。

刘小川的哥哥刘大川是个包工头，手下有一百多个建筑工人，大多是同乡人。在哥哥的资助下，刘小川开了一家脚手架出租公司，一年收入两三万元。妻子林玲高中毕业后，在深圳合资企业做过工人，还是领班。后来辞职来到无锡，经过正规的培训，她在家政公司当保洁工，定期给十几户人家打扫卫生。她人也干净利落，做事一丝不苟，又懂得规矩，讲话有分寸，该说的说，不该说的绝对不说。对主人家的事情从不过问，所以深得各个户主的喜欢。口口相传，请她的人家越来越多。她尽量接下来，直到应接不暇，实在做不过来，便婉言谢绝。

他们有一子一女，女儿上技校，儿子上初中。租了一套房子，并把丈夫的父母从四川接到无锡养老。林玲很会持家，她的收入用于日常开销，她每个月收入3000多元。儿子和女儿在寒暑假及星期天都会帮母亲一家家地干活，在2010年，他们的收入和城市普通市民的收入差不多，但每月的房租、儿子女儿上学费用是较大的开销，加上没有社保，两个老人身体不好，看病买药都是自费，所以他们的生活还是过得紧巴巴的。

不过，林玲还是尽量省吃俭用，户主将吃剩的水果、糕点及穿过的七八成新的衣服赠送给她，她也收了下来，拿回家吃穿。和以前农村的贫困生活相比，他们已经很知足了，可以说生活质量已远超过农村的温饱标准了。即使租住的是旧公房，自来水、管道煤气、冷热水的浴室、抽水马桶却也一应俱全，这在大山里是不能想象的。

刘小川的脚手架生意逐步做开了，收入逐年提高，保洁的收费也逐年增加。他们夫妻开始攒钱，希望有朝一日能在无锡买套住房，正式当上无锡这座美丽城市的新市民。刘小川的哥哥刘大川承诺不足部分到时借给他们。但突然有一天，他们生活向好的势头却出现了拐点，由好向坏转变，而且是接二连三，一发不可收拾，很快陷入绝境。先是刘大川承包的项目完成后，发包方拖欠工资，多次催促都要不到，死赖着不给钱。

正值年末，农民工拿了钱要回家过年，和家人分开一年了，大家早已归心似箭。农民工个个很辛苦，牺牲了与家人团聚的亲情，分离了一年，奋斗了一年，也孤独了一年。最后，领不到工资，怎么回去？刘大川不得不拿出全部积蓄，垫付了 60% 的工资，先让老乡回家过年。自己的家在城里，天天坐到发包方办公室催讨工钱。和对方的保安发生了争执，打了起来，但寡不敌众，四五个身强力壮的小伙子群起攻之，刘大川被打伤了，而且伤得不轻。

此后便是漫长的维权上访之路，刘大川断了三根肋骨、一只眼睛被打成了半失明，眼底出血，视网膜破裂，这些都有医院的诊断证明。刘小川和几个老乡背着刘大川到处告状，法院、公安局、检察院、国资委、城投公司、市政府、市委、报社、电视台等，最后惊动了市委书记，他在按满手印的上访信上签署了意见，责成公安局调查处理打人事件，责成国资委处理欠款问题。折腾了几个月，此事终于有了结果：殴打刘大川致重伤的肇事者被治安拘留半个月，承担全部医药费，发包方赔偿精神损失费 1.3 万元，立刻偿还全部欠款。

这场纠纷让刘氏兄弟耗费了不少精力，总算讨回了公道。但因为得罪了发包方，原来欣欣向荣的包工队从此受到了冷落，很少能揽到工程。原来的 100 多人自找门路，离他们而去，兄弟俩只能靠出租脚手架维持生活。刘大川忍着，等待时机东山再起，慢慢地有了眉目。但就在这时，刘小川病倒了，而且得的是大病——慢性粒细胞白血病，这种闻所未闻的病让刘小川在血液医院确诊检查时就花去了几万元。院方推荐了格列卫正版药和骨髓移植，以及化疗、干扰素等治疗方案。当时，陆勇已找到印度仿制药，但刘大川和刘小川都不知道这个情况。医院也不可能向他们推荐仿制药，根据当时的法律法规，印度仿制药就是假药。刘小川拒绝服用正版格列卫，他很清醒，他们的经济条件承受不了这样的天价药。骨髓移植他也没有考虑，一个是要等待骨髓配对，更重要的是他们不懂移植到底是什么医学原理，以为像器官移植那么严重，非常排斥。院方建议让刘小川的家人去抽骨髓进行配对试验，但大家都一概推辞，以为像割他们的肾脏、心肺那样严重。林玲倒是愿意的，她甚至愿意以她的命来换丈夫的命。但医生说，她不是直系亲属，配上的可能性很小。

后来他们选择了化疗，但刘小川反应严重，他的身体变得很虚弱。一家人商量后，决定将儿子女儿留在无锡，由刘大川承担他们的上学、生活开支，脚手架生意也由刘大川接收；林玲带着丈夫和公婆返回四川山村老家，也不治疗了，只是服用中药维持。说穿了，这样的安排，表明包括刘小川本人在内的一家人决定放弃治疗了。回老家度过最后的岁月，落叶归根。夫妻俩在外面闯荡了近二十年，以前回家都是风风光光的，这次完全是一副灰头土脸的模样，一夜回到了原来的生活。

林玲在无锡做钟点工的人家中有一户是茶商，茶商很同情她，建议她回去种茶树，因为茶树容易种活。林玲接受了，老家山区也有茶场，她临行前学了种茶、采茶、制茶的工艺，茶商半送半卖地给了她上千株茶树苗。刘大川借了一辆大卡车将茶树苗运到老家，林玲利用承包地种起了茶树，两年后出产茶叶。无锡茶商帮助她推销。刘小川和父母亲在家里编竹篮子、竹笋筐。刘小川在无锡时已是速变期，回老家一年半，就转入急变期，又拖了半年多就去世了。他到最后什么药都不吃，浑身剧痛，全身的每一节骨头都痛得厉害，他却不吭一声。就像我父亲当年那样，实在受不了了，他就用头在房间的木板墙上撞击，撞得前额全是青紫色的肿块。林玲请木匠打了口棺材，将丈夫埋葬在离自家茶园不远的山坡上，遂了他的愿望。刘小川坟墓的旁边是他父亲的墓地，坟前都竖着一块长方形的墓碑，朴素简陋。刘小川去世前一年，他父亲先他而去了。他临终前，刘大川夫妇、儿子女儿都赶了回来，和他见了最后一面。

刘大川劝林玲带着母亲返回无锡，但林玲拒绝了。她的茶园已初具规模，一片青葱，春天的时候会绽开星星点点的小白花。林玲表示要守着自己丈夫的墓，她累了就经常去丈夫的墓前坐一会儿。一个硕大的日式保温杯泡满了茶水，瓶盖便是杯子，她会倒满，摆在墓前，自己慢慢就着杯喝。茶凉了，她将其洒在墓地，起身再回到茶园。年迈的老太太也不愿回那个遥远的繁华城市了，她知道自己余下的时间不会太多了。女儿技校毕业后，在无锡一个开发区的制药厂工作，车间是密封的，非常整洁干净。

儿子已读高二，成绩很突出，考上重点大学已无悬念。他们一直不知道有印度仿制药。直到电影《我不是药神》上映，儿子看了电影，才从本地的晚报上看到关于电影主角原型陆勇的报道，他算了下时间，父亲得慢性粒细胞白血病时，陆勇已为数百人代购了印度仿制药。他找到了那个 QQ 群，把父亲的名字加进去，亮了一下父亲的头像，然后熄灭。他写道：父亲的生命和印度仿制药擦肩而过，归根结底，他还是属于这个圈子里的一员。他本可以活下来的，是我们的愚昧葬送了他的命！

无穷无尽的怀念，无穷无尽的后悔！

故事四　"癌症旅馆"

在我们的生活中，好像患白血病的人是极少数。殊不知，中国人口基数大，全国的患者有几百万之多，绝对数量几乎超过世界所有其他国家白血病患者的总和。上海瑞金医院血液科、苏州大学附属医院血液科、北京大学血液病医院等是中国最好的血液病专科医院，到这几家看病的患者络绎不绝，一床难求，专家号要提前半个月预约。病人住院也有时间上的限制，不可能长期占着床位。况且，医院要预付押金，不付押金是不让住的，每天一早，账单就会送到每张病床，医药费超过了押金，患者就得补上，如果补不上、付不出，原则上就会停止治疗。

许多白血病患者住不上医院或住不起医院，就只能住在医院附近的小旅馆，几十元一夜，合用厕所，有热水供应，有炉灶煮饭做菜，厕所里装一个热水龙头，有个洗脸盆，隔三四天可洗澡。于是，许多病人在这里安营扎寨，家人陪着，打持久战。他们以看门诊为主，中西药结合治疗，聚居在这里的都是各种血液病人。以急慢性粒细胞白血病患者为主，一住就是几个月，甚至更长的时间。外人称这里为"癌症旅馆"。

这个故事中的人物杜阿甫和他妻子文妹（均为化名）住在这里几个月了。他们是船民，跑运输，自己拥有一艘150吨载重量的铁壳机船，穿梭于长江、太湖、大运河等水域。杜阿甫三十六七岁，妻子文妹比他小五岁。杜阿甫是江阴人，从小就做了渔民，听惯了鸬鹚的鸣叫，看惯了江豚的出没，甚至看到过白鳍豚、中华鲟。他后来跟着父亲到拆船公司打工，在长江滩涂边将一艘艘报废的外国旧货轮拆解。过了几年，他们那个地方要建一家工厂，要征用千亩土地，他们的拆船公司获得了一点补偿款，随后被注销了。

他们于是倾其所有，再贷了一笔款，买了一艘机船，跑起了运输。

他们又回到了船上生活，这是一个漂浮的家，奏响了一首现实生活中充满烟火喧喧的云水谣。夫妻俩一年中大多数时间都在水上奔波着，就像在马路上开车一样，弦绷得紧紧的，小心翼翼地驾驶着机船。见惯了危险和生死，他们不敢有任何的松懈和大意。他们在船上经历季节变化与时间流逝，水涨水落，风雨无阻。水上生活是孤独的、艰难的，他们丝毫没有感受到古诗词中描绘舟船的浪漫和美好。不管是长江的壮阔、太湖的浩瀚还是大运河的弯曲，对他们来说，都没有特别之处。在他们眼里这些就是水道，而不是风景。

夜航时，头顶苍穹的繁星和月亮引不起他们的注意，他们在意的是远方的灯塔、灯标以及黑暗中从那里发出的一道光束。那是他们期盼的藏匿在黑夜中的指路明灯。这个光点和光束，是茫茫夜色中最让他们心动的东西，犹如古代漫长而枯燥路程中的驿站。在他们看来，这一个接着一个的光点和光束，比星星和月亮更富有魅力。他们在岸上还有一个家，几间简陋的平房，是当地农民造了新楼，留下的旧房出租给他们的。他们当渔民时，船就是家，岸上没有房子。在拆船公司，他们住的是工棚。跑起水运后，才租了这里的房子。那是老人和孩子待的地方。老人已经不起水上风浪的颠簸，孩子则需要上学。

对于杜阿甫和文妹来说，他们当然希望在岸上的家里生活，在岸上，睡在床上都是踏实的。而在船上，即使最平静的时候，也在摇晃。船上永远是天地悠悠，不着不落，但水上运输收入可观，跑一趟去掉成本，有七八万元纯收入。时间不过一至两周，成本主要是燃油、船员的工资。他们的辛勤换来了不菲的报酬，使全家的生活水平好于一般家庭。他们计划着买新房，让孩子读更好的学校，而不是民工学校。

杜阿甫和文妹平时比较注重健康，一两年就要去医院做一次全面的体检，验血、胸透、B超等都会做。2006年春天，他们夫妇进行了一次体检，文妹很健康，杜阿甫胸透、B超和脑CT检查都没有问题。但验血报告显示白细胞异常，医生认为他有患白血病的可能，建议到有关血液病专科医院做进一步检查。他们立即到上海瑞金医院血液科住院检查，医院确诊杜阿甫患上了慢性粒细胞白血病。

文妹表面上没有惊慌失措，也没有哭哭啼啼，但心里很着急，完全乱了方寸，面容疲惫、双眼泛红。杜阿甫吓坏了，不知道该怎么办好，总是怀疑医院的诊断出了差错，自己没有明显的症状，能吃能睡，不像是得了重病的人。他和文妹又到北京大学血液病医院重新检查，结果自然是与上海瑞金医院的检查结果完全一致。他绝望了，情绪焦虑、急躁、怨天尤人，身体开始变得沉重，精神开始委顿、崩溃。

夫妻俩做出决定，将运输船以每年8万元的价格包给其他人，这笔钱用来付房租和维持家用，同时取出30余万元存款治病。他们选择骨髓移植，拒绝干扰素治疗和化疗，对于医生推荐的格列卫药物，他们也没有接受，不是经济原因，而是怀疑医院在坑人，这么高昂的价格，医院肯定拿了医药代表的巨额回扣。杜阿甫有一个逻辑：医生越是推崇的越是说好的药，越不能用，因为有利益驱动在里面。杜阿甫和文妹去上海中医院排队挂了专家的号，专家开了中药方子，文妹买了煎药用的砂锅。在这家小旅馆开了一间房，住到小旅馆以中药调养。

小旅馆住的大都是白血病患者及其家属，他们来自全国各地，职业、年龄、身份各不相同。因为同病相怜，这里的人有一家亲的感觉。互相交换信息，探讨治疗体会永远是个热门的话题。

蒲田系医院的人也是常客，他们每天都来散发印刷粗糙的小广告，有小册子，也有冠以"健康通讯""最新消息"刊头的小报，里面刊登了多位"神医""名医"，他们都有令人肃然起敬的身份：不是红墙内的御医，就是某某领导人的私人医生，或者为某国外元首治过病——都怀有妙手回春之绝技，几乎都是华佗再世，药到病除，疑难杂症在他们那里都是小菜一碟。

这些小广告上面还有多位已治好的病人的照片、个人简介、治病经历、电话号码等，这当然是假的。但还是有人相信了，和那些"病人"联络，对方言之凿凿，对宣传品中介绍的医生、药品、秘方佩服得五体投地。

于是，杜阿甫和文妹不顾病友的劝告，对这些神医神药深信不疑，花费了几百上千元购药，没几天果真寄来了一大堆塑料瓶子，里面是一颗颗胶囊。至于胶囊里面到底是什么东西、有什么效果，只有天晓得了。像杜阿甫这样的相信这些虚假广告，相信这些用低级的欺骗手段获取暴利的假药假医的患者，绝非个别，但显然也不会很多。假药假医是丧尽天良的极其邪恶的行为，但杜阿甫不辨真相，一味盲从、迷信这些治不好病也吃不死人的药，只能说明他们的无知和愚昧。蒲田医疗业的崛起，不得不说与大量信徒存在有极为重要的关系。人云亦云，以讹传讹，使杜阿甫除了花重金购买小报、小册子上所宣传的药，还服用了大量口口相传的抗癌药，其中有灵芝孢子粉、蟾衣甚至蟾蜍、泥鳅等民间广为流传的东西。

　　这样的事在小旅馆里不断发生，各种偏方也在私下传递，甚至某个神汉巫婆具有特异功能的信息也广为传播，令许多病人深信不疑。杜阿甫就是其中的一个，他在这方面花了不少时间、不少金钱。传说中的某些东西是很难弄到的。有一次，杜阿甫得到一个信息：穿山甲的鳞片能抗癌，但需要大剂量地长期服用才能有效果，如果能吃穿山甲的肉则更好。穿山甲是一种受国家保护的野生动物，但当时有些地方管控中还有漏洞。穿山甲其实是一种温和的动物，遇到危险时会缩成一团，依靠浑身的鳞片组成的盔甲保护自己。文妹想方设法搞到了几十斤穿山甲鳞片，还有两条穿山甲肉身。按照秘方，鳞片和几味草药煎煮后喝汤，穿山甲肉也被红烧后分几次吃掉了。

　　住在"癌症旅馆"里的杜阿甫没有跟陆勇一样，采用正规的治疗方式。他和妻子文妹为那些花花绿绿的虚假宣传品所打动，受骗上当吃那些所谓有"神奇功效"的药物，这些药物可能没有什么严重的副作用，但不可能那么神奇地治愈人类尚未完全攻克的绝症，充其量是一种安慰剂。至于穿山甲肉和鳞片汤，杜阿甫服用以后，一度感到胃口、精力、气色有很大改善，其实很可能是一种心理作用，是一种精神状态上的自我安慰。

"癌症旅馆"的气氛一开始是极其压抑、沉闷的。可能都是受难者吧，大家可以谈论各自的病情，谈论医生的诊断和医治效果，也谈论自己过去的经历和家庭，但都小心翼翼地不去触碰"死亡"这两个字。杜阿甫还年轻，尤其对生死问题竭力闪避，不敢多想。哪个人不治而亡了，大家心里就会涌上一股冰凉的疼痛感。

确实，死亡是个最让人忌讳的问题，哪怕在医院，在这个被称为"癌症旅馆"的地方，哪怕是正在面对生死考验的人们，也谨慎地避免谈论这个让人丧气的话题。杜阿甫居住的这个地方，许多患者已感觉到死神越来越接近自己。正因为如此，他们更是回避和恐惧死亡。家属则用善良的谎言欺骗亲人，让他们相信自己不可能死。其实患者心里很清楚自己的生命已岌岌可危，但还是像皇帝的新衣那样，所有的人都不愿说破真相。杜阿甫就从来不愿提到死亡这件事，他认为自己花了这么多工夫，吃了这么多药，他不可能会那么容易死去。他这种心态也许和他的职业是船民有关。

不错，他从小起就经历过大风大浪。船民都很迷信，吃鱼不能将它翻过来，为什么？驾船的人最怕翻船，把煮熟的鱼翻过来与翻船联系在一起，这是一种复杂而又晦涩的心态。那么多年的水上生活，他目睹过无数次翻船事故。吃鱼的禁忌也就根深蒂固地刻在他心上，以致影响到他的心理。所以，他是个极其讳言死亡的人。

后来，他未等到骨髓移植，也没有服用格列卫，病情就进入了急变期，那些药没有让他好转，穿山甲鳞片汤也没有让他"起死回生"。在最后时刻，他对自己的病都糊里糊涂，缺乏足够的了解，缺乏像陆勇那样的镇定、冷静和理智。他不知道应该坚强地去接受那些应当接受的治疗，也分不清哪些应当接受，哪些是不应当接受的。他不愿意捅破死亡这层窗户纸，不愿意毫无顾忌地和大家谈论死亡这件事，以获得应有的通透、豁达和放松。

最后，他从小旅馆里搬出，住进瑞金医院血液科病房，医生对他一直住在小旅馆里喝中药感到很惊讶，更对他不好好治疗，而是吃那些乱七八糟的东西感到困惑不解。

杜阿甫不甘地对医生说："穿山甲的鳞片汤我都喝了那么久，怎么还会恶化？我怎么也想不通。"

医生对他说："如果穿山甲救得了你，还要我们这些医生干什么？"

医生把文妹叫到办公室，对她说："你们简直是在胡闹，如果在我们这里接受正规治疗，做化疗或干扰素治疗，还是有治愈的可能的。如果服用格列卫，百分之九十能稳定住病情，不知道你们是怎么想的。不是批评你们，是你们对自己太不负责任了，真是愚不可及！"

按照文妹的要求，医院还是对杜阿甫进行了救治，但已经来不及了。癌细胞已经疯狂地侵蚀到了骨骼和全身，杜阿甫饱受折磨，他的脸黝黑得吓人，剧烈的疼痛使整个身体如撕如裂，让他无法忍受。他用瘦骨嶙峋的手紧握着文妹的手，急促的呼吸里掺杂着哭泣，满脸淌着泪水，他终于明白自己将不久于人世。他说："这个病的死亡率是非常高的，我们要做好治不好的准备，做好死的准备。要是我真的不行了，我认这个命，我丢不下很多人很多事，但这是没有办法的，害怕是没有用的，要面对现实。我只是觉得亏欠你、父母亲和孩子，下辈子还你们吧！"说这话的时候，他的神色极度哀伤。

文妹在旁边说："都是我的错，我应该让你吃格列卫，我们有30万元，可以吃一阵子，哪怕把船卖了，还可以吃上两年，都是我不好，都是我的错！"说到这里，文妹哭了，失声痛哭，悲痛欲绝。后来，文妹租了一辆车，把丈夫送回家。

他们还特地到小旅馆里和病友告别。这一次，杜阿甫打破了禁忌，对大家说："我可能要先走一步了，我希望你们悠着点！慢慢来啊，再隔十年、二十年再来！"

大家向他挥手，送上祝福的话语，是发自肺腑的、坦诚的。忽然有一个瘦弱的满脸病容的人坐起来，尽量提高已沙哑的声音说："不要怕，人嘛，早晚要走到那里去的。"

这话将那个沉重的包袱一下子扔掉了，那层窗户纸被捅破了，大家似乎变得轻松了，应声说："是啊！是啊！"杜阿甫连连点头，含泪说："那么，那么，我们那边见吧！"说完，目光扫了几眼这个简陋拥挤的小旅馆，这是个特大房间，住着七八个人。他清楚，这是他们人生道路上除家之外的最后一个驿站了。

他转身离去时，对着大家惨淡一笑。

杜阿甫回到家一周后就去世了，临终前留下最后一句话："我想不通，穿山甲鳞片汤喝了那么多，还是没有用……"

真的无法说清楚，穿山甲肉和鳞片还有那些偏方是否恶化了他的病情。但至少可以说明，杜阿甫没有选择正规治疗和服用格列卫是错的，即使不服用格列卫，他也应该做几个疗程的化疗和干扰素治疗。他的经济条件好于住在小旅馆里的绝大多数病友，他的结局缘于自己选择了一条错误的治疗之路。

另外，他应该调整心态、面对现实，打开封闭的黯淡心扉，和病友坦露心迹。尽管这对于他的病情帮助不大，但坦诚的交流不仅可以让大家得到安慰，也会让他自己变得稍稍轻松、通透和平静一些。

他应该拒绝那些偏方，不乱吃那些不靠谱的江湖郎中提供的药物。他不应该对野生动物寄予那么大的希望，他战胜过无数次大风浪，却败于自己的无知和愚昧。

在这次新冠肺炎疫情蔓延后，陆勇在微博上说："很多人吃野生动物是为了治病，尤其是治癌症。比如有的人说穿山甲的鳞片、犀牛角等可以治愈癌症。我认识的癌症患者成千上万，也有不少患者吃了各种野生动物，但从未见过真正因此而治愈的，都是以讹传讹。如果穿山甲的鳞片可以治愈癌症，我相信科学家早就以此为基础研制出神药来了。癌症患者急于救命的心情可以理解，但吃野生动物不但于健康无益，还会增加身体负担，甚至会染上其他疾病，加速癌细胞扩散。为此，我向病友们呼吁：科学抗癌，不吃野生动物。"

可以说，这是陆勇对杜阿甫至死都想不通的问题的回答。杜阿甫是个船员，他驾驭过渔船、货船。他对风帆有着很深的感情，帆是舟船卓越的推动者，它赋予船的动能甚至可以说是生命。经历过太多次风浪的杜阿甫，却和自己的生命之帆擦肩而过了。

故事五　病魔改写北大学霸的人生

北京新阳光慈善基金会是我国首家民间救助白血病的公募基金会，秘书长刘正琛是一位罹患血癌多年的病人。他的经历和陆勇有几分相似，少年得志，前程似锦，却突然罹染慢性粒细胞白血病。身上有一种狷狂的自傲且自认为是精英的刘正琛，命运发生了一百八十度的急转弯，几乎是一夜之间，他就走上了泥浆重重的求医之路。

刘正琛从小就是个学霸，显示出特有的异禀天赋，十七岁那年考入了中国最好的高等学府之一北京大学，后来又成为北大光华管理学院的硕士研究生。2001 年，就在他踌躇满志，准备博士入学资格考试的时候，刘正琛的人生却从一个多数人都无法企及的高峰跌入了生死存亡的低谷。

一段时间以来，刘正琛的眼睛里有一块褐色斑点，心生疑窦的他来到校医院进行检查。可最终，医生建议他到综合医院做进一步检查。刘正琛来到北医三院。

"起初我以为是眼睛出了问题，所以一直都是挂眼科治疗的。"直到北医三院的眼科专家建议他去血液科做进一步检查，刘正琛才意识到事情恐怕并没有自己想象的那么简单。血液科医生直言不讳地告诉他："你可能得的是慢性粒细胞白血病，也就是通常所说的血癌。"

"慢性粒细胞白血病？！"

听到这个吓了他一跳的词语，刘正琛脑子里轰然一声，惊悚地说不出话来。主治医生表情严肃，没有丝毫开玩笑的样子，严肃中略有些许遗憾和同情，他朝刘正琛点了点头。刘正琛下意识地扫了一眼办公桌上的日历——2001 年 12 月 4 日，一个让他铭记一生的日子。他比陆勇患病的时间要早两年。

此时此刻，刘正琛彻底明白了自己的处境。他看着诊断结果，仔细倾听医生的解释："慢性粒细胞白血病，是一种除了换骨髓，尚无有效手段能够治愈的癌症，生存期恐怕不会超过 5 年。"

平日里乐观开朗、头脑灵活、思维缜密的刘正琛，此时只能呆坐在板凳上，木然地、绝望地坐着，不知所措，无所适从，无奈地接受命运对他的审判。他无可辩解，更不能拒绝，命运的安排是不可抗拒的，他仿佛一个委屈的"罪犯"坐在被告席上，等待着命运的法官对自己的发落。他被判了死刑，缓刑五年左右执行，也就是说，他活不过五年。比"斩立决"好一点，但暂缓执行的几年中，他将在知道自己死期的恐慌中一天天地陷入浩渺和空寂的黑夜。他将吞咽一颗令他凄凄惶惶的苦果。他再也没有半点儿峥嵘意气，再也没有生活的乐趣，再也没有任何值得追赶的梦境。

此后的几天，他过得浑浑噩噩，那个生气勃勃的刘正琛不见了，那个文静儒雅的刘正琛不见了。在心情最黯然的时候，他辗转听说美国有一款叫格列卫的新药，不用做骨髓移植就能延续白血病患者的生命。

那时，格列卫在美国已经被用于临床治疗了，可还没进入中国医药市场。国内的医生对此药了解甚少，许多医生甚至闻所未闻。他托人从新加坡、香港买药，一盒不到两万元，一个月一盒，吃了一段时间，各项指标明显在变好。

得知儿子患上了重疾，在最高人民检察院工作的刘父立刻飞回北京，经过深入思考及与家人的商量，他辞去了副厅级职务，提前退休，下海做生意挣钱。这和陆勇父亲陆再生的想法完全一样，虽然职务不同，刘父的年龄要小一点，但可怜天下父母心，他们的想法是一致的，那就是要多赚钱救儿子。"当时他就一个心思，要为我治病，要下海挣钱。"对此，刘正琛曾在回忆文章中这样写道，"如果还在政府部门工作的话，收入根本无法负担我每个月吃两盒格列卫的花费。父亲第一年总共赚回 7 万元，在那个年代不算少，但和我的药费比起来，也只是杯水车薪。"

为了治病，刘正琛放弃了博士入学资格考试，办理了一个学期的休学，告别了曾经令他为之骄傲的燕园。"原本计划着去银行或证券公司，也可以跟同学一起在金融领域创业，但这些梦想瞬间就破灭了。癌症啊，从电视报道中看到过，感觉白血病比那些要可怕得多。"

没有图书馆，没有讲台，没有同学，没有老师，没有课本，一切熟悉的事物此刻都成了回忆，只有苍白的灯光下雪白的床单、雪白的枕头、雪白的墙壁，空气里散发着消毒水的浓烈气息。还有那个整日在耳边萦绕的可怕名字：白血病。短短的几天里，刘正琛从一个天之骄子变为需要被同情、被可怜的绝症患者，在角色的剧烈变化中，他怎么也无法接受这种转变，他深切地感受到人生的无常和命运的残酷。陆勇说，他有段时间觉得自己是头脑昏沉的行尸走肉，刘正琛何尝不是这样的感觉呢？

那是一段不堪忍受的时光。

"得了这种病，入职体检肯定通不过，更别说自己创业了，身体根本撑不住。"刘正琛失去了为之奋斗的理想，迷失了生活前进的方向。每天的生活就像蹲监狱一般，被牢牢限定在北医三院二病区十楼。几平方米的病房，几十米的走廊，从每天背着书包漫步在未名湖畔到穿着病号服游荡在病床间，刘正琛感觉人生在一分一秒中悄然荒废着。

找骨髓配对，这是一种可能挽救生命的一劳永逸的办法。和陆勇最初的期待一样，刘正琛把自己的希望寄托在骨髓移植上。每当想到这个令人兴奋的理由时，刘正琛的心都会再一次坚韧起来，甚至和医务人员开几句玩笑，向世界证明他依然是个乐观向上的年轻人。可是，在漫长的等待中，他必须承受因各种微小的理由而导致的情绪起伏。那段时间，哪怕只是其他病人的一声叹气，也会让重燃希望的刘正琛顿时瘫软在病床上并深感忧心：如果配型不成功，我该怎么办？

医生曾告诉他，骨髓移植虽然是最佳治疗方案，但必须找到HLA（人类白细胞抗原）数据完全相同的捐赠者。从临床经验来看，同胞之间成功的概率高达 25%，所以弟弟是他的最佳配型对象。然而，一个多月后，坏消息传来了：刘正琛和弟弟配型失败，他只能在没有血缘关系的人里，期待万分之一的可能性降临。

"最大的希望破灭了，我只能等待 5 年大限到来吗？"刘正琛质问着自己。

幸运的是，2003 年格列卫进入了中国。刘正琛作为第一批服药的中国人，申请到了瑞士诺华公司的一个全球患者援助项目，可以终生免费服药。他比陆勇的运气好得多，从吃上药到现在，他的状态一直很好。如今刘正琛四十岁出头了，像陆勇一样，作为慢性粒细胞白血病者，他已经生活了十八九年，他的青春是在格列卫的陪伴中度过的。

刘正琛了解到，并非所有人都能像他那样享受终生服用免费格列卫的待遇，有如此待遇的人寥若晨星，而绝大多数人是吃不起格列卫的。正如陆勇所遇到的，在世界范围内，中国的格列卫原研药价格最高一盒2.35万元，而其他国家要低得多。他了解到的原因是，这些国家会对药物做技术评估，评估完后，药品监管部门和医保部门会出面与制药公司进行价格谈判。制药公司根据自己的研发成本给药品定价，它们希望在专利保护期内收回成本、获取利润。因此，出于商业考量，定高价无可厚非。但问题是，我们该不该就这么接受它。

刘正琛说，针对中国的高药价，各个制药公司也会有相应的优惠政策。

奇怪的是，刘正琛始终未提及印度仿制药。是他没有得到这方面的信息，还是对仿制药不相信？在我对他的访谈中，刘正琛没有谈到。他始终致力于骨髓移植和建立骨髓库。

得病几年后的一天，在翻阅杂志时，他了解到一个发生在美国的故事。一个女孩的父亲因为白血病去世了，为了缅怀父亲，也为了让更多患者受益，女孩儿决定募捐，并以父亲的名字命名建立一个专门研究白血病的实验室。

通过查阅资料，刘正琛发现当时国内唯一的骨髓库中只有不到2万个样本，这个数字在美国是460万。中国全国的血液病患者高达400万，与2万个样本相比，相差悬殊。震惊之余，刘正琛萌生了效仿美国女孩的做法，建立中国民间骨髓库的念头。

"和我相比，独生子女患者连25%的希望都没有，他们只能向无血缘关系的好心人求助，但这就需要一个规模足够庞大的骨髓库做支撑，所以我决定建立中国第一个民间骨髓数据库，把志愿者的HLA数据保存下来，让更多和我一样的患者看到希望。"为此，刘正琛特意将骨髓库的名称定为"阳光"，"寓意着希望，也寓意着生命"。

从此，他像抓住了救命稻草一样，将全部精力都放在了骨髓库的筹建工作上。

为了挽救刘正琛的生命，刘父准备用家里的一笔存款为他做骨髓移植手术。如今骨髓配型失败，钱也就没了用处，刘正琛打算向父母祖露自己的心愿，将这笔钱作为骨髓库的启动资金。

"我知道，万分之一的概率非常小，我自己很难在这个数据库里找到合适的配型，但这毕竟也是一条可能挽救自己生命的路。如果十年前有别的患者做这件事，也许现在我就能找到合适的配型，但没有。那么我如果现在做起来，十年后，像我一样的患者就不会那么多。无论谁找到了配型，我都觉得那是我自己生命的延续，是我给这个社会带来的一份礼物，因为我的存在，有些人的命运就会发生改变，还有什么比这更有价值呢？"

在这样一番劝说后，刘父欣然同意全心支持儿子的工作。刘母虽然还是不放心，但也没有反对父子俩的决定。

想法很好，但如何实现呢？对毫无创业经验的刘正琛来说，这是个不小的难题。

做骨髓库要有大量数据，这背后则是一大批活生生的人，也就是志愿者。刘正琛必须确保他们愿意参与这项工作，并且在某天真的找到合适配型的患者时，志愿者们依然没有改变初衷。"这是一门领导的艺术，可当年我并不懂。"刘正琛回忆说。

凭着一腔热情，他将报名表复印了几百份并整理成电子版，面向全体北大师生发放。

"你填了表，就成了我们的志愿者，然后我们出钱带你去医院检测，如果结果合格，我们就会把你的 HLA 数据放在北大新闻网上，供所有有需要的患者查阅。等哪天有患者联系我们，说你就是他的合适配型，我们再和你沟通捐赠骨髓的详细事宜。"面对很多人的不解，刘正琛总会这样耐心解释，但人们并不知道，那笔不用志愿者自付的检测费，正是当时刘家的全部积蓄。

起初，刘正琛的室友们并不看好这项工作，觉得匪夷所思。可渐渐地，当看到一条又一条的信息被放到网上时，他们相信了这项工作的可行性，也终于明白了它的意义和价值。

2002 年 3 月 11 日，第 100 名志愿者走进了北京儿童医院的实验室。这一天，刘正琛用 5 万元的积蓄完成了"阳光 100"的计划；这一天，距离他出院回家还有 15 天；这一天，他迎来了自己生命中的第 24 个生日。

迎来了事业的良好开端的刘正琛，此时并没有做好遭受坎坷的准备。

"2002 年 6 月成立学生社团，9 月我就回学校复课了。虽然和其他急性病人相比，我的情况算稳定的，但毕竟也是个绝症患者，同样需要静养和休息。如果太过劳累，病情随时可能恶化到无法挽救的程度，但这是我之前从来没有想过的，所以当时一点办法都没有。"

由于所有的善款都被用于志愿者的血液配型检测，社团一度连电话费都掏不起。"我们无法与捐献者或捐款人进行联系，因为我们打不起电话。虽然曾经拥有一间办公室和一部电话，但这种状态仅仅维持了三个月。虽然我们找过数十家大小企业谋求赞助，但最终只有我舅舅所在的公司愿意帮助我们。"刘正琛说。为了骨髓检测配型工作正常运转，他也曾招聘过全职员工，但第一个应聘者仅工作了三天便辞职了，理由是：没有工作氛围。后来摸索出一些经验的刘正琛，将全职人员独立出来，放在校外单独工作，可本以为能够就此稳住他们，却没想到校内校外两套人马常常产生冲突。"没办法，当时的领导能力还不够，我只能在中间和稀泥。"

面对这些沟沟坎坎，任何人都会感到挫败，但作为"阳光骨髓库"的创办者，刘正琛代表着社团的理念和信仰，所以即使面对旁人的冷言冷语和严词拒绝，他也必须展露出阳光向上、积极乐观的形象，即使这种形象会让人误以为他的病情并不严重，甚至向他提出更多更高的要求。"我经常担心自己的身体能否支撑得住，但我只能祈祷上天能够多给我一些时间，让我把基金会做好。"

2009年，北京新阳光慈善基金会正式成立。"我再也不用为找不到人干活着急了，也不用为学生志愿者和全职员工之间的矛盾而苦恼了。"在志愿者和社会的关心支持下，基金会开始在更多场合为白血病患者提供帮助，局面正在逐步打开。正在这时，刘正琛遇到了他的另一半，爱情悄然而至。2016年4月底，这位和公益事业打了11年交道的慢性粒细胞白血病患者，成了另一位白血病患者李婧的丈夫。

李婧是一个湖南姑娘，她大学毕业后奇迹般地出现在刘正琛的事业和生活中，从同病相怜到风雨同舟，可恶的白血病居然充当了他们的红娘。

这是一段奇缘。

比起刘正琛，李婧的求医经历要坎坷得多。尽管当时已经出现了格列卫，但医生分析，吃药不一定是有效方案，建议做骨髓移植。事实证明，服用了一年格列卫后，药物治疗失败，这是很罕见的。主治医生建议李婧去北京、天津等大城市再做诊断。

辗转几家大医院后，才查出李婧所患的是慢性粒细胞白血病中的另一种类型。在更换药物后，她的病情才慢慢稳定下来。当时，湖南没有慢性粒细胞白血病患者组织，为了能让更多病友坚定信念、鼓起生活的勇气，李婧和陆勇一样，建立了一个QQ群，自发成立了患者组织。她特别希望能为大家举办一场患者讲座。

李婧在网上搜集相关资料时，偶然间发现了刘正琛在北京成立的北京新阳光慈善基金会，于是着手联络，希望能由对方出面联系北京的专家前去讲座。半年过去了，他们并没能邀请到权威专家，但这不要紧，有着丰富个人经验且对慢性粒细胞白血病做过大量深入研究的刘正琛看不下去了，他决定亲自出马并最终完成了那场讲座。

讲座结束之后，因为有着相同经历又特别投缘，李婧便跟随刘正琛到了北京，加入了新阳光。接下来的一切似乎水到渠成，从同事到恋人，从确定恋爱关系到结婚只有短短的三个月时间，两个年轻人闪婚了。从那以后，夫妻两人并肩携手，在公益路上越走越坚定。2017年，他们的爱情结晶——女儿降生了。

他们的感情特别好，患难见真情，俩人的爱情经过了疾病的考验，渗透着生死与共的深挚情意。即使是片刻的分离也会让他们互相牵挂，即使刘正琛正在和访客谈话或与同事开会，只要手机响起，他就会略带歉意地摆摆手，在电话中用他富于磁性的嗓音说道："老婆，该吃药了……"

刘正琛和李婧这对白血病患者的精神是可嘉的，他们的病史和陆勇差不多，由青年到中年。基金会的资金主要靠社会募捐，可以想象他们的事业之艰难，没有敢于"起身俯首"的勇气和韧劲，没有勇于有梦、敢于追梦、勤于圆梦的追求，他们是做不下去的。作为公益性的民间机构，他们的作用是有限的。他们深感自己力量的单薄，需要一个更强大的引擎。

这个引擎在哪里呢？他们一直在寻找。他们的公益组织之所以称为新阳光，就是期盼灿烂的阳光能普照这个群体的每一个昏暗的角落。

对于白血病患者来说，昂贵的医治费用不能单纯靠非制度化的慈善组织帮忙解决，而要借力于医疗保险制度。但是，现在的基本医疗保险制度还不够完善，大病医疗保险的覆盖范围还不够广泛，因此才会有很多患者抱着碰运气的心态寻求慈善机构的帮助。未来，我国应该在医疗保险整体覆盖病种和报销比例上做文章，而慈善救助组织只能作为辅助机构发挥作用，为情况比较特殊的患者提供帮助。

对于民间救助机构来说，有关部门应当给予相关税费政策上的支持，其中也包括对民间组织服务的购买。广大公民和企业也可以通过志愿服务和捐赠等方式，参与到这些公益活动中，但这就需要民间组织自身强化管理，将社会服务的宗旨和增强自身服务能力结合起来，尤其要向社会公众公开自己的运作流程，广泛而全面地接受社会监督，如此才能博得公众的信任。

在格列卫这类进口抗癌药没有纳入医保的年代里，刘正琛团队坚持为之努力，具体的方式除了向信访部门反映情况，就是联系人大代表写提案。2013 年、2014 年他们都通过人民代表递交了提案，但令人遗憾的是，结果均只收到一个格式化的回复：感谢你们对这件事的关心和建议。然后就没有下文了。2014 年，新阳光还和患者一起与湖南省医保部门的工作人员进行沟通，希望能把格列卫纳入医保。几年之后，湖南省确实就把格列卫纳入医保了。

一路风雨走来，刘正琛带领他的团队已经在白血病救助的道路上奋斗了 11 个年头，然而他们始终像孤独的行者，在用单薄的身体和脚步丈量地球与太阳之间的距离。采访中他曾这样说过："我们是中国唯一一家专业救助白血病患者的基金会。"这"唯一"二字着实令人鼻尖一酸。但他有所不知，无锡的患者、印度仿制药代购第一人——陆勇也在考虑建立一个白血病基金会，他没有仓促上马，打算筹备得充足些，组合更多的资源后再建立。刘正琛不会是孤行者。也许他们一南一北，会遥相呼应，也会携手合作。

刘正琛将自己的基金会命名为"新阳光"，但要在一个怎样的情况下，人们才会格外关注阳光的存在呢？黑暗、寒冷，找不到万

物重新焕发生机的希望之时。对白血病患者来说，当他们得知自己
罹患绝症的那一瞬间，世界正是这样一幅景象。他们的内心正经受
着一次严重的震动，烈度突破可以承受的上限，原本安宁的心灵顿
时被震得千沟万壑、千疮百孔。

作为同命人，刘正琛深知这些痛苦意味着什么，这也是很多公
益组织创始人最原始的动力。但是，这毕竟只是病人与病人之间的
自救，可对于上百万的患者来说，他们更需要全社会参与其中的他
救，这就不仅仅需要资金的帮助，更需要治疗药物和治疗手段的研
发、患者及家属的心理疏导和患者家庭的后续扶持，更包括社会对
这些民间组织的肯定、支持和鼓励。在这条阳光大路上，的确需要
几位孤独的行者，陆勇也好，刘正琛也好，他们只是勇敢的引路
人、揭榜者。

"孤行快，众行远"，他们步履艰难地走在了前面，但要走得更
远，就需要越来越多的跟随者和扶持者，如此才能让阳光射向四面
八方。温暖更多患者，给他们带去更大的希望。是的，阳光路上不
该只有独行者。

（此病例的内容来自网络，参考了张晨的文章《血癌患者也有
阳光》和刘正琛的自述《行者之难》）

故事六　耐药白血病患者的幸与不幸

这篇文章是陆勇推荐的。

他觉得耐药白血病患者的遭遇值得一提。同为白血病患者，陆
勇的意思很明确，即便是服用格列卫这样的特效药，还是有极少部
分患者因耐药性而引起病情反复，尽管这种情况很罕见。他遇到过
几例，大多是病情进入急变期、急性发作，患者再服用格列卫，效
果就不佳了，甚至无效。有的虽缓解了病情，但病情很可能起伏不

定，或者产生耐药性。所谓耐药性，就是癌细胞对药物具有了抵抗性。陆勇说，耐药是时刻悬在患者头上的一把达摩克利斯之剑。

仿制格列卫包括印度仿制药和中国现在的仿制药，均为一代药，它的缺陷是存在耐药性，即使不耐药，患者亦是带癌生存，并没有彻底断根。现在格列卫二代药早已研制出来了，其药理就是减少或杜绝耐药的现象。印度二代仿制药已进入市场，但陆勇本人依旧在服用一代印度仿制药。他的病情已稳定了多年，已具有抗体，不需要更换药物了。但这些年，他一直在为生产三代药甚至根治药而奔走、出力。这个情况将在后文中详细介绍。

在医院走廊里，担架上的黄毛血肉模糊，气息渐渐消逝。"他才20岁，他只是想活命，他有什么罪？"电影《我不是药神》中，"药神"程勇看到这一幕时撕心裂肺地质问。

这句话问到了木头心底，一时间，他甚至反应不过来自己是在看电影，眼泪喷涌而出，他把手机扔到一边，将脸埋在枕头里，泪水不断滴到枕巾上，耳边一直回响着那句话："他才20岁，他只是想活命，他有什么罪？"

确诊慢性粒细胞白血病的时候，木头和黄毛一样大。16岁那年，木头辍学，家里祖辈都是农民，父母亲对他有"学一门手艺傍身"的期待，木头就去学了装潢。多年后，他一直怀疑是不是那几年充满甲醛和油漆的工作环境导致了这种疾病，但慢性粒细胞白血病成因复杂，始终难有确论。

"你看，东北正在下雪。"回忆过往，木头指着天气预报轻声说，他的半生经历好似在风雪中独行，而身后留下的脚印中，踩得最深的那个是确诊时留下的。

2002年，木头出现了反复发烧、持续乏力、冒虚汗的情况，起初他并未在意。一年后，情况愈加严重。"回家的路，我蹬着大二八自行车。骑一会儿，我就停下来把车放在路边，顺势倒了，倒在地上躺着歇一会儿，二十分钟能到家的路我花了一个多小时。"

木头随后去了当地医院，大夫先按压胸骨，木头疼得坐了起来，当时大夫就说："差不多是这个病。"后来木头在北京一家医院的骨髓检查证实了当地医生的猜测，并让他立刻住院。

住院那段时间，木头把"半辈子的罪都受完了"。住院没多久，木头就开始流鼻血。他出生的年代，日本电视剧《血疑》正在流行。木头知道白血病患者会流鼻血，但他没想到会流这么多，只能拿盆来接，盆里都是血，实习的护士都不敢正眼看，躲在门口不进来。

当时国内临床治疗方法相当有限。为了止血，医生只能把棉球密密实实地从鼻孔塞进去。"我感觉一直塞到了我的嗓子眼里，塞了一个星期。"木头那个星期都没有吃饭，靠水果度日。

由于两只手都在打点滴，木头只能在一只手臂暂停打点滴的时候给女朋友写信，要求分手，他左右手轮换，写了几天才写完。对比《我不是药神》中人与人关系的义薄云天，木头很无奈："电影中的描写毕竟有艺术加工，真正的白血病患者群体在生死面前，每个选择都很现实。"

保守疗法无法根治。摆在木头面前的选择是要么出院，要么等待骨髓移植，木头选择了出院。出院的时候，北京迎来了 2003 年的初雪，木头拉开窗子看着外面，雪花被风卷着打到身上，他感觉不到冷。"那一刻我就在想，生活毁了，我都想跳下去。"

离开北京前，木头把剩下的钱都换成了羟基脲。这个药在慢性粒细胞白血病患者中有一个很响亮的名字，叫"大白片"，但它只能维持病情，不能根治。

在服用大白片的 8 年间，木头的脾脏持续增大，向上挤压肺部，向下挤压膀胱。"我不能随意坐，得坐得很板正。喝水也只能喝一点，要不会频繁跑厕所。"

2011 年，木头开始采用一代靶向药进行治疗。

"脾脏明显变小了，人也变白了，看着气色不错，后来我才知道这是药物副作用的表现，黑色素减少了，吃一代药的病友个个都很白净，但是不能晒太阳，容易晒伤。不过这都是小事。"最让他担心的是到了 2014 年，各项指标开始变差。木头听说过耐药，也有心理准备，换用二代药之后，情况稍有好转，但没过多久，就出现了 T315I 突变，"耐药再次选中了我"。

T315I 突变是慢性粒细胞白血病最常见的突变类型，约占一代药耐药患者突变比例的 10%，而在二代药耐药患者中，T315I 突变比例更是高达 30%。在很长一段时间里，一旦慢性粒细胞白血病患者被诊断为"耐药"，他们的生命就将来到终局。

"白血病有很多种，慢性粒细胞白血病患者算是白血病患者中比较幸运的，因为它可控可治。"北大人民医院血液科专家江倩教授解释道。临床上有专门的、不同时间疗效量表，如果患者在这个时间段获得了相应的疗效，就称作最佳疗效，反之则是治疗失败，也就是耐药情况。"在每个时间点我们都有对应需要达到的效果，比如 3 个月、6 个月、12 个月，据此我们可以判断患者是不是耐药。在对患者做出耐药判断之后，医生还需要做检测来判断其适合哪一种后续的靶向治疗。"

木头活下去的欲望很坚定："我是家里的独生子，我不能死，我得活着。"父母为了给木头看病，想尽了办法筹钱，到最后只有卖房子一条路。他记得，母亲坐在小板凳上仰头望着他，并递给他家里仅有的 2000 元钱。母亲说："儿子，咱家最后就剩这些钱了，你接下来要自己想办法了。"

"妈妈当时的眼神，我永远忘不了。"木头回忆。

木头后来送走了一个又一个病友。他们走的时候，木头甚至很替他们庆幸："他们从此以后不用再拼命挣钱，不用再抽血，不用再忌讳吃的东西，我会在心里对他们说再见。期望来生再见时，我们都是健康的。"

在慢性粒细胞白血病患者中出现耐药情况的，不止木头一个。

治病求医这些年，有些经历是脚印，有些经历是山峰。对六子来说，这十几年来他翻越过了无数座山峰，常常是"越过高峰另一峰却又见"。其中最深的脚印是确诊，最难跨越的高峰是对药物的耐药、不耐受。

六子一口京腔，是地地道道的北京人。2009 年 8 月，他确诊了慢性粒细胞白血病。"确诊的时候，我爱人也在，她当时腿就软了"。六子的心也沉到了谷底，但是他强作镇定，把看病的其他程序走完。

六子的家底比很多病友都要厚实一点，因此他的用药可选择度比很多病友都要大些。最开始，六子也是吃一代药，八九个月后，血项指标都没见好转。焦急的六子四处打听，这时候有人介绍他去北京大学人民医院。"也是我运气好。"在这里，他遇到了江倩教授。

江倩教授经验丰富，她判断六子出现了耐药现象。在经过基因检测以及染色体核型的检测后，她马上建议六子将药换成第二代靶向药中的一种。

六子咬咬牙买了药，效果还可以，但病情稳定了几年后就出现了对二代药治疗的不耐受。"喘不过气，就是冬天的时候，怎么躺也不行，虚汗也下来了，要死的感觉，就真的要死了，赶紧起来我就穿着单衣，去外面呼吸空气。后来感觉不对劲，我觉得可能是耐药导致心脏的问题，只能吃点速效救心丸，平躺着，过了半天才缓过来。"药物副作用导致的胸腔积液乃至心包积液让六子有了濒死的体验。

面对耐药，于洋则没有明显症状。"我那个时候啥特征没有。"于洋当时的血常规和正常人一样，甚至没有什么特别的表现，但查完才发现是基因突变的问题，直到后来去北京定期检测、规范治疗，于洋耐药的问题才以指标数据的方式被确定下来。

于洋最开始在哈尔滨接受治疗。治疗初期，由于身体症状不多，他没有太当回事儿。他开始时吃过羟基脲维持病情，但半年多后就出现了脾脏肿大的情况。他和家人去北京求医。"这趟去北京是我'正规治疗'的起点，因为我遇到了江医生。"

于洋算是较早发现自己耐药的慢性粒细胞白血病患者。到北京治疗后，于洋先是开始吃仿制药，但是没过多久他就出现了耐药的情况，在做了基因检测后，江倩教授确定于洋是 T315I 基因突变患者。

当时有两种办法，一种是骨髓移植。"父母亲为了救我，把家里两套房子都卖了。"经过反复评估，于洋觉得骨髓移植风险大、费用高昂而且有反复的可能性。这时候，江倩教授告诉于洋，她牵头的临床试验正在招募入组试验志愿者，问他愿不愿意加入。于是，2016 年，在于洋确诊慢性粒细胞白血病三年后，他加入江倩教授牵头的国产原研第三代酪氨酸激酶抑制剂的临床试验中。

医学技术的发展日新月异。在缺少特效药的情况下，为了解决耐药的问题，许多新药研发项目正在立项，其中就有国产原研第三代酪氨酸激酶抑制剂的研发项目。这样，新药临床试验也成为部分重症患者的希望。

于洋成为第三代药临床试验的第一个患者，木头和六子也随之在江倩教授的招募下进入临床试验组。

临床试验由江倩教授牵头，患者入组后，定时吃药、检查、量体重，统一管理。出于对江倩教授的尊敬和信任，患者也大都遵医嘱。好消息接踵而至，六子入组没多久，他的各项指标就正常起来，副作用开始减退。

从确诊到耐药和不耐受，再到不断试药，木头和六子的经历是无数个慢性粒细胞白血病患者的缩影，他们都或多或少吃过同样的药，也都经历过相似的迷茫和无措。

在木头确诊的 2003 年，国内仿制药行业发展得如火如荼，而到了他入组三代药临床试验的 2016 年，中国原创药研发浪潮已滚滚而来。这个转变离不开政策、资本、人才的多方面支持，正是在这些大的浪潮下，中国原创靶向药才有了研发和临床试验的可能，六子、木头才能入组临床试验。

"从这个角度来说我很感谢国家，感谢做国产新药研发的科学家们，感谢江医生。"六子说。

和过往告别，是大部分慢性粒细胞白血病患者的态度，他们不主动提及患病经历，但在对外人保持缄默的同时，也在不断地帮助病友，做公益，做科普。

"我们有自己的圈子，健康人会劝我们乐观一些，吃点好的，想开点。这些善意我们都感激，但我们还是和病友最聊得来。"木头在病友中小有名气，他开设贴吧，组建患者群，他管这叫"圈子"。

"我们这个圈子都是互相支撑，只要大家都还在，我们就有信心。如果有人走了，我们会想着过一天算一天吧。如果有段时间没有获得病友的消息，我们最担心的就是他走了，所以有时久别重逢，我们会说你还活着呀，太好了！这种失而复得，对我们的鼓励是巨大的。"

对木头来说，加入临床试验、接受三代药治疗，他感觉有一道光照进了自己的未来："我可以撒着欢儿地计划未来，我现在一点也不迷茫了，我敢想未来很长一段时间的事了。我现在单身，也会想想要不要结个婚，因为命保住了，我之前都不敢想的。"

在确诊慢性粒细胞白血病后，于洋父母曾一度卖房为儿子治病。但在进入三代药临床试验后，由于不再需要做骨髓移植，于洋家又把房子买了回来。在调了剂量后，从 2018 年开始，于洋的病情稳定下来，他已回到原单位上班。

病情稳定后的六子选择了另一种生活，在京郊租了一个小院子。"我老婆在城里有她自己的事业，我一人种花种菜，乐得自在，这里空气好，我觉得最舒服。"心态放轻松的他，还在医院做起了志愿者，陪候诊的患者聊天，答疑解惑。

六子常说："不管是耐药还是别的问题，都希望病友积极乐观，找到解决方案，不要轻易放弃。"

（以上故事引自《南方周末》2021 年 12 月 17 日）

以上几个病例，仅仅是这个群体中挣扎在生死之间的具有代表性的患者病例。其实，每个白血病患者都有一段悲凉的故事。"长太息以掩涕兮，哀民生之多艰！"陆勇在新冠肺炎疫情肆虐时，曾在微博里引用作家余华的小说《活着》中的一段话："永远不要相信苦难是值得的，苦难就是苦难，苦难不会带来成功，苦难不值得追求，磨炼意志是因为苦难无法躲开。"在我对陆勇的访谈中，他时常会提到自己确诊白血病时被突如其来的巨大的苦难浇注，自己的恐惧、恐慌以及所受到的猛烈的精神打击，以及如何调适自己的痛苦心情。

他曾经在微博中写道：是苦难教会了我做个好人。感谢苦难，让我更加懂得做个好人的价值。

第七章

鼓满了生命之风的帆

陆勇生病后就建了一个 QQ 群。他所用的网名为"太湖一帆"。陆勇取这个名字，是因为他是在太湖之畔出生和成长的，太湖让他引以为傲。另外，太湖的辽阔、平静以及在烟波浩渺中仿佛静止不动的点点帆影，像一幅美丽的山水画让他难以忘却。

他和张滢滢新婚后，曾特地来到鼋头渚，望着一望无垠的湖水，劫后余生的幸运和新婚的幸福让他感慨万千。他铭记着这一天这一刻。因而，取了"太湖一帆"这个富有诗意的网名——在这个以白血病患者为主的 QQ 群里透出一抹温柔的江南秀色。

这个群开始是用来交流患病和治病的信息，特别是骨髓移植情况的。病友对天价药难以承受，只有骨髓移植是活下来的可取之选。每一天他们都在生死线间迎来送往。在病魔的苦役下，有人离去了，那个人的头像就变黑了，活下来的人在努力地挣扎着，寻找人生的方向。

但自从陆勇发现了印度仿制药后，这个群就发生了质的变化，守望相助成了群友们交流的主题。大家看到了希望，看到了生命的意义，那是坚守已久仍未能留下来的人憧憬而不得的明天。他们终于找到了面对高价药格列卫的自救之路。

帮助他们绝地求生的，就是"太湖之帆"陆勇。在有限的经济条件和不完善的医疗制度的夹击之下，他们不惜游走在法律和医学的灰色地带，以身试药。

有人问 20 世纪美国著名人类学家玛格丽特·米德："人类文明

最初的标志是什么？"谁也没想到玛格丽特的回答是"一段愈合的股骨"，她解释说："在远古时代，如果有人断了股骨，就无法生存，会被四处游荡的野兽吃掉。因此，一段被发现的最早的愈合股骨，表明有人将受伤的人带到了安全的地方，并且花了很长时间跟他待在一起，照顾他，让他慢慢康复。所以，在困难中帮助别人才是文明的起点。"

陆勇将自己的发现分享给病友，这对病友来说，无疑是福音。陆勇这样做，并非有意识地或者自以为是地站在道德的制高点对病友的恩惠，而只是出于惺惺相惜的同情，出于一种义务感，出于一种责任和情怀。他把自己得到的信息传递给大家，和大家分享，以实现生命的意义。陆勇创建的 QQ 群逐步发展到五个分群，一共有四五千人。虽然一开始陆勇在群内发布了与印度药商联络的模板，许多人以此为格式单独和印度方面联系，打款购药，但还是有一部分人不会操作。

因为是跨国买卖，印度方面也希望能相对集中地办理手续。在这种情况下，陆勇由幕后站到了前台。出于他那种义务感和引路人身份的自我认知，他觉得帮助那些操作不了的病友责无旁贷。另外，他也有一点私心，希望购买仿制药的人多多益善，因为印度方面表示，购药的人越多，价格还可以再降一降。这对于他和众多病友来说，能进一步减轻负担。一年近五万元的药钱，对于经济拮据的人而言，还是承受不起的。

陆勇组建这个群一开始的目的是互相通气，有什么好消息（包括谁经过治疗已经转危为安，谁寻找到了有一定效果的偏方）都在群内发布。当然，谁不幸去世了，有的只是黑了头像，有的会道一声别，病友们就会用简短的文字表示哀悼、惋叹。

借用俄国作家陀思妥耶夫斯基的小说《不幸的一群》的书名，这个 QQ 群里的人也是不幸的一群，你如果看了这个群的聊天记录也会心碎。夏虫不可语冰，外人是体会不到这个不幸的群体所经受的凄风苦雨的。陆勇深切体会到了病友们的心态之凝重和复杂，他理所当然会把印度仿制药这个信息发布在群内。

陆勇当时并没有意识到，他对印度仿制药的偶然发现是具有里程碑意义的事情。这一发现拯救了无数人的生命，改变了无数患者的命运，也改变了他自己的人生。他给无数被迫在黑暗中等待病魔吞噬的人送去了希望的火种。他是全国第一个慢性粒细胞白血病QQ互助群里的"普罗米修斯"，许多无望的人因为他传递的火种而看到了生的光亮，正是他手擎的火炬使这个群体中众多已奄奄一息的患者重新燃起生命的火焰。

太湖一帆，是一叶鼓满了生命之风的帆。"潮平两岸阔，风正一帆悬。"这是唐朝诗人王湾写的五律诗《次北固山下》中的两句，风势正顺，恰好把帆叶高悬。时代正在呼唤医药行业突破瓶颈，改革的恢宏大潮使人们的眼界变得开阔。而陆勇这一叶"扁舟"无意中闯了进来，这一叶风帆推动着这艘满载着爱心和侠义的扁舟出现在这个痛苦而悲悯的群体面前。对于白血病患者来说，它无疑是一艘拯救生命的"诺亚方舟"。

其实，陆勇在自己试用印度仿制药成功后，对于要不要把这个信息发布到群里是有犹豫的。因为毕竟是仿制药，虽然价格大幅度下降了，但能否适应其他患者呢？如果有人服用了仿制药但没有效果，岂不是有误人之错？但他最终没憋住，将自己心里这个令人喜悦的秘密公开给了群里的病友们。

他没有做任何渲染，只是用图片的形式直观地贴出自己的血液化验报告，以及印度仿制药格列卫的白色塑料药瓶，上面用英文写着"伊马替尼胶囊"和瑞士诺华公司生产的格列卫的成分是一样的。当时，每一个绝望的病友心里都埋伏着一个一夜之间找到名医或者用新药来拯救自己的幻想。这个幻想如今居然能成为现实，即便它来自印度这个大家并不陌生但也并不太熟悉的国家。

陆勇当时还很谨慎，不给任何病友代购。他最初还没有想到"销售假药"的风险，只是担心万一发生不良后果要承担责任。陆勇坦率地说了他当时的顾虑："我把邮件和汇款单的模板都放在群里，对照着中英文的翻译，并且告知他们一定要自己联系自己买，毕竟是药。我只是把自己的经历告诉大家，印度药在我身上出现了呕吐的副作用。我担心万一有人因此吃出了问题，肯定会怪我。"

他担心的问题一直没有发生。没有人反映因为服用印度仿制药病情出现恶化的现象，身体也没有出现什么问题。反倒是越来越多的病人加入邮购印度仿制药的队伍里。因为网络的普及，陆勇制作的印度仿制药购买流程说明和汇款单模板迅速在慢性粒细胞白血病患者的圈子里流传。陆勇及"太湖一帆"这两个名字也随之流传开来。

群里的病友及其家人都把陆勇视为恩人，对他的发现和引导感激涕零，对他第一个尝试使用仿制药表示钦佩。陆勇是一个不爱出风头的人，始终不认可自己是个英雄。但是在这件事里，不可否认，他获得了足够大的成就感，也自认为为大家做了一件好事。

橘生淮南是橘，橘生淮北是枳。当然也有人怀疑格列卫仿制药的药效很可能不及正品的好。陆勇表示他已试过几个月，仿制药和正版药的疗效没有多大区别，有化验报告为证。但还是有人质疑。不过，大多数患者都相信陆勇的介绍，印度仿制药在安全性、有效性方面并不亚于诺华公司的正版格列卫。

据陆勇介绍，最初印度方面的药商提供个人账户，病友各自通过西联汇款打钱给他们。汇款过程中，先要换美金，然后用英文填写国际电汇单，很多病友都不会填写。此外，印度有规定，每个西联账户一年只能处理 12 次跨境汇款业务，因此印度公司不得不经常更换账户，这对双方来说都很麻烦。一些文化程度较低的患者根本无法办理。而购买印度仿制药的病友越来越多，这可是救命药啊，但是许多患者被购药的程序难住了。

陆勇便无偿地为他们代购。他这样做，没有任何功利的目的。与一般患者相比，陆勇的知识面宽一些、见识多一些，且懂外语。他是个理性的人，思维缜密，做事有条理，在确诊白血病后，就开始研究这个病。对这个病的发病机制及国内外的治疗方法和手段，他都搞得清清楚楚。对于这一点，陆勇颇为自豪，他对我说："除了我，那么多病人，谁会去关注、跟踪一个外国专业论坛呢？我能说一个都没有。"

印度仿制药固然是一道福音，有人虽然赶上了，但还是晚了。宁波病友孙歌已到病情加速期，因为吃瑞士格列卫已花了好几万元，家里没钱了，听陆勇一说，毫不犹豫去买了两盒印度仿制药。但无奈病情已重，药力不及，没两个月还是走了。群里另一个叫"小小"的病友，30多岁，是家里的独子，选择了做骨髓移植。父母亲卖掉房子凑钱，骨髓库找到了一个台湾女子配型成功，但对方一直忙，定不下手术时间。"小小"就一直等，一边吃羟基脲干扰素。眼看病情恶化加速，在陆勇的再三劝说下，"小小"才买了一盒印度仿制药。结果药还没邮寄到他家，病情就发生了急变，白细胞突然升高，吃药已无济于事，没几个月，"小小"走了。

这让陆勇更加认识到，"必须尽早吃药，病情一旦急变，格列卫一代药的作用也有限了，再吃药也很难救回来了"。陆勇了解到，印度仿制药只是瑞士诺华格列卫的一代药，这个药还有一定的缺陷。而且有一部分病人会出现耐药性，甚至出现基因突变，一旦出现这种情况，这个药就无效了。作为白血病患者，陆勇希望印度药商能仿制第二代和第三代格列卫，毕竟诺华公司第二代、第三代格列卫已上市。中国已进口第二代药，患者每月需要花费 3.9 万元，令人望尘莫及。中国自主研发的第三代"格列卫"耐立克已于 2021 年年底上市，上市价格为美国三代"格列卫"的 1/7 到 1/6。

中国是慢性粒细胞白血病大国，只有购买印度仿制药的病人达到一定的规模，让印度药商赚到了钱，他们才有动力去仿制第二代、第三代格列卫。同时，这样也会让药价降低，价格越低，购买印度药的病人就会越多。这一逻辑促使陆勇积极为大家代购。

2006 年 2 月，中国红十字会基金会的志愿者找到陆勇，希望由陆勇陪同去印度会见药商，由基金会出面和印度药商建立固定的联系，再由志愿者代表国内的白血病患者购买印度格列卫仿制药。陆勇欣然答应，陪同红十字会基金会的志愿人员赶赴印度孟买。

孟买在印度的地位相当于中国的上海，是印度西部的滨海城市、印度第一大港口、棉纺织业中心、马哈拉施特拉邦首府。人口约 2130 万，仅次于总人口高达 2500 万的首都新德里。孟买也是印度最富裕的城市，这里的百万富翁和千万富翁冠绝印度。孟买不仅是印度的商业和娱乐业之都，其制药业也很发达。

陆勇也是第一次来孟买，置身于这座他耳熟能详的城市，仰望着阳光灿烂的晴空，他心里有种微妙而复杂的感觉。正是这座城市的药商提供的仿制药救了他，救了他的无数病友。陆勇一行到了供应仿制药的赛诺（Cyno）公司，对方热情地接待了他们。中国的红十字会基金会上门来，虽然不是代表政府，但算得上是半官方组织。印度公司希望双方建立合作关系，以打开中国广阔的市场。陆勇此前已了解到，印度的药商都是私营企业，仿制药品种很多，可以讨价还价，降价的空间很大。陆勇他们与对方谈判后，每名患者一个月的格列卫仿制药药费便从四千元降到一千多元。他们在印度待了一周，参观了药厂、药店，也游览了孟买的知名景点。回国后，红十字会基金会和印度药商直接取得了联系，由志愿者为白血病患者代购印度仿制药。但不知什么原因，实施得并不好。

这一年 3 月份，印度赛诺公司的老板一行来到北京，其中一人与卫生部海外局信息中心的一个员工是留学美国时的同学。赛诺公司希望通过政府层面（卫生部）与中国合作生产仿制药，但因为药品还在专利保护期，中方没有生产许可证，不会像印度那样实施对于专利药品的强制许可，因而印度公司的计划没有实现。

赛诺公司的老板一行随后又来到上海，陆勇赴沪同上海中医院医生一起与对方座谈，了解白血病的治疗情况以及格列卫的药效。在陆勇的努力下，药价降到千元以下，他经办和介绍的病人已有数千人，印度的第二代格列卫仿制药已投入生产，并出售给中国病人，第二代针对不同的靶点，分两个品种。印度至今没有仿制第三代格列卫，中国也没有正式从诺华公司进口。

网名"太湖一帆"的陆勇，不仅在病友圈子里赫赫有名，还吸引了包括赛诺公司在内的印度药商的注意。

2010 年，印度 Natco 公司一个位于新德里的代理公司盖诺（Gyno）公司也找到陆勇。原来盖诺公司准备自己单干，生产另一种仿制格列卫"伊玛替尼"。他们想要陆勇利用自己的影响帮他们做宣传。陆勇答应了，他的想法很简单，引进更多的印度公司进入中国，在竞争中可以把价格压得更低，这对病人是有利的。

只要对病人有利，他就乐意去做。陆勇确实协助盖诺公司做过宣传、筹划、组织过四次病友交流会，费用少则几千元，多则一万多元，由盖诺公司出。他也坦言，作为答谢，盖诺公司为他免费提供了他个人服用的药物，2010 年以后的几年，对方共为他免费提供了一万多元的药物。陆勇并非贪小利，他盛情难却，不想冒犯印度药商，他觉得关系搞好了，可以为病人争取到更多的利益。此时一盒药的价格已经降到 200 元，不能再便宜了，一年两千多元，应该是所有病人都能承担得起的。

2011年，为了方便中国患者给印度药商汇款，盖诺公司销售负责人桑贾伊·贾恩不想再频繁奔波于中印两国，于是找到陆勇，请他在中国办理一个银行账号，"用于集中他们公司向中国销售药物所获得的资金"，再由陆勇通过网银将钱转给盖诺公司。银行卡在印度公司手里，U盾由陆勇持有。印度公司承诺为提供账号的病友给予免费的药物。陆勇在群内公开发布这条消息，征求自愿提供银行账号的病人。云南普洱一位名叫罗树春的病友，愿意提供自己的一个银行账号。罗树春是个残疾人，经济上很困难。2013年4月，罗树春将自己的账号提供给盖诺公司收账用。但4个月后，罗树春改变主意了，他听说，提供银行账号跨境交易额太大的话，会被怀疑有洗钱的违法行为。这让罗树春感到害怕，于是他拒绝继续将自己的账号用来给印度公司汇款。

此后，陆勇也想过很多办法，和印度方面沟通、找其他病友相助，但都没有妥善解决这个问题。他自己也考虑过用自己的银行卡，但瓜田李下，陆勇怕被人怀疑自己营私舞弊，所以放弃了。

2013年8月，陆勇偶然发现一家出售银行卡的网店可以转让银行卡。他便以500元的代价购入一张，这张卡不能透支，只能供存钱和转账用。这张卡的户主名叫"夏维雨"，开户行在上海松江，改好密码后，陆勇将卡邮寄至印度，使用了一段时间，安然无恙，没出现什么问题。陆勇又从网上购买了两张银行卡，但因银行登记的电话号码有问题，不能更改密码，因此这两套卡没有被激活，最终被陆勇丢弃了。这是陆勇的过失，聪明人做了件糊涂事。虽然他是为大家办事，但触犯了法规，埋下了祸端，给陆勇代购印度仿制药惹出了不小的麻烦和波折。

他隐隐感觉到代购印度仿制药并不是名正言顺的事，还是有一定风险的。因为我国《药品管理法》规定，药品进口须经审查，确认符合质量标准、安全有效的方可批准，并发给进口药品注册证书。未经批准生产、进口，未经检验即销售的，均"按假药论处"。但陆勇认为，中国早已批准进口格列卫，印度的仿制药在安全有效方面已经过无数白血病患者的验证，这点用不着怀疑。而且，代购印度仿制药并非销售行为，中国红十字会基金会的志愿者也在为患者代购印度仿制药。他自己是出于一种义务，无偿地为患者提供帮助，救人不仅没有错，而且是大好事。部分病友的经历已经证明：如果没有了印度仿制药，他们就不知道该如何活下去，他们可能仍旧在生死间挣扎，甚至会得不到救治而走向生命的终点。

为了病友，陆勇豁出去了。道德本能、善良本性和良知战胜了微弱的担心和顾虑。

但是，历史还是让陆勇卷入了是非、法理和人情的激烈旋涡之中。

第八章

"救人一命，等于拯救整个世界"

"救人一命，等于拯救整个世界。"这是犹太人的一句谚语，见于电影《辛德勒的名单》。

中国人也有相同含义的俗语：救人一命，胜造七级浮屠。这是佛教语言，浮屠是宝塔，七级就是七层，其意是救人一命比建宝塔礼佛还要伟大。

在中国人的传统观念中，扶危济困，雪中送炭，侠者也；人难己难，人溺己溺，义士也。在大家眼里，至少在病人眼里，陆勇就是这样一个重情重义的侠客。他推广印度仿制药是人命关天的大事，得救的患者不计其数。下面还是讲述几个小故事来感悟陆勇救助病友过程中所体现出来的侠士气度和道义。

之一

无锡热电厂职工潘森（化名），四十岁出头，精力充沛，精通业务，是企业的骨干，工作干得风生水起。他有一个女儿，家庭幸福。可是，灾难突如其来。2004 年，潘森感到身体不适，乏力、精神疲惫，医院检查后告知他得了慢性粒细胞白血病。潘森知道这是一个可怕的病。从此，他的人生、他的家庭就蒙上了沉重的阴影。他开始根据医生的建议，服用诺华正版格列卫。两年内，潘森花光了多年来的积蓄，这些积蓄原本是给女儿上学和出嫁的。腰包瘪了，他开始东挪西借，债台高筑。更重要的是，服用格列卫的疗程不是阶段性的，而是终生的，没有尽头。一个工薪阶层根本无法筹集到这么一大笔钱来填补这个巨大的坑。家里的财产只剩下一套房子，妻子考虑卖掉房子，租房子住，用卖房款来给丈夫治病，购买药品。潘森觉得自己给家庭带来了沉重的负担，毁掉了一家人的正常生活。他产生了自杀的念头，只有一了百了，才能不拖累家人。轻生这个念头像藤蔓一样紧紧地牵绕着他的思维，他的情绪坏到了极点，心里的焦虑和沮丧难以排解，日思夜想要用什么办法结束自己的生命，结束自己被黑夜包围的人生。

他在铁路边转悠，想卧轨自杀，让奔突的火车从自己身上碾压过去，但铁路边人和车辆很多，他找不到机会。他又在运河的桥梁上徘徊，想投水自沉而死，但他会游泳，怕淹没在水里自己会本能地游泳脱身。最后，他决定自缢，但家里没有合适的地方，而且吊死在家里会让女儿对家产生恐惧。他的异常言行引起了妻子和女儿的怀疑，让她们惴惴不安。她们劝他，一家人生死与共，随着医学的发展，他这病会有合适的治疗方法的。

潘森绝望地说："我等不到那一天了，我已是个废人，我活一天只会害你们一天。我解脱了，你们才能解脱，你们犯不上做我的殉葬品。我亏欠你们太多了，我不能再亏欠下去了。"

眼看一个悲剧就要发生，读中学的女儿潘苏（化名）在网络上写了封求救信，信中写道：

我爸爸叫潘森，热电厂的职工，我叫潘苏。2004 年 7 月，我爸爸不幸查出慢性粒细胞白血病。两年来，为了治疗这种凶残的血癌，他花掉了家中全部的积蓄。妈妈天天为看病的钱发愁，向大舅、二舅、姨妈等亲戚借了很多钱，妈妈一直劝爸爸，但常常在背地里伤心欲绝，眼泪不断，她几乎每晚都要对着一尊像磕头祈祷，我不知道那尊像是谁。

为了替爸爸治病，我和妈妈省吃俭用，我们没有买一件新衣服，连袜子、雨伞破了坏了，都不舍得买新的，修补后继续使用。我的伞其实已经不中用了，我常在雨中被淋得全身透湿，裤脚上溅满了黏浆。我的同学都穿阿迪达斯、耐克牌运动鞋，我还是穿已经陈旧的球鞋。我没有半句怨言，我对爸爸说，我初中毕业考技校、职校，可以早点工作赚钱，给爸爸买药吃。我爸听了，摸着我的头发，眼泪大颗大颗地掉下来。他哽咽着说："苏苏，爸爸拖累你和妈了。"妈妈有一次对上门来的一个同事说，爸爸每天的药费要800元，比黄金还要贵，这样下去，家里即使有金山银山也挺不住的，没办法，只能卖房子了。中介公司来我们家估过价，可以卖二十多万元，能对付一阵。等骨髓移植配上了，他就有康复的希望了。

自从爸爸得了白血病以后，他再也没有爽朗地大声笑过，本来他是个坚强的人。他出生在安徽农村，后来有一个机会来到无锡工作，他是个敬业的人，每年都被评先进。可是，病魔改变了他，他灰心丧气，经常将自己关在房间里，一句话都不说。时不时长叹一声，更会在长叹之后掉眼泪。这一阵子，他说话、举止都怪怪的，他看我的眼神也让我害怕。

妈妈告诉我："你要多盯着你爸爸，你爸爸说，他不想治病了，他不想活了，他这个病是万丈深渊，再多的钱也救不了他，他不能再拖累我们了。"我听了这话，像万箭穿心，非常非常难过。我不愿意失去爸爸，他是个好爸爸，朴实、善良。如果他真的要去自杀，我怎么办呢？我还是个十四岁的初中生。班主任郝老师知道我爸爸的情况后，在班里发起募捐，同学们捐了七百多元。郝老师自己偷偷放进去了五百元，把一千二百多元塞给我。我拿着那个信封，向大家鞠了三鞠躬，忍不住号啕大哭。

叔叔、伯伯、阿姨们，今天妈妈对爸爸发了脾气："你去卧轨、跳河、上吊，你一死了之，可你舍得苏苏吗？她小小的年纪，拿了班里同学和老师捐助的一千多元钱，她哭着向全班同学三鞠躬，郝老师和同学们都哭了。可是，你却要抛弃我们去自杀，你是个胆小鬼、懦夫。"爸爸哭着说："都是我不好，都是我拖累了你们，我怎么忍心抛弃你们呢？可是，我这个病是绝症，是毁灭性的，它让我死不死、活不活的，像吸血鬼那样榨干我的、你们的血液，以及我们的一切。还不如我去死，你们还能活下去！我也想好好活下去啊！我要看着苏苏考上大学，出国留学，将来成为一个有作为的人，报效国家。可是，我这个病会把所有的愿望变成泡影。牺牲我一个，救了咱一家。你让我了断吧！我自己了断，不了断的话，后患无穷。你懂吗？"

叔叔、伯伯、阿姨们，救救我可怜的爸爸吧！我不是要钱，我是要有人能治好我爸爸的病，不要吃比黄金还贵的药，难道除了这么贵重的药之外，就没有别的办法了吗？我们的医学那么发达，我们有那么多专家、医生，真的就没有一点办法了吗？

我求求大家，救救我爸爸吧！我不能没有爸爸！

下面是署名、她和妈妈以及潘森的联络方式。

这封信下面有许多跟帖，有的表示同情，有的捐款，有的提供偏方。

陆勇听一个病友提到了这封催人泪下、情真意切的信，立即在网络上搜索。他把这封信反复读了几遍，很心酸，久久不能平静。他当即拨通了热电厂的电话，对方证实了潘苏信中所说的内容全部是真的。他还打电话到潘苏的学校，做了自我介绍后，学校让潘苏和陆勇通了电话。

陆勇第一句话就说："潘苏，我看到你在网络上发的求救信了。我可以救你爸爸，你不要着急，让你爸爸来找我，有些事我必须当面和他说。你先替你爸爸加一个QQ群，我也是个白血病患者，让你爸爸加进来，他在这个群体里不会再感到孤独和绝望，我们互相协助，尽一切努力和病魔做斗争。我再说一遍，让他来找我，我可以救他。"

潘苏简直不敢相信自己的耳朵，她蹦跳起来，大声回话："爸爸真的有救了，太好了！太好了！"她连声道谢，并记录下陆勇告诉她的QQ号以及陆勇的电话、地址等联络方式。

潘苏回家一说，全家人顿觉看到了曙光。潘森更是迫不及待地连夜要和陆勇联系，但被妻子劝住了："别着急，明天是星期天，你和苏苏一起去找陆勇，请他帮你，他不是说要你去找他吗？你不要那么封闭，一个人整天胡思乱想，先让苏苏给你加入陆勇的QQ群，你慢慢融入到这个群体中来。"

第二天，潘森便来到安镇和陆勇见了面。陆勇首先批评他不应该放弃人生，走绝路，而是要树立信心，鼓起勇气和疾病做斗争，还夸他的女儿懂事："在网络上发出求救信，你女儿还真发对了，群内的病友看到了，我也看到了，你女儿在你危险的时候向夜空发了求救的信号弹。"接着，陆勇把印度仿制药的消息告诉了潘森，说群内已有好多病友在服用印度仿制药，效果和诺华正版药没有什么不同，又耐心地对潘森进行了一番鼓励、开导和劝慰。潘森对白血病还是了解一些情况的，但除了听医生的，很少和别的病人交流，所以对这个群体的医治状况、治疗手段等知之甚少，对印度仿制药更是闻所未闻。

潘森听了印度仿制药的价格只有诺华正版药的六分之一，且还有下降的余地，心里很激动，精神为之一振，顿时有种绝处逢生的感觉。他表示，他一个人的工资就能付得起这个药费。陆勇当即为潘森办理了购买印度仿制药的手续。

从此潘森成了QQ群的一员，感受到了这个群体风雨同舟的温情、友谊和治病经验的交流，当然还有忧伤和悲情，但忧伤和悲情背后透露出了轻松、欣慰和希望。这个感觉潘森以前是没有的，这是陆勇向他介绍印度仿制药后才产生的。

潘森没有了以前在黑夜中独自行走的那种危机四伏、孤单无助的感觉，他心如死灰的情绪被一扫而光。他看到陆勇那么精神，还在管理手套厂，就感觉自己应该向陆勇学习，得了重病不能怕，要有信念，自己掌控身体变化的一切细节，在力所能及的范围内选择治疗方式。即使治不好，也不要太恐惧，听从命运的安排吧！这是陆勇说的。

陆勇还对他说："挺住就意味着一切。自寻短见是最没有出息的，是可耻的逃兵。不过，我理解这是迫于无奈。有人要求安乐死，这是废话，安乐死和痛苦死有什么区别？既然都不怕死了，还在乎怎么个死法，干吗呢？病魔折磨得你死去活来，咬紧牙关忍一忍就好了。"

这些话使潘森开了窍，也使他感到羞愧。他变得开朗了，不再整天愁眉苦脸。上班也和同事有说有笑了。

发了奖金，他还为女儿买了一双运动鞋、一把天堂牌雨伞，又买了几身新衣服。苏苏也懂事地让父亲不要浪费，留着钱买药。

潘森笑着说："是你给我和妈妈省下了那么多钱，这些东西加起来还不到我以前每天服用的四粒药的花费。我以前是在吃老虎肉啊！"

一家三口大声笑了起来，这是潘森患病以后，这个苦难的家庭第一次发出笑声。此后，潘森就服用起印度仿制药，价格逐步下降，最后低到一月的剂量只需要 200 多元。这都是陆勇和印度制药公司周旋、谈判争取来的。陆勇第一次和他见面时说过，QQ 群里隔几天就会有头像熄灭，那表明有病友去世了。自从发现了印度仿制药以后，群内头像像燃尽的蜡烛在风中摇曳一下、黯淡下来的现象越来越少。

潘森已经因为有了低价仿制药而与白血病相安无事地度过了一

年又一年。他每天饭后服四粒仿制药，一天不落，一粒不少，就像服用降压片、降糖药那样，已经是小菜一碟了。此后，潘森的病情一直很稳定，他对陆勇始终怀有感激、感恩之情，把陆勇当作救命恩人。女儿苏苏更是把陆勇视为偶像，因为让她全家走出绝境的是陆勇这样一个平凡的人。

潘苏后来考上了大学，学的是法律，当上了律师后又读了在职硕士研究生、在职博士生。律师要精通、熟悉法律，更要有做人的品格：正直、富有同情心，以及正确的道德观、价值观和是非观。每年春节，她都会寄一张贺卡给陆勇，写上几句祝福的话。

2013 年，陆勇出事了——因为帮助白血病患者代购印度仿制药而被公安部门抓捕了，舆论大哗，尤其是病友们坐不住了，他们义愤填膺。当时媒体做了大量报道，每当采访病友怎么看待陆勇被起诉时，病友们的回答都铿锵有力："我们肯定支持他！陆勇是好人，他救了那么多的人，他有罪？这是不公平的！"许多病人都说："如果不是陆勇，我根本活不到今天，是陆勇把我从死亡线上拉了回来。"有一千多人联名写信希望能宽大处理陆勇。潘森当时已退休，耿直、仗义的他不能容忍自己的恩人受到错误的惩罚，他挺身而出，带着一批病友在上诉信上签上名字、按下指印。

2014 年至 2015 年 1 月，潘森组织几十位病友自发到湖南省人民政府上访 4 次，潘森在湖南省检察院门口席地而坐，告地状。他的女儿潘苏主动做了陆勇的免费律师，会同陆勇聘请的律师，为陆勇辩护。

经过了一年多时间，陆勇重获自由，他能得到检察部门的公正处理，当然首先取决于检察官的秉公执法和司法良知，但也与病友的鸣不平和媒体的呼吁分不开。中国人讲究滴水之恩当涌泉相报，陆勇的救赎行为感动了无数受益于他的病友，潘森等为他奔走，为他鸣冤叫屈自不必说了。"恩重如山，此时不报，更待何时？"潘森如是说。

之二

夜深了，整个城市都沉睡了。正是初夏时分，浩荡的暖风掠过这座城市。草木葳蕤，夹杂着树木的清香，浓郁的桂花让空气中弥漫着散不掉的香气，再加上其他花卉的香味，在运河沿岸湿漉漉的水汽里飘荡着。这时，一个女人的身影在河边徘徊着。她已经在这里停留了一个多小时，她的异样举止引起了一个跑步者的注意。这个跑步者叫周华军，二十六岁，他是电大的一位单身老师，住在学校的宿舍里。他正在准备考研，每天都自修到很晚，吃了点东西后，他就会沿着河边跑步一小时，风雨无阻。

这种时候，河边应该很少有人了，即使有，也是匆匆而过。偶尔会有情侣站在河边浓密的梧桐树下，情话绵绵。像今晚一个孤身的年轻女子长久地在这里踯躅，实属罕见。周华军跑步的这段河岸长 400 米左右，他从这头跑到那头，又从那头跑到这头，跑十几个来回，跑了一万步左右。每次经过这个女子身边时，他都会用余光打量一下，她看上去三十多岁。

夜幕下，因为路灯被树荫遮掩了，光线暗淡。周华军看不清她的神情和容貌，只感觉到她心事重重。他心里有种不祥的预感，这个女子可能有投河自杀的念头。她长时间在这里低垂着头踯躅，应该是在进行最后的思想斗争。想到这里，他留意着这个女子的动向，一小时到了，他继续跑下去。

忽然，他听到"扑通"一声，女子果然跳入了河中，在黑沉沉的河面上挣扎着，她显然不会游泳。这时，一个骑自行车的人恰巧路过，目睹了这一幕。他马上停下车，跳入河中救人，周华军也跟着跳了下去。女子已连连呛水，顺着水流漂去。周华军他们俩揪住了她，游到了一个小码头把女子抬上岸，这时岸上有辆汽车停下来，车主帮着报警，女子被救上岸后，人是清醒的，喝进去的水也呕吐了出来。她坐在地上，浑身湿淋淋的，潮湿的长发遮盖了半张脸，她在低声抽泣。周华军问她："你为什么想不开？你家住在哪里？"她不吭声。这时警车到了，两个警员问清楚了事由，让骑自行车的人和周华军留下了电话、姓名和单位。骑自行车的中年人是某厂的工人，中班下班路过这里。

在派出所，投水的女子脸色憔悴、苍白，精神委顿。初夏的夜晚还是有些寒意的，她在河水里泡了一会，衣服都湿透了，冷得瑟瑟发抖。一个女警员拿来干净的内外衣，让她换上，她换了，只是始终一言不发。女警员在她湿漉漉的外衣口袋里找到一个牛皮信封，里面有一封信。信中写道：

亲爱的爸爸妈妈：

你们见到我，我已经在另一个世界了。

我经过认真的、郑重的考虑，觉得我已经没有活下去的意义了，我去意已决，聚也依依，散也依依。我唯一舍不得的就是你们两个，但对不起，我只能是你们的负担和包袱，我是一个没有未来的人。白血病耗尽了你们的积蓄，也耗尽了我生命的最后一点能量。我没想到，比白血病更可恶、更伤我心的竟然是我爱了十几年的那个男人，他在我身患重病时，把我无情地抛下了，并且卷走了我们这五六年一起创业的钱，然后像空气一样消失得无影无踪。

这个丧尽天良的负心汉对我的打击，超过了病魔，真的，我无法想象那个对我体贴入微、关怀备至的人是个伪君子。曾经，他的山盟海誓让我激动，他的风趣幽默的谈吐让我开心，他的翩翩风度让我动心。

在我确诊那一刻，他拿着报告单，号啕大哭，比我还要伤心。

一向傲气的他，跪下来求医生，让他们救救我，设法看好我的病。医生说，可以。我们对慢性粒细胞白血病有治疗的手段，有特效药，也有骨髓移植的治疗方式。当医生报出特效药的价格后，他愣住了，从此他就不再谈这种天价药。他愿意第一个提供他的骨髓和我配对，结果失败了，接下来是你们两个，也失败了。唯一的选择是服用特效药格列卫。

这几年我们开广告设计公司赚了100多万元，这笔钱都在公司的账上，加上流动资金有180万元左右。我自己有十几万存款，这是我的工资。我用自己的工资购买了三个疗程的格列卫，他跟我说，先吃药，稳定病情，等待合适的骨髓供者，他相信这个供者很快就会出现。后来你们给了我30万元，这是给我做骨髓移植的费用，我不要，你们非给我不可。我收下了，给了他，让他存好。

在我快将三个疗程的格列卫服完，而移植还看不到眉目时，他告诉我，公司接到了一笔大的业务，是为一个跨国公司设计网页、企业形象画册及专题片，总投资300多万元，利润可达80多万元，够你看病了。我当时听了非常兴奋，还和他上饭馆享受了一顿美餐。

第二天，他就去上海签这笔业务的合同了，这一去他就人间蒸发了，手机关机。我打客户的电话，客户坦言，他没有去，你说的业务根本不存在。

我再查我们共同使用的保险箱，发现存折、股票、我的首饰等值钱的东西全部不见了。我再问会计，账上的流动资金大部分被转掉了，只剩下2.5万元，一个月的药费。这时，两个我从未见过的陌生人出现了，说他已把房子卖给了他们，让我在一周内把房子腾空。我大吃一惊，不知道他为什么要这样做。于是，我赶到他家里，平时对我热情洋溢的准婆婆（其实我早就喊她妈了，就像他喊你们爸妈一样）一反常态，冷冷地对我说："儿子去美国了，你要理解，他有他的前途，如果你还爱他，要理解他的选择，他不能牺牲自己的前途，没完没了地陪着你。"我说："他不能把我们一起赚的钱，包括我爸妈给我看病的30万元统统带走啊！"他妈说："他将来会还你的，放心！他不会吞没你的钱。"

我没话说了。我的伤心实在没法说。这明明是釜底抽薪，让我去死，只留下2万多元，意思就是让我再活一个月时间，一个月以后，就是我的死期。怎么会有这样冷血的人？将来还我，我已经变成一钵骨灰了，他到哪里去还我？好吧！我不活了，一个月的生存期我不需要。我成全他，我去死，我多活一个月还有什么意义呢？骗子、伪君子、卷包逃跑的可恶的窃贼！

爸爸、妈妈，这就是我要自寻短见的原因，我的心已冰凉冰凉，像掉在冰窟里，我什么都没有了，留下了一个得了绝症的躯壳，我的魂魄被他挖走了，剩下了一个毫无用处的行尸走肉！我没想到他会这么狠心，会是一只残忍的白眼狼，你们不要生气，也不要悲伤，这都是命！我不能饶恕他的，就是他趁我之危，把你们的钱都卷走。我无颜面对你们！

我留下这封信，就是留下一份证据。我已筋疲力尽，没有精力要回属于你们的钱，属于我的钱，更不要说我十多年付出的感情。永别了！替我讨回公道！讨回属于我们的东西。

原谅我，本来不想把这些告诉你们的，但我要离开这个世界了，我已没有能力服用格列卫，我无路可走了。我的眼泪已干，我的心已死。但愿你们好好活着，抱歉，女儿不能尽孝了，来世再补偿吧！

女儿　磊磊绝笔

磊磊姓贾，全名贾磊磊，她被教师周华军和一个普通工人救了起来，特别是周华军，他留意到了贾磊磊的不正常状态，始终在一边悄悄地关注着。没有他，单凭那位工人一人之力可能救不起来贾磊磊。报纸刊载了这个消息，周华军和普通工人被评为见义勇为人士，获得了表彰。贾磊磊的父母到学校面谢周华军，在此之前，他们也找到那位工人向他表示了感谢。

磊磊父母把事情的前后经过毫无保留地告诉了周华军，并把那封信也给他看了。周华军读了很气愤，世上竟会有这样不知廉耻的人，建议他们向法院起诉，把这个厚脸无耻之徒侵吞的钱财要回来，并追究他的刑事责任，因为他非法占有他人的财产已铁证如山。他们虽然是恋人关系，但磊磊男友这样做已触犯法律。

即使是正式的夫妻关系，那样做也是违法的。磊磊起初不愿意起诉，毕竟他们恋爱达十年之久，她在感情上不愿做得太绝。周华军一句话让她清醒了。周华军说："他不仁不义在先，私吞你和父母的钱，这钱可是用来买格列卫的，他是明知不可为而为，是明知故犯，想要你的命！你和他还有什么感情可言？"

贾磊磊想通了，一纸诉状将前男友及其父母告到法院。

媒体跟踪报道，将贾磊磊状告前男友及其父母的消息刊登出来，得到了公众的强烈支持。

就在这时，陆勇看到了这则报道，对贾磊磊的遭遇表示同情，亦对其男友的行径感到愤怒。他主动通过报社获悉了贾磊磊的电话，便和她联系上，让她加入了 QQ 群，并向他介绍了自己的情况，介绍了印度仿制药。贾磊磊又惊又喜，她还是第一次听说有仿制药。这是 2008 年，仿制药已降到几百元一瓶，这个价格对于贾磊磊来说是绝对想不到的，从两万多元到几百元，相差也太悬殊了。她从陆勇的 QQ 群内得到了服用印度仿制药的体检报告，许多病友都晒出了化验单，见证了仿制药的靠谱。陆勇和妻子张滢滢见了贾磊磊，陆勇向她说明了购买印度药的手续。贾磊磊是大学本科毕业生，懂英语，又会网页设计，她很快便掌握了购买印度仿制药的流程。联系上了印度药商后，她一下购买了 10 瓶仿制格列卫，解了燃眉之急。

贾磊磊服用了仿制药后，效果不错，她慢慢地从前男友的阴影中走了出来。她和前男友一起开的广告设计公司改了名字，搬了办公场所，又重新开张了。周华军和她成了朋友，来往越来越密切，后来谈起了恋爱。周华军和那位工人师傅是她的救命恩人，陆勇也是她的救命恩人，虽然前男友背叛了她，但她得到了生命中三个贵人的帮助。

贾磊磊前男友的父母主动退回了儿子卷走的不该拿的很大一笔钱。前男友人在美国，拒绝到庭。法院缺席判决贾磊磊前男友十八年有期徒刑，缓期执行。

一年后，周华军考上了南京大学的研究生，入学前，他和贾磊磊举行了婚礼，他们邀请陆勇做他们的证婚人。又隔了半年，从大洋彼岸传来了一个消息，贾磊磊前男友在一次车祸中丧生。他父母亲赴美国为儿子处理后事。他们捧着儿子的骨灰盒回来了，贾磊磊不计前嫌，到他父母家在前男友遗像前献了个花篮，并安慰其父母节哀顺变。这个故事富有令人唏嘘的戏剧性，让我感慨颇深。难怪陆勇说，病友中许多人的经历，用不着改编，就是一部电影或电视剧的题材，折射出大爱、人性和善良的光辉。

之三

省广播电台有个交通台，这个台的收听者以出租车司机和货车司机为主，其中投诉节目最受欢迎，播音员接听驾驶员对交通管理部门的投诉，并当场和这些部门连线，慷慨激昂的口气，振振有词的询问，常常使对方语无伦次，下不了台。这让司机们感到痛快。另一个节目是为开夜车的司机服务的，主要对象是车站、机场的乘客，以及在夜总会、歌厅、浴场、夜宵餐馆接客人的夜班出租车司机，还有在高速公路上日夜兼程的货车司机。名称很文雅，叫"星空细雨"。2009 年前后，陆勇的针织厂已逐步走上正轨，订单不少，他经常要开车跑业务，也常收听这个节目。

与投诉节目播音员咄咄逼人的口吻不同，"星空细雨"的女主持人以柔和清脆的嗓音娓娓道来，自然而亲切，同时配以悦耳的歌曲，话题一般讲述司机们的喜怒哀乐。故事有让人喜悦的，也有让人悲伤的。节目非常贴近驾驶员这个庞大群体的生活。陆勇虽然不熟悉出租车和货车司机的境况，但知道他们很辛苦，是个动荡的职业：出租车一公里一公里地跑遍大街小巷，货车风雨无阻地长途跋涉；不规律的饮食、睡眠、作息，严重地伤害着他们的身体，也折磨着他们的精神；许多专职司机都患上了不同的慢性病，最多的是肠胃病、坐骨神经痛等。这档节目里常有司机向主持人大吐苦水。

这一天，陆勇在夜晚的高速公路上开车，秋雨绵绵，冷风敲窗，车内是温暖的，妻子张滢滢坐在副驾驶上，他们此行是到上海中医院复诊配药返回无锡。"星空细雨"正在播放一首动听的歌曲，突然，音乐停止了。主持人的声音变得有些沉重，她说：

本省镇江市有一名出租车司机叫赵明成（化名），和妻子合开一辆出租车，日夜轮班。赵师傅为人正直、善良，服务勤勉周到，富有同情心，是市劳动模范和市先进工作者。他曾救过落水的儿童，数十次归还客人不慎遗忘在车上的私人物品，其中有次归还的是一个装有 20 万元人民币的皮包，那些钱是某建筑公司要给职工发放的工资。赵师傅还曾免费送因急性病发作而昏倒在路上的老人到医院抢救，当老人的子女赶到要向他道一声感谢时，他已悄然离开。这段时间，赵师傅突然连日发高烧、胸闷并伴有腹泻。他以为是伤风感冒，便自己到药房购药服用，继续抱病开车接单，又怕感染给客人，他自觉地戴起了口罩。大家都知道，出租车司机停一天就意味着这一天没有收入。服药后，赵师傅的病仍不见好转，自感与一般的感冒不同。他便到医院治疗，验血报告出来后，医生提示，他可能得了白血病，建议他到专科医院复查。经过上海瑞金医院血液科复查确诊，赵明成得的是慢性粒细胞白血病。这对身体一向健康的赵师傅而言无疑是晴天霹雳，让他和家人措手不及。

最有效的治疗手段是骨髓移植，这需要向骨髓库申请配型，等待供者提供的骨髓配对，在时间上无法确定。另一种治疗手段就是服用进口特效药格列卫，但这种药物每个月要2万多元，而且要长期服用，不能断药。赵明成夫妇以开出租车为生，患了癌症，不能开车了，收入也就没了。他上有老下有小，家中仅靠妻子白天开车、夜间外包给别人，勉强维持家用。无力承受这么巨额的医药费，他只得进行常规治疗，但效果不好，病情在恶化。

赵师傅所在的客运公司知道他的困难后发起募捐，其他公司的出租车司机和各界人士也纷纷伸出援手，帮助陷入病痛之中的赵师傅，市总工会、市慈善基金会和市红十字会也对赵师傅提供帮助。疾病无情人有情，赵师傅的不幸，也是大家的不幸，一人有难，八方支援。镇江市民众的义举弘扬了中华民族助人为乐的优良美德。善与美，情与爱，无不息息相通，"星空细雨"的电波带着对赵师傅的祝福和对广大捐助者的感谢，超越空间，回荡在秋天的江南。下面，我公布捐助热线，请记录（略）。

陆勇对昏昏欲睡的妻子说："快从我包里拿笔和纸，把电话号码记下来，快一点。"

张滢滢拿起陆勇的小公文包，从里面取出笔和笔记本，主持人连报了三次电话号码，她迅速把号码记了下来并核对了一遍。

张滢滢问陆勇："怎么，你又要管闲事了？"

陆勇说："估计这个赵师傅不知道印度仿制药，我要和他联系上，向他推荐一下，让他自己选择。"

张滢滢说："有这么多人和单位捐助，他还会缺钱吗？"

陆勇说："得了这个病，吃格列卫，肯定缺钱。再说，捐助是有限的，格列卫这么高的价格，即使捐了一百万，也不经他用的。你不是不知道，这是个无底洞。况且，他不开出租车了，没有收入了。"

张滢滢说："你那么忙，自己的事都管不过来，别忘了，你自己还是个病人，后备箱里有一大堆中药呢。"

陆勇说："你今天怎么啦？你一直支持我帮病友的忙，对我来说是举手之劳的事，对不了解印度仿制药的病人来说，这可是一条生路。"

张滢滢笑了起来："我不反对你帮别人的忙，不过，你太操心了，公司那一摊已够你忙的了，我是担心你的身体。"

陆勇说："我自己的身体自己有数，久病成良医嘛！"

张滢滢说："那你不要开手套厂了，开药厂或者办医院，到印度请一个医生来。"

陆勇说："如果政策允许，我真的考虑办一个诊所，专门治疗慢性粒细胞白血病，代购印度仿制药，我不赚钱，请一个印度医生，或者让上海中医院的吴教授来坐诊，给他们一份报酬就可以了。"

两人说笑着回到家。当时是玩笑之言，十多年后，陆勇真的为云南某药厂牵线，与他所熟悉的印度制药公司合作，生产仿制药。国家已颁布相关政策，鼓励中国药厂和印度药厂合作研究和生产多种药品，双方优势互补。印度制药业比较成熟，拥有多种仿制药的先进工艺技术，而中国拥有广阔的市场。

第二天，陆勇通过"星空细雨"栏目组得到了赵明成的手机号码，他拨通了赵明成的电话并做了自我介绍。赵明成说："我在上海瑞金医院血液病房住房检查时，医生提到了你，说五年过去了，你越活越精神。"陆勇问："医生提到印度仿制药了吗？"赵明成说："说了，医生关照我不要为了贪便宜而去吃什么印度仿制药，说印度仿制药有多家公司出产。质量有好坏，有些纯粹是假药，许多病人吃了印度这种假药，不久就急变了，丢了命。"陆勇听了，哭笑不得。他知道许多医生都讨厌印度仿制药，认为不靠谱、不正宗，要吃坏人的。其实，这是他们对印度仿制药的偏见，认为印度窃取了诺华公司的知识产权，是瞎折腾。

他们对印度仿制药的来龙去脉根本不了解。陆勇和中国红十字会的志愿者去过印度，知道印度仿制药是有多家公司生产，但原料是同一渠道进口的，工艺有差异，但药的主要成分是相同的，所以质量即药效略有区别，但不存在所谓纯粹的假药。所谓的服了这种假药导致急变更是以讹传讹。

陆勇不勉强赵明成服用印度仿制药，只说："我和群内服用仿制药的病友都活得好好的，没有一个出问题的，你自己看看办。你加入 QQ 群，听听群里的反映。"

隔了两天，赵明成由妻子陪同，开车来到安镇，找到了陆勇，说："我们问过了群内的多名患者，他们都说印度仿制药这个供应商是你联系的，药效是有保证的。正品格列卫太贵了，吃不起，骨髓移植费用也很高，还要等配对，移植后复发率也比较高，其他的药物和干扰素效果不明显。大家都认为服用印度仿制药是唯一可行的选择。"

陆勇说："治疗白血病要理性地选择适合自己的方式和道路。我从一开始就只介绍印度仿制药，我服用了五六年，感觉已康复，生活质量和正常人没有什么不同。群里服用四五年的病友有一大批，现在都很好。如果我们没有经济压力，都愿意服用诺华的正版药，医生称药品的副作用叫血液性毒性，称吃不起药为经济性毒性。我刚开始服用印度仿制药时出现过呕吐现象，这可以算是血液性毒性吧，而大多数病友都吃不起高价格列卫，就是经济性毒性。如果你没有这种经济性毒性，你可以到医院配诺华公司出的格列卫，不吃印度仿制药，这个事由你们定。我只有介绍的义务，并没有推广的意思。"

赵明成以为陆勇生气了，便向他表示歉意。

陆勇笑了，说："我怎么会生气呢？我主动和你联系，没有任何利益上的考虑，我是听了'星空细雨'的广播，被你的事迹所打动。一个出租车司机，是承受不了那么高的药价的。我希望我们这个群体的人都能活下来，这是我的唯一的愿望。"

赵明成夫妇决定服用印度仿制药，他拜托陆勇替他代购。陆勇答应了。

赵明成很快就拿到了印度仿制药，他服用后，没有任何不良反应，连呕吐都没有。直到现在，他都活得好好的，他和妻子继续轮班开出租车，他们的生活恢复了正常。他到上海的医院找到那个医生，那个医生有些惊奇地问他："你看上去气色很好，你是怎么治疗的？"

赵明成从容地告诉那个医生："我一直在吃印度仿制药，我可以告诉你，我吃印度仿制药，既没有血液性毒性，也没有经济性毒性。你可以不主张服用印度仿制药，但不要传播虚假的、不真实的信息。如果我有足够的钱，何必要吃仿制药呢？可是，我吃不起啊！我只能冒这个风险，其实也没有什么风险，陆勇他们都用自己的身体试验过了。他救了我的命，如果我听了你的话，我可能不会有今天，也见不到你了。"

那个医生有些愧疚地说："几年前，我是你的临床医生，那时我刚从大学毕业到医院工作不久。对于印度仿制药，我也是了解不够，听了别人一些不负责任的说法，请你原谅。现在，我改变了，看到那些经济困难的病人，也偷偷让他们服用印度仿制药，让他们去找无锡的陆勇。据我了解，陆勇救了不少人的命！"

赵明成善解人意地说："你是医生，不支持用非正规渠道进来的药物是应该的，但人命关天，救人要紧，有时候可以通融一下。"

这是陆勇在帮助别人时仅有的对印度仿制药表示质疑的一个病友，这个疑问虽然来自医生，但同样引起了陆勇的警觉。他在群内提示，在购买印度仿制药过程中，不要找来历不明的药贩子，要确认是他介绍的药品供应公司，不要贪图便宜而随意调换，以免买到假药，延误自己的病情。后来果然有病友碰到了药贩子（严格地说是骗子），他们用黑作坊生产的假药进行诈骗。

赵明成就碰到过这样的骗子。赵明成患病得到众多出租车司机捐助一事，不仅在"星空细雨"栏目播放并且登了报，在社会上也产生了很大的影响。于是，骗子找到了他，说："赵师傅，我也有印度仿制药，直接从印度过来的。每瓶只要150元，如果你买10瓶，我可以再赠送2瓶。"

赵明成凭直觉感到这个药贩子的行为有点诡异，很可能是个骗子。他决定顺藤摸瓜，便问他："你有样品吗？如果有，给我看一下。"

药贩子取出了一盒药，赵明成仔细看了，包装的样子、瓶子上的商标、文字似乎没有多大区别。他不懂英文，但印度药格列卫的白色塑料药瓶上面用英文写着"伊马替尼胶囊"和瑞士诺华生产的格列卫有效成分是一致的，出品公司是赛诺公司。这个公司是陆勇指定的一家公司，他记住了公司的英文名。但这个药瓶上并没有这个公司的名称。

赵明成掏出300元钱给了药贩子，说自己先试吃一个月，如果没有问题，他会长期购买，他还会介绍20多个病友吃他的药，让他留下手机号码，药贩子很高兴。留下了手机号码，赵明成试打了一下，通了，便保存了这个号码。对方还自称姓马，说和他通电话，称呼他老马就可以了。

老马在一个地方停下来，这是一片老式居民区，房子破旧、密集，赵明成把车停在一边，悄悄尾随着他，看到他走进一条弄堂，进了一幢带院子的房子。房子外挂着一块牌子，上面写着曙光塑料制品厂。门牌号是二牛弄146号。赵明成记下了。下班后，他给陆勇打了个电话，说了这个情况，约定第二天带着药和陆勇碰头。第二天，赵明成按约定的时间来到陆勇的针织厂。陆勇看了下药瓶和包装，马上断定是假药，他拧开粗糙的塑料瓶，掏出一粒绿色的胶囊，倒出里面的粉末，观察一番后，又品尝了一下。陆勇肯定地说，绝对不是"伊马替尼"，好像是一种治疗白血病的廉价药的粉末。

陆勇分析，这不是来自印度的药品。他和红十字会的志愿者去印度考察时了解到，虽然印度制造药品的公司很多，但整个印度都没有假药。一些到过印度购买药品的人都证实了这一点。赵明成碰到的药贩子所提供的药是彻头彻尾的假药，那个二牛弄146号的塑料厂很可能是个制假窝点。

陆勇要赵明成打电话给老马，说有不少病友都想要药品，问他能否按买十送三供货。赵明成拨通了老马的电话，提出了自己的要求，老马一口答应。赵明成要50瓶，外加15瓶，第二下午2点，一手交货，一手交钱，并约定了交货地点。

赵明成当天回到镇江后，立即向警方和工商部门打假办报告了这个情况，警方和打假办高度重视。制造假药是严重的犯罪行为，因为假药不仅治不了病，而且会造成病情恶化，后果严重，有可能致人死亡。第二天，陆勇也到了现场。老马拎了个大塑料袋，被当场抓获，警方同时搜查了制假窝点，拘留了7个人，其中有两个为首的，还有3个像老马这样的角色，其余人也都被抓获归案。这个制假窝点被端掉了，涉案人员有十几人，其中有一个是某莆田系医院的医生，他们在全国范围内已发售了几万瓶假药。经相关部门化验，假药的成分是羟基脲加中药甘草甜素和苞籽粉，每盒（瓶）成本连10元都不到。

这天晚上，陆勇又收听了"星空细雨"的广播节目，那个女主持人正在字正腔圆地报道捣毁制假药团伙的事。她说："两个白血病患者，机智地粉碎了制造印度仿制药的团伙，这些丧心疯狂的骗子，竟欺骗、敲诈在病痛中承受着折磨的白血病患者！可以设想，患者如果服用这些假药，他们的病只会越来越严重，甚至会危及生命。陆勇、赵明成这次挽救了无数人的生命，犯罪团伙推销出去的数万盒假药已被追回，他们生产的假药和设备、原料已全部被扣留封存，这些犯罪嫌疑人必将受到法律的严惩。陆勇、赵明成借我们的节目，再次提醒病友，购买药品，务必擦亮眼睛，不要因贪图便宜而上当受骗，事关自己的生命和健康，一定要慎之又慎。在此，再次感谢陆勇、赵明成两位朋友，他们用生命卫护生命的精神，使生命的张力得了非凡的伸展，他们是病人，抱病救人，令人感动和震撼。"

陆勇笑了，自言自语道："把我们夸得过头了，不过这些假冒伪劣的药品若流出去，真是害人不浅啊！更重要的是，会败坏印度仿制药的名誉，使许多人放弃服用仿制药，这种恶性循环是很可怕的，到时候，我们跳进黄河都洗不清了。"

之四

不仅人类，包括动物、植物在内的所有生命都会生病。有人说，疾病，特别是大规模的瘟疫，是大自然的一种免疫反应。绝大多数动物、植物是无力与疾病抗争的，只能自生自灭。只有人类，几千年里一直以坚忍不拔的毅力和勇气,与疾病和疫情做斗争。人类的一部文明史就是与疾病和疫情斗争的历史。医学、制药业的发展充满了人文的、人道的价值,与人类的健康及生命关切如此紧密地联系在一起。医学和药品研发饱含着温情和人性的光辉。那些用毕生精力研究出特效药的科研人员,那些一辈子悬壶济世、救死扶伤的医务人员是可敬的。

某市一家医院是个不受人重视的民办医院,因为它不是三甲医院,没有要提前预约、没有像明星那样拥有大量粉丝的名医或专家,也没有各种锃亮的最先进的设备,只有几幢已陈旧的老楼,因而一般人都不太愿意光顾这里,他们宁可挤到为数不多的几家三甲医院去排队、等候、挂专家号。这家医院平时比较空,床位有几十张,但入住率一般只有30%左右。陆勇和这家医院的魏医生熟识,他有时图个方便就到这里来验血、做检查。2012年6月的一天,他接到魏医生的电话,让他如果方便的话来一趟医院。陆勇恰好有空,就来到这个医院的外科病房医生办公室,魏医生已经在等他了。只见一个二十七八岁的农村小伙子谦卑地站在魏医生桌子前说:"魏医生,我父亲想从乡镇医院转到你们医院住院,你们就接收了吧。"

"我跟你说过很多遍了,你父亲是烧伤病人,又患有慢性粒细胞白血病,我们这里实在是治不了,你们还是到大医院去吧。"魏医生诚恳地说,同时招呼陆勇坐下。陆勇忽然觉得这个年轻人有些面熟,但在哪里见过已想不起来。他带着苏南农村的口音,这口音也有点熟。他看着魏医生和小伙子讲话。魏医生是医科大学毕业的研究生,待人友善、有耐心、有责任心,在这里的医生中是出了名的好脾气,在病人中的口碑也不错。这个农村小伙子一定是听到了别人对魏医生的评价才来央求他的。魏医生对陆勇说:"他父亲得了慢性粒细胞白血病,拖了十多年了,最近又被严重烧伤,在烧伤医院急诊抢救了一段时间,回乡镇医院治疗了。那医院只是一家康复医院，怎么回事你是知道的。这小伙子在深圳打工，他回来后，把父亲送到这里来了，可这样的情况，医院不会收治了。他父亲的情况，大概率是治不好的。"

"我没有太大的要求，大医院都不收，我们也住不起。我们就到这里来了，治成什么样我都能接受。让他住在乡里的康复医院，那是在等死啊！我爸不想死，我做儿子的，也不能眼巴巴地看着他就这么死了，只要有一点希望，我们都要争取。"年轻人看着魏医生，眼睛里充满了哀求之情。魏医生为难地看着向他恳求的这个年轻人。他已经找过魏医生不止一次了。陆勇终于认出了这个小伙子。十年前，在上海瑞金医院，他们曾经相处过一段时间，后来陆勇退房回家，就不知道他们的情况了。

小伙子那时还是一个中学生，叫徐元旦（化名），元旦那天出生的。他的父亲叫徐进坤（化名），是他的一个病友。为了照顾父亲，小徐在高二退了学，专门照料得了慢性粒细胞白血病的父亲。他父亲是个老实巴交的农民，陆勇记得当时徐进坤服用的是羟基脲和中药，他们断无可能服用诺华正版的格列卫。陆勇问他父亲在哪里，徐元旦回答说在走廊里。陆勇说："我去看看你父亲。"

病房走廊尽头的空间较大，有几排椅子，徐进坤躺在一个能移动的病床上，盖着一条旧毯子，发出了一股浓重的异味。

在陆勇和徐进坤眼神交会的那一刻，他认出了陆勇，费劲地抬起手指着陆勇，嘴里"啊、啊"地叫着，声音很微弱。陆勇记得他，他是个哑巴。他一直不知道自己患了白血病，也不懂白血病是什么病。但据徐元旦说，他父亲心里清楚自己得了重病。他一直吵着要回去，不想花钱，坚决要放弃治疗。得病前，徐进坤在大儿子办的有机蔬菜大棚干活，那里有近十个大棚。大棚旁有一排小平房，置放稻草，稻草是冬天铺在蔬菜上用来保暖的，平房兼作宿舍，有电灯、淋浴设备、空调。4个雇工，负责种植、施肥。大儿子夫妻俩负责销售，有固定的人来收购蔬菜。去掉雇工工资和成本，他们一年有近二十万元的收入，虽然听起还挺可观，但这笔钱让父亲服用高价格列卫还是不够的，他们也舍不得。弟弟对哥哥不满意，觉得他没有尽力。但徐元旦也承认，给父亲看病的所有钱都是哥哥出的。医生从来不和他父亲交流，他的代言人就是儿子徐元旦。

陆勇当年在上海时和他们父子交流不多。他当时住在那里，除了服用中药和格列卫，也有心理上的安慰，觉得住在医院旁心里踏实。陆勇对徐元旦印象不错，觉得他知书达理，对父亲孝顺。他哥哥来过几趟，心不在焉的样子，是一个很朴实的农民。陆勇对徐进坤做了手势，让他好好休息。徐进坤"啊、啊"地答应着。

陆勇在走向病房的过程中，问徐元旦他父亲现在的白血病病情怎么样。徐元旦说："这些年一直好好坏坏，但没有急变，要不是这次烧伤，他不会有大问题，我担心的是他烧伤后，大面积感染，会诱发他的病，所以坚持要治疗他的烧伤。麻烦你帮我向魏医生求求情，如果这里不收，我父亲只能到康复医院等死了。"说到这里，徐元旦的眼睛红了。

陆勇问："你父亲是怎么烧伤的？"

徐元旦回答说："我哥哥造了新房子后，老爸还是住在老屋里。我妈走得早，他的房间里还挂着妈的照片，妈生前的衣服什么的都在柜子里，房间的摆设还是妈在的时候的样子，从来没变过。他住在老屋，是怀念我妈。他嘴上不说，心里却放不下妈，没事的时候，经常看着妈的照片发呆。那天，堆稻草的房子不知怎么失火了，老爸拖着浇菜用的水管子去救火。冲进了草料库，人被熏倒了，救出来时他满身都被烧伤了。奇怪的是，颈部以上好好的。他紧紧抱住了头，脸贴在地上。"

陆勇叹了口气："你爸吃印度仿制药吗？"

徐元旦说："没有。我们回家后，我就去深圳打工了，老爸一直好好的，除了服用中药和血液医院配的药，从未吃过印度仿制药。"

来到魏医生办公室，陆勇说："这个徐进坤和我一起在上海瑞金医院旁的小旅馆见过。他这十年白血病一直稳定，是个奇迹。"

魏医生说："确实是个奇迹。不过，在门诊住院时，我发现他白细胞上去了，虽然不是很高，但也说明他的白血病可能出现了波动。"

陆勇说："你就收他住院吧，你不是收了一些别人都不敢收的病人吗，而且都治好了。"

魏医生沉默了一段时间后说："他有白血病，要是白血病复发了，我不会治，也承担不了这个责任。"

徐元旦插话说："不会让你负责任的！我还是那句话，治不了，我们认了。"

陆勇说："我介绍他们服印度仿制药，一个月二百多元。根据我的经验，只要不是急变期，他的白血病是可以稳定住的。我先送他两瓶，可服用一个月，一个月化验没问题，就可以了。我们不能见死不救啊！"

魏医生思索了一下，对徐元旦说："现在医闹事件不少，你写个保证书，你父亲若治不好，你们责任自负。印度仿制药的事，你自己决定。陆勇不是医生，他是好心帮助你，你也要有两种思想准备，有问题不能怪人家。"

徐元旦答应了："这个保证书我写，发生任何事情，我们责任自负。"

魏医生拿出一个表格，上面都有详细的说明，将它递给徐元旦说："这里是烧伤科，不是血液科，白血病服印度仿制药的事，你和陆勇商量，你写个保证书给他。"

陆勇说："你这个愣头青也世故了。"

魏医生说："没办法，这十年中，我也吃了不少亏，家属翻脸不认人的事发生过几回。"

徐元旦写了一张保证书给陆勇，陆勇从包里拿出两盒印度仿制药递给了他，关照了服用方法。徐元旦要给钱，陆勇推掉了，说："我正好有两盒，昨天刚到的，给别人带的，送给你爸先吃起来。如果效果好，再替你们代购。"

魏医生找到主任对他说："主任，那个烧伤的病人我想收。"

主任看着他，犹豫了很久说："收吧，这个病人能不能活全看你了。"

魏医生回到办公室，盯着徐元旦说："这么大的压力给我，我怕我……不过，主任让我收，他心里也会有分寸的，正好是一次很好的学习机会。你去办住院手续吧。"

说着，开了一张住院通知书，递给了徐元旦。

徐元旦噌地站了起来，眼神里充满着无法表达的感激，能看到他眼眶里有泪水在打转。那时候陆勇觉得魏医生这个决定是那么伟大，但他却怎么也没想到，就是这个徐进坤整整"折磨"了魏医生三个月。

那个时候医院外科住院病人并不是很多。三十几张床位住着一半的患者，魏医生让护士长安排了一个空病房给他单独住。

"这个病人是你熟人？"护士长看着魏医生，接着问，"为什么给他一个空病房而且不能收别的患者？"

"患者我不认识，他的烧伤很严重，需要单独隔离，我怕交叉感染。还有一点，我估计没人愿意和他一个病房。"魏医生呵呵地笑着。护士长看了看魏医生没说什么，去测量患者的生命体征了。很快她回来了，一脸的愤怒，拽着魏医生去了护士的治疗室："你疯了吧，这种病人你也敢收，我一进门就差点被臭得熏出来，这患者烧伤太严重了，我上班二十多年从没有收过这么重的烧伤病人，你显什么能？""我知道她是为了我好，怕我担责任。"魏医生这样想着走出了治疗室。

陆勇去了趟徐进坤的病房，他躺在病床上，身上被绷带包裹得像一个木乃伊。看到陆勇后嘴里发出"啊、啊"的声音，两只眼睛滴溜溜地打量着陆勇，努力地想坐起来，但全身被厚厚的纱布裹着，有渗液，而且很臭……

陆勇把徐元旦喊到走廊里，还没等陆勇问，他就抢先开口了："陆大哥，我感谢你说动魏医生收治我爸爸，我不求能治好我爸，但是我也不想让他太痛苦。我爸这辈子太不容易了，我没见过我妈，是我爸把我和哥一手拉扯大的。我有 20 万元积蓄，准备结婚用的，我哥哥也尽力了。我估计他瞒着我嫂子，让我爸服了诺华格列卫。这次他的草料库又烧了，又要花钱重建。所以这次住院，我不让哥哥出钱了。"

陆勇听着他的讲述，看着他泛红的双眼。陆勇刚要说话，他接着又说："没事，我没抱太大的希望，我知道我爸这个坎可能是过不去了，是生是死我都认了。"

说着说着，他哭了，张着嘴不停地哽咽着："我真的不想看着我爸就这么回家等死，让他别那么痛苦地走……"

陆勇告别了魏医生和徐进坤父子，开车回了安镇。一路上，徐进坤那惨不忍睹的样子还不断地出现在他的脑海里。他没有想到，魏医生以后的治疗任务是何等的艰巨。

陆勇一走，魏医生就开始给病人换药。第一次换药，竟然用了 4 小时，整整 4 小时。一层一层地揭开纱布，不仅有大量的渗液，而且创面有粘连。魏医生小心地用盐水边冲边揭，魏医生怕患者疼，怕过分用力揭开会损坏刚长出来的新鲜肉芽。患者的四肢和躯干被烧伤面积达到了 70%，其中重度的 3 级烧伤达到 30%，除了创面有大量的渗液，植皮处还有坏死和脱落。

魏医生皱着眉头戴着4层口罩慢慢地清洗、消毒、上药，后来让护士叫来了主任，他们俩一起操作。没有使用任何辅助材料，没有使用任何医保不报销的物品，这是患者家属的要求，也是一次良心换药。徐进坤骨瘦如柴，眼睛空洞洞的，就像指环王里的"咕噜"。他好奇地打量着医生和护士，不知道他当时内心在想什么，嘴里偶尔发出"啊、啊"的声音，可能是换药的疼痛引起的。

接下来的几天，创面的敷料仍有大量的渗液，魏医生每天上午做手术，下了手术就给徐进坤换药，一换就换到了下午，饭都吃不下了，太累、太臭。

两天后，魏医生开始对自己的决定后悔了。患者不配合治疗，眼神里透出一种责备，口中"啊、啊"的声音越来越大。致命的事情发生了，徐进坤开始发烧，并且高烧不退。他躺在床上一动不动，眼神感觉都是那么的涣散，徐元旦在一旁不忍心看，低着头默默流泪。

魏医生慌了，叫来了主任，换药室里聚集了科室所有的医生。打开纱布，大量的黄色脓液涌出，坏死的皮肤发着恶臭，清创换药3个小时，其间有的医生默默地离开了，最后只剩下魏医生和主任。烧伤后感染引起的发热是致命的，这代表着患者全身都已受到了感染，如果控制不住，患者会因为感染性休克而死亡。

换药时，主任提到了高渗盐水对感染创面的恢复有好处，但是医院暂时没有。魏医生那天下午便托朋友花了360块钱从别的医院买了整整一箱高渗盐水，钱也是魏医生出的。

之后三天，魏医生一直守在徐进坤旁边，每隔一小时就过去看看他，测测体温，观察生命体征，看看创面的情况。从第五天开始，患者的烧退了。他开始能吃东西了，不再抵触魏医生和护士了，见到魏医生的时候也呵呵地咧着嘴笑。徐元旦也很开心，每天给父亲服用印度仿制药，他能乖乖地嚼碎了再吞下去，可他发高烧时连水都不肯喝。

徐元旦的女朋友从深圳来了，哥哥徐晓丹天天来坐一小时，嫂子有时也来，但什么话也不说。陆勇每天都来医院坐一会儿，魏医生对他说："我的感觉真好，好像我们是一家人，我们一起在与死神对抗，一起并肩作战，一起在努力。"

患者入院一周了，魏医生感觉做的所有事情都是值得的。换药成了他每天下午的主要工作，他基本把下午的时间全放在了这个病人身上。徐进坤能慢慢地自己坐起来了，身上有些力气了。主任上报了这件事，院长找到魏医生，表扬他做得对，还鼓励他把这个患者治好。

时间很快，一个月过去了。徐进坤自己可以扶着墙慢慢地走了，大家都看到了希望，陆勇和魏医生觉得徐进坤康复只是时间问题，他的命保住了。陆勇最关心徐进坤服用印度仿制药的效果，这天，化验室对徐进坤进行抽血化验，结果除了白细胞仍然偏高外，有几个指标越过了临界线。虽然这并不能说明白血病复发，但总不是好的征兆，白细胞偏高可以说明徐进坤的烧伤伤口还有炎症，还没有痊愈，也可以说明白血病不稳定。这让陆勇特别担心，他嘱咐徐元旦一定要让父亲每日不落地足量服药。

住院满三个月时，经检查，徐进坤的指标全部正常了，白细胞也不高了，白血病病情稳定了。出院那天，看着他能自行活动、吃饭、上厕所，看着他的疤痕形成的创面，看着他一直咧着嘴笑，魏医生热泪盈眶。

父亲出院几天后，徐晓丹、徐元旦兄弟俩联名给医院送了一面锦旗，锦旗上写着：医者仁心，救命恩人。徐元旦去窗口结账时，发现90天的住院费不到3万块钱。他父亲在烧伤医院急救时，短短十几天，就收费18万元。

魏医生回家躺了足足两天，没有任何的牵挂，没有任何的打扰，踏踏实实地回想着这三个月发生的事情……他上班后，医院新设了两个科：一个烧伤科，魏医生当科主任；另一个是血液科，招了几个医科大学的毕业生，到苏州大学附属医院血液科实习一年后，再回来正式接待病人。

七年后，魏医生又给陆勇打了电话，说徐进坤又住院了，他一定要住到这家医院来。魏医生已当上了这家医院的院长。他成了本市有名的烧伤科专家，对白血病也有相当研究。陆勇赶往医院，徐进坤更瘦了，他一眼就认出了陆勇。他躺在抢救室的床上，儿子徐元旦在一旁也认出了陆勇。

他动情地说："又七年了，你们让我父亲多活了七年，我经常和村里的人提起你们，你们是恩人。这次我爸可能是真的不行了，医生说神仙也救不了他了。"他边说边流眼泪。

陆勇问魏医生："老徐是什么病？"

魏医生回答："动脉夹层，破了。估计很快了……"

陆勇回到徐进坤的床旁，坐在他的身边，拉着他的一只满是疤痕的手，徐元旦拉着另一只同样满是疤痕的手。儿子哭了，老人也哭了，他"啊、啊"的声音越来越小，面色逐渐苍白，血氧掉了下来、血压掉了下来，心电图最后显示为直线……

魏医生果断地说："快，电击！"

这样的故事还有不少，我只能从中挑出几篇角色不同、遭遇有异的故事加以展示。在讲述病友经历的过程中，陆勇很随意地讲着、回忆着，很平常的口气，很淡定的神态，仿佛是在讲别人的故事。是的，他讲着讲着，也会讲起别人的故事。他总是说，不管是谁，得了重病，都是一件不幸的事，每个人与疾病的博弈都是悲苦的、残酷的。有眼泪，有血汗，有战胜疾病的喜悦，有被疾病逼到墙角的焦虑和恐惧。这些都是正常的，得了重病的人，再坚强都是弱势群体的一员。所以，对于得了绝症的人，大家要给予同情和关爱。而病人在经历苦难时，不要抱怨，不要沮丧，请接受、宽恕苦难。当你不把苦难当一回事时，苦难也就不是苦难了，你可能会绝处逢生。陆勇觉得，治疗白血病，小医院也是有作为的。中国许多病人一有病就跑大医院，跑上海、北京的一流医院，造成这些医院人满为患，催生号贩子，一个专家号要价 500 元，最终受伤害的还是广大普通患者。

第九章

每封求救信都透着哭泣声

　　在陆勇有了一些知名度以后，许多处境艰难的患者在对他心生敬佩之余，纷纷写求救信给陆勇，希望得到他的帮助。陆勇明白，非到山穷水尽，这些病患是不会给他写信的，他习惯称它们为"鸡毛信"，有十万火急的意思。他同情他们，唯有经历方能知：生离死别是人生最无法触碰的痛。陆勇在每封求救信的背后都听到了哭泣声，无论多遥远，他都能听到。

　　在不同时期，陆勇都收到过来自全国各地的求救信。特别是他被释放后，其事迹被一些重要媒体所报道，他的名字和故事迅速在患者中传了开来，给他的信雪片似的飞来。许多陷入绝望中的人把陆勇视作救星和希望，他们鼓起勇气，提笔向他写信求救。求救的内容大多是请他提供印度仿制药的代购方式和渠道。求救者中也有其他重疾患者，相对集中的是丙肝病人，他们听说印度有治疗丙肝的仿制药，希望陆勇能提供帮助。

　　给陆勇写信求救，虽然各种人都有，但共同点都是慕名而来。可是，陆勇不是万能的，他也不是医生。有些求助，他能办到，如购买印度生产的各种仿制药，包括治疗白血病和丙肝的药物，他可以协助他们到印度去购买。

　　有些疑难杂症，包括各类癌症，他就不一定能帮上忙了。印度虽有"世界药房"之称，但购买药物并非毫无难度，对于有些药物陆勇也只能询问一下。癌症的发病原因比较复杂，有轻重之别，也有种类之别。如何治疗？服用什么药？这都得听医生的，国内的三甲医院和肿瘤医院已积累了丰富的经验。擅自通过什么渠道购买仿制药是一种盲目的做法，陆勇并不赞成，他也帮不上忙。来信太多，他不可能一一答复，只能挑一些紧急的信件回复。他对有些事情能予以协助，有些事情可以提出建议，更多的时候则只能鼓励、打气。

下面就摘抄几封求救信以及陆勇的复信。

求救信之一

尊敬的陆先生：

你好！

最近，我从媒体上读到了你冒着风险为众多慢性粒细胞白血病患者义务代购"救命药"的义举，我十分钦佩，为我们的社会有你这样的侠士而感到欣慰。同时，获悉你因此蒙冤，但最终平安回家，这也说明我们的司法在进步，是有正义性的，也是有人情味的。我从内心为你感到高兴，你辛苦了！相信好人会有好报，正如电视剧《渴望》中主题歌唱的，好人一生平安！

我妻子2006年患上慢性粒细胞白血病，这给我们全家带来了沉重的压力和深深的担忧，我们是普通家庭、工薪阶层，对于价格高得离谱的诺华正版格列卫，即便拿出全部收入也顶不了几个疗程。卖掉房子，我们不能住到马路上去啊！一筹莫展时，我们绝处逢生，像一些白血病患者一样，购买到了便宜的印度产的格列卫。万幸的是，我妻子的病情得到了控制，至今都很稳定。这都要归功于你这个印度仿制药代购第一人，否则，我们只能等死了！但是，我们并没有觉得太平无事。虽然印度仿制药让我妻子活了下来，但妻子需要中药辅助、需要营养，这些都给我们带来了沉重的经济负担。还有对药品质量及货源稳定性的担忧，使我始终处于十分紧张的状态。近期我们将面临印度药物断供的可能，委托人也不说清楚原因，我们也找不到别的印度药商或代理人。我一想到这些，就感觉心惊胆战，作为丈夫，我不想失去可怜的妻子！

今天我冒昧地给你写信，就是想恳求你以你的仁慈之心，帮助我救救我妻子的命，为我代购印度仿制药格列卫，可以吗？我是一个普通人，但是遵纪守法的老实人，我妻子也是，我们不奢望大富大贵，只想好好活着，这是我们中国老百姓最信奉的人生哲学。我们静候佳音，谢谢！

王炎敬上

2015 年 2 月 4 日

地址（略）

手机号、电邮（略）

陆勇回信：

王炎先生：

你好！

来信收悉。谢谢你对我遭遇的同情和理解。俗话说，同病相怜，这里的"怜"，不是可怜的"怜"，而是守望相助的意思，得了重疾不是我们的错，是我们的不幸。生病让我们这些人更懂得生命的可贵，更懂得珍惜生命。

我也是在死亡线上挣扎过的人，我曾经组织了一个 QQ 群，目的就是互通信息，抱团取暖。我们群内很多病友失去了生命，这是悲剧。所以，得过重病而活下来的人，特别知道感恩和善良。我被警方拘押时，有 1000 多名病友联名替我请命，为我鸣不平，甚至到长沙、北京上访。这让我特别感动。中国老百姓都是听话的、善良的、有良心的。生了病，大家会互相帮助。你的情况我已了解了，你可能是通过药贩子购买的印度仿制药，而不是直接从印度进的药。药贩子手中所谓的印度仿制药良莠不齐，甚至有假药。他们从中渔利是违法的。更有假冒伪劣的药品坑害人，这样的黑心制假者我也碰到过，这样的害群之马虽然不多，但他们罪孽深重，从癌症病人身上牟取黑心钱，是丧尽天良、毫无人性的。这些坏蛋必定会受到严惩。你们今后不要从药贩子那里购药了。

我会提供一个直接从印度药商那里购买印度仿制药的渠道，价格大约是每盒 200 元，你们直接打款给他们，他们收到药钱后会将药品寄给你们。药品品质也能够得到保障。我本人也是服用这家公司的药。你们可以放心！

得了病以后，心态、心情很重要，你要开导、劝慰你妻子宽心、豁达、乐观，有战胜疾病的信心。你作为家人，不要害怕、恐惧，要面对现实，理智处事，不要病急乱投医。这是我的一点体会。下面我把与印度药商的联络方式提供给你。（略）这个电话号码和邮箱地址，不要随便泄露给那些药贩子，请保密。另外，诺华产的正版格列卫也已降价（已过了专利保护期），如果经济条件允许，可服用正版药。我估计随着国家医保制度的完善，格列卫可能会进入医保，请你关注。党和政府会关心我们这个群体的。望你妻子多保重。

祝你全家安康！

病友陆勇

2015 年 2 月 20 日

求救信之二

陆勇兄：

你好！

从电视新闻中得知你的家庭住址，冒昧给你写信。你的英雄本色和高尚的人品，让我们这些患者深受鼓舞，也十分钦佩。是你的爱挽救了成千上万人的生命，使苦难重重的家庭没有破碎。你的恩德是伟大的，你是一束光，是帮助我们病人冲破黑暗的火光。要知道，在人生道路笼罩着苍茫暮色时，一根火柴都是能救命的。

现有一事相求。本人于 4 月 2 日在体检中查出患上了病毒性丙肝，由于以前没有好好查过，它存在已多年了，而且肝功能已不正常，已发展成肝硬化，也不知道是什么时候、什么情况下感染上这个病的。我妈说，我小时候输过血，可能是输血引起的。但我们没有证据，当时的医院也只是个小诊所，医生已不知去向。

现在的医生告诉我，丙肝是难以治好的，没有特效药，得肝癌的概率很高。我是一个农场工人，一年四季都要干体力活，可我目前的病情，需要休息和营养，不能过分劳累。我还年轻，刚三十岁出头，孩子还在上幼儿园，爱人也是农工。我们收入比较低，更承担不起昂贵的进口药物（基本要自费的）。我打听到印度有一种叫"索非布韦"的仿制药对于治疗丙肝有特效。但我不知道如何到印度去购买这种药，也不知道价格如何。我拜托你帮我打听一下，为我指明一条路。恳求陆勇兄为我指点迷津，救救我们全家，我要有力气养家活口，我要治好病才能在这片黑土地上继续耕耘。一个重病缠身的病人在这里是过不下去的。除了种地，我没有其他技术，我废了，全家就完了。我知道你会拉我一把的，因为你是个侠义的人。我等待你的答复。在这里谢谢你了！

祝你全家安康、幸福！

弟方志学

地址（略）

电话（略）

2015 年 5 月 10 日

陆勇回信：

方志学先生：

你好！

来信收到。谢谢你对我的信任。我对你患上丙肝深表同情，得病是不幸的，我也是病人，而且是癌症病人。对你的心情和处境感同身受。但俗话说，病三分是治，七分靠养。所谓养，就是养心。养心比养身重要得多。保持豁达的心胸，不郁闷、不烦躁、不焦虑，心情冷静、平静，这胜过任何药物。看到一句话：世上只有一种英雄主义，就是在认清生活的真相以后，依然热爱生活。让我们共勉。东北的黑土地，辽阔宽广，漫无边际，希望你的心胸像黑土地一样宽广，这对你的病有利。

关于去印度购买治疗丙肝的仿制药，我帮你联系了一个公司，也是为我们提供治疗白血病仿制药的公司，这是一家靠谱的公司。但建议你服用前咨询一下医生，对症下药，才会取得预期的效果。我将对方的地址、电话和邮箱地址发你，还有付款方式，同时将英文表格附上（略），你请懂英文的人帮你填写。还有什么要我帮忙的，尽管说，我能办到的一定尽力而为。

祝你早日康复，问你的家人好！

病友　陆勇（手机号、略）

2015 年 5 月 16 日

求救信之三

尊敬的陆勇先生：

你好！

我鼓起勇气给你写这封信，是因为在报上看到了关于你拯救病人生命的报道，我为你崇高的精神和非凡的勇气而深深感动。你在自救的同时，还无私地帮助了许多病友，这种白求恩式的行为值得我们青少年学习，如果人人都能像你那样付出爱，人间将变得多么美好。我激动得几夜都没有睡好觉，我的家庭从你那里看到了希望，我的饱受疾病折磨的妈妈有救了！

　　我的母亲是一个勤勉的贤惠的妇女，一个在众人眼里称职的妈妈、妻子。她是个普通人，但在我眼里，她是个伟大的母亲。可是，这个世界不公道的是，可恶的病魔在2002年对我的母亲下了毒手。她在春意盎然的3月份突然高烧不退，到医院就诊，查出患有胃间质瘤，一种恶性肿瘤，经手术切除，预后还算良好，而且度过了五年生存期。我们以为母亲已康复，就此从病魔的爪子中挣脱了出来。谁知道在2010年4月，母亲的病复发了。医院诊断是胃癌，但由于脾胃粘连，已无法手术。作为唯一的孩子，我在承受巨大的精神压力和痛苦的同时，还深感自责和惭愧，我没有关心和照顾好为这个家操碎了心的妈妈。医生建议用瑞士诺华公司产的格列卫，但这种药的费用高得惊人，像我们这样的低收入农村家庭是难以承受的。经过多方打听，我辗转买到了印度格列卫仿制药，但也需要2000多元一瓶，我已成家立业，夫家经济条件尚可，东拼西凑挤出钱来买了几个疗程的印度药。但是，2011年，患有严重糖尿病的父亲又患上了阿尔茨海默病，让我们这个多灾多难的家庭雪上加霜。母亲固执地拒绝吃药，她心疼来之不易的钱。因为她已丧失劳动能力，父亲也只能干一些简单的农活，以前他做的一些小买卖，现在已做不了了。在农村，丧失了劳动力和其他谋生手段，就没有任何收入。母亲心里很明白家境的艰难。看得出来，她是在努力减轻女儿的负担。

　　我为我可怜的母亲的良苦用心感到心疼、感到悲哀。

　　无奈之下，我想到了你——尊敬的陆勇先生，你救了那么多人，也一定会对我伸出援手，我希望你能指导我如何去购买印度仿制的格列卫，因为我实在不懂怎样才能买到每月只需 200 元左右的印度药。陆先生，帮帮我们这个风雨飘摇的家庭。盼加入你发起的 QQ 群。我的 QQ 号、邮箱号（略）。

祝你安康！

一个想留住母亲的女儿　崔淑丽

2015 年 2 月 11 日

陆勇回信：

崔女士：

您好！春节快乐！

来信收悉。春节是全家欢聚一堂的传统节日，但你父母亲的病情给你的家庭蒙上了阴影。有一种说法，患重病的病人是没有节假日的，没有欢乐的。这话我有体会，我查出白血病也是在春节期间，我的病使全家无心过年，厚厚的愁云压在我们每个人的心上。所以，我理解你此时此刻的心情。

你是一个有孝心的女儿，为留住自己的母亲做出了一个女儿应做的努力。但你不用着急，要理性地、现实地看待你父母亲的病，用脑子救命，而不是用钱包救命。对于格列卫用于治疗你母亲这样的胃癌，我是第一次听说。因为格列卫是治疗慢性粒细胞白血病的特效药，它的治疗机理也是针对白血病的病理而研制的，主要抑制白细胞异常复制的"开关"，所以，你还是要和医生沟通，请医生说清楚为何要用格列卫来治疗你母亲的胃癌，而不用其他抗癌药。

建议你购买凌志军著的《重生手记》一书，认真读一读。他也是一个癌症患者，医生宣判了他死刑，生存期只有 3 个月。但他不恐惧、不盲从，科学对待医生的建议，选择了正确的治疗之路。他获得了重生，至今已健康地活了 10 多年。这本书也给我带来了许多启发和力量。

如果医生有充足的医学依据可以说明格列卫对于你母亲的病有明显的效果，我可以介绍你购买印度仿制药格列卫的药商及其联络人，他们的联络方式如下（略）。我也可以帮你了解一下这方面的有关情况。你的负担确实是重的，生了大病对家人和其本人在精神上、思想上、经济上都会造成相当大的压力，但事情既然发生了，我们只能接受并尽力去化解。你对父母亲的关爱一定会使他们得到安慰，这是对你父母最好的治疗。

祝你的父母亲早日康复！

陆勇（手机号，略）

2015 年 2 月 18 日

求救信之四

尊敬的陆勇先生：

你好！知道你很忙，叨扰你了。给你写信也是出于万般无奈，请你理解我并帮帮我。你坚持保护自己及病友的健康权和生命权，并在现实生活中为之抗争，你是令人敬佩的勇士，也是善良仁慈的侠士。你因此受到了委屈和不白之冤，现在终于一雪前耻而得到社会的高度肯定和评价。在老百姓看来，你就是个平民英雄，给枯树以生机，给雪地以篝火，给荒原以芳菲。一个健康的社会需要你这样的英雄。我发自内心地钦佩你。

陆勇先生，我是湖北人祁存洲。今年六十岁，我妻子陈秋梅，今年五十八岁。两个女儿都已出嫁，儿子在武汉上大学。我们原本可以安享晚年，种种菜蔬、养养花卉、读读书报、学写古诗、交挚友一二。

但事与愿违，去年年初妻子因肝功不正常、腹水等病住院检查，被确诊为丙肝，这个消息让我们全家震惊、犯愁、着急。在追溯致病根源的过程中，我回忆起1993年儿子出生时，妻子因难产做剖宫产手术时输过血，医生确认妻子的丙肝就是那次输血所致。责任者已无处寻觅，可谓变成了无头案。自去年以来，我和妻子便走上了一条漫漫的求医问药之路。

这条路艰难而痛苦，丙肝虽非绝症，却很难治愈断根。我很爱我的妻子，我是上门女婿，我们靠自己的双手，互相搀扶，养育子女，善待老人，一家子和和睦睦。老伴贤淑，我的晚年不能没有她，否则，我所渴望的晚年生活便无从谈起。因此，我下定决心要治好妻子的病。妻安我安，妻病我病，我们俩的命运是息息相关的。为此，我不惜借贷，陪妻子到武汉协和医院住院治疗。专家诊断后，使用干扰素和利巴韦林等药物，出现了强烈的副作用，妻子反复承受外人体验不到的煎熬。面对巨额的医药费和治疗过程中的折磨，妻子几度欲放弃。但我尽量鼓励她咬紧牙关，坚持到底。但一年后，妻子的病仍未见好，体质变得更加虚弱。医生告诉我，你妻子患的是丙肝1b型，很难治，国内现有的治疗手段和干扰素等药物是无效的。

听到这个结论后，我的心情极其沉重。妻子也死了心，表示不治了，不要白花钱，还是省钱供儿子读书吧，不能拖累了全家。听妻子这么说，我欲哭无泪，有心无力。

尊敬的陆勇先生，为了获取治疗信息，我学会了上网百度和搜索相关资讯，一次我发现了一则消息，美国研发了一种能治愈丙肝的新药，已在美国上市，但药价很昂贵。这是专利药，研发单位需要回收成本，价格必然就高了。

但消息透露，美国吉利德公司已同意 8 家印度制药公司可以仿制，并允许以美国 1% 的价格在 91 个国家销售。如果印度政府强制许可仿制，众多制药公司就可以仿制传说中的"吉 1 代"和专治丙肝 1—4 型的"吉 2 代"索非布韦。

据说，此药疗程短，副作用小，连续用药 84 天，99% 以上的病人可以治愈。我在网上得知你在 3 月中旬去印度考察，并研讨中国人去印度治疗丙肝的途径和可行性的问题，我看到后异常兴奋，如果这属实的话，我妻子就有救了！这不是一根救命稻草，就像格列卫一样，它是具有里程碑意义的灵丹妙药，它能救活几十万几百万人，这是福音！

陆勇先生，我恳求你把这方面的详细信息，包括跨国治疗的手续、路径、费用、操作方法告知我，我要不惜一切代价带上我的妻子赴印度治疗丙肝，让她再健康地活上三四十年。她的健康就是我的幸福，是我们一家人的幸福！拜托了！我怀着无限迫切的心情，等候着你的回复。

祝福你健康快乐！

我的手机号、宅电、邮箱号附上（略）

祁存洲顿首

2015 年 3 月 18 日

陆勇回复：

祁存洲先生：

你好！来信收悉。谢谢你的夸奖，我只是一个普通人，一个病人，而不是什么勇士、义士，更不是什么英雄。我做的一切，就是尽我微薄之力去拯救生命。如果说有私心，也是积德行善，图个好报。你信中提到的你妻子患了丙肝，以及你的心情和压力，我完全理解。

丙肝是一种很凶恶的病，早期症状不明显，若不治疗，经过若干年，就有可能发展成肝硬化和肝癌。因此早发现早治疗是非常重要的。但目前国内的确没有有效的治疗手段和特效药。20 世纪八九十年代，我国在采血和输血过程中对丙肝病毒一般不予检测，造成输血性感染丙肝病毒者众多。另外，母系垂直感染也是一大原因。国家卫计委统计数据显示，2014 年，全国丙肝病毒感染者超1000 万人，占全球感染人数的 5.4%。乙肝更严重，最多时感染者达一亿多，因打疫苗及推广抗病毒药物，患者数量在逐年下降。但乙肝尚未研制出彻底治愈的药物。在我国发生的肝癌中，据统计，九成有乙肝病史，其中部分有丙肝病史。因此，肝病严重威胁着我国民众的身体健康和生命安全。

我关注丙肝问题有一段时间了，丙肝对患者个人和家庭造成的伤害是巨大的、沉重的，在精神上、经济上都带来了很大的创伤和疼痛感。许多人的生命被丙肝病毒吞噬。它虽非癌症，但离癌症不远，它与白血病、乙肝和其他癌症都是我们的敌人，必须群起而攻之，将其消灭。

国际上公认的具有突破性的治疗丙肝的药物索非布韦在我国尚未上市，我们只能选择到海外寻求治疗方案。据我了解，如果到美国购买正版药，完成疗程要花费 50 多万元，加上来回机票、食宿等费用，至少还要加上 10 万元，所以到美国、日韩治疗都不可取，当然，如果你们经济上许可，也可以考虑去这些国家治疗，但大多数患者是负担不起的。

鉴于这一点，我觉得赴印度治疗比较合适。索非布韦是吉利德公司开发的用于治疗慢性丙肝的新药，于 2013 年 12 月 6 日经美国食品药品监督管理局（FDA）批准在美国上市，借此丙肝治愈率可提升至90%以上。印度对很多药物采取强制许可，不承认原研药物的专利。而且，印度仿制药的水平极高，按照美国FDA规则执行。美国公司这次也授权印度8家药厂生产索非布韦，主要是出于人道主义考虑。

这次为安排一些丙肝病人赴印度治疗，我和红十字会的代表专程去印度与相关厂商、医疗机构洽谈中国病人就诊事宜，并考察、参观了一些制药厂和医院。具体价格如下：印度索非布韦+达卡他韦一个疗程折合人民币7500元左右；"吉2代"一个疗程折合人民币8100元左右；"吉3代"一个疗程折合人民币7800元左右；机票、食宿、住院费用另算，总计2万元左右吧。

目前，我们正式开始组团，患者必须提供个人信息、病历、医院检查资料和结论，数量100人左右。报名完毕，即由我和红十字会代表带领病人前往印度治疗。所以，你如果已决定携妻赴印度治疗，尽快将你妻子的有关材料（复印件）寄往以下地点（略）。何时成团赴印，请耐心等待，我们保持联系。附我的手机号、邮箱地址（略）。

这是一个机会，以组团形式前往，大家可以相互照顾，且能找到正规的医院，以及收费合理、确保药效好的治疗渠道。我个人纯粹是为大家义务服务，和代购格列卫仿制药一样，是无偿的，不收任何费用。这是我办事的原则。请放心！

顺致你妻子早日康复！

陆勇

2015年3月25日

第十章

印度总统府屋顶上的兀鹫

　　2016 年 2 月，陆勇带领 7 位丙肝患者（个别有家人陪同）前往印度新德里某医院进行治疗。医院首先对患者进行疾病检查，然后根据病情的不同程度，给每位患者开了一定量的仿制索非布韦。没有肝硬化的患者服药 87 天，已出现肝硬化的患者药量则要服药 168 天。这是中国首批丙肝患者赴印度治疗，具有开创性意义，中国红十字会此后又组织了几批，累计有 100 多人。陆勇带队的有两批，所有赴印治疗的患者都取得了良好的效果。99% 的患者都治好了困扰他们多年的顽疾，当化验报告单拿在手里，看到各项指标都由阳性转为阴性时，他们都不敢相信自己的眼睛。得到医生的确认后，大家都欣慰地笑了。痼疾之祸根，被一朝铲除，多年来积累的所有烦恼和紧张被一扫而光。

　　在陆勇率队出发之前，2015 年 12 月 25 日，在上海举行印度医疗旅游专线开通发布会暨丙肝首团发团仪式。陆勇参加了这个仪式。参加仪式的还有印度驻上海总领事馆领事纳文·库玛（Naveen Kumar）、印度拜拉斯（Paras）医院肝病专家拉贾尼什·蒙加（Rajnish Monga）博士，印度广东商会代表、公益人士胡芳，亿友公益创始人雷闯等嘉宾。印度驻上海总领事馆领事纳文·库玛介绍了印度医疗旅游现状及优势项目，并对印度医疗签证做了详细的解释。这恐怕是中国有史以来第一个到印度医院看病的团，其成员都是丙肝病人。

　　陆勇率领的第一批丙肝患者在印度完成检查并配上药后，找了家印度餐厅，坐了整整一桌。餐厅老板和服务员见到一群中国人来到他们店里，忙不迭地接待。他们说好了，以凑份子的形式，点最好的菜肴，难得有这样的轻松和欢聚。

店堂里顿时人声鼎沸，笑声朗朗。他们推陆勇坐在主宾的位置，其次是几位印度医生，还有翻译。大家以茶代酒，向陆勇致谢，并要陆勇讲几句话。陆勇推辞不了，站起来说："我祝贺大家治好了病，恢复了健康！这些年，大家都过得很辛苦，生命是珍贵的，希望大家好好活着。改革开放使我们的国家越来越繁荣昌盛，好的时代加上一个好的身体，这就是我们最大的幸福！"陆勇的话赢得一阵热烈的掌声。

饭后，陆勇一个人在街头走着，新德里他来过多次，这里的气候一如既往地闷热潮湿，小虫子很多。陆勇来到印度凯旋门，周围环境有些杂乱，他没有直接沿直线走国王大道，而是绕去了隔壁的印度国家博物馆。馆区晚上一片漆黑，大门紧闭，他又绕回国王大道。这里是印度的行政区，有议会大厦、总统府和财政大厦等建筑，议会大厦是一座圆形的建筑，很巍峨。

议会大厦后面就是总统府。灯光把这几座建筑物照得闪闪发光。总统府原是英国总督府，带有殖民时期的哥特式建筑风格。以前陆勇白天来过，有趣的是，这幢精致的石砌房子的顶端盘旋着成群的兀鹫，时不时地振翅飞起来，在空中兜上几圈，忽高忽低，从高处睥睨，但绝不飞远。不一会儿，又滑翔而下，停留在总统府屋顶上，在那里俯瞰着广场上的人群，仿佛它们才是总统府的主人。没有人用武器、猎枪或弹弓来射击它们。

久而久之，它们成了这里的一道风景线，就像巴黎、伦敦、柏林等地城市广场的群鸽一样，它们与雕塑、树木、喷泉同存，不可分割。虽然是夜晚，但游客还是不少，以外国游客为主。照相机的闪光灯闪烁不停，但没有喧哗声。白天，总统府屋顶上的兀鹫扑起巨大的羽翅起飞，掠过头顶时，会有人高声对着它们疾呼。

黑格尔说："印度是一个特殊的古董，也是一个特殊的现代。"是的，在陆勇眼里，印度是一个独一无二的存在，传统与现代奇异并存。他坐在广场的一张木靠椅上，望着总统府空荡荡的屋顶，那里已没有了兀鹫，它们回去过夜去了。在新德里这个吹着湿热暖风的夜晚，陆勇回顾自己和印度结缘的过程。印度是他的福地，也给他带来灾祸。他在印度购买到了仿制格列卫，像这些组团来印度治疗丙肝的病人一样——他们将带着治愈的希望回家。

可是，也正是印度给他带来了牢狱之灾，他被囚禁在高墙内没在阳光的牢房里几百个昼夜。后来，检察官的温度让他免予起诉——这是个法律名词，就是被告人的行为虽构成犯罪，但检察机关依法不对其判处刑罚或免除刑罚而不予追究刑事责任的意思，但他毕竟失去了那么长时间的人身自由。

他的妻子张滢滢和已上了年纪的母亲都受到了不小的惊吓，为他担心、为他焦急、为他忧心。他亏欠她们。还有那些被他帮助的病人，为他呼吁、为他奔走。上千人为他上书申冤，他们都是知恩的好人。他出狱后，看着一页一页按了手印的上诉信，他心潮起伏。他感到值了。

他后悔了吗？他继续在为他人做好事，对那些向他呼唤急救的病人伸出援手，比如带他们来印度治疗丙肝。如果说代购治疗白血病的仿制药是因自救而起，有点偶然性，有点被动性，略有点自利性，那么，帮助丙肝病人，做他们来印度治疗团队的领队，却没有半点自利的成分，而完全是利他性的主动行为，是善待他人的行为。那么，他做得对吗？他图什么呢？就像印度总统府古老的屋顶上那一群兀鹫一样，它们天天站立在那里，不时飞来飞去，睥睨着人间，它们图什么呢？他后悔了吗？没有，他干吗要后悔？刚才在餐馆唱的《敢问路在何方》唱得好啊，唐僧师徒为何翻山越岭，战胜重重险阻，赴西天取经呢？陆勇思索着，冷静地拷问着生命、健康与人生、社会的意义。

　　哲学包括佛经也在思索这些问题，行善积德，利他即利己，这是佛学的思想。生命伦理表明，拯救他人的生命是社会赋予自己的一个崇高使命，在拯救他人的同时，也是拯救自己，拯救整个世界，这肯定没有错！他忽然有一种豁然开朗的感觉……

第十一章

拒绝触手可及的诱惑

我们回过来再谈陆勇代购印度仿制药的事。

陆勇是中国第一个服用印度仿制药的白血病患者，是去印度购买仿制药第一人，也是白血病患者QQ群的发起人。我说他，陆勇陆勇，一腔孤勇，一心向善。

社会是复杂的，鱼龙混杂，泥沙俱下，一些不怀好意的人也盯上了陆勇。病人盯着陆勇，是求他救命；有难者盯上陆勇，是求他帮助。而另有一些人，既未患病，也没有什么困难，伪装成病人混入陆勇的QQ群，刺探消息，接近陆勇。其意图何在呢？无须多想，他们就是想利用陆勇的资源、人脉和威望赚钱。这是些什么人？主要是三类人，医药代表、药贩子、无良商人。这些人能量很大，手段很多，甚至无所不能，目的就是要把陆勇拉下水。

陆勇很单纯，他最初并没有想到那些心怀不轨之徒正在他身旁云集，他也没有觉察到群里打入了冒牌的病人，他对所有进入这个群的人都抱着包容和欢迎的态度。这些人慢慢摸清了陆勇的住处、电话、邮箱地址及他家人的信息，特别是他妻子张滢滢的情况。这些人是一群窥探者，用猎人般灵敏的嗅觉在寻找猎物。除了陆勇，他们还要在这里面物色一些对他们有用的人。

先说医药代表。这是出入于中国大小医院的一伙人，顾名思义，就是药厂或药商派出的代表。他们的身份合法吗？既合法，又不合法。他们受雇于药厂和药商，担负着药品的推广职责，目的是扩大药品的销售量，有点类似于企业的供销员。不合法的点在于，他们是通过吃回扣、贿赂等手段，买通医院某些黑心的管理者，让其批准他们的药品进入医院药房。医院进的药品五花八门、品种繁多，同一门类的药就有几种、十几种甚至几十种。医院领导可以进货，但要将这些药品尽快周转出去，这就有赖于拥有处方权的医生。于是，如何促使医生在给病人治疗过程中多开他们的药，是医药代表的一项重要业务。

一些医药代表会使出浑身解数，上上下下打点、督促，他们虽然不是医院的人，却在医院混得如鱼得水，和众人打得火热，明里暗里游走于医院各个部门。当然，他们偶尔也会公开露面，但处事低调，一副公事公办的样子。更多的医药代表则相反，他们成了隐形人，来无踪去无影，但他们却能对医院的药房施加重大的影响。

他们会采取新药研讨会、新药介绍会、学术论坛等形式，组织医生或药剂师旅游、疗养、吃喝玩乐等。这是一条黑色的链条，腐蚀了许多医院的领导和医生，使其丧失了医务人员应有的操守、原则和医德，也影响了医疗体制的正常运作，侵害了患者的利益。

这是寄生在中国医药体制上的一个毒瘤，政府多次采取措施欲将其铲除，但就是除不掉。我举一个央视报道过的案例，来揭示它们究竟是怎样运行的以及这个毒瘤的危害性。

2019年1月15日晚，由中央纪委国家监委宣传部、中央广播电视总台联合摄制的五集电视专题片《国家监察》播出了第四集。片中披露了某市第二人民医院原党委副书记、院长易某某的贪腐行为，并由此揭开了一条医药领域的黑色利益链。纪委监委工作人员介绍，这样的黑色链条覆盖了某些医院的众多科室，而最后却是由患者买单。

据纪委监委工作人员陆霖介绍，专案组在2016年1月发现，易某某将自己名下的一套房产高价出售给了一个70多岁的山东籍女性，比市场价要高出64%左右。除此之外，其在南京的另一套房产也是以相同的形式高价卖给了另外一个人。经鉴定，这两桩交易存在着以高卖的形式收受他人贿赂的嫌疑。工作人员进一步调查发现，购买易某某两处房产的人，一个是药品代理商李振华的母亲，一个是医疗器械代理商张楠的亲戚，而他们代理的产品在某市第二人民医院的销量都不小。所谓的房产交易不过是利益输送的包装。

该市纪委监委调查发现，易某某利用职权，为李振华、张楠两名医药代表的产品进入其管理的医院提供帮助，他则以高价出售房产的方式收受贿赂。易某某曾直接要求一些医药代表购买自己名下的房产，为了逃避调查，他还要求医药代表不要用自己的名字购买房产。虽然医药代表明知易某某是在变相地向自己讨要好处，但出于自身业务的考虑，他们依旧踏上了行贿的道路。

随着调查的深入，易某某的违纪违法事实逐渐清晰，调查组由此入手，发现了另一条线索，从而牵出了一条涉及众多中间公职人员的医药领域黑色利益链。调查人员在审讯曾向易某某行贿的医药代表李振华时，发现一些医院信息系统的医生给他提供过统方数据。专题片介绍，统方是医院对医生处方用药信息量的统计，即哪个医生开了多少药、开了多少盒在统方数据中都能够体现出来。医药代表千方百计想要获取统方数据，目的就是准确地对医生进行公关，实施贿赂。

这个城市的各大医院都有专门的信息管理系统，借此实现了数据化管理。市妇幼保健院信息科原工作人员陈某以职务之便，按月将数十种药品的统方数据出售给多名医药代表，每种药品每个月的统方卖到 200~300 元，几年来累计获利 20 多万元。陈某说，统方就是医药代表向医生提供回扣或进行公关的依据。医药代表拿到统方，不仅会以此给医生回扣，让医生开处方时多开一点，还会针对开单量较少的医生进行公关。买卖统方并非个案。该市人民医院信息处工作人员王某，多年来也直接向多名医药代表出售统方，获利达 160 多万元。王某表示，在某些医院，信息人员都持着法不责众的心态进行统方买卖的黑色交易。

有了精准的开药量统计，加之此前约定的回扣比例，不少医生开始习惯甚至期待这部分收入。"我们这里进口的材料回扣 15%，国产的材料回扣 20%。你不拿，可能真的需要一个坚强的内心。人有从众心理，10 个人里有 8 个人拿得口袋里鼓鼓的，2 个人没有，这个心理一次逃得过，两次逃得过，10 次肯定逃不过，终究还要去拿的。"某市某区人民医院骨科原主任徐宏亮说。

专题片中提到，医疗器械、药品和耗材采购中潜规则盛行，红包回扣泛滥，一些非基本用药药价虚高等黑色利益链，加重了百姓看病难、看病贵问题，严重侵害了群众利益。某市某区纪委监委工作人员段某某介绍，这样的黑色链条覆盖了某些医院的众多科室，而链条最后却是由患者买单，患者和社保都在一些不必要的药品上花了冤枉钱。片中提到，虽然卫生系统早就明令不准收受回扣、不准违规统方，但过去医院管理人员不属于行政监察对象，非党员也不属于纪委管辖范围，对他们的监管存在制度性漏洞。

专题片介绍，国家监察体制改革实现了对所有行使公权力的公职人员监督的全覆盖，形成了严密有效的监督网。无锡市纪委监委在坚决查处公职人员违纪违法案件的基础上，和公安、卫生等部门联动，公安部门先后拘捕了 61 名涉嫌商业贿赂的医药代表，卫生主管部门向多家医院发布了限期主动清退回扣的通知，形成强大的震慑力。

片中还提到，无锡市纪委一方面向公立医院直接委派纪委书记，解决内部监督薄弱等问题，一方面建议有关部门建设阳光采购平台，挤压价格虚高空间，并督促推动各职能部门将相关工作落到实处。一系列举措实施之后，无锡市医疗领域药占比明显下降。王某表示，药占比就是药品在整个医疗费用里所占的比例。

从门诊量最大的人民医院的数据来看，截至 2019 年 4 月，药占比下降了约 3%。"不要小看这个 3%，这个 3% 加起来一年可能要节省费用一个亿，医保费用要节省七千万，老百姓自己要少掏三千万。""受利益的驱动，少数医者违背了医德：规定门诊开药不能超过 3 天，他们却开 5 天或者 10 天的；规定一个处方上只能开 5 种以下的药品，他们却开六七种甚至 10 种。他们就是不顾制度，也不顾病人的医疗需求。"受到法律惩处的易某某已成了阶下囚，他在电视节目上对着观众如是说。

据我了解，像这个案子中所说的黑色利益链条在各地均存在，绝非个别。随着医药体制的改革，包括医药纳入政府采购、公开竞拍采购、透明公示采购、药房有权拒绝大处方等措施，有效地遏制了医药代表与院方权力寻租者相互勾结的违法行为。但在 2004 年至 2013 年，陆勇和印度药商建立代购格列卫仿制药的多个渠道这段时间，医药代表是非常活跃、非常猖狂的。

再说一下陆勇所建白血病患者 QQ 群里冒充病患的医药代表。

这些人已在 QQ 群里掌握了陆勇所有公开和没有公开的个人信息。公开的信息包括陆勇是购买印度仿制药格列卫的中国第一人，并去过印度多次，掌握了一些渠道；他本人就是白血病患者，大学毕业生，拥有两家私营企业；经历过生死，有影响力。这是无形资产，是医药代表特别看重的。另外就是陆勇的一些隐私，结过两次婚，前妻是干什么的，现在的妻子是干什么的，有一个女儿，他母亲帮着管理工厂，父亲因车祸死亡，等等。这些情况，一般人都不知道，陆勇很少提到，即便群里和他有来往的病友也只是略知一二。他们还了解到，陆勇没有架子，对人和善，有慈悲情怀。他们分析了这些情况后，首先认为陆勇是私营业主，对赚钱肯定感兴趣；其次，陆勇是有知识的人，聪明能干，懂英语，能够游刃有余地和印度药商沟通，没有语言障碍；最后，他对病友有怜悯之心，乐意提供帮助。

医药代表赵宁和戴维娜最先开始与陆勇接触。第一次，赵宁和戴维娜约陆勇在咖啡店喝咖啡。赵宁先说他的表哥是慢性粒细胞白血病患者，患病已两年多，正版格列卫吃掉了用于结婚的一套100多平方米的房子，现在他们哥俩住在一起。表哥生病后未婚妻和他分手了。他原来是几个保健品的总代理，因为生病，工作也丢了。赵宁希望陆勇能替他代购印度仿制的格列卫。陆勇答应了，提出有机会和赵宁表哥见个面，并让他把病历带上。戴维娜是以赵宁女朋友的身份出现的，她没有多说话，分手时说了几句，自我介绍原来是跟赵宁表哥做保健品的，现在是医药代表。

第二次见面，赵宁的表哥没有来，但带来了病历，确实诊断为慢性粒细胞白血病，做过化疗，服用诺华格列卫，在等待骨髓移植配对。陆勇认为他表哥是适合服用印度仿制药的，便简要说了下印度仿制药的情况、购买方式、价格和效果。陆勇也介绍了自己发现印度仿制药的经历，并表示经过几年来至少上千人的亲身体验，证实其效果和诺华正版格列卫并无不同。

谈到这里，戴维娜开口了，称她所在的公司是莆田系一个大老板的，在全国各地拥有十几家大小医院，无锡也有两家，一家在长江路上，规模很大。老板很想和陆勇合作，开设血液科或血液医院，聘请最好的专家，药物就是印度仿制药，进价200元一瓶，卖给患者1500元一瓶，患者完全可以接受，每瓶可以有1000元左右的利润，可以和陆勇对半分成。

陆勇对莆田系医疗产业有所耳闻，靠在电线杆上贴"老军医治疗性病"起家，通过欺骗、不正当竞争、虚假宣传、挖掘公立医院人才资源等手段，形成了一个庞大的医疗帝国，遍布全国各地。但莆田系的不靠谱和黑暗也伴随着它的成长和扩张。陆勇的病友中不乏在治疗中被莆田系医院欺诈的例子。

陆勇产生了警觉，他断然拒绝了戴维娜的建议。他表示，他只是无偿地为白血病病友购买印度仿制药提供信息，偶尔也代办购买手续。用购买印度仿制药来牟取利益是违法的，他不会考虑，也不感兴趣。戴维娜说："陆先生谨慎小心，我们可以理解，是否可以换一种方式，我可以把印度仿制药推荐给公立医院的医生，他们可以以个人名义向患者介绍印度仿制药，赚取一定的服务费。我们可以给你一部分车马费、辛苦费，用于和印方打交道。"

陆勇说："据我了解，公立医院的医生私下推荐外面的药是违反医院规定的，他不怕丢掉饭碗吗？"

赵宁说："陆先生，你想得太多了，医生拿红包，到外地去会诊、动手术、推荐比医院便宜或买不到的药，完全是正常的，他们从早忙到晚，一天动好几台手术，就拿那点工资，怎么过日子？医院对这种事从来都是睁一只眼闭一只眼。"

戴维娜说："陆大哥，你何苦呢？这钱来得容易，合理合法，比你做手套的利润要丰厚得多，你的顾虑是多余的。不用你出面，你只管从印度进货，其他事情都交给我们，出了事由我们来扛。在我们那里，什么事都能搞定。"

陆勇看透了这两个人的用心，他正色道："我重复一遍，我代购印度仿制药是用来救命的，不是做生意的。大批量进货，除非有药监部门的批文，但据我了解，这是不可能的。像你们说的这种事，即使能赚再多的钱，我也不会参与的。你表哥的药，我可以帮忙，但只能是他一个人的，超过他个人的药量，我不负责。你们听懂我的意思了吗？"

陆勇告诉他们，他也曾尝试通过官方来建立购买印度仿制药的更畅通的渠道。2006年，陆勇作为中国红十字会基金会志愿者，和另一位志愿者在韩国慢性粒细胞白血病协会律师的陪同下前往印度制药公司考察，以确认他需联系的那家公司是否真的存在，这些药物在印度是不是"真药"。考察结果表明，公司不是空壳，药品虽是仿制的，但成分都是真的，没有水分，没有以次充好的问题。印度在这方面管理得还是比较严格的。

陆勇说，印度制药公司国际市场部的人也来过中国，在跟相关主管部门接触后，明白没有大批量印度仿制药进入中国的可能。和他同行的北京志愿者曾"非常想"帮助国内白血病患者，作为健康人，这位志愿者听说很多患者在服用印度仿制药"保命"的事后深受感动，便通过自己的关系联系到了中国红十字会相关人士寻求帮助，并提出了"调配药物免费供给国内患者"的建议。然而，事实证明，此路走不通。所以，购买印度仿制药只能打打擦边球，但赵宁二人设想的这种做法肯定违法。如果不是出于济世救命，他陆勇不会帮病友办手续上的事。他只能在这个范围内提供帮助，之所以把这些事情告诉他们，就是劝赵宁二人放弃这种念头，今后也不要来找他了。

赵宁和戴维娜的脸色变得很难看，有些尴尬地沉默着。

陆勇站了起来，收拾手机、笔记本，说了声："对不起，我先走了，我还要去办点事。"

赵宁说："陆先生，你再好好考虑考虑，我保证你万无一失。"

陆勇笑了笑说："这世界上，根本没有万无一失的事。"

陆勇说完，就走出了咖啡店。

陆勇回家后，和妻子谈起此事，张滢滢说："你拒绝得对，我们不愁吃不愁穿，这种不义之财不能捞，今天你给他们冷面孔看了，这种人不会罢休的。我父亲说过，医药代表实际上是靠行贿来收买医生的，这种事早晚要整治的。你离这些人远点。"

没想到，仅隔了3天，戴维娜和赵宁居然找到了张滢滢的4S店，对张滢滢又重复了一遍对陆勇说的那些话，说："你先生骨

子里还是书生，有这么好的赚钱机会不敢做，真的拎不清，你劝
劝他。"

张滢滢说："他这个人不是拎不清，你们错了，真正了解他的
人是我。我想，他不要拎得太清楚，那就是可以赚的钱，他会去
赚。违法的事哪怕能赚几百万、几千万，我们也不稀罕，因为拿了
心里不踏实。他是个病人，好不容易熬过来了，他把钱这种身外之
物看得很淡。五金厂和手套厂都是小厂，每年的利润不多，但够吃
够用，我们知足了，我只求他身体好就可以了。"

赵宁扑哧一声，乐了："我知道陆先生是知识分子，不是贪婪
的人。但是，钱多并不是坏事，谁能和钱过不去啊！它能够让我们
有更雄厚的物质基础，有些人得了白血病，得了癌症，为什么得不
到好的治疗，甚至自杀，就是没钱嘛，这世界上最可怕的就是穷
病！有了足够的钱，即使得了不治之症，也可以吃最好的药，可以
得到最好的治疗。用不着为钱发愁，这才是人过的日子。"

张滢滢反唇相讥："你们觉得我们现在过的不是人过的日子？
告诉你们，这是我们对财富的看法不同，我们不求大富大贵，只求
身体好，我们没有过度的欲望，我们对现在的生活很满意，小康
了啊！"

赵宁和戴维娜悻悻地走了。

除了医药代表，药贩子也盯上了陆勇。药贩子有两种：

一种是当一些比较稀缺的自费药的掮客。这些药包括白蛋白、
球蛋白（含免疫球蛋白、破伤风免疫球蛋白）、冕益康、日达仙、
胸腺泰、氨基酸、脾氨肽等，这些针剂或注射液都是辅助性的药
物，只能起到预防、保护作用，在一定条件下也能起到治病作用，
主要是增强免疫功能。这些以增强营养、辅助治疗为主的药物，有
的医院有，有的医院没有，即使有，医院也要加价，且一般都是

自费。这就让药贩子有空子可钻。他们在医院寻找代理人，或者医生，或者护士，也有病人口口相传。如果病人需要，一个电话，药贩子就送货上门了，因为他们的进货渠道往往省略了好几个环节，所以他们的售价要比医院药房和普通药店的价格低 5%~10%，因而受到患者的青睐。

另一类药贩子，瞄准的是国际上已普遍投入临床使用但中国尚未进口，或者进口后价格奇高，未进入社保，即使有的进了，但自费部分还是占了很大比例的一些药品。药贩子了解到由于印度的特殊性，这个国家不受专利的限制，生产和销售多种国际上最先进的药品。除了治疗白血病的格列卫外，还有治疗丙肝的索非布韦、治疗肺癌的易瑞沙、治疗肾细胞癌和肝癌的多吉美、治疗乳腺癌的赫赛汀等。药贩子千方百计倒腾这些药物，以获取暴利。

这些靶向药和印度的仿制药相比差价很大，大约在 10 倍以上。比如拜耳公司生产的多吉美，用于治疗不能手术的晚期肾癌和原发性肝癌。目前国内售价是 1.5 万元左右一盒，规格是 200mg 60 粒，一个月需服用两盒，未被纳入医保的地区，一个月花费在 3 万元左右。而印度多吉美仿制药售价是 1200 元一盒，规格是 200mg 120 粒，每个月花费 1200 元，经过协商，购买的量较大，价格还可以下降。因此，药贩子就去印度购买这些药，转手卖给国内的病人。倒卖一盒多吉美、易瑞沙至少可以获利几千元，这么丰厚的利润对药贩子来说当然是巨大的诱惑。

在 QQ 上用相关疾病或"印度药代购"等关键词搜群，会出现大量群组。药贩子在网上搜索易瑞沙，点开几个词条，制作很粗糙的广告页，罗列易瑞沙的功效介绍，再将中国进口药和印度仿制药的价格做一番比较，附上醒目的 QQ 和微信联系方式。这样，药贩子就可以向目标患者兜售了。购买方式也极其简单，加上 QQ 好友，对方就会告知你价格，当然是加价以后的价格，国内现货，货到付款。也有人会声称自己的亲戚朋友服用后有奇效，所以顺便帮忙代购。

但正如陆勇抓过的假药一样，这些在网上推销的靶向药有一部分纯粹是假的，灌装在胶囊里的很有可能就是孢子粉、三七粉等，甚至是玉米粉、面粉，反正是吃不死人的。病人上当后，这些药的名誉就差了，连累了真正的来自印度的仿制药。好在信者和买者并不多。

于是药贩子看上了陆勇。陆勇认识的印度药商多，进货渠道也多，另外陆勇在这个群体内有良好的声誉，有许多崇拜者，别有用心的人把他抬出来，就有感召力。这些药贩子为了谋求长远的买卖便找到了陆勇，动之以情、晓之以理、诱之以利，总之就是要把陆勇拖下水。

陆勇对这些利欲熏心的药贩子断然拒绝，面对触手可及的诱惑没有动心。药贩子软的不行，就来硬的，威胁陆勇：你替白血病患者代购格列卫仿制药也是违法的，你不答应和我们合作，我们就去告发你。陆勇心里很坦荡，他理直气壮地回答他们："我替他们代购，是为他们义务办理手续，我从中不收一分钱的好处费，而且，我是应他们的要求这样做的。你们要去告发，请便！"

这些药贩子灰溜溜地走了。

对于触手可及的诱惑，陆勇的态度是坚决拒绝的，他并没有向诱惑投降，这说明陆勇的头脑是清醒的，是有自律精神的。烫手的钱不能拿！这是陆勇给自己的一个戒律。在沅江市审理的案子中，陆勇之所以能够得到"免予起诉"的结果，跟他在诱惑面前经受住了考验有关，如果他当时私欲占了上风，被诱惑所俘，恐怕他的人生就要被改写。后来有多起代购药案子，当事人因为禁不起诱惑从中渔利，因而被判了刑，受到了法律的惩处。

第十二章

"别把我架上火炉烤了"

除了医药代表和药贩子，还有些来历不明的人也看好陆勇的名声，写信给他，要和他合作开办公司，承诺让陆勇当公司主管。对于这些素昧平生之人的热情拉拢，陆勇有种本能的警觉。也有些朋友怂恿他，别做什么手套了，既然有人寻上门来，不妨和他们谈谈，说不定能找到发财的机会。但陆勇一笑置之，他总是这样回答："我办好手头的两家厂就不错了。你们别把我架上火炉烤了。我可没有'左牵黄，右擎苍'的本事。"这个说法出自苏轼的《江城子》一诗，彰显一个人的狂傲之气，左手牵着黄狗，右手托着苍鹰。诈骗信件源源不断，陆勇看过就往旁边一扔，不再搭理。这里选择两封信摘录如下。

来信之一

陆先生：你好！值此辞旧迎新之际，给你拜年，猴年大吉！我原是上海中医药大学西医内科组主任。2004 年退休。

2008 年，我得了尿路感染、急性肾盂肾炎。在上海所有公立医院得不到抗生素治疗。2009 年 3 月已恶化到血路感染（原文如此）、心脏感染，4 月，自知将死。我在一家新加坡私人医院内科找到金主任。他说："第一，是病危通知。第二，你是一匹死马，我当活马医。治好了不用感谢；治不好，人死了，不能怪医生。"我同意了，只是我请求按我的方案治。金主任同意了，不过要求在每张处方后面背书，中毒或死亡，责任自负。24 天后，我的病彻底好了，死里逃生，以后复发过几次。该私人医院无上海生产的药。我找了朋友，在外地买了药，自己在家中治疗。这是私人买药，没有卖给他人，即使卫生局知道，也不会来干预。

在报刊、互联网上我看到了"药神""药侠"的光辉事迹。你自救救人，代购印度仿制药，拯救了无数垂危病人，却身陷囹圄，情节复杂曲折，令人震惊。最终，因没有买卖过程，没有从中获利，纯属义务做好事，而无罪释放，先生人品人格令人钦佩。医院一盒药要价2.5万元，同样的化学成分、结构、剂量，你代购的印度仿制药只要200多元，相差100多倍。差价之大衬托了你的高风亮节、菩萨心肠。

老祖宗教导我们，团结就是力量，一根筷子易折断，十根筷子就折不断。我想和你交个朋友。我是1978年宁夏医学院肿瘤专业研究生毕业，擅长消化道肿瘤治疗，对慢性粒细胞白血病也有研究。如果你决心把"药神""药侠"的事业进行到底，那我就和你联合，一起救死扶伤。请你打电话、写信与我联系。我的手机号码（略）。上海和无锡距离不远，我们可以面谈一起做点事。我和莆田系的核心人物相识，社会上对他们有成见，其实，经过几十年的发展，这些草根出身的医疗系统早已脱胎换骨，走上了规范化、现代化的道路，成为民营医院的中坚力量，同时通过和公办医院合作，它们也撕裂了公办医院垄断的一个口子。我愿意将我的资源和你组合，搞一个小小的股份有限公司，专司买卖药材，我认为，我们的合作一定会取得巨大的成功，有一个大发展。

这个公司不仅有你和我，还要有其他朋友参加，人多力量大，有钱大家赚。我想，你一定会参加这个公司，主持这个公司。

上海奉贤区南桥镇育秀东区　陆

来信之二

陆勇兄，你好！

我叫林某某，我们是同龄人，住福建省厦门市厦禾路××号源昌国际城雅加达梯×××室，从事中成药贸易。我在2013年10月曾从台湾买了一种由中成药研碎后提炼的×真汤，救活了福建漳浦县绥安镇的一个小女孩蔡巧虹。她得了血液细胞淋巴癌。她父母花了40多万元替她治疗，已化疗10次，未见好转，病情反而继续恶化。生命垂危，走路要人搀扶，吃饭要人喂，说话口齿不清，器官已有轻微衰退状态。因她学习好，学校、社会以及福建的新闻媒体都号召爱心人士筹款为她做骨髓移植。我常游走海峡两岸，耳闻白血病、癌症患者的痛苦，且无有效治疗方法和药物。就将这些情况讲给台湾中正大学的董事谢罗星，他郑重考虑后觉得有把握治好蔡巧虹的病，于是，汇款买了10盒×真汤给蔡巧虹服用，并且嘱咐她喝了真汤后不可以再化疗，也不可以移植骨髓。患者喝过×真汤后，每天会拉奇臭无比的黑便，因此要加强营养，如服用维生素、蛋白质、矿物质。经过半年时间×真汤的治疗，蔡巧虹不仅脱离了生命危险，而且病情及身体状况有极大好转。在福建省协和医院及漳州市人民医院做了两次体检，病胚抗原及CA199（原文如此）都达到正常。你可在百度搜索《在福建漳浦蔡巧虹血液淋巴癌康复情况》一文加以证实。

台湾生物科技一枝独秀，在世界上具有领先地位。台湾中正大学和台湾合众公司生物科技研发团队以植物提取的真汤固体饮料，经台湾食品药品监管当局的检验，达到无毒的食品标准，可以出口欧美国家，健康人都可以服用，以达到保健、强健、防病和延年益寿的作用。癌症患者服用一个月后各项病理指标明显下降，肿块明显缩小，服用4个月后，肿瘤就会消失，令人惊叹。各种癌症病人服用真汤后排出臭黑便，且每天四五次，连续服用半年，经过体内的环保代谢（原文如此）后检查癌胚抗原或 CA199 等相关指标，都几乎会达到正常指标。除骨癌和肺癌中的小细胞癌要服用较长时间外，大多数癌症患者只要半年时间就可见到显著的效果。

真汤用于预防癌症，妇女同胞的黑斑改善、美容养颜，内外痔疮、便秘等，由病毒引起的附带疾病都可得到改善。真汤于 2015 年 2 月 16 日经福建省卫生和计划生育委员会食品安全企业处批准备案，备案号：350165S，准许在国内企业生产。

我很佩服你的为人及能力，我期待和你做朋友，你对这种血液疾病也深有体会，希望能得到你的帮助，以便这个产品能帮助更多的不幸患者。收到麻烦回复我一下，电话，也是微信号（略）。

祝你身体健康！

厦门林某某

2015 年 2 月 27 日

类似的信件还有好几封，陆勇没有回信，置之不理。依他的分析能力和医学知识，其第一反应是，这些信中所叙述的事件漏洞百出、前后矛盾、经不起推敲，无非是企图利用自己的影响力，拉他入伙做生意，推销他们吹得神乎其神的所谓医术和保健品。凭陆勇的直觉，无须多了解，他们信中所说的都是不可信的。

第一人自称是肿瘤专家，对白血病也有研究，何以患急性肾盂肾炎都得不到正常的抗生素治疗？国家并没有禁用抗生素，而是反对滥用抗生素，他这样一个专家，竟会被治疗得差点丧命，最后还是在新加坡私立医院（是在新加坡还是由新加坡人开办的医院没有讲清楚），按照他本人提出的医疗方案，到上海购买药物才治好的。

一个上海中医药大学附属医院的主任医生，患病后竟会经历这样的曲折，谁信？虽然退休了，到自己服务过的医院治病是理所当然的事，是不可能被拒之门外的。信中透露的这些情况有许多蹊跷之处，陆勇不想深究，他没有去和这位消化道癌症专家、白血病研究者合作开公司买卖药品发财，他隐隐觉得信中所提到的"药"极可能是印度仿制药，而且有莆田系的背景。这让他细思极恐。

第二封信更离奇，一种什么汤的保健品就能治好已经病入膏肓的血液癌症，这简直是天方夜谭，而且能在海峡两岸呼风唤雨、包治百病，更是离谱得出奇。福建是莆田系的老窝，这个神奇的汤药完全有可能是莆田系借台湾生物技术的名义，申报了一个食品批号来当作药品推销的。国家早有规定，保健品和食品不能宣传疗效，可这个什么汤被夸大成治癌的特效药了！如果是真的，足以震惊整个医学界，申请诺贝尔医学奖也有资格了，这位先生意欲何为？为何还要不懂医道的一个病人来帮忙呢？

陆勇是一个散淡的人，从不奢望发大财，更不想和这些人来往。他知道莆田系在中国医学界是个奇葩，"老军医"出身，以各种见不得人的欺人小把戏海吹神侃，在中国医疗医药界硬是闯出一个势力庞大、气焰嚣张的方阵。从病人身上大发横财，靠坑蒙拐骗肥得流油。陆勇病友中上过这些人当的绝非少数，钱像扔在水里，水花都未见，敲骨吸髓，非要把你榨干才罢手。对于这些合作邀约，陆勇并没有往心里去。他明白，这些人的边都不能沾，莆田团伙已屡遭公安部门打击和媒体揭露，莆田系已臭名昭著，稍稍了解情况的病人断然不会找他们了。但这些人并没有被"赶尽杀绝"，他们中有些人已像洗钱那样"洗白"了，换一副行头重出江湖，甚至出国镀了层金，隐去了身世境遇，摇身一变成为外商，来国内撒钱投资医药行业。还有莆田系的新生代接班人，通过上大学过滤掉父辈的罪孽，得到了"正名"，但血液中的基因犹在。有些散兵游勇还在寻找机会，企图东山再起，陆勇对他们是避之唯恐不及的，怎么可能和这些人纠缠在一起呢？一闻到他们的那种气息，愤怒和厌恶感就油然而起，他把信往抽屉里一扔，很快就抛之脑后了。

他多次提到莆田系的斑斑劣迹令他深恶痛绝，称这些人在医学庄严神圣的外衣下蝇营狗苟、驱去复还，榨取了无数病人的血汗钱、保命钱，干尽了坏事，卑鄙无耻之极！在这些人身上，人的原始的生物性冲动战胜了良知、法律、人性和道德。道德是后天教化、薪火传承、潜移默化的结果，是文明社会的一种契约和自律精神。

在中国医药业和医学界，莆田系是耻辱。某些私立医院和公立医院的外包科室，由莆田系几个游医建立，由此发展到莆田系方阵的形成，以及对公立医院的渗透，使整个私立医院声名狼藉，乃至损害了整个医学界和医药界的形象，甚至在某种程度上影响了中国医疗体制的公信力。陆勇没有被莆田系收买实属不易，因为对莆田系略有所知的人都明白，这股势力之强大、之凶悍、之卑鄙，一般人绝不是他们的对手。

陆勇说，他自从知道社会上有莆田系，就非常害怕他们打印度仿制药和白血病患者的主意。他是断然不会去搭理这些希望和他合作做生意的人，这一点，他始终没有糊涂，始终是保持警惕的。陆勇自己说过，要是想发财，上了贼船，他陆勇早就堕落了、沦落了，早就在火炉上被烤焦了。这些事情，在陆勇与我交谈的过程中，只是轻飘飘地一带而过，而我却以一个作家兼记者的敏感，抓住不放，刨根问底。在这些没有成交的所谓合作中，我们可以看到陆勇身上那种低调而不事声张的忠厚、一种小心翼翼的行事风格和做人原则、一种朴素宁静的生命智慧。陆勇凭借自己的意志力，守住了底线，抵挡住了触手可及的诱惑。

第十三章

陆勇遭牢狱之灾

尽管陆勇很小心，除了向病友介绍印度仿制药并无偿提供代购服务外，他并没利用印度仿制药谋取任何私利，但他后来还是出事了。就像电影《我不是药神》里所说的，有时候，善良也是一定程度上的自找麻烦。可亦如电影的最后，程勇平庸的身躯直立在众多生命面前，他坚定地说："生来平凡，程勇无畏！"

继罹患白血病之后，大祸再次降临到陆勇头上。这次是牢狱之灾。

陆勇虽然竭力避免与药贩子、医药代表打交道，特别是切断了任何与莆田系可能的联系，为此不惜得罪他们。惹不起躲得起，他和病友们约定购买印度仿制药是为了自救，绝对不和那些不三不四的药贩子、医药代表、江湖郎中接触，不和他们交流去印度购买仿制药的渠道和信息，更不能接受他们的偏方，因为那些都是骗人的。上当还在其次，更可怕的是莆田系会乘机切入，利用陆勇来谋财逐利。

自从代购印度仿制药以来，陆勇隐隐觉得这样做可能不太符合规范，但道德本能战胜了担心。他的岳父岳母都是检察院、法院的干部，也提醒他不要触犯法律。陆勇认为，他们购买印度仿制药的目的是救命，没有任何其他意图，大家只是因为承受不起高价药，为了活下去才去印度买仿制药的。"我们一不走私，二不贩卖，这有什么错？"在陆勇看来，法律要保护生命权、生存权，这是司法天空中一颗明亮的星辰。岳父母听陆勇这么说，加上妻子的帮腔，也就不再多说什么了。是啊！世上还有比生死更大的事吗？

但陆勇还是锒铛入狱了，他所说的那个星辰变得晦暗起来。事情还是出在那三张贷记卡上。前文已提到，2013 年 8 月，向印度药商打款中断一个月后，陆勇偶然发现一家卖银行卡的网店，他便以"samchina680406"的名义花了 500 元从"诚信卡源"的淘宝店主郭梓彪手中购入一套。户主名叫"夏维雨"，开户行在上海松江，改好密码后，陆勇将卡邮寄到印度。"使用了一段时间，没有出现什么问题，我又从网上买来两套。"陆勇称，但因银行登记的电话号码有问题，不能更改密码，这两套卡便被他丢弃了。

从网上买银行卡后不过 3 个月，陆勇就被抓了。

落叶萧萧，已进入冷冽的深秋，再过些时日，寒冷的冬季就要来了。陆勇厂子周围的原野已显得单调、萧疏、宁静。庄稼早已收割完毕，大地悄然无声地进入冬眠期，等待来年春天的勃发。

2013 年 11 月 21 日 16 时，陆勇刚结束公司一个会议后在办公室处理一些事情。办公室的门被推开了，涌进 5 个大汉，均为便衣打扮。他们走出办公室，陆勇被左右挟持，他感觉对方不是无锡本地人，不由得大声呼叫。其中一位无锡本地口音的便衣说，他是无锡市蠡园经济开发区派出所警察，但未出示证件，而是拿了一件警服亮了亮，以证明身份。他们把陆勇带走了。到了蠡园派出所后，陆勇被关入大厅旁一间办公室，两位外地口音的人开始审问他。陆勇这才知道他们来自湖南省沅江市公安局。当夜他被留置在派出所并做了第一次笔录。

妻子张滢滢吓坏了，不知道发生了什么事。她知道丈夫为保命，多年以来一直在替自己和病友代购印度仿制药，这何错之有？何罪之有？她从搜查人员口中了解到，陆勇是违反信用卡管理规定才被查拘的，也牵扯到从印度购买仿制药的问题。

她当即打电话给父母亲，父母亲要她和陆勇配合调查，他们作为司法干部按规定只能回避，不能以任何形式过问。张滢滢对出事没有思想准备，陆勇也没有想到，事情发生得很突然，一点预兆都没有。在派出所，沅江市公安局来锡警务人员询问了陆勇，主要是问他在网上购买信用卡的经过。至于3个月卡上进出的资金达180万元左右，陆勇回答都是用来购买治疗白血病的药费。警察当场做了笔录。

当晚，湖南沅江公安局连夜另安排了5名警察开着一辆汉兰达奔赴无锡。11月22日上午，5名沅江警察赶到无锡市滨湖区蠡园经济开发区派出所。上午搜查公司，下午搜查陆勇家，均无所获。下午3点，警方押解陆勇去沅江。

离开无锡前，母亲哭肿了眼，给了陆勇4900元现金。沅江的警察说不用带那么多钱，没事的，只要说清楚就可以回家了，很快的。陆勇思量他们先期来了两个警察在无锡花了5天时间调查他的情况，后又来了5名警察，看样子没有那么容易回家，自己做的事情他心里明白。一路上警察还算客气，没有给他上手铐，路过南京的时候还和警察们一起围坐一张桌子吃了晚饭。一路夜奔，陆勇蜷缩在汉兰达车的后座，整夜无眠。

陆勇从来没有乘坐过这么长时间的汽车，经安徽、江西进入湖南省。广义上说，都是江南地区。晚上，窗外一团漆黑，经过城市，灯光时而繁密，时而阑珊。白天，沿途的景观很陌生。他偶尔看上一眼，心里极度不安，浓愁填胸。他毫无心思去欣赏车窗外的景色。只看到一个个城镇闪过，空旷的原野，单调荒芜，缺少苏南水乡那样的明丽和秀色，有一种干燥的带点野性的成分，土质是不那么坚密的黄土地。地上已一无所有，很萧瑟。进入江西，山岭多了起来，一路荒山嶙峋，高速公路在山里穿行，偶尔进入起伏的高地，人家密集，农田毗连。远远看去，天际线露出高峻峭拔的险峰。山村里农舍中飘逸着袅袅炊烟，房屋陈旧，还有茅屋或者木板房，犬吠鸡鸣，显得很是贫瘠。越往南走环境越显得粗犷，满目苍凉。车内的警务人员基本上不说话，或者打盹，或者养神，气氛沉闷。

沅江是个县级市，属益阳市管辖。在此之前，陆勇没有听说过沅江这个地方。11 月 23 日上午 7 点，他们一行到达沅江，无锡到沅江有差不多 15 小时的车程。陆勇已筋疲力尽。警察们和他一起在沅江的一个面馆吃了当地的早面，标准的湘味，巨辣。警察们看他吃得满头大汗，调侃说，你要习惯吃辣，往后待在这里的时间还长着呢。陆勇听了，心里一沉，这话暗示他在沅江的时间不会太短，看来这案子没有自己想的那么简单。

上午 7 点半到达沅江市公安局，警察马上开始审问，要他如实交代如何在淘宝上购买了"夏维雨"的农行卡等经过，并且为何要提供这张银行卡给印度公司使用。

当天被提审了四次，陆勇很坦然地承认他所做的事，辩解这都是为了治病，自己是白血病患者，信用卡也是为病友代购仿制药用的，不是贩卖假药，自己从来没有从中渔利。警方扣留了他随身携带的一张买来的信用卡，里面有 37 万元，他一再说明情况，说这是病友的购药钱。他没有权力把它交给任何人，任何人也无权剥夺病友的钱。审讯警官斥责他顽固、不老实，一再言称，这是大案要案，是跨国作案，还要通过国际刑警组织发出红色逮捕令，到印度抓捕供货商。陆勇明白，这是吓唬他的，暗示他别隐瞒重大情节。

晚上继续审讯，看样子准备挑灯夜战，陆勇已经三个晚上没有休息，实在挺不住了。他提出已经被拘留两天，按照法律的规定必须送看守所。陆勇提出这个诉求后，两个警察低语了几句，起身说："今天就这样吧。"随后用警车将他送往看守所。走到院子里，发现天空中下起了冷雨，淅淅沥沥，气温很低，只有 2~3 摄氏度。

他们到看守所已近 10 点，路上送他去看守所的警察说，进了看守所要小心，在里面说不定会被牢头殴打。但他觉得在看守所至少可以正常休息，不至于被搞车轮大战，把身体拖累拖垮。

沅江市看守所离市区不远，从公安局出发 10 分钟就到。陆勇生平第一次进监狱，还听警察说人在里面可能会被狱霸打，想到自己是外地人，人生地不熟，说不定会受到欺侮，他稍稍有点担心。进入看守所前，狱警检查随身物品，所有的金属物（包括金属框架的眼镜、手表、皮带）、现金、鞋带、药品都不能带进牢房，根据规定，也不允许穿皮鞋。但是陆勇只有这一双鞋，总不能光着脚吧，再三哀求才得以穿着鞋进去。看守所的民警说要存一些菜钱在账户里，他就交了 1000 元。陆勇强调，他每天必须服印度仿制药，一天都不能漏，警察让他先服了一粒，以后每天晚上由狱医送给他服用。余下的现金 3900 元和其他物品，暂时被送他来的警察带回沅江公安局。

沅江看守所规模不大，晚上 9 点后大厅已没人，喊了好一会儿才有值班人员出来交接。经过一番程序，陆勇 10 点多才进了监仓。看守所民警领他至 1 号监仓门口，用钥匙打开铁门横插锁，又打开铁链锁，铁链仍然连着门，只留一条缝让他钻进去。送入监舍时，几个被关押者闻声起身。值班的民警对其中一人说，他是个白血病患者，适当照顾些。陆勇进入后，起来的几个犯罪嫌疑人又仔细搜了他一遍身，让他到放风门席地而坐。警察走了，那几个起床的狱友又躺了下去。就这样，陆勇开始了他生平未曾经历过也未见识过的铁窗生活。

这是他以前难以想象的一个所在，一个狭窄的、戒备森严、没有阳光的空间。他要和一群嫌疑犯日夜相处在一起了。监舍 20 平方米左右，一个电灯泡挂在空中，灯光昏暗，估计 24 小时亮着。

上下两层通铺，共睡了 19 人，整个监舍挤得密不通风，人均占用面积仅有 1 平方米。陆勇把它想象成一只船的底舱，他小时候乘过拖曳的驳船。驳船的底舱就是这样的，黑洞洞的，一盏灯，灯光也是这么暗，人挨着人，人挤着人。这里也是密密麻麻躺满了人，哪里还有容身的地方呢？

　　陆勇裹着衣服靠着铁门坐到天明。外面呼啸着鬼哭狼嚎般的大风，凛冽、恣肆，整整刮了一夜。他没有丝毫的睡意，木偶般地在塑料凳子上呆坐了一夜。

　　这一夜他思绪复杂，前前后后想了很多。他觉得自己就是那么一点事，为了抗癌救命，到印度购买了仿制药。根据我国的法律，没有经过药监局批准，进口的药物均以"假药"论处，但自己到印度买仿制药，不是销售给他人以谋利，而是为了治疗自己的病。而且经过与印度药商的谈判，仿制药格列卫的单价由 4000 元一盒降到 200 元，这让成千上万的病友受惠。自己给病友的帮助都是无偿的，没有加价，没有收取代理费、中介费等任何费用。他据理力争，怎么就是顽固、不老实呢？

　　他所帮助的人都是白血病患者，没有任何为了盈利而从事药品销售或中介等经营活动的人员。自己主动扶助过不少穷途末路的病人，拒绝和抵制莆田系医疗人员、药贩子、医药代表的威胁利诱。唯一做错的，就是购买了三套信用卡，启用了一张，但其目的也是替病友购药，自己并未利用信用卡做其他违法的事。他认为，自己患病以来的所作所为都是在救己救人，并没有违背良知、道德、人性，从法理角度来说自己有过错、过失，但于情于理于法，并无大错，更谈不上违法。

　　事发突然，陆勇感到有些措手不及。冷静思考眼前的局面，他知道无锡家里肯定惊惶一片，不知如何是好。特别是他的老母亲，七十多岁了，忍受不了这个打击，不知她现在状况如何。看守所里鼾声如雷，巡逻的哨兵在天棚上走来走去。

在长途跋涉奔向沅江市的路上，他一直心怀冤屈，满腹怨气。警方不分青红皂白、上纲上线，难道法理不顾及人情、不顾及人命关天？置身森严的狱所，更是引发了他的困惑和思考。抗癌救命药遭逢法理的困局，这个局如何了结？自己如何应对？他决定聘请律师，据理力争、据实力争。临走前，他与妻子款语片刻，要她请律师，自备了一个月的药。

第二天 6 点，起床号响起，所有人几乎在第一时间同时起床。被子折得方方正正，有棱有角。动作敏捷，没有人拖拖拉拉。

牢头看到陆勇坐在那里发蒙，对他说："一夜没睡吧？想不通，是不是？既来之则安之，慢慢会想通的，我不知道你犯了什么事，反正没犯事是不会到这种地方来的。告诉你，进来容易出去难，你要有点耐心。"

陆勇知道牢头说的是实话，他站了起来，取出洗漱用品，从容地走向厕所。他告诉自己，如今落到这个地步，就像当年查出白血病一样，不能乱了方寸，要沉着应付，不能情绪化。环境固然很恶劣，但自己只能忍受，这是没有办法的事。几天下来，他对看守所的生活有点适应了。他和牢头及其他狱友也慢慢熟悉起来。

看守所规定每人每月交 3000 元生活费，另交 600 元用于购买日用品和加餐，当然这需要狱方开单子才能使用。加餐 100 元后，他和狱头等人共享。由于陆勇出手大方，加上大家知道他是大学毕业生、知识分子，狱友们对他更加刮目相看了。后来又知道了陆勇进来的原因，纯粹是为了救自己和别人的性命。费解之余，众人不由得对他产生了几分敬意。

公安局和检察院对陆勇审讯了二十多次。他对事实始终是供认不讳，没有异议，但强调自己是在维护健康权和生命权，是在道德基础上进行自我拯救和拯救他人。没有恶意违反法律，希望司法机关能充分考虑这些因素。

一个月后的 12 月 25 日，他被依法逮捕。"我没有犯罪，警方肯定能查清楚。"陆勇一直抱定这样的信念。他原来害怕洗冷水澡，后来主动洗冷水澡。在关押期间，陆勇洗了 43 次冷水澡，包括冰天雪地的冬天都洗过冷水澡。同时，在监舍练俯卧撑，坚持每天固定时间服药，其目的是增强体质。他表示，没有一个好的身体和精神状态，就打不动这场官司。伙食很差，加餐也好不了多少，他常常饥肠辘辘。每当这时，他就想起了无锡的小笼包子、三鲜馄饨、糖醋排骨，还有浓浓的普洱茶。他向狱警提出让家人送点茶叶进来的要求，但被拒绝了。

陆勇用英语背诵电影《肖申克的救赎》中的台词来激励自己："恐惧让你沦为囚犯，希望让你重获自由。""万物之中，希望最美；最美之物，永不凋零。"

妻子张滢滢陪同陆勇母亲千里迢迢到沅江探视他，但根据规定，在法院判决之前，家属不能见当事人。张滢滢给丈夫送了衣物、食物和钱，交看守所转给丈夫。她们要在沅江住上几天。陆勇母亲天天以泪洗面，她和张滢滢在看守所前徘徊着，他就在里面，一墙之隔，可就是见不到面。陆勇母亲曾恳求看守所让她和儿子见一面，但被坚决地拒绝了，没有商量的余地。

张滢滢对沅江市警方解释道："丈夫陆勇身患绝症，他治病、买药是一个很沉重的过程，内心真的背着一个十字架。他建立了一个 QQ 群，目的是帮大家代购印度药，填表、汇款等手续很复杂，而且要用英文完成一道道的手续，白血病患者有不少是工人农民，文化程度低，都不懂英文。我丈夫是热心人，出于善良的本性和愿望，义务为病友做事。这些，我做妻子的比任何人都清楚，他没有任何图私利的想法。他生病后，我都陪在他身边，他的事我都知道，他的心太好了，我可以算得上是他的共犯。你们把他放出来，我来顶他坐牢。要不，你们让他取保候审，他是癌症病人，出于人道主义，要考虑他的身体，坐牢会毁掉他的。"

张滢滢替丈夫顶罪的要求，当然不会得到司法部门的同意。

陆勇在看守所见到了前来探视的律师，建议从保命和道德层面进行辩护。律师采集了多个被陆勇救了命的白血病患者的证人证言，并以此向司法部门说明陆勇的行为不仅无罪，而且体现了可贵的救人助人精神。而当时沅江市的司法部门，从公安局到检察院，再到法院，对陆勇都是有罪推论。但据了解，这些部门在对待这起案子上还是有相当"温差"的。公安局的态度很坚决，认为陆勇不仅有罪，而且此案是大案要案。陆勇在他们眼里俨然是个国际重犯，他们还让律师关注一下陆勇的红色通缉令发出了没有。但在检察院起诉书中只是说他贩卖假药，没提国际重犯，有这么一句："印度人Jainsan Jay（另案处理）。"虽然提法轻了些，但检方当初还是想处理印度药商的，并非仅仅是吓唬人。

检察院在查证过程中，发现了陆勇确实是择善而行。证人证言无一不替陆勇辩解，都认为陆勇这样做是给病人带来生的希望、生的光亮。这样的"活菩萨"如果要被问罪，法律还如何让人相信？善良是什么？是人内心的道德准绳。这让检察官有点为难，有点被动。他们在善良和违法之间徘徊着，衡量着，这确实是一个两难选择。就在这个时候，来自病友的强烈呼唤以及媒体的仗义执言，潮水般地向检察院涌来。

其实，像陆勇这样跨国代购药品而被指控为"销售假药"的案例此前已出现过多次。

2011年，深圳警方也曾查获网售印度抗癌药案，犯罪人员为某知名企业派往印度的员工。

同年 10 月，北京市房山区法院判处一个非法销售印度抗癌药的药贩有期徒刑 8 个月。

2013 年 5 月，一位曾留学印度的中国籍硕士毕业生，因做印度药代购生意，被江苏淮安检方以涉嫌销售假药罪依法批捕，且被判了刑。

2014 年 11 月，南京一家著名 IT 企业的硕士夫妇，利用公司派驻他们到印度的便利，代购了大量的抗癌药，然后在淘宝上出售。后来两人被警方抓获，双双被追究刑事责任。

在警方查获的上述案件中，涉案交易金额多在几十万、上百万元。"销售假药案"大量涌现的背后，则是数以万计的中国癌症患者出于求生渴望而自发形成的庞大的"地下药品买卖市场"。法院也许考虑到这些药物给病人带来了积极的治疗效果，一般来说，在量刑上都判得较轻。

而陆勇的情况与上述案例显然不同，他购买印度药，是为了活命，没有证据说明他的所作所为是以营利为目的销售行为，他帮助别人，也是为别人保命。那么，陆勇算得上是犯罪吗？陆勇给社会带来危害了吗？该如何实事求是地来看待这些问题，不可避免地摆在了沅江检察官的面前。

第十四章

1004 个鲜红的指印

在我的资料中有一叠 A4 纸，上面密密麻麻地写着每个人的姓名、身份证号码、手机号码、电子邮箱，每一个名字上，都按着一个鲜红的指印，共计 1004 个，蔚为大观。这是陆勇被警方拘捕、关押之后，广大病友对沅江警方表达的不解、不满和抗议。受陆勇搭救而活下来的潘森父女，首先在 QQ 群中倡议病友们联名向湖南警方、检察院、人民法院上书，并迅速得到广泛的响应。投桃报李，这些病友一向对陆勇尊敬有加，陆勇（太湖一帆）是他们的群主，是他们的恩人，是他们的主心骨。

群情激愤的他们拟就了一份题为《为争取白血病患者基本生存权的集体自救行为的"非罪化"而呐喊》的呼吁书。

呼吁书认为，对于那些只能依靠购买低价抗癌药维持生命的患者来说，他们必须在"保命"与"违法"之间做出艰难选择。他们呼吁有关方面在制定和执行法律时能够彰显人性的温度，而不仅仅是冰冷的司法刚性。他们呼吁不以营利为目的的印度仿制药代购能够"非罪化"——"为了我们白血病患者能多活几天，不要惩罚我们这种自救的行为并请对陆勇免予刑事处罚，他是我们许多白血病患者的救命恩人，正是由于他的英勇行为，我们才能活了下来。"

先是 QQ 群中的百余位白血病患者和家属签名，然后各地的白血病患者纷纷响应，几处的呼吁书联署后，寄到一处会合，复印副本后送往湖南沅江、益阳、长沙甚至北京。没有一个单位予以答复。有人问过检察院的检察长，是否见过这封呼吁书，他的回答是没见过，但听说过。

　　除了上书外，热电厂技工潘森父女、出租车司机赵明成等 5 人亲自到湖南省人民政府上访，要求无罪释放陆勇。潘森激动地对信访办的人说："法律的本质是惩恶扬善，可是，你们把一个大善人、一个救命的好人抓进了监狱，这是非曲直没有分清啊！当年，我得了白血病，昂贵的药价逼得我走投无路，本来准备自我了断，但我女儿在网上写了'谁能救救我父亲'的急救信。陆勇见到后，主动和我联系，我听了他的建议才开始服用低价的印度仿制药，于是我活了下来。他救了几千人的命，不收一分钱的好处，这样的人得不到好报，反而要坐牢，这公平吗？"

　　接待人员无言以答。他们做了记录，就没有了下文。

　　病友们自发结伴去湖南省人民政府上访 4 次，潘森等人坐在政府大楼前，写了地状，围观者甚多，警察前来干预。潘森说："我们也买了印度药，你们把我们一起抓进去吧！吃药活命，天经地义，难道你们不顾我们死活，才是守法！"

　　潘森声泪俱下，差一点要跪下。他的女儿潘苏，当年在网上发求救信的中学生，已从政法大学毕业，事发后自愿免费当陆勇的辩护律师。她以律师身份理直气壮地与检察院和法院交换意见，从法理的角度提出抓捕、关押和指控陆勇大错特错。她说："你们如果把陆勇判了刑，这是不道德的，漠视生命，司法就失去了它的正义性。历史将宣判陆勇无罪，陆勇肯定会得到平反！"

　　潘森父女的铮铮话语，让司法人员感到震撼。

　　司法部门当然也有其法律依据，即药品作为特殊商品，国家在法律上有着严格的监管要求。在 2001 年 12 月开始实施的《中华人民共和国药品管理法》中，"假药"的情形认定相对"绝对化"：未经批准生产、进口销售的药品，均为"假药"。司法人员尤其是检察官当然知道，陆勇等人到印度购买的仿制药，实际上在印度是经过批准的合法"真药"，只是未取得我国相关部门的进口许可而已。

所以，印度的真药到了中国则会被以"假药"论处。长期关注医药医疗司法问题的学者、《民主与法制》总编辑刘桂明说："（帮助购买印度药）成为一种现象，很显然已经构成了犯罪。不管法律在这个时代适当还是不适当，在没修改前，它就是法律，法律对这种行为要予以关切和惩罚。"

但是对于白血病患者的联名呼吁，刘桂明认为是"有意义"的："其一，在定罪无法改变的时候，希望法院能充分考虑对被告的量刑；其二，要引起立法部门的重点关注，启动关于相关司法解释或法律的修改。"

负责起诉陆勇案的检察院检察员表露出了"两难"：从公安机关侦查的证据来说，作为销售假药的共犯，陆勇的确已经构成了犯罪；但从普通百姓角度来看，陆勇的行为在某种程度上是"英雄式"的。"国家有国家的考虑，法律有法律的底线，不能因为他是'为了多数患者'，违背法律就不追究他的刑事责任，这是不可能的，否则被其他人效仿，法律将失去意义和尊严。"作为检察机关的工作人员，罗剑表示他"只能维护法律"。

然而，民意仍然在持续对沅江公检法进行着公开的抗争。除了呼吁书《为争取白血病患者基本生存权的集体自救行为的"非罪化"而呐喊》外，各地的白血病患者及其他重疾病人都发出了声援信，表示明确支持陆勇，要求司法部门无罪释放陆勇。我将广东一批白血病患者约 300 名病友联名的声援信抄录如下：

我们是一群居住在广东、身患慢性粒细胞白血病的病人。近日惊悉白血病患者陆勇被湖南省沅江市检察院以涉嫌"妨害信用卡管理罪"和"销售假药罪"提起公诉。闻后如坐针毡，居心不忍。同为白血病患者，我们了解到陆勇的经历后，同病相怜，对他的遭遇如鲠在喉，不得不发出我们的看法和呼声，希望有关部门予以关注。

因为陆勇提供银行账户给印度制药公司，根据"两高"关于假药的司法解释，陆勇涉嫌销售假药罪。根据《中华人民共和国药品管理法》的规定，出售没有取得中国药品监管当局颁发药品批准文号的药品，都属于出售假药的行为，因为这个药的安全性和有效性都没有经过药品主管部门的认可。对此，我们持保留意见。实际上这种药的销售本身是带有风险性的。根据我国现行法律法规，公民在海外购买自用的药品，其用药风险由个人承担。个人自购合理数量的自用药物是合法的。但我们需要终生服药，长期服用的药量累积起来也许早已突破"少量"的界限。按照法律，我们已犯了罪，随时会像陆勇那样锒铛入狱。

但是，我们购买印度仿制药也是出于无奈，因为"正版"格列卫价格高昂，每盒高达 2.3 万多元，每月花费接近 5 万元，这样的高价药，除了少数富起来的人，绝大多数人，包括你们这些公检法干部在内依靠工资收入的，是断然买不起的，何况我们中间还有不少连温饱都尚未解决的贫困户。在生命和法律的选择中，我们怎么办？难道我们选择生错了？难道我们只能泣血默对死神，任凭它夺命？染病以后，我们几乎每个人的钱包都被掏空了，眼泪流干了，肩膀也被压弯了。今天，我们为陆勇疾呼，也是为苦难疾呼，为我们自己的不幸疾呼！

陆勇第一个发现了印度仿制药，让我们在绝望中有了一条活路。病夫之为，勇于担当，救了自己，不忘病友，惺惺相惜，同舟共济，陆勇是条汉子！陆勇被捕获罪，有 782 名（原文如此）病友联名为他求情。我们广东向日葵白血病患者群 300 名患者在这里郑重呼吁沅江市检察院、人民法院能够更多地看到陆勇这样做，是为广大白血病患者之急所急、之想所想，他没有危害社会，也没有危害人民群众。请你们念他的救死扶危、心系大义，赦免他的所谓"罪行"，从轻处置或者不予处罚。我们300名白血病患者在这里为陆勇求情！

第一，因为购买印度仿制药是让我们活着的唯一途径。上面已提到，国内的格列卫价格实在太贵，许多病友即使倾家荡产也无济于事，我们只有那么一点微薄的收入和可怜的财产，即使全家人不吃不喝，也无法让我们长期把这个药吃下去，最后的结果是，一人得病，全家受罪。

病友们从印度购买廉价药也是迫不得已而为之，如果中国有，我们何以要去印度买药？这是我们"集体自救"的行为，虽然明知不可为而为之，但如果你们设身处地替我们想想，在生命受到威胁的时候，我们选择活命，应该会得到理解的。社会主义社会以人为本，不会见死不救。陆勇所做的一切，就是帮助病友活下去。

第二，一边是专利抗癌药价格高不可攀，未被列入医保报销范围；一边是国外的仿制药疗效相同，价格低廉，却不合法。这个矛盾我们也期待能得到解决。得了绝症并不意味着就只能等死，总应该给我们一条活路走啊！听说国家有关部门正在想办法解决，对于肿瘤高价药品，要采取措施把价格降下来并纳入医保。如果真能这样做，善莫大焉！陆勇一案为我们这个群体提供了一个契机，你们惩办了陆勇，如果不从制度上着手解决问题，这个群体无路可走，仍会被迫买印度仿制药，陆勇倒下来，更多的陆勇会站起来。

第三，陆勇的最大价值就是帮助白血病患者，让他们好好活着。陆勇是在维护病友的健康权和生命权，他主观上没有犯罪意图，没有谋取不正当利益。他接触印度药已经近十年，在他的努力下，药价从4000元降到200元，他为我们病友做了大好事。谈起陆勇，我们十分感激他、感谢他，他功德无量。

小小的一盒格列卫，在生死之间，折射出我们身处的时代困境。从病人角度来看，从普通百姓角度来看，陆勇的行为在某种程度上是"英雄式"的。法律应该惩治真正的罪犯，而不应该惩罚好人，更不应该惩罚解救病人痛苦的"英雄"。我们再次恳求，请善待陆勇，宽恕陆勇，释放陆勇。我们等待着陆勇的归来！

附守望生命俱乐部（原向日葵 QQ 群）"慢性粒细胞白血病"患者签名：

郑华瑞（身份证号、手机号）苏友霞（身份证号、手机号）

何世文（身份证号、手机号）李子军（身份证号、手机号）

凌梦婷（身份证号、手机号）蔡永仁（身份证号、手机号）

陈晓梅（身份证号、手机号）黄静华（身份证号、手机号）

白海昌（身份证号、手机号）林胤国（身份证号、手机号）

李国芳（身份证号、手机号）马才英（身份证号、手机号）

谢宜平（身份证号、手机号）肖诗荣（身份证号、手机号）

陈仕之（身份证号、手机号）李卫（身份证号、手机号）

滕思钦（身份证号、手机号）等 300 人

应该说，这封声援信写得很动情，说到了问题的要害，也懂得法理，没有过激的慷慨言辞，情真意切中不乏正气凛然，倾注着这个群体一种同生死共命运的精神光华。陆勇在讲述的过程中把这封声援信给我看了，虽然时过境迁，但我读后仍然感觉到病友们对陆勇满满的感恩之情和敬重，也有明显的愤愤不平，读后令人扼腕感叹。

事情已经过去好多年了，如今说起病友们挺身而出的勇气，陆勇还是有几分激动，他说："病友之间的感情，正如兄弟姐妹一般，亲人一样。道法自然，生死与共。"

陆勇的眼睛湿润了，继续说道："他们都为我豁出去了，我值了！他们为我奔走呼号，可是冒着风险的。潘师傅在湖南省政府门

口告地状，递交呼吁书，因扰乱治安、聚众闹事而被拘留十天八天，不是没有可能。"

陆勇被无罪释放后，在群里向他们表示感谢，并说他们太冒险了。病友们半开玩笑地说："进去陪陪你，不好吗？再说了，我们都是在阎罗王那里兜过圈子的人，有什么可怕的！"

陆勇还说到，在狱中知道有 1000 余人联署的呼吁书，是律师给他看的。他读过后，没有多说什么，在那个场合他也不好说什么，只有隐隐可见的泪光和几声悠长的叹息。

呼吁书和各地的声援信有没有触动公检法和湖南省人民政府，陆勇也不太清楚，但我想这样的阵仗在他们办案的经历中恐怕是罕见的。

1000 余人不算少了，但它们并非是陆勇帮助过、救助过的病友的全部，甚至都占不到多数。由于病友处在一个分散的状态，有些病人不在 QQ 群中，可能还不知情，而且有一个联络的问题，所以这 1000 余人只是其中的一部分。广州的声援者并不认识陆勇，是相对独立的一个白血病患者群体。他们对于素不相识的陆勇的遭遇进行声援，不仅因为他们是与陆勇一样的白血病患者，更在于他们认识到了陆勇的价值，就是帮助白血病病友，让他们好好活着。换句话说，就是守望生命。只有在生死之间挣扎过的人，才会深切地体验到陆勇行为的合理性和正义性。

在陆勇的微博下，还有 10000 余条评论，从中可以看到舆情在激化。有些话说得可能有些过头，甚至有点刺耳，但没有人矫情。他们说的都是真话，这都是来自底层的声音，可以说振聋发聩。他们无一不同情和支持陆勇，称陆勇是英雄，是好人、恩人。他们呼请法律对陆勇进行公正处置，不要让一个做好事的人受到冤屈。

我读过那一条条发自肺腑的留言，虽然已经过去好多年了，但仍然让我深为感动。尼采说："其实人跟树是一样的，越是向往高处的阳光，它的根就越要伸向黑暗的地底。"同样，陆勇的病友愈加向往生命的阳光，他们就会愈加为了求生而陷入黑暗的底层，而且越陷越深。正是陆勇拯救了他们，让他们见到了阳光。因而，他们敬仰陆勇。

在这个时代，社交平台提供了一个宽阔、开放的空间。陆勇案在网络上民怨滔滔，病友们发出了善意的强音。下面选择若干条评论刊发如下，这仅仅是沧海一粟，但足以反映人心所向，而且其中不乏饱含血泪的生死故事。

@ 希望类似的代购行为，不要受到打压，我们都是为了活命而已。

@ 强烈支持自救行动。我母亲是一名丙肝患者，深受病痛折磨20 年了。国内缺乏有效的治疗措施，国外有特效药不但价格虚高，而且国内尚未引进，广大丙肝患者遭受病痛和死亡的折磨，等不起。印度仿制药是国内广大丙肝患者最后的救命稻草。难道病人自救有错吗？强烈支持病人自救，支持陆勇。

@ 我们认为陆勇（太湖一帆）建立几个公益性的慢性粒细胞白血病患者交流 QQ 群和慢性粒细胞白血病患者在群里互通各类信息的行为，其本质是为了争取基本生存权的集体自救行为，而陆勇只是这个集体自救行为的志愿者和组织者而已。慢性粒细胞白血病QQ 群中的任何一个患者都不是陆勇的客户，而是和陆勇一样身患白血病的病友，各位病友（包括陆勇）都是服用赛诺公司白血病药物的病人，慢性粒细胞白血病 QQ 群中的患者在实际行为上都毫无疑义地认可陆勇是我们全体 QQ 群慢性粒细胞白血病患者与赛诺公司沟通和交涉的代表。他并没有从中营利，是完全为自己及广大白血病患者的一种自救行为，为什么对这样一个救助广大白血病患者的人要绳之以法？我们想问一问，法律到底是不是为人民服务，来保护弱者生存权的呢？为此我们呼吁相关司法部门为了白血病患者的生存，不要惩罚我们这种自救的行为并请对陆勇免予刑事处罚。同时我们也要感谢陆勇及其朋友，你们做了件大好事，为慢性粒细胞白血病患者带来了生存的希望！谢谢你！支持你！

　　@作为慢性粒细胞白血病患者的我，虽然吃的是瑞士格列卫，但是我也在生病的头一年吃不上药，甚至一度想过放弃治疗，也曾寻找过印度仿制药而没能成功。没有了生命就没有了一切，这个社会也一样，如果一味维护某个条条框框的法文却要失去那么多本可以活着的生命，那这样的法制又是为了保护什么呢？纵观陆勇案，一直以来，如果没有他的付出，想想已经失去了多少生命？我是一个病人，6年来，一直在挣扎，但我会发出有力的声音支持陆勇，希望让他无罪的同时，国家也要为我们这个大群体考虑一下以后的路，我们都是想活着的人，如果不让格列卫进医保，相信将会有抓不完的陆勇。因为，我们只想一直活下去，我们不只是为我们自己，我们还有家人。我们可以活下去，陆勇的善举应该得到表扬而不是处罚。

　　@我是西安人，2013年8月在西安唐都医院确诊为白血病，当月开始服用格列卫，每月一盒24000元。患病后，家里经济压力很大，全家人节衣缩食，为我省钱买药。全家人精神上也是一个沉重的负担，我也曾有过放弃治疗的想法。看了报道后，我认为陆勇是为广大的白血病患者办了一件大好事，这种自救行为不应受到刑事处罚。法律是用来惩治坏人的，陆勇的做法是好是坏，每个有良知的人自有定论。

　　@陆勇为我们这些慢性粒细胞白血病患者走先锋之路，不为个人，不收一分报酬，只为了很多病友能继续在这个世界上生存，请对他免予刑事处罚，从而让他能继续帮助我们这些吃不起昂贵药品的病人。

@ 瑞士原产格列卫不是我们一般老百姓吃得起的药。按照瑞士格列卫每盒 23500 元计算，需要每天 800 元，即使申请中华慈善总会的援助项目 3+9，仍需要每天 200 元。而印度仿制格列卫每盒才 200 元，疗效却差不多，是我们普通老百姓吃得起的救命药。陆勇帮病友代购此药，功德无量，请求不要惩罚我们这种自救的行为并请对陆勇免予刑事处罚，并恳请中央政府考虑我们这种病人生存的不易，在全国范围内尽早将此类药品纳入医保。万分感谢！

@ 作为一名白血病患者，陆勇的行为让我们看到了生存下去的希望，他无私地帮助了许许多多挣扎在生与死、服药与断药之间的病人。再说他也没有以自己营利为目的。希望我们的司法部门也能顾及这一点，我们白血病患者也希望能有尊严地活下去。我们也都为这个社会各个层面做出过贡献。为此我呼吁相关司法部门为了我们白血病患者能多活几天，不要惩罚我们这种自救的行为并请对陆勇免予刑事处罚。

@ 我是一名白血病患者的女儿。我家在金华农村，妈妈没有医保，唯一的农村合作医保在杭州也只有住院才可以使用。昂贵的费用让我这个农村孩子感到害怕，不到 30 岁的我一下子有了很多的白头发。我现在就想买印度仿制药格列卫，我们这样的人需要陆勇先生这样人的帮助。他帮助了很多需要帮助的人，现在他却被抓了，我感到很难过。

@ 我父亲是慢性粒细胞白血病患者，医保没有将白血病治疗药均纳入报销范围。瑞士诺华公司的格列卫一个月要 23500 元的天价，没有印度的仿制药便宜，我们只能放弃治疗，否则我们兄妹几个都会倾家荡产，一年 30 多万元药费啊。通过太湖一帆推介的邮购渠道，我们直接从印度购买，我父亲服药 3 年多，病情得到有效控制，变成和高血压差不多一样的病，我谢谢太湖一帆，谢谢印度仿制药，可以说是他救了我父亲，也救了我们全家。

@我支持陆勇作为一个患者以及出于人道主义帮助其他患者购买印度仿制药的自救行为。在淘宝店上购买了用别人身份证开立的借记卡和海外代购没有获得国家批准的药品确实是违法行为，但是我国的高昂药费以及跨国付款难问题也是客观存在的，所以患者们为了保命才不得已而为之。陆勇作为一个心怀善意、具有人道主义精神且为了保命在无奈之下触犯法律的病人，情有可原。此事件有其特殊性，应认真考虑客观因素，酌情妥善处理。另外，我们应该反思造成此问题的根源，有病治得起是作为一个公民最基本的权利。

@求生的欲望，是最根本的人性。法律对这种情与理的衡量和平衡攸关重要。我个人认为此时的法律不应该是一把平面尺，单角度地对事情做出判断；而是立体地把它从多个角度上细细审视。这件事所体现的一些问题，我觉得正反映了某一时期的历史局限性。现在在中国暂时不合法的这些药品，以后未必也是如此。法院对这个案子的判决，也是对法律的诠释，会引导我们的道德方向。法律的精神是抑恶扬善，事情的出发点尤为重要。然而陆勇正是出于这个善的出发点，这种善，不能被忽视、轻视。

@当被确诊为白血病的那一刻，我整个人都崩溃了。接下来医生说要吃一种叫格列卫的药，一个月要2万多元，还必须长期吃下去，并且没有医保报销。当听到这句话的时候，我知道自己已经离死亡不远了。可能是命不该绝吧，在出院半个月后，我借助一次偶然的机会加入了QQ群，才知道有一种便宜的印度格列卫，群里的病友都说效果好，就以试试的心情买了两瓶回来，吃了以后效果很好，现在也一直在吃印度格列卫。感谢这个QQ群，感谢陆勇，没有你，也许我就活不到今天，你是我的救命恩人！！！

@孩子的爷爷2006年确诊慢性粒细胞白血病，当时63岁。刚从济南市立四院胸外科主任的职位上退下来不到三年，并被医院返聘，还承担着大型手术任务。按说，这样的身份治疗自己的病没问题。因为孩子爷爷有公费医疗，自己又是外科医生，他的同学和他的学生都已是一些大医院的领军人物，但是谁都无法帮助他，而能够治疗他病的格列卫，公费医疗不报销。当时，老人的病是他的同学——齐鲁医院著名的血液科专家、博士生导师陈学良确诊的。确诊后，他说："一种是羟基脲，副作用很大；一种是格列卫，效果好。"随后给了我们瑞士诺华公司济南办事处的电话，说提他的名字，可以省 1000 元钱，但我们一打听，省完了 1000 元一个月仍要 2 万多。硬撑着吃了一个月，我们才了解到印度的这种药，也就是陆勇先生帮助病友们代购的这种"印度格列卫"。孩子爷爷的月工资五千多，吃诺华的正版药吃不起，吃印度的这种仿制药，就算自费我们也有信心坚持下来。客观地说，陆勇先生也许有些行为做得不规范或违法，但他确实帮助了很多患者。

@ 昨天看了央视经济频道，我老婆就是慢性粒细胞白血病患者，已经 11 年了，前面用的就是诺华的格列卫，在新疆医学院开的药，24600 元 1 盒，我几乎是倾家荡产了。后经群里的病友介绍，我才服用印度仿制药格列卫，现在病情还算稳定。我们也没有购买渠道，只有靠像陆勇这样的好心病友来帮忙。为此我们呼吁相关司法部门为了我们白血病患者能多活几天，不要惩罚我们这种自救的行为并请对陆勇免予刑事处罚。

@2005 年本人确诊的时候，吃了半个月的格列卫，2 万多元一盒，当时觉得天都塌下来了，各种医药费花光了积蓄，真的是负担不起格列卫的高额费用。本人熬夜通宵从网上查，终于搜到了一个慢性粒细胞白血病病友群，群主就是"太湖一帆"。我第二天打了陆勇的电话，犹如得到了救命稻草，说是有种印度的仿制药 4000 多元一盒，然后他提供了印度的银行账号，我从中国银行换了美元，很费劲地汇款过去，10 天后药到手了。我至今已吃了 9 年，病情一直很稳定，所以非常感激陆勇提供的信息，要不然一家人得借债吃2万多元1盒的格列卫。当时陆勇只是提供了联系方式，并未获利。他的善举一直鼓舞着我，也激励着我以后的人生。现在的好人不多了，强烈呼吁政府能关注我们这些没钱的白血病患者，我们也是自救，并不是假药。希望陆勇好人一生平安！

@我是江苏吴江的一个普通农民，2002年4月24日在苏州大学附属第一医院查出患有慢性粒细胞性白血病。尽管得到了医护人员的精心治疗，但我的病情还是没能控制住。当时的医生提议进行骨髓移植，费用在80万元左右，要么就吃那个诺华的格列卫，每年的费用在30万元左右。想想一个普通的农民家庭哪能拿出这么多钱，我们只能放弃治疗。看着身边的病友一个个离去，我感到无比惧怕。2002年年底在苏州大学附属第一医院门诊处遇上了我的贵人：无锡的病友陆勇，在他的帮助下我到上海中医药大学附属曙光医院吴正祥老中医的门诊治疗，病情得到缓解，得以生存。2006年又是在他的帮助下买到了印度仿制药，我才能将生命延长至今。为什么外国人的药在我们这个泱泱大国上市已十年之久，价格还高达23500元？这个价格比黄金还要贵。为全国400万白血病患者带来福音的陆勇又有什么罪过？

@我的父亲2012年7月在上海长海医院被确诊为慢性粒细胞白血病，在医院开了证明后再转了好几路地铁，花了7万多元才在一个指定药店里购买到了能治疗我父亲病的诺华公司生产的伊马替尼，只是一年的服用量。因为我的家庭经济状况不足以每年花费7万多元购买诺华公司的伊马替尼，所以经人介绍加入陆勇先生专为慢性粒细胞白血病患者建立的QQ群，通过电邮直接购买印度仿制药品。这种药品稳定了我父亲的病情，而且每年的花费也能承受，我们很感激陆勇先生为广大病友推荐的方便快捷的渠道，他的所作所为都是在无私地帮助经济条件不好的广大病患，所以不应该受不公正的审判！希望法律能够宽大处理！

@ 本人 2012 年毕业于湖南中医药学院，现从事临床工作，是一名医务工作者。2010 年我在湘雅医院被确诊为慢性粒细胞白血病，在配型无果的情况下，医生建议我选择瑞士伊马替尼 3+9 计划治疗。在多次往返湘雅医院血液科的途中，我通过病友得知印度仿制的格列卫。5 月通过多次往返银行我第一次购买到格列卫，后来我加入了慢性粒细胞白血病病友 QQ 群，认识了"太湖一帆"，并通过"太湖一帆"更简便地购买格列卫。2010 年 10 月我复查染色体和融合基因，染色体已由阳转阴，非常感谢印度格列卫，感谢"太湖一帆"，感谢让我生命得以延续的所有人和事。自患病以来，我发现很多医院血液科医师并不为服用印度格列卫患者诊治，我曾多次和"太湖一帆"接触，他无偿为我解答过许多疑惑，我很庆幸在艰难茫然的时刻有大家的关爱，让我不至无助。第一次详细得知"太湖一帆"的事，我非常震惊。在他的帮助下，我们得以争取生命权，他却因为帮助大家而受到如此不公正之事。慢性粒细胞白血病患者只是社会上的小众弱势群体，可是因为病友的帮助，我才能够心平气和地继续生活。希望社会对我们多点宽容、多点关爱，希望对"太湖一帆"免除所有处罚。

@ 我妈妈是 2010 年 1 月确诊慢性粒细胞白血病的，父母都是农民，一个月两万多元的瑞士格列卫是绝对吃不起的！开始是从病友那里买药，后来从慢性粒细胞白血病病友群里知道了购买印度伊马替尼的途径。很是欣慰，我从内心非常感谢开辟这个购买渠道的人，后来知道是一个网名叫"太湖一帆"的病友开辟的此渠道。我理解的假药是成分假、对人体有损害，我妈妈得病快 5 年了，各项指标都很好，所以我认为印度的伊马替尼不是假药，指控"太湖一帆"涉嫌售卖假药我感觉说不通！这是我的亲身经历，也是我的真实想法！

@ 我是病人家属，我的爱人于 2009 年 8 月查出得了白血病。当时听到这个消息，全家陷入痛苦的深渊。医生给出两条选择：要么骨髓移植；要么吃瑞士诺华格列卫，每个月要花费 23500 元。这两种治疗方案，我们这个家庭根本无法负担，一次就医途中万幸认识了陆勇，他告诉我印度赛诺公司能帮助到我的爱人，后来我们自己联系印度方面购买药品。2009 年 9 月开始吃，至今我的爱人一切安好。我们全家都万分感谢陆勇，真的是他帮助了我的爱人，也帮助了我们这个家庭。

@ 本人 2009 年 8 月产检时发现异常，经上海市瑞金医院确诊为慢性粒细胞白血病，主治医师告诉我这个病只有吃瑞士格列卫或者进行骨髓移植，但是这两种治疗方案的代价让我这个外来务工者负担不起。后来我听说过中药调理，我和家人半夜到了上海中医院，排了一天的队终于排到了。在就诊时碰到一位贵人，他叫陆勇，在和他的聊天中，我看见了希望。他说他是 2002 年被查出此病的，吃了几年的瑞士格列卫，昂贵的价钱导致吃不起，后来改吃印度仿制药，经过各种检查，他直到现在都很好。我听完后整个人像得到了重生。于是我就要了陆勇从印度买药的联系方式，我从 2009 年 9 月底开始吃印度药，至今都非常好，一切都特别正常，今年 6 月还顺利生下了一个健康的宝宝。每当我遇到不懂的事，不管多晚，只要给陆勇大哥打电话，他都会给我解答。我和我全家都万分感谢陆勇，他就是老天爷派来保护我们这些穷人的，如果没有遇见他，我不知道要怎么生存下来，医院昂贵的费用我们连想都不敢想，更别说治病了。老天派陆勇来保佑我们这些弱者，凭什么治陆勇的罪？他自己也是一个病人，我们都是自救。

第十五章

一篇新闻报道的"蝴蝶效应"

2013 年 11 月 23 日晚上 9 点，陆勇被关押进沅江市公安局看守所，成了一名囚徒。他随身只带了一个月的印度仿制药，他以为一个月的时间里自己的问题能有一个结论。但陆勇没有想到，他在大墙里面一待就是近四个月。大墙的生活让陆勇感觉到自由的可贵，这个地方不是正常人待的，他在苦熬，也在坚守。最初深刻的冲击感已平息了，他尽量放平心态，以足够的耐心接受一次又一次提审，这是一种循环和重复。所有的细节都会被反复询问，所有的关系人都要说明白，被提审者必须做到不厌其烦，从起点到终点，然后又回到原点。

陆勇态度平和，甚至看上去有点木讷，但他内心犀利而尖锐，他看透了案子背后存在着某种契机。他解释、辩解，但不反抗，除了抵制摄像，他总是平静地复盘和回忆自己做的事情。简而言之，自己的所作所为都是为了自救和救别人的命。这个过程，是一个痛苦的叩击生门的过程。

检察官进行了广泛的外调，以取得证人证言，作为陆勇犯罪的旁证。案情其实不复杂，说来说去就是购药，没有一个人否定这一点。

但从审问者的话音中，陆勇听出病友的回答是一样的：陆勇是在帮我们，如果不是陆勇，我们根本活不到今天。

妻子和母亲每个月都来沅江，给他送来食物和药物，但近在咫尺，就是不能相见。食物照例与牢头和狱友共享。律师可以和他见面，交流案情，听取他的想法，也会简要地告诉他外面的一些情况，转达妻子和母亲对他的嘱咐，重点是让他注意身体。虽然牢房里很挤，但陆勇感到很孤独，狱友犯了各种各样的罪，相互之间不能多交流。陆勇经常在小凳子上一坐半天，一言不发。他被关押之时已经是冬天了，湘地虽然偏暖，但气温也已降到零度以下。监舍不可能供暖，陆勇穿上了家里送来的冬衣，也许监狱这地方本身就阴气逼人，他仍感到冷。

做个好人，心里踏实，陆勇一直这样勉励自己。即使在他被关押期间，他心里依然不焦虑。警官和检察官都说他很平静，因为他内心很坦荡，没有煎熬。为人不做亏心事，半夜不怕鬼敲门。如果他卖了药，赚了黑心钱，就会被病人戳着脊梁骨骂。心黑了，无药可救。他是个病人，病人不能赚病人的钱。他庆幸自己没有那样做，健康、快乐、安心，活好每一天。他对警方、对检察官反复这么说。

鉴于陆勇的身体状况，律师已提出申请取保候审，但检察院和法院迟迟没有给出答复。陆勇家里的药已没有了，妻子不会办理印度仿制药的购买手续，警方表示不用担心，说会给他买。春节期间，警方放假，陆勇一粒药都没有了，停了7天。待警方上班后，为了买药，特意请了一个英语老师来办，警方给他买的格列卫也是仿制药。

2014年3月19日，沅江市公安局对陆勇下达了取保候审执行通知书，妻子张滢滢和母亲来到沅江，交纳保证金49000元。取保理由是严重疾病，取保方式是财保。

但陆勇不愿马上离开监狱，他要求做骨刺检查，以确定停药7天对自己的疾病是否造成影响，狱医不会做，沅江市的医院也不会做，但陆勇坚持没有医学结论就不出去。狱友不理解，能跨出监狱的大门，是里面每个人都求之不得的事，在这种地方，没有人愿意多待一分钟，他是怎么回事，是不是犯傻了，居然不愿出去？！

他们不了解陆勇，陆勇确实需要一个鉴定结论，但他更需要警方对于一个生命给予尊重。白血病是一种死神随时在不远处等候着的病，停了7天药，即便是犯人，他的生命也应得到尊重。警方终于承诺，陆勇出去可以住院治疗，如查出病情有变化，他们负责。另外，在外面望眼欲穿的妻子和母亲急不可耐，尤其是母亲思子心切，希望儿子早点脱离苦海。

母亲听说儿子不愿出来，情感上接受不了，情急之下要跳河。

在这种情况下，陆勇才收拾东西，走出了看守所的大门，和望穿秋水的妻母相聚。四个月，120余天没有相见了，三个人泪眼婆娑。母亲端详着儿子，直喊："瘦了，瘦了！你受苦了！"

妻子擦拭着泪水，说了一句："以后别管闲事了，管好你自己就可以了。"

他们在沅江的一家饭店里吃了一顿饭，点了最贵的菜肴。母亲问陆勇监狱里吃得怎么样，陆勇答了句还可以。

张滢滢没有多说什么，她当然清楚里面缺吃少喝，远不如判了刑的劳改犯的待遇。她父母亲都是司法部门的干部，平时没少听他们说。她四个月中不辞辛劳多次前往沅江，一是送药品，二就是送食物和现金，除了买牙膏之类的生活用品，有钱就可以加餐。监狱允许陆勇经常加餐，也是看在他是病人而额外加以照顾。她当然知道，进了那种地方会是怎样一种处境。人在屋檐下，不得不低头。

终于回家了，但这是取保候审，下面到底会被如何处置，得等候沅江检察院提出公诉及沅江市人民法院的判决结果。在这个过程中，陆勇曾提出管辖权异议。沅江市人民法院于2014年9月24日做出〔2014〕沅刑初字第267号刑事裁定，驳回陆勇的异议。陆勇于是向湖南省益阳市中级人民法院上诉。经审理，益阳市中院于2014年10月10日下达〔2014〕益法刑二终字第95号刑事裁定书，驳回陆勇上诉，维持原审驳回上诉人陆勇对管辖权提出异议的裁定。

在此之前，沅江市人民检察院于 2014 年 7 月 21 日向沅江市人民法院提起公诉（沅检刑诉〔2014〕183 号）。起诉书认为：经依法审查查明，2012 年至 2013 年 8 月，被告人陆勇通过网络购买了三张银行卡，并为印度公司提供银行账户。其具体犯罪事实如下：

（一）妨害信用卡管理。2013 年 8 月，被告人陆勇先后在互联网上以"samchina680406"名义从"诚信卡源"的淘宝店主郭梓彪（已判刑）手中以 500 元每套的价格购买了三套他人身份信息的银行卡。

（二）销售假药。2013 年 1 月，因为印度人 Jainsan Jay（另案处理）在中国开设的账号无法吸收购买印度药品的涉案金额，遂与被告人陆勇合伙采用网上发邮件和 QQ 群联系客户的方式在中国销售印度生产的"VEENAT100""IMATLNLB400""IMATLNLB100"等药物，在没有使用"夏维雨"农业银行账号之前，被告人陆勇先后使用云南省普洱市病人罗树春和杨慧英两人的农业银行账户为其收取销药资金。

直至 2013 年 8 月，为逃避打击，被告人陆勇才使用"夏维雨"的农业银行账户来吸收印度公司销售药品的交易金额。经益阳市食品药品监督管理局证实：被告人陆勇帮印度赛诺公司在中国销售未经过中国进口药品监管部门许可的药物。案发后，被告人陆勇已退缴涉案资金 753900 元。公安部门依法冻结了从事销售假药的 4 个银行账户。

本院认为，被告人陆勇违反规定从网上购买他人身份信息的银行账户，并为印度公司提供账户吸收销药资金，其行为分别触犯了《中华人民共和国刑法》第一百七十七条之第一款、第一百四十一条之规定，犯罪事实清楚，证据确实充分，应该以妨碍信用卡管理罪和销售假药罪追究其刑事责任。

湖南沅江市人民法院原定于 2014 年 11 月 28 日开庭。陆勇因身体不适，需住院检查，向法院提请延期。2014 年 8 月 25 日沅江市人民法院重新办理取保候审。

就在沅江市公检法机关履行司法的过程中，白血病患者的联名呼吁信及声援信受到了媒体的关注。澎湃新闻记者丁雨菲首先于 2014 年 12 月 8 日在网络上发表了《印度抗癌药"代购第一人"被诉，百余白血病患者联名呼吁非罪化》的文章。这篇报道采访了取保候审在家养病的陆勇，也采访了一些病人，客观地叙述了陆勇自我救赎以及拯救病友的事实经过，提出了守法还是保命这个命题。文章反映了广大白血病患者的心声和呼吁，并且指出对于这个社会现实问题，相关部门不应该回避和漠视，面对苦难和生命的价值，既要有包容性和人文精神，又急需完善制度，这是国家层面救赎的起点。

这篇新闻报道以其独特的角度触及了那个令陆勇和广大病友，也令办案者因两难而感到困惑的社会问题。法律法规的基本要义是维护人民尤其是弱者的利益，陆勇在守护生命的名义下，购买自己和病友能够承受的印度仿制药，从而维持了生命，而生命的价值是至高无上的，任何理由包括法律条例，与之相比都是苍白无力的。

这篇文章除了将千余名病友误写为百余名外，在新闻事实上都是真实的。陆勇作为犯罪嫌疑人处在取保候审状态，面对记者，他勇敢地接受了采访。

他最后说："我没有卖假药，我只是在与病魔做斗争！人嘛，总是想活下去的！我想活，这何罪之有？"

他说出了憋在心里很久的真话。他已做好了准备，这样做，有可能被司法机关视作"翻案""乱说乱动"而罪加一等，但他的正直和侠义的品格促使他直抒胸臆，一吐为快。"由他们去处理吧，我到法庭上也要说，为自己辩护和解释是我的权利。"

澎湃新闻的这篇报道引起了"蝴蝶效应"，大小媒体紧跟而上，三联周刊、新京报、南方周末、京华时报、江南晚报、扬子晚报、现代快报、陕西商报、长江商报等几十家媒体连篇累牍地进行报道。陆勇之事一时间成为一个社会热点话题，吸引和凝聚了广大受众的注意。

为何会引发如此大的舆情？因为这个案件显然触及了社会的一个痛点。这类新闻报道是符合传播学公式的，那就是媒体的报道应当关注社会发展中关系到百姓生活的重大现实问题，特别是反映得不到关注的社会生活"冰点"层面的问题，包括与之相关的群体的情感世界、生存状态，而陆勇的遭遇恰恰契合了这样一个"冰点"。它所隐含的深刻社会意蕴和内涵是多层面的。"横看成岭侧成峰"，从不同的角度来看待问题，能传递出不同的信息。无论是对原因的追寻、对背景的交代、对后果的预测，还是对同类的比较、对意义的挖掘、对现象的透视，都可能成为传播层面开发的"生长点"。记者不仅抓住了这个"生长点"，还有更深刻、更丰富的拓展。

2015 年 1 月初，取保候审的陆勇在北京接受治疗，不料却在首都机场被公安机关逮捕，几日后被押往沅江市看守所羁押。1 月 16 日，沅江市人民法院做出〔2014〕沅刑初字第 267-2 号刑事裁定书，决定恢复案件审理。1 月 19 日，张宇鹏律师赶到沅江市，跟法官交流意见，向法院递交了对陆勇采取逮捕措施不当的律师意见，并领取了恢复开庭审理的裁定书。

2015 年 1 月 29 日，陆勇在看守所被关押半个月后再次获准取保候审，他母亲和妹夫来监狱门口候接。他走出监狱的铁门，回头打量那围着电网的高墙和哨塔，笑着向母亲走去。他对自己说，他不会再回到这个不堪回首的地方了。

当然，还可能会有反复，因为他知道沅江市人民检察院已向沅江市人民法院送交了撤诉书。没有益阳市人民检察院和益阳市人民法院以及湖南省人民检察院和湖南省人民法院批准，沅江市人民检察院是不会轻易提出撤诉的。这是好消息，但律师告诉他，只有在30天内人民检察院不能发现新证据提出新的起诉，才能做出不予起诉的决定。

这一个月中间会不会再生枝节？他不知道。这意味着离问题的彻底解决还有一段路要走。

陆勇回家后，每天依旧有很多患者跟他联系。他会安慰对方，让他们等等，说不定哪一天国家就推行药品强制许可制度了。胡芳是浙江金华市人大代表，看到关于陆勇案的报道后，她忙了起来。通过朋友的协助，胡芳陆续联系到包括《南方周末》记者在内的多位关注此案的记者并组建了一个微信群，她想尽快做一份提案，在"两会"上提出来。胡芳长着一张娃娃脸，身材娇小，但做起事来风风火火。她常常深夜还在群里讨论提案的角度和切入口，又不断与药企老板和有关的专家学者交谈，以获得更多的素材。经过调研和资料搜集，她发现，不仅是陆勇这样的白血病患者陷入高价药的困境，很多癌症患者也面临相似问题。

经过几个月的准备，她写出了提案的草稿，将切入口放在"强制许可"上，题目是《关于启用药物强制许可制度保护患者群体利益的建议》。胡芳说，抗癌药以进口药为主，售价动辄上万元，又未被国家纳入医保，病人吃不起，"一人得病，全家返贫"。她提出建议："启动药物强制许可制度，提升药物议价能力。"

"目前，国内在销售的大部分原研药都是大型跨国制药企业研制的，成本高，售价也就昂贵。在印度等国家，政府推行强制许可制度，使得本国药企可以低成本仿制高价原研药，但在中国，因为知识产权等因素，从未启动过药物强制许可制度。"鉴于此，胡芳认为，如果国家推行了这项制度，一方面可以允许国内药企生产便宜的仿制药，另一方面也能在与国际大药企进行药品定价谈判时获得议价筹码。无论如何，都是造福广大患者的好事。

陆勇和胡芳的想法是一样的，2月11日，陆勇在上海接受崔永元访谈时，还请崔永元在"两会"上呼吁，尽快让抗癌高价药纳入各省医保，现在只有个别省已纳入，大部分省没有动静。身为全国政协委员的崔永元答应他，会努力争取。

但事情并没有到此为止，更多的媒体、更多的人参与到陆勇案的旋涡中来。令许多人没有想到的是，一部以陆勇为原型的电影《我不是药神》横空出世，感动了中国，引起了轰动。冷寂的影视市场因为这部电影而火热，票房竟然创下了30多亿元的历史纪录。国务院领导对医药体制和药价问题做了批示，修订后的《中华人民共和国药品管理法》于2019年8月26日正式通过，其中"进口未批的境外新药不再按假药论处"的条款尤其引人注目。这些都让沅江方面始料不及，媒体追逐的对象就是他们的审判对象，这对他们是很大的触动。他们开始认真思考，在司法层面调整自己的观念。他们纠正了这起案件中原来的错误，做出了符合司法价值观的判决。

"中国代购印度药第一人"陆勇成了名人，而勇于纠错的沅江市人民检察院陆勇案专案组也获得了好评和盛赞。一个悲剧性的节目变成了一场皆大欢喜的充满喜剧色彩的大戏。

第十六章

检察官的温度

"为众人抱薪者，不可使其冻毙于风雪。为大众谋福利者，不可使其孤军奋战。为自由开路者，不可使其困顿于荆棘。"据说出自慕容雪村微博某文的这句话，饱含了看破世态人情的悲凉，也颇切合陆勇的遭遇。

陆勇在对我讲述的过程中，对沅江市检察官不仅没有怨言，反而对他们怀着感激之情，认为他们在自己的案子上秉持了司法公正的原则，从某种意义上说，他们也是英雄。我觉得陆勇这么说是发自内心的。从湖南省人民检察院副检察长卢乐云到检察长白峰，在接受媒体的采访时，有这么一句话让陆勇特别感念，也让我印象深刻："如果认定陆勇的行为构成犯罪，将背离刑事司法应有的价值观。"

沅江市人民检察院及湖南省人民检察院、益阳市人民检察院的司法干部在办理陆勇一案的过程中，体现了司法的专业水准，尊重客观事实，办案严谨、郑重，有高度的责任感；同时又具有情怀，维护公平正义，同情弱者。在案子的惊人逆转中，他们虚怀若谷，广泛听取意见，反省自己，研究媒体的报道，吸收合理的观点，体现了司法的勇气和温度，而不是冷冰冰地固执己见。这个案子可谓是转变办案理念的一个典范。

据白峰检察长说，当时对陆勇案是有争论的。一种意见认为，按现行法律规定，陆勇的行为触犯了法律，应依法惩处。虽然他是出于疾病治疗的需要而在印度购买仿制药，但不能因为治病而犯法。法院在判决过程中可以充分考虑这个因素，从轻处理。另一种意见是，在守法还是保命的两难中，患者选择保命而购药自救，这无可厚非，如对其判处刑罚，是不人道的。这些争论是有益的，在某种意义上，这些争论（也可以说是讨论）超越了陆勇案的范畴，对于司法进步是非常有益的。任何法系都不可能十全十美，都会有这样那样的不足和瑕疵。而现实生活是多元的，社会发展中也会提出新的课题，法律正是在修正中不断完善的，同时促使执法者的素养不断提高，观念不断更新，团队不断纯化。有一篇《南方周末》的文章，据说对湖南、益阳、沅江三级司法部门触动较大，也给了他们一定的启发。

链接

"救命药之罪"背后的公众判意分析
——对12月18日《南方周末》载文《从国外买便宜百倍药，白血病患者无意中触了法——救命药之罪》的法理分析

摘要

《南方周末》于2014年12月18日报道了白血病患者陆勇因帮助购买印度仿制药格列卫而受到拘留批捕，即将面临审判的报道。但其行为的出发点和法律的关注点出现了较大的分歧，也就导致了社会舆论的关注和思考，更有多人联名要求判决陆勇无罪。本文将以此案为出发点，分析在此背后公众判意的相关问题以及关于本案的有关法律因素，并帮助司法追求可预测性以及对公众判意的尊重。

关键词

公众判意；司法；救命药之罪

2014 年 12 月 18 日，《南方周末》刊载《从国外买便宜百倍药，白血病患者无意中触了法——救命药之罪》，叙述了一名白血病患者陆勇，由于为病友代购印度药物格列卫，现遭遇牢狱之灾。众所周知，我国治疗白血病的药物，大多患者每个月的花费在 4 万元左右，但印度药物的药效与我国药物极其相似，花费却降到了每个月 4000 元。所以，陆勇便开始为周围的病友们购买药物，并成了印度药物公司和中国病友之间的桥梁。陆勇曾多次帮助联系并举办了多次座谈会，陆勇从网上购买了 3 套以他人身份信息办理的银行卡来完成药物购买和支付的过程，也因此被拘留逮捕，并以妨害信用卡管理罪和销售假药罪被起诉。

案件发生后，多名白血病病友联名要求判决陆勇无罪。有关专家学者也根据此事关注我国法律，并有经济学家胡释之在接受《南方周末》记者采访时说："药品真假否与，销售是否有罪，不是看药品本身，而是看有没有经过政府部门批准，这样一来，你就弄不明白法律到底是在保护受害者，还是要不顾受害者以保护药品进口主管部门的审批权？"

现在，陆勇在缴纳 4.9 万元保证金后被取保候审，并已退还了不少涉案资金，同时由于陆勇本人尚在治疗阶段，他已经申请了延期审理。

一、法理与公众利益的冲突

负责起诉陆勇案的湖南沅江市人民检察院检察员罗剑曾对媒体说，从普通百姓角度来看，陆勇的行为在某种程度上是"英雄式"的："法律应该惩治犯罪，但是你们媒体可以呼吁国家健全相关法律的规定。"这就为我们的讨论带来了一个问题：生命诚可贵，法理价更高？

必须承认，陆勇的确有信用卡类犯罪和销售假药罪的嫌疑。

但在公共常理层面而言，陆勇销售印度药物格列卫的主要目的是方便广大白血病患者购药。这也是为什么在陆勇被逮捕后，广大患者联名上书要求判处陆勇无罪的主要原因。

二、法律可预测性之分析

作者认为，陆勇所触犯的两个罪名中，妨害信用卡管理罪没有太大的争议，陆勇作为成年人应当知道使用以他人身份信息申请的信用卡构成犯罪，但在销售假药罪上，则存在着可预测性上的缺失。

的确，陆勇未取得任何销售药物的资质，也并未进行任何的检验，即使格列卫有着足够的医疗效果，也构成了销售假药罪。但单从"销售假药罪"的字面意思来看，相信公众不能直接读出假药的法律含义，更不会有人特意去查询药品管理法上的有关规定。依照我国现阶段的法律普及水平，"销售假药罪"并不具有足够充分的可预测性。

三、公众判意的实际内涵

所谓舆论，其实就是公众判意。但我国宪法早已明确规定，我国法律不受任何组织、个人的干预，也就是说，公众判意并不能够影响最后的法律判决。但作为现阶段不可被忽视的社会声音，公众判意包含着各种决定性的内容。

1.以主观善恶为视角。公众对某一个案件的立场和态度，往往取决于他们对涉案当事人主观心态的关注。本案中，作为当事人，陆勇为白血病病友服务，并且担当了购买药物的中间人，从主观上讲，他的行为是服务于大众的热心肠，广大患者对他颇为感激。

2.以生活经验为依据的事实判断。上文中分析了有关"销售假药罪"在可预测性上的缺失，那么公众在日常生活中，也会或多或少地用主观经验来分析事实情理。社会生活中形成的常识与经验，会成为公众认知司法个案的又一依据。

3. 以自身情况为基点的情感影响。公众关于个案的讨论，一般来说也不会超脱中立。但在讨论时，每个人都会不同程度地带着情感偏向，而这种偏向更会在与自己息息相关的情况下发挥作用。陆勇案，就像《南方周末》所报道的那样，是关于"救命药"的犯罪。若没有陆勇的行为，的确不会存在妨害信用管理犯罪，更不会有销售假药罪，但广大白血病患者却必须去承担每个月数万元的医药费。事实上，公众对于个案的关注，本质上是通过讨论和思考产生一个自我识别和价值认同的过程。公众在考虑个案的时候，并不会运用法律思维和法律技巧，而是会将案件的情境和自己实际面临或假想面临的某种生活经历做对比。因此，他们自然就会对当事者产生偏向前文中提到的价值落差额。

四、公众判意背后对法律偏激的社会情绪

公众判意不会过分超越法律的规定，具有显而易见的合理性，但以法律人的视角，公众判意存在着不可忽略的偏激情绪。

公众往往会凭借一己之见，在个案判决上表现出对法律的质疑和不尊重。必须承认，公众判意中存在着正当合理的社会要求，但在我国社会全面转型、社会结构大幅调整的过程中，很多人的思想中依然存在着旧的法律思维。

五、法律对公众判意应有足够的尊重

公众判意不能对司法独立性产生影响，但它的确是司法机构处置个案的重要参考，是司法公开化、民主化的有益实践。公众判意可以帮助平衡法律资源的有效配置和司法效率的提高，所以也是司法完善的一大动力。

针对本案，司法也应当发挥价值判断和逻辑推理的长处，看到陆勇行为的积极之处，在公正审理的同时，给予对公众合理的尊重。

（作者：杜歆，法学硕士，上海海事大学）

除了《南方周末》，《三联生活周刊》也曾采访到一位认识陆勇的病友，对方称"陆勇改变了很多人的命运"。2015年1月，《京华时报》报道了更多的白血病病友声援陆勇的消息，请求相关司法部门"不要惩罚自救行为""我们白血病人只是为了多活几天"。

也正是这个时候，湖南检方开始重新审视此案的调查工作。为了对案件进行全面补正，公诉二处全员放弃春节休假，对汇报材料反复斟酌，修改次数多达30次。湖南省人民检察院副院长卢乐云也未休假，全程参与调查。一年之后的2016年1月，陆勇案承办人韩检察官向《法制晚报》坦言，2015年1月16日，湖南省人民检察院主要负责人从新闻媒体的报道等渠道发现本案的"异常"，当即要公诉二处派员调卷审查，听取益阳市人民检察院、沅江市人民检察院的汇报。随后在1月19日和1月23日，湖南省人民检察院副院长卢乐云两次召集专家学者及湖南省多名优秀公诉人，开始对陆勇案进行分析论证。

在这期间，检方及专家小组发现，侦查机关此前几天还未对关键证人取证，未核实陆勇建立的QQ群以及陆勇在帮助患者购药过程中所起的作用。而这些内容在早前的媒体报道中均有呈现。其实，在警方和检方的多次审讯中，陆勇反复陈述了他的行为是自救和救助别人，而非销售行为。这些都记录在案。警方在取证时，选择性地采用材料，把不利于定罪的材料都排除掉了。

其实，检察院在最初的起诉中也沿袭了警方的选择性取证，忽略了陆勇行为的实质。到了 2 月 4 日，湖南省检方在讨论中第一次指出了"销售"的概念问题，即陆勇的行为不存在营利性质。这个概念的提出，拓展了案件的办理思路，成为本案定性、罪与非罪的重大转折点。

沅江市人民检察院终于认识到，为众人抱薪者，不可使其冻毙于风雪。随即于 2015 年 1 月 27 日向沅江市人民法院以因法律、司法解释发生变化为由提出撤回对陆勇的起诉。沅江市人民法院做出〔2014〕沅刑初字第 267-3 号刑事裁定书，依据有关法律之规定，准许沅江市人民检察院撤回起诉。

与此同时，他们还公开举行陆勇案审查会议，来听取各界人士对陆勇案的意见，陆勇及其律师受邀参加，并允许进行辩解。2015 年 2 月 14 日，南方已春深如海，到处是一片化不开的浓烈的绿色和花团锦簇。陆勇在深圳接受市电视台采访时接到沅江市人民检察院其案子承办人罗剑的电话，通知他到沅江参加审查会议。陆勇明白他的官司离最终裁定只差临门一脚了。当时正值春运期间，飞机票一票难求，深圳电视台为陆勇好不容易购买到了一张头等舱机票。

陆勇乘飞机到长沙，再赶赴沅江市。这个会议其实是听证会，虽然检察院已撤诉，但陆勇的身份还是取保候审的犯罪嫌疑人，因而叫听证会似乎不妥，所以称为审查会。而陆勇的身份毕竟变成了被审查人，由被告改为被审查，说明这个案件的性质已发生了质的变化。当时参加这个会议的人员名单如下：

（一）案件承办人罗剑担任会议主持，书记员张倩、胡亚欢；（二）被审查人陆勇，及其辩护人北京尚权律师事务所律师张青松、张宇鹏；（三）邀请人员：人大代表钟立平（沅江市人大内务司法委员会主任）、孙劲华（沅江市滨湖律师事务所律师），政协委员陈广文（沅江市法律援助中心主任）、陈跃先（沅江市中天资产管理公司经理），人民监督员李皓（沅江市琼湖商会会长）、陈启新（沅江纸业副总经理），公安人员曹佩田（沅江市公安局瀩湖派出所教导员）、汤征（沅江市公安局法制办副主任），药监部门代表胡小平（沅江市药监局副局长）。

这是公开的名单，没有公开的人员还有湖南省人民检察院副检察长卢乐云和省检察院公诉二处检察官，沅江市人民检察院检察长白峰和几位副检察长也参加了会议。

陆勇因飞机晚点，迟到了半小时。在等待陆勇的过程中，卢乐云、白峰等和陆勇的两位律师做了简短的交流。

半小时后，陆勇抵达会场，除了罗剑和两位书记员之外，其余人他都未见过。他显得很平静，也已预测到这个会议是个转折点，意味着案情将向好的方向跨越一大步。重大的时刻来临了，一切都将回归事实、逻辑、理性、人性和生命。

但他克制住自己的情绪，喜怒哀乐不形于色。在这样的场合，即便内心波翻浪涌，他仍努力克制，保持自己外表的从容、淡定和平和。

白峰检察长在后来回答中央政法委长安剑微信公众号记者问他第一次见到陆勇是什么印象时说："在这个听证会上，我第一次见到陆勇。当时陆勇取保候审，因为身体情况，他的脸色和精神不是太好。但很容易看出来，他的态度很平和，一直面带微笑，对我们办案人员没有抵触情绪。"

是的，陆勇没有满腹牢骚，也没有埋怨情绪，但他有自己的观点和看法。在这样一种场合，他认为这是给自己的行为进行辩解、说理的一个机会，他要让更多的人理解自己的行为。

轮到陆勇发言时，他讲了自己是个白血病患者，为了治病，他寻找到了廉价的仿制药，也在 QQ 群中做了介绍，以便病友们能减轻用高价药的经济压力。由于手续很繁杂，而且要懂得英语，那些文化程度较低的工人农民是办不了的。陆勇举例说，在看守所，检方为他购买格列卫时，身为大学毕业生的检察院人员都无人会办，不得不请了一位英语老师来协助。所以那些病友求助于他，是可以理解的，同病相怜，他有义务帮助大家。他的动机不是为了牟利，他也没有牟利，完全是尽义务，是为了广大患者都能吃到"救命药"。他这样做是一种善举。从印度买药，违反了有关进口药物的法律规定，但网上有文章称这是"违法取义"。他承认自己的行为触犯了法律，但请求司法机关能看到他这样做的社会效果中的积极性，从轻处理。

陆勇的律师也从法律的角度为其行为做了无罪辩护，他们的结论是陆勇有过失，但不足论罪。

其他与会人员在评议的时候一致认为陆勇没有犯罪的主观故意，更没有恶意，即使违法，也是轻微的，功大于过，可以对陆勇做无罪处理。从大家的态度可以看出来，社会是实事求是的，是宽容的、有包容性的，是整体向善的。

陆勇认为，这次审查会氛围不错，让他受到了鼓舞和教育。会议结束后，他和律师当天回到长沙，然后分别飞回无锡和北京。

2015年2月26日，卢乐云带领公诉二处的工作人员再次赶赴沅江，于第二天参加了一个简短的宣布对"陆勇不起诉"的仪式。陆勇郑重地从罗剑手里接过《对陆勇不起诉决定书》《关于对陆勇妨害信用卡管理和销售假药案决定不起诉的释法说理书》(以下简称释法说理书)，检方同时解除了对陆勇的取保候审，退回暂扣的所有钱款，包括病人存在那张买来的信用卡中的购药款。一切就这样结束了，陆勇重获了自由，他笑容满面，但笑容里有外人看不出来的叹息和凝噎。

陆勇经历了466天(关押在看守所135天，其余时间取保候审，其中两次被逮捕，一次是沅江市警方，另一次是沅江市法院)的犯罪嫌疑人生活，冬天零下三四摄氏度，洗了43次冷水澡。

他为自己的善良付出了沉重的代价，还牺牲了作为一个人的尊严。这些都成了梦魇般的记忆，凝结成一块曾经让他感到足够疼痛的伤疤。他终于不用背负一种悲壮的耻辱感了。他如释重负地踏上了回家的路程，马上要坐在飞机上，在湛蓝的、辽阔的天空中飞翔，自由真好啊！再也没有警察会站在舱门口拿着手铐等着他，再也没有19个人挤在一起的大通铺……

是的，他拍一拍背在肩上的皮包，里面放着对他"不起诉"的法律文书。在走出检察院大门时，中央电视台的记者采访了他。他不认为这是个喜事，但这样的结局无疑散发着一种司法的温度，他还是怀着感激之情的，对着摄像机镜头说："说实话，刚被逮捕被起诉那会儿，自己心里还是感到有些委屈的，毕竟我是为了求生，是在帮助病友，不是牟利。但是，司法部门及时做出了纠正，还了自己清白，我要感谢司法机关的公正和温度。"

在飞机起飞前，他用手机自拍了一张坐在飞机上的照片，他写了一句话：回家了，真不容易，明天开始游泳！出事之前，他有空就去体育馆游泳，这是他的爱好，也借此健身。出事后，他当然不能游了，即使取保候审，他也缺乏心情。

从洗冷水澡到游泳，这是囚禁和自由的区别。

他不是那种想不开的人，他是豁达的，决定把这件事从此放下了，不能因为一个创伤而郁郁终生。虽然痛苦给人的刺激往往远大于快乐，但他想到能够到一年四季恒温的碧池里自由自在地畅游，他就知足了。

最艰难的日子已过去了，他要珍惜自由和生命，重新开始健康的生活。

飞机已腾空而起，舷窗外无垠的白色云雾和广袤的蓝天令他心旌荡漾。他刺破青天锷未残。

行文至此，我要说一说让陆勇获得自由、得到正名的两份法律文书,一份是《对陆勇不起诉决定书》,另一份是释法说理书。据说,后者是湖南省人民检察院副检察长卢乐云亲自撰写的。与其说它是对一个案件改变的法律解释,不如说是一个法律专家紧扣实际案例而又有着鸿博法律知识的论文。释法说理书既闪耀着深邃的思辨的火焰,透着绵密紧切的逻辑力量,又充满了人文关怀的张力,令人耳目一新。

这样一篇掷地有声并富有质感的文章,绝不是那种堆积法律术语、空洞呆板、说教式的论文可以比拟的。依我所见,它在中国法律理论体系中应该占有一席之地,亦完全可以在司法教育中作为一篇范文供学生参考。

我和沅江市人民检察院检察长白峰通过几次电话,并有过微信联系。卢乐云我不认识,但我在央视看到他接受主持人白岩松对他的访谈,和他的文章一样,言谈同样雄辩有力。这两位检察官都给我留下了深刻的印象,他们是值得尊敬的司法干部。在他们身上,我感受到了深厚的专业功底和公道正派的人格魅力。作为司法部门的领导,他们务实而谦虚,没有丝毫的傲慢和张扬。我曾经对陆勇说过:"你的案子能有这样一个结果,固然与你的案情有关,但幸运的是,你遇上了有温度的检察官。"陆勇对此表示认可。

温度,对于中国司法人员来说,绝不是对法律规范的随意突破,而是赋予法律更有道德的人性观照。因为法律本质上与道德和人性不仅不冲突,更是对道德和人性的高贵守护。

链接

对陆勇不起诉决定书

沅江市人民检察院经将本案公开审查后,于 2015 年 2 月 26

日决定对陆勇不予起诉。具体意见如下：

陆勇购买和帮助他人购买未经批准进口的抗癌药品的行为，违反了《中华人民共和国药品管理法》的相关规定，但陆勇的行为不是销售行为，不符合《中华人民共和国刑法》第一百四十一条的规定，不构成销售假药罪。陆勇通过淘宝网从郭梓彪处购买3张以他人身份信息开设的借记卡，并使用其中户名为夏维雨的借记卡的行为，违反了金融管理法规，但其目的和用途完全是白血病患者支付自服药品而购买抗癌药品款项，且仅使用1张，情节显著轻微，危害不大，根据《中华人民共和国刑法》第十三条的规定，不认为是犯罪。根据《中华人民共和国刑事诉讼法》第十五条第（一）项和第一百七十三条第一款的规定，决定对陆勇不起诉。

链接

关于对陆勇妨害信用卡管理和销售假药案决定不起诉的释法说理书

根据《中华人民共和国刑事诉讼法》第十五条第（一）项和第一百七十三条第一款的规定，我院决定对涉嫌销售假药和妨害信用卡管理的陆勇依法作出不起诉决定。其理由如下：

一、陆勇的行为不构成销售假药罪

1.陆勇的行为不是销售行为。所谓销售即卖出（商品）。在经济学上，销售是以货币为媒介的商品交换过程中卖方的业务活动，是卖出商品的行为，卖方寻求的是商品的价值，而买方寻求的则是商品的使用价值。全面系统分析该案的全部事实，陆勇的行为是买方行为，并且是白血病患者群体购买药品整体行为中的组成行为，寻求的是印度赛诺公司抗癌药品的使用价值。

首先，陆勇与白血病患者是印度赛诺公司抗癌药品的买方。一是早在向印度赛诺公司买药之前，作为白血病患者的陆勇就与这些求药的白血病患者建立了QQ群，并以网络QQ和病友会等载体相互交流病情，传递求医问药信息。患者潘建三的证言说，建立QQ群还能扩大病友群，组织病友与药品生产厂家协商降低药品价格。二是陆勇是在自己服用印度赛诺公司的药品有效后，才向病友介绍的。所购印度赛诺公司抗癌药品的价格开始时每盒4000元，后来降至每盒200元。三是陆勇为病友购买药品提供的帮助是无偿的。陆勇不仅帮助病友买药、付款，还利用懂英语的特长，为病友的药品说明书和来往电子邮件进行翻译，在此过程中，陆勇既没有加价行为，也没有收取代理费、中介费等任何费用。四是陆勇所帮助的买药者全部是白血病患者，没有任何为营利而从事销售或者中介等经营药品的人员。

其次，陆勇提供账号的行为不构成与印度赛诺公司销售假药的共犯。根据我国药品管理法第四十八条第三款第（二）项规定，依照该法必须批准而未经批准生产、进口，或者依照该法必须检验而未经检验即销售的药品，以假药论处。也就是法律拟制的假药。印度赛诺公司在我国销售未经批准进口的抗癌药品，属于销售假药的行为。根据两高发布的《关于办理危害药品安全刑事案件适用法律若干问题的解释》（法释〔2014〕14号）第八条第（一）项规定，明知他人生产销售假药而提供账号的，以共同犯罪论处。本案中，陆勇先后提供罗树春、杨慧英、夏维雨3个账号行为的实质是买方行为，而不能认为是共同销售行为。

一是从账号产生的背景看，最初源于病友方便购药的请求。在陆勇提供账号前，病友支付印度赛诺公司购药款是以西联汇款等国际汇款方式，既要先把人民币换成美元，又要使用英文，程序烦琐，操作难度大。求药的患者向印度赛诺公司提出在中国开设账号便于付款的要求，于是印度赛诺公司与最早向本公司购药的陆勇商谈，并提出对愿意提供账号的可免费提供药品。

二是从账号的来源看，3个账号中先使用的2个账号由病友提供。陆勇向病友群传递这一消息后，云南籍病友罗树春即愿意将本人和妻子杨慧英已设立的账号提供给陆勇使用。在罗树春担心因交易资金量增加可能被怀疑洗钱的情况下，才通过淘宝网购买户名为夏维雨的借记卡。

三是从所提供账号的功能看，收集病友的购药款，以便转款到印度赛诺公司指定的张金霞的账号，是用于收账、转账的过渡账号，承担方便病友支付购药款的功能，购药的病友无须换汇和翻译。

四是从账号的实际用途看，病友购药向这3个账号支付购药款后告知陆勇，陆勇通过网银U盾使用管理这3个账号，将病友的付款转至印度赛诺公司指定的张金霞的账号，然后陆勇再告知印度赛诺公司，印度赛诺公司根据付款账单发药。可见，设置这3个账号就是陆勇为病友提供购药服务的，是作为白血病患者的求药群体购买药品行为整体中的组成行为。

根据我国刑法的规定，共同犯罪是指二人以上共同故意犯罪。具体到本案，如果构成故意犯罪，应当是陆勇与印度赛诺公司共同实施销售假药犯罪，更具体地说，应是陆勇基于帮助印度赛诺公司销售假药而为印度赛诺公司提供账号。而本案，购买印度赛诺公司抗癌药品的行为是白血病患者群体求药的集体行为，陆勇代表的是买方而不是卖方，印度赛诺公司就设立账号与陆勇的商谈是卖方与买方之间的洽谈，陆勇作为买方的代表自始至终在为买方提供服务。当买卖成交时，买方的行为自然在客观结果上为卖方提供了帮助，这是买卖双方成交的必然的交易形态，但绝对不能因此而认为买方就变为共同卖方了。正如在市场上买货，买货的结果为销售方实现销售提供了帮助，如果因此而把买方视为共同卖方，那就从根本上混淆了买与卖的关系。同理，如果将陆勇的行为当成印度赛诺公司的共同销售行为，也就混淆了买与卖的关系，从根本上脱离了判断本案的逻辑前提，进而必将违背事实真相。

2. 陆勇的行为没有侵犯他人的生命权、健康权。犯罪行为的社会危害性表现为对刑法所保护的客体的侵害。关于销售假药罪，我国1997年《刑法》规定为"生产、销售假药，足以严重危害人体健康的"；《刑法修正案（八）》将本罪去掉了"足以严重危害人体健康"的要求，其宗旨是强化对民生的保障，以避免司法实践中出现的尴尬，这就是因"足以严重危害人体健康"的取证困难而影响对该罪的惩治。对此，前述两高《关于办理危害药品安全刑事案件若干问题的解释》第十一条第二款规定："销售少量未经批准进口的国外、境外药品，没有造成他人伤害后果或者延误诊治，情节显著轻微危害不大的，不认为是犯罪。"这些法条说明，保护人的生命权、健康权是销售假药罪立法的核心意旨。本案中的假药是因未经批准进口而以假药论处的法律拟制型假药，根据本案证据，得到陆勇帮助的白血病患者购买、服用了这些药品后，身体没有受到任何伤害，有的还有治疗效果，更有的出具证言，感谢陆勇帮助其延续了生命。同时，还应指出的是，如前所述，陆勇的行为也有违反国家药品管理法规定的地方，但存在无奈之处，目前合法的对症治疗白血病的药品价格昂贵，使得一般患者难以承受。正因为如此，陆勇是在自己及病友无法承担服用合法进口药品经济重负的情况下，不得已才实施本案行为。

二、陆勇通过淘宝网从郭梓彪处购买 3 张以他人身份信息开设的借记卡并使用其中户名为夏维雨的借记卡的行为，违反了金融管理法规，但因情节显著轻微危害不大，不认为是犯罪

根据《中华人民共和国刑法修正案（五）》第一条第（四）项规定，购买以虚假的身份证明骗领的信用卡的行为，属于妨害信用卡管理行为。按照最高人民检察院、公安部关于该条的追诉标准规定的解释，违背他人意愿使用其居民身份证等身份证明申领信用卡的，应当认定为使用虚假的身份证明骗领信用卡。根据全国人大常委会《关于〈刑法〉有关信用卡规定的解释》，借记卡属于刑法意义上的信用卡范围。陆勇上述购买和使用借记卡的行为属于购买使用虚假的身份证明骗领信用卡的行为，但情节显著轻微，危害不大，根据《刑法》第十三条的规定，不认为是犯罪。

1. 陆勇购买的是借记卡。虽然借记卡与贷记卡、准贷记卡都属于刑法意义上的信用卡，但借记卡不具有透支功能。同时，陆勇所购买的 3 张借记卡能够使用的只有 1 张，客观上也只使用了 1 张。

2. 陆勇购买借记卡的动机、目的和用途是方便白血病患者购买抗癌药品。除了用于为病友购买抗癌药品支付药款外，陆勇没有将该借记卡账号用于任何营利活动，更没有实施其他危害金融秩序的行为，也没有导致任何方面的经济损失。

3. 陆勇购买和使用借记卡的行为客观上为白血病患者提供了无偿的帮助。一是购买借记卡所支付的 500 元由陆勇自己承担；二是使用借记卡号支付购药款，免去了病友群体以前为付购药款而必须换汇、翻译等麻烦；三是陆勇使用此借记卡带来的结果是，用增加自己的工作量来减少病友的劳动量，并且是

一种无偿的为身患白血病的弱势群体提供的帮助。

三、如果认定陆勇的行为构成犯罪，将背离刑事司法应有的价值观

1.与司法为民的价值观相悖。综观全案事实，呈现4个基本点：一是陆勇的行为源于自己是白血病患者而寻求维持生命的药品；二是陆勇帮助买药的群体全是白血病患者，没有为营利而从事销售或中介等经营药品的人员；三是陆勇对白血病病友群体提供的帮助是无偿的；四是在国内市场合法的抗癌药品昂贵的情形下，陆勇的行为客观上惠及了白血病患者。

刑事司法的价值取向表现为人权保障与社会保护两个方面，对社会秩序的保护从根本上讲也是维护人民的共同利益需求。党的十八届四中全会决定强调"要坚持人民司法为人民""通过公正司法维护人民权益"；同时强调"必须坚持法治建设为了人民、依靠人民、造福人民、保护人民，以保障人民根本权益为出发点和落脚点"。陆勇的行为虽然在一定程度上触及了国家对药品的管理秩序和对信用卡的管理秩序，但其行为对这些方面的实际危害程度，相对于白血病群体的生命权和健康权来讲，是难以相提并论的。如果不顾及后者而片面地将陆勇在主观上、客观上都惠及白血病患者的行为认定为犯罪，显然有悖于司法为民的价值观。

2.与司法的人文关怀相悖。在刑事司法中，根据我国刑法和刑事诉讼法，对于不满十八周岁的未成年人、已满七十五周岁的老年人、又聋又哑的人或者盲人、尚未完全丧失辨认或者控制自己行为能力的精神病人、孕妇或者正在哺乳期的妇女，在刑罚适用或诉讼权利、诉讼程序上，适用相应区别对待的规定，体现了对弱势群体的特别保护，所彰显的就是刑事司法的

人文关怀，与坚持法律面前人人平等的原则并行不悖。本案中，陆勇及其病友作为白血病群体，也是弱势群体，陆勇的上述违反药品管理法和妨害信用卡管理的行为发生在自己和同病患者为维持生命而进行的寻医求药过程中，并且一方面这些行为发生在其难以有能力购买合法药品的情形下，另一方面这些行为给相关方面并未带来多少实际危害，如果对这种弱势群体自救行为中的轻微违法行为以犯罪对待，显然有悖于刑事司法应有的人文关怀。

3. 与转变刑事司法理念的要求相悖。随着国家尊重和保障人权的宪法原则载入修改后的刑诉法，保障人权成为刑诉法的基本任务之一，与惩治犯罪共同构成刑事诉讼的价值目标。从保障人权出发转变刑事司法理念，就是要重视刑事法治、慎用刑事手段、规范刑事司法权运行。既要强调刑罚谦抑原则，真正把刑法作为调整社会关系的最后手段、不得已才运用的手段；又要严格规范执法，坚持程序与实体并重，严守法定程序，准确适用实体法律，坚持理性、平和、文明执法。本案中的问题，完全可通过行政的方法来处理，如果不顾白血病患者群体的生命权和健康权，对陆勇的上述行为运用刑法来评价并轻易动用刑事手段，是不符合转变刑事司法理念要求的。

综上所述，陆勇有违反国家药品管理法的行为，如违反了药品管理法第三十九条第二款有关个人自用进口的药品，应按照国家规定办理进口手续的规定等，但陆勇的行为因不是销售行为而根本不构成销售假药罪；陆勇通过淘宝网从郭梓彪处购买3张以他人身份信息开设的借记卡并使用了其中户名为夏维雨的借记卡的行为，属于购买使用以虚假的身份证明骗领的信用卡的行为，违反了金融管理法规，但其目的和用途完全是支付白血病患者因自服药品而买药的款项，且仅使用1张，情节显

著轻微危害不大，不认为是犯罪；从本案的客观事实出发，全面
考察本案，根据司法为民的价值观，也不应将陆勇的行为作犯罪
处理。

这两份司法文件对于陆勇来说，意义重大，它们洗刷了陆勇身
上的污泥，还陆勇以清白。如果说，印度仿制药给陆勇打开了一次
重生的机会之窗，也让众多的病友摆脱了不可承受之重的高昂药
费。这些对他"不起诉"的法律结论，是陆勇的另一次重生，正义
虽然迟到了，但毕竟没有缺席。备受关注的陆勇案，在各方力量的
努力下，在病友山呼海啸般的呐喊声和有点悲凉的浩叹中，在全国
媒体一边倒的发声中，总算获得了尚为理想的结果。

几年之后，中央政法委长安剑公众号独家采访时任沅江市人民
检察院检察长白峰，他讲述了办理这起案件背后那些不为人知的故
事。下面是采访内容的节选。

长安剑：媒体报道当时有 1000 多名病友写信为他求情，您看
到这些信了吗？

白峰：1000 多名病友的联名信我没有看到，但我听说过。陆勇
的律师也向检察院写过情况说明。我们听到这个情况后，心里有所
触动，认为这个案件不像一般的刑事案件，在犯罪的主观恶意和危
害后果上，与其他刑事案件还是有区别的。

虽然这些信我们没有看到，但我们检察官走访了大量的白血病
病友，他们通过陆勇购买印度仿制药，是案件的证人。当时我们挨
家挨户去找那些白血病的病友了解病情，把陆勇的情况一点点全部
查实，做了不少工作。他们都愿意给陆勇做证，说陆勇的行为是善
举，请求我们从轻处理。他们证实了陆勇代购的药是有疗效的，也

证实陆勇的动机不是为了牟利，同时也证实了在整个购药过程中陆勇确实没有牟利。

长安剑：当时你身边的亲人、朋友听说这个案件的时候，会不会也说检察院不占理？你们心里好受吗？

白峰：我与身边的朋友也谈起过这个案件。有的人认为陆勇犯罪不仅仅是为了自己，也为了其他的白血病患者，情有可原，应当从轻处理。有的认为法不容情，虽然可以理解，但他触犯了法律就应当承担法律责任。当时我们检察官心里也很矛盾，在情与法上还是面临一个偏重于哪一边的问题。

长安剑：检察官办理这个案件的时候，内部有没有争议呢？

白峰：当时我在沅江市人民检察院任检察长，不起诉的决定最终是我做的。

这个案子我们研究讨论过几次。湖南省人民检察院、益阳市人民检察院也过问了这个案子，听过几次汇报，并派人到我院进行指导。当时讨论这个案件时确实有过争议，争议最大的是：陆勇的行为是否是犯罪。有的认为从法律的规定上看，陆勇的行为构成犯罪；有的认为陆勇的行为虽然违法，但犯罪情节轻微，没有达到犯罪的标准。

长安剑：后来又是因为什么认定陆勇不构成犯罪呢？

白峰：省检察院和市检察院介入了此案，成为案件的转折点。

省、市、县三级检察院经过反复讨论，并听取了法律专家、学者的意见，从案件的背景、动机和目的来分析，认为陆勇代购印度药品，不是为了营利，而是为了帮助别人，他的行为不能视为销售。我们认为，因为销售的特征是买卖，是一种利益关系，而陆勇代购药品不是为了自己牟利。在网上购买借记卡，也不是为了自己的利益而从事其他违法活动，而是用于为其他病人支付购买药品款项提供一个账户，且只使用了一张，情节显著轻微，虽然违反了我国金融管理秩序，但没有造成严重的危害后果。刑法规定：情节显著轻微，危害不大的，不认为是犯罪。所以最终沅江市人民检察院对陆勇做了不起诉处理，也就是无罪不起诉。

长安剑： 检察院在重新论证陆勇一案的过程中都做了哪些工作？最后又是基于什么做出了不起诉的决定？

白峰： 对陆勇案件的处理，我们是非常慎重的。省院、市院、沅江市院查找了大量的法律法规、相关案例。省院召集担任特约检察员的法学专家、法学教授开会进行论证，沅江市院召开了案件公开听证会，邀请当地人大代表、政协委员、人民监督员、律师代表及陆勇本人参加，广泛听取了各方面意见。当时，湖南省人民检察院副检察长卢乐云带队赴沅江指导案件办理。正是基于听取了社会各方意见，分析了此案的背景，同时找准了法律政策和法律依据，所以沅江市人民检察院最终依法对陆勇做出了不起诉决定。

长安剑： 在检察院公开的决定不起诉的释法说理书中，有这么一句话：如果认定陆勇的行为构成犯罪，将背离刑事司法应有的价值观。什么是"刑事司法应有的价值观"？

白峰： 习总书记提出了"以人民为中心"的发展理念，这是政法工作的指导思想。我们认为司法的原则和宗旨就是"以人为本，保障人权"。在公民的人身权益中，最大的权利是生命权。从陆勇案件来看，我们办案的宗旨就是要体现"保障人权"，尤其是要保障人的生命健康权。

我认为陆勇的行为类似于紧急避险，为了挽救几千名买不起昂贵药品的白血病患者的生命，不得已违反我国药品管理法规和金融管理法规，实施了违法行为。

陆勇保护了公民最重要的权利——生命健康权，虽然损害小部分人的利益，但保护了更大群体的利益，因此我们认为陆勇不应该负法律责任。对陆勇做不起诉处理，我们认为完全符合我国司法

"以人为本，保障人权"这一根本价值观。

长安剑：对于司法机关来说，这个案件的意义是什么？

白峰：就像电影《我不是药神》里反映的那样，陆勇案推动了我国医药管理制度的改革，这是一方面。对于检察机关来说，这个案件促进了我们司法理念和执法观念的转变。

过去在基层检察机关，部门执法人员办案，习惯于按法律条文办案、机械性执法、冷冰冰地执法，没有考虑办案的法律效果和社会效果。对陆勇一案的办理，促进了我们司法观念的转变，即要坚持最高人民检察院提出的"公正、文明、理性、平和执法"理念，既要严格执法，也要人文司法，以人为本，保障人权。通过办案彰显公平正义，达到办案的法律效果和社会效果相统一。这就是以后我们检察机关要坚持的司法政策和原则。

长安剑：您看了《我不是药神》这部影片吗？作为办理原型案件的检察官，您喜欢这部电影吗？

白峰：我昨天晚上看了这部电影，很好看。我觉得影片之所以这么火，有两个因素：一个是真实，一个是悲情。这部影片是根据真实的案例改编的，它不是虚构的、脱离生活的；同时它又将主人公塑造成一个悲剧式人物，为了大众利益不惜以身试法，最终身陷牢笼。真实让人共鸣，悲剧让人感动，它带给观众的不仅有悲喜交加，同时又有沉重的思考。

我觉得白峰检察长的回答是真诚的。作为一个检察官，他有法律的原则，也有善良、包容之心，堂堂正正、正直谦逊。俗话说，"有容乃大"。他坦言，过去在基层检察机关，部门执法人员办案，习惯于按法律条文办案、机械性执法、冷冰冰地执法，没有考虑办案的法律效果和社会效果。通过办理陆勇的案件，促进了我们司法观念的转变。对于这段反省性的认识，白峰检察长所说的温度并不是凭空而来的，而是经此一案后在观念上得到更新、转变和提升。

陆勇回到家的第二天，果真到体育馆放松地、贪婪地游了两小时泳，尽情地体会自由的愉悦和轻松。QQ群里是一片由衷的称道和祝福声，通过这样一个事件，陆勇在病友眼里真有点英雄归来的味道。但陆勇看了后，反而觉得有些伤感和苦涩。

随后几天咨询他的人越来越多，他真的很想帮助大家，但他不是药神，他怕说错话害了大家，对他们提的问题无法一一作答，只能谦逊地连道对不起。

但这件事并没有就此画上句号。沅江市公检法部门可以说松了一口气，对陆勇免予起诉，好评如潮，特别是病人这个群体一片雀跃，因为除了陆勇对他们有恩外，陆勇不被起诉也符合他们的利益诉求，至少他们购买印度仿制药没有后顾之忧了。

沅江市检方经过一波三折，终于做出了准确的决定，最后也更新了自己的认知，说了句令人震撼的话：如果判陆勇有罪，违背了司法应有的价值观。这句话体现了一种司法勇气，是直接对二次逮捕陆勇、关押一百多天并对陆勇提出起诉的自我否定。

陆勇案在法学界引发的思考并未就此终结，针对这个案子所引申的问题，法学专家继续在探索、讨论甚至争论。

在众多讨论中，清华大学法学院劳东燕教授的文章《价值判断与刑法解释：对陆勇案的刑法困境与出路的思考》是一篇代表作。通过这篇文章，我们可以看到，法律也是可以有温情的，冷冰冰的永远只是法律的机械执行者。文章字字珠玑，妙语不断，提出了许多值得思考的问题。

文章提出，对于陆勇案虽然有了尚算理想的结局，但并未从根本上解决问题。一方面，由于从国外购买或代购仿制药的行为在当前的中国正变得日益普遍，在刑法上如何对其定性不只涉及具体的个案，影响的更是对于此类行为究竟在刑法上应当如何处理的问题。另一方面，鉴于陆勇在整个代购的过程中分文未取，该案以相当极端的方式凸显了法律与伦理之间的冲突，用更加规范的术语来说，它呈现的是法律的形式逻辑与实质的价值判断之间的内在紧张，由此迫使人们直面这样一个问题：在法律的形式逻辑与实质的价值判断出现冲突时，司法者该何去何从？

就陆勇案而言，让人疑虑的是：陆勇的无罪释放是否只是法律暂时地迎合或者屈从于汹涌民意的结果？尽管湖南检方强调不起诉决定是依据法律为准绳而得出的结论，但可以肯定的是，如果只是由于舆论合力及其聚光灯效应，陆勇案才迎来良善的结局，那么该案之于我国刑事实务的意义便相当有限：它充其量只是司法流水线的一个意外产品，尽管实现了特定个案的正义，却并未为类似个案的处理提供一种合理的可一般化的解决方案，更未从根源上解决前面提出的问题——在刑法领域，当法律的形式逻辑与实质的价值判断相冲突时，司法人员（尤其是法官）该如何做出抉择。

文章说，陆勇如何走上购买仿制药之路，对于真实地凸显陆勇案在刑法上的处理困境有着至关重要的意义。公众对陆勇的伦理同情以及对其被起诉的尖锐质疑，是源于对现有制度的不满。的确，陆勇走上购买印度仿制药之路，很大程度上是受现行法律和制度规制的结果。这其中，既有专利制度方面的因素，又涉及现行医疗体制的问题，还有法律对进口药品未获批准一概以"销售假药"论处等条款是否合理的问题。诚然，司法者必须受制定法的拘束，应当服从立法者所做出的价值判断，但这并不意味着司法者只能机械地适用法律，只能充当毫无作为的角色。司法者对立法"不是一种盲目的服从，而是一种'思考的服从'，不是要求单纯逻辑性地适用概念"。

清华大学法学院还就"陆勇案"及患者用药情况专门举行了研

讨会。有 10 位法律人士参加讨论会，其中有几位是药事律师；另有 16 位医药企业界人士参会，陆勇和另一位白血病患者也受邀参会。陆勇首先介绍了案情、案件发生后购药问题是如何解决的及患者的用药现状，另一位患者王忠良介绍"陆勇案"对其他患者群体的影响并补充了患者用药的相关情况。与会者都充分发表了意见，从不同的角度阐述了对陆勇案所引申出来的一些问题的看法。研讨的问题主要包括有关刑法问题、相关知识产权问题、有关药品管理中的假药问题、有关药品进口制度及特许使用制度、仿制药制度与相关配套法律制度改革，以及有关药品审批和注册制度改革等。

这些意见基本集中在制度性缺陷和有关法律的不合理、不完善上，当然，与会者也肯定了湖南省、益阳市和沅江市各级检察院检察官在陆勇案上的温度和对法律"思考的服从"，从"国家有国家的考虑，法律有法律的底线"到坚持"司法应有的价值观"，这无疑是一种巨大的进步。至于制度和法律的不合理，这是立法部门的事，与司法机关没有直接的关系。他们能从法律的框架内更改对陆勇案的处理，不管是因为新闻聚焦和民意的情绪化表达所造成的压力，还是别的原因，这都并不重要。这样做都是值得赞赏的。

他们没有能力从普遍性的层面也就是从根源上解决这一类案子的问题，只能在具体个案上尽量体现良知和温情，不可能做出体系性的改变。坦率地讲，他们能够做到这一步已经很不容易了。

陆勇也是这么想的。他认为湖南省、益阳市、沅江市的检察官对自己已经做到仁至义尽了。歌德说："理论是灰色的，而生命之树常青。"法学是一种理论，它跟别的理论又有着很大的不同，它的最大意义和价值，就是以公正和正义来体现对人的关怀并惩治犯法者，就是维护社会的平和并保护人权不受侵犯和荼毒。

关于法学家的讨论，尽管只涉及一个案例，而且案情比较简单，虽然没有引爆舆情的进一步关注，但因为它凸显了法律和伦理的冲突，还是让立法部门的决策者听进去了。他们开始审视、反省有关法律的不足，以便启动程序进行调整。

随着陆勇回归平静的生活，在管理工厂、谈生意、游泳之余，他有更多的时间陪伴家人。如果一直这样下去，陆勇很快就会被人忘记，他的经历会被历史封存。他用 18 年创造的一个传奇已告一段落。作为易碎品的新闻也早已转移到了别的话题上。

陆勇冷静了下来，经过了一番折腾，他和妻子、女儿都希望就这样平静地生活下去。但命运注定不会让陆勇岁月静好。就在这时，一部以陆勇为原型的电影《我不是药神》正在孕育中，不久之后电影热映，再一次把陆勇推到舆论的风口浪尖，他成了网红，成了正义的化身，成了网民和观众拥戴的一个"药神""侠士"。他跌宕起伏的人生被鲜花、掌声和喝彩所包围，陆勇的人生进入了一个崭新而忙碌的阶段，就像一棵枯萎的、掉了许多树叶的大树，突然之间在阳光下萌发出比原来更为茂密的绿叶。

这是陆勇绝对没有想到的。他和家人都有一种梦幻般的感觉。

2018 年 9 月 27 日，中央政法委长安剑在人民日报社新媒体大楼举行以"中国司法，不负江山不负卿"为主题的大会，其中一项内容就是致敬表彰政法英雄。最高人民检察院推荐办理陆勇案的湖南省三级检察团队代表参加了活动。陆勇和一个病友代表作为特邀嘉宾到会。时任中央政法委秘书长陈一新出席会议并讲话。

湖南省人民检察院党组副书记、副检察长卢乐云，益阳市人民检察院公诉一科科长聂资钝、沅江市人民检察院副检察长李跃龙参加了会议，卢乐云和陆勇都做了发言并一起合影。陆勇在发言中高度肯定了检察官的温度，检方重申司法的价值观在于以民为本、公正执法。

"陆勇案"三级检察团队受到表彰，实际上也是对陆勇的表彰。

正是陆勇对希望的追求和永不放弃的精神，促使检方在两难摇摆中做出了正确的选择。湖南三级检察团队纠错的勇气凝聚了对生命、道德、人性和司法之间关系如何取舍的深刻思考。曾经的公诉方和被诉方，还有案发后曾赴湖南省政府和北京上访为陆勇鸣不平的病友站在一起，是中国司法形态和观念迎来转折的真实写照，也是陆勇福祸相依之路的写照。

"癌症起于人，亦止于人。科学的抽象概念，有时候可能会使人忘记这样一项基本的事实——医生治疾，但也治人。"这是英国科学家琼·古德菲尔德（June Goodfield）说过的一句话。但是，令人费解的是，在陆勇案跌宕起伏的过程中，没有一个医生站出来说一句话，他们保持着集体的沉默。

第十七章

一部火爆电影的诞生

2018 年 7 月 5 日，电影《我不是药神》在各大院线上映，首日票房就突破了 3 亿元。电影后来越来越火爆，口碑非常不错，不乏溢美之词，可以说是雅俗共赏。于是，带着一些疑问，我走进了电影院。这是电影上映的第五天，票房已破 10 亿元，而且继续上蹿的势头非常强劲。我很快就进入了剧情，在情节和角色命运的起伏中，我的情感也被牵动着，有几次眼泪夺眶而出。偶尔用余光环顾周围，可以看到在暗淡的光线下，泪花像夏晚的萤火虫闪烁着微光，甚至还听到了隐隐传来的轻微饮泣声。

当电影闭幕，影院亮起了灯，观众还静静地坐在那里不起身，显然，大家都还沉浸在电影所叙述的故事中。这是我看电影，尤其是看国产片难得见到的场景。可见这部电影名不虚传。

电影《我不是药神》最终豆瓣评分高达 9 分，这是不多见的，票房达到 30 亿元。作为导演文牧野的处女作，在竞争激烈的影视圈内，《我不是药神》毫无争议地脱颖而出，创造了奇迹。坦率地说，我原来对这部电影并没有特别的期待，首先院线给它下的定义是喜剧片。我一直不太喜欢中国的喜剧片，包括港台的这类电影，主要在于其剧情肤浅、虚假，演员表演乖张、别扭，戏耍打闹，和法国喜剧片（如《虎口脱险》）中彰显出来的喜剧精神、诙谐地处理严肃问题、令人捧腹的对白有很大差别。另外对电影的片名，我也觉得有些费解，"药神"是指什么呢？不是很明白，不像国外影片的片名直白而深邃。

但看完后，这部电影颠覆了我的思维定式。《我不是药神》中确实有很多黑色幽默元素，从某种意义来讲，它是借"宁浩加徐峥"的喜剧外壳，诙谐地处理了一个严肃问题。把它称为喜剧片，其实完全是宣传的刻意误导，目的是借这两位喜剧演员来吸引影迷的关注，同时也想规避某些敏感的东西，这是可以理解的。

这部电影的成功不在于它的所谓喜剧性，而在于它批判现实主义的风格和一个完整的与社会痛点相连接的故事。它塑造了一组具有"源于现实生活"写实感的人物群像，人物的台词和动作散发着浓厚的生活气息。每一个人物都能让观众感到似曾相识，白描而克制抒情的手法有着近似纪录片的风格特征。当然，更重要的是，从编剧到导演以及演员的表演，对于一个特殊群体在残酷处境下是"要命"还是"违法"的挣扎现实，以及如何在这些阴暗面和正面价值之间拿捏得当，这部电影对这些方面诠释得很到位。电影不光是揭疮疤，而要更好地抚慰心灵，让人们感受到光明和正能量。

我观看电影《我不是药神》时，还不认识陆勇，当然也不了解他的曲折经历。一次偶然的机会，我曾经供职报社的一位娱乐记者和我谈起了陆勇的故事。

我心里像闪电一样划过一个念头：采写陆勇的真实人生经历。这时的陆勇已经是炙手可热的人物。媒体再一次排着队采访他，他着实火了。在这位娱乐记者的牵线下，我和陆勇见面了，也许是同乡的缘故，加上我有些薄名，还有我一开始就提及我父亲也是个慢性粒细胞白血病患者，我们谈得很投机。这大概也是一种缘分吧。

很自然地，电影成为我们交谈的切入口。他毫无保留地把这部电影的诞生过程介绍给我听，我才知道在这部电影热映的背后，还是有些纠结的。

事情起始于2015年，中影集团董事长韩三平的女儿韩家女在央视《今日说法》栏目中看到了记者对陆勇案的报道。这个名为

《救命的"假"药》的专题节目介绍了白血病患者陆勇无偿为病友代购印度廉价仿制药,一度身陷囹圄的事。"陆勇先生确实就没赚钱,最后警察把他查得很细。这很出乎意料。如果是换作别人或者我自己,应该有可能会用这种手段谋一些利。像现在咱们代购护肤品、衣服,不也要加一点钱吗?"韩家女说。受节目启发,她决定把这个新闻改编成剧本,于是她通过白血病病友群要到了陆勇的邮箱地址。《今日说法》栏目采访陆勇时,他还被羁押在看守所,但沅江市人民检察院已准备撤诉了。

后来韩家女按病友提供的邮箱地址发邮件给陆勇,开始和他就创作以其经历为蓝本的电影剧本进行了交流。以下是双方的沟通邮件,两人可以说是一拍即合。

陆勇老师:

您好!

我是北京的一名编剧。今年在央视得知了您的事迹,深受感动,想把您的事迹改编成电影文学剧本,让社会对白血病患者的医疗条件与处境更加了解和重视。根据广电的相关法规,我必须先获得您本人的授权。不知是否有这个可能?如果可以的话,希望能和您取得进一步的联系。

我的邮箱:(略)

我的手机号:(略)

祝身体健康,万事如意!

韩家女

2015 年 4 月 25 日

韩女士，您好！

很高兴收到你的邮件！

只要对白血病患者群体有益处的事情，我乐意配合，也希望可以引起国家有关部门的重视，引起社会的更多关注，改善这个群体的生存现状。

希望你写的剧本以及据此拍出的电影或电视剧可以引起社会的轰动，也可以获得奥斯卡金奖。我觉得我的故事比美国奥斯卡提名影片《达拉斯买家俱乐部》的情节更曲折，内容更丰富。

如有需要，您可以直接联系我。

手机：（略）

微信：（略）

祝好！

陆勇

2015 年 4 月 26 日

此后，韩家女表示要以陆勇为原型拍摄一部电影，并请陆勇正式授权。陆勇经过考虑，并和妻子商量后，同意韩家女将他的故事写成电影剧本并搬上荧幕。韩家女的经纪人来无锡和陆勇面谈授权的问题。当时，陆勇对影视的程序不甚明了，隔行如隔山，但考虑电影作为一种受众喜闻乐见的文艺形式，还原自己的经历能增进社会对重大疾病患者这个群体的关心，陆勇便很痛快地在韩家女通过邮件发来的授权书上签了字并将其快递给了韩家女。

授权书（节选）

乙方计划撰写以白血病患者跨国买药自救的电影文学剧本一部，需用甲方相关故事、病情、经历为原型背景进行创作；

乙方将正面宣传甲方的形象，维护其名誉，并承诺在此电影项目中，注明"根据×××真实故事改编"字样和字幕；

乙方尊重甲方各项合法权益，不得授权第三方对甲方造成伤害；

该片的著作权归乙方所有；

乙方不得将甲方相关授权用于与该项目制作、宣传、发行等无关的工作中。

特此授权：（授权人签字）

韩家女于2015年下半年用两个月时间完成了剧本的初稿创作。她随后将剧本给了宁浩，宁浩一口气看完当时还叫《生命之路》的剧本时，已经是凌晨3点，剧本里的白血病患者陆勇打动了他。"他做的决定，英雄情怀里渗透出温暖。"宁浩说。韩家女记得宁浩回复了她三个字："可以做。"两人也没做太多的沟通，韩家女就放心地把本子给了宁浩。"宁浩老师说他认可这个题材，就差不离了。"韩家女说。

后来，宁浩买下剧本后交给文牧野导演。宁浩跟文牧野讲了陆勇的故事，当时陆勇的设定还是病人。讲完他问文牧野：你喜欢这个本子吗？"文牧野说喜欢，这件事就定下来了。"宁浩说。文牧野说自己听完故事的一瞬间就想到了它的形态。"我要把它做成中国第一部社会英雄题材电影。"他兴奋极了，"电影分三个层面，娱乐性、社会性和灵魂性。我确定它的社会性、灵魂性饱满，娱乐性也不差。"

当时，至少有三个人同时惦记上了这个本子。

刚看完本子，宁浩一股脑儿地把故事告诉了哥们儿徐峥。不出所料，徐峥也很喜欢。他见着宁浩就催一下："怎么样了？"

徐峥是中国最具票房号召力的人物之一，2006 年在宁浩导演的电影《疯狂的石头》里演了一个倒霉的配角。《疯狂的石头》用仅仅 300 万元的投资获得近 3000 万元的票房，成功开创了一种小成本黑色喜剧的电影类型。之后，徐峥又尝试做编剧和导演，2012 年他导演、编剧并饰演主角的《人在囧途之泰囧》斩获 12.6 亿元票房。徐峥已经成为宁浩电影中的标志性角色，两人一路相携走过太多关键时刻，有些甚至被镌刻在中国电影史上。宁浩哈哈笑着说："我们是哥们儿，一起成长的。我认可他的人设。"

"老宁是极其会讲故事的人。"坏猴子影业 CEO 王易冰说。他也是最早听到这个故事的人，作为宁浩的搭档，他从电影《心花路放》开始就担任宁浩的制片人。他听完宁浩绘声绘色的讲述后再看原剧本发现落差挺大："他已经在叙述里加入了自己的理解。"王易冰也认定这是个可做的本子。作为制片人，王易冰管钱。

按王易冰的理解，宁浩的电影从观众的角度来看都可以叫作"知识分子电影"："有一定的观影要求，对一些人群是有吸引力的。"对于如何做好陆勇这个题材，他们一致认为："题材已经够沉重，再以沉重的手法体现，可能有些观众会受不了。"因此要对韩家女的剧本进行故事架构上的修改。

2015 年 7 月，他们把剧本交给钟伟进行再创作。从接到韩家女的初始剧本到完成再创作，钟伟花了一年零七个月的时间。他和导演文牧野为剧本增加了很多幽默元素，也新增了很多角色，并设法减轻沉重感。

创作期间，钟伟每天要花 5 小时在写作上，剩下的时间大多是与导演交流、外出采访。他走访了 30 余个慢性粒细胞白血病患者，从他们身上挖掘故事，将影片中的角色进一步定型、丰富，人物关系的逻辑性得到进一步完善。在价值观的把握和表达上，钟伟也下了很大功夫。根据不同渠道的信息，我了解了钟伟和文牧野的思路，他们希望这个充满悲情的题材能从时代和人生的坐标上承载一种正义和光明的力量，并且试图体现一种情怀，包括良知和怜悯的心灵情结以及对生命的珍爱，对弱势群体的同情——一部电影偏离了正义、情怀、光明等精神，便不可能动人心魄。钟伟的修改努力凸显着这一点。院线为这部电影做的定位是喜剧片，钟伟却把它当作了一部现实主义题材的英雄片。

在韩家女的剧本初稿里，程勇基本上脱胎于陆勇，是一名白血病患者。但导演文牧野觉得，如果主角也是一个病人，过度表达角色的自救，自我表达的情绪和人物性格的转变会受到很大的局限。与电影主角程勇不同，陆勇先是自救，再拯救别人，他的性格是线性的，一开始就是个好人，自己找到了印度仿制药，试服后见效再推介给病友，从而获罪，最后无罪释放。电影主角的性格和观念应该是曲线的，于是进行了改动。程勇有缺点、有弱点，卖印度神油，有家暴行为，是个以营利为目的的药贩子，劣迹斑斑，后来在现实生活中看到了白血病患者的痛苦，他性格中善良的一面显现了出来，便决定代购印度格列卫来拯救这些因吃不起高价药而陷入绝望的病人。

俄国导演、戏剧理论家斯坦尼斯拉夫斯基有句名言："如果说，历史世态剧的路线把我们引向外表的现实主义，那么，直觉和情感的路线却把我们引向内心的现实主义。"电影通过程勇直觉和情感的路线引向内心的现实主义，他感悟到冷冽的现实，呈现出一种精神的穿越。

影片中"药要灵团队"里除程勇外的几人被称为"善良的小天使"，他们都是被钟伟和文牧野加上去的角色，与程勇个性的各个角度形成对照，用他们的力量和个性影响程勇并让他发生变化，最后用自我牺牲促使程勇回归内心的现实主义，完成英雄角色的塑造。

　　还有白血病患者——一个小男儿黄毛和另一个患者吕受益的死（自杀），推动了故事情节的发展，程勇的内心被震动了，他从一个置身事外的商人沉入现实的坎坷，意气横陈，开始了他的拯救行动，从而获罪，被判了五年徒刑。电影还塑造了一些小角色，这些角色都是与程勇相辅相成的，有坚强的妈妈，有受到公益组织和义工照顾却被病魔折磨得死去活来的病人。

　　斯坦尼斯拉夫斯基说："没有小角色，只有小演员。"黄毛、吕受益、刘思慧都是小角色，但他们在剧中缺一不可，他们都演得非常好，入木三分。编剧和导演试图在这些小角色故事的背后，表达"生活的压力和生命的尊严，哪一个更重要"的主题。"我们关心的是社会进步的同时，我们的英雄主义情怀还在不在，还有没有人愿意为别人付出。"他们这么说。

　　剧本改定后，以坏猴子影视为主的制片方投入了电影的拍摄，这是近年来罕见的一部现实主义商业片，由文牧野执导，宁浩、徐峥共同监制，徐峥出演程勇一角。我之所以对剧本的修改过程说得很详细，是因为这样的人物和情节的设计，与陆勇的态度有关。

　　我也写过电视剧和电影剧本，因此完全理解编剧和导演对情节和人物的调整。艺术创作不存在对与错的问题，就像一千个观众观看莎士比亚的《哈姆雷特》，就会有一千个哈姆雷特，这是理解的不同。同样，十个导演或编剧写同一个题材，也会有不同的写法。我觉得钟伟和文牧野的写法是有艺术个性的，是以现实世界作为创作基础的。文牧野说："现实一定是特别有力量的。即便是《星际穿越》这样的科幻题材，它讲的也是个奥德赛的故事，是有母题可寻的。"

　　这些都没有问题。那么问题出在哪里呢？

　　就是他们忘了一个重要人物，故事的原型人物陆勇。从剧本修改、酝酿到故事框架的重新搭建，他们都把陆勇遗忘了，没有把陆勇当回事。直到陆勇在网络上看到了电影的宣传和报道，才觉得不妙。他和我谈起这个过程时，有点遗憾，认为这是对自己的不尊重。所有的故事来源，都是陆勇用自己的生命换来的沉重经历，他无条件地授权给韩家女，唯一的希望是正面反映他的故事，不要损害他的形象。

是的，他不是电影人，不懂得电影的艺术规律，但是主角的形象塑造，能不能抽出时间和陆勇沟通一下，让他参与进来，得到理解和认同？陆勇最大的意见就是漠视他的存在。几年过去了，这部电影虽然还有些余音绕梁，事情也经过友好协商得到了解决，但如今陆勇谈起此事，还有一丝掩饰不住的不满。

"我是顾全大局，才没有坚持到底，和他们较那个真儿。否则，我是不会同意这部电影上映的，我当时是准备和他们打一场官司的。"

可见尊重人是何等的重要。

2017 年 1 月 20 日，陆勇在网上发现电影海报《印度药商》，其内容和原先授权给编剧韩家女的内容发生了很大的变化。陆勇联系韩家女，对方回答说剧本已经被卖给了宁浩，可能导演又做了修改，并答应帮他联系导演沟通。当天，坏猴子影业总经理王易冰和陆勇联系上了，并约定 2 月 14 日来无锡和他面谈。他们是那天下午见的面，王易冰带给陆勇一本剧本《印度药商》。王易冰谈及改编剧本的思路，即参考韩国电影《熔炉》《辩护人》前半部平淡、后半部矛盾冲突起伏的叙事模式，并向陆勇介绍了中国电影评审的一些基本规则。陆勇对此表示理解，但是希望电影做这样的改变时不要让观众误解他，以为他真的是贩药牟利。对此，他提出要在电影结尾加一段视频，也可视为彩蛋。作为原型人物，陆勇要说几句话：（1）我是电影原型陆勇，一位慢性粒细胞白血病患者；（2）我出于自救顺带帮助了病友，并未从中赚钱；（3）希望国家重视药费高昂的问题，降低药费，让白血病患者都可以承担得起药费。王易冰认可他的想法，并表示有真实原型出现在电影中的表现手法在国外很多电影中都出现过，能增加电影的真实性并为电影出彩增色。

3月7日，王易冰联系到陆勇，并告知他电影将于3月15日在南京开机拍摄，希望他3月13日前来参加全体演员的剧本围读。目的是让陆勇讲讲自己的故事，以便全体剧组人员体会慢性粒细胞白血病患者的生存现状与压力，从而更好地出演。

3月13日，陆勇在南京和全体演职人员见面讲述自己的经历，徐峥等主要演员和文牧野导演参加了围读会。会后，剧组送了他一本全体演职人员签名的剧本《中国药神》。陆勇还和徐峥及全体演职人员合影，临走前徐峥提及陆勇在片尾出镜一事并表示要找个时间让他录个短片。

2018年4月13日，陆勇得知电影改名为《我不是药神》并进入了上映排期。但剧组并未和他联系关于拍摄短片一事，他心里嘀咕事情有变。2018年4月底网上出现了电影预告片，特别是程勇那句"钱就是名，我就是要赚钱"十分刺激人，陆勇看了大为不悦。病友、亲戚、同学、朋友看后纷纷来电问他是否真的如电影中所说赚了很多钱。陆勇和妻子张滢滢商量后，决定聘请李安律师出面和制片人交涉，要求改正电影内容，只能按照原先授权约定的内容创作。坏猴子影业律师和李安沟通，王易冰邀请陆勇5月先去北京看了样片再谈。2018年5月27日，陆勇和李安律师及两位朋友一起在坏猴子影业放映厅观看了电影《我不是药神》。观影后，陆勇他们和王易冰的交流总体上还是正面的，但是对于原型的改编，他们是不能接受的，特别是经历过很多磨难后电影还要这样演，会使观众误解原型人物。更主要的是，片方并没有按照约定在片尾播放陆勇的自述短片。陆勇要求片方按照约定增加短片，他可以将讲述的内容发给王易冰看看是否合适。

陆勇表示，总体来讲，电影拍得很好看，演员演得很到位、很感人，这是我国第一部以白血病患者求药为题材的影片。作为一个近 20 年的"资深"白血病患者，陆勇感谢电影艺术家对这群人的关注。但是，他对电影保留自己的看法，因为电影中的主角在许多方面与他的经历不符，譬如他根本没有开小药店卖什么印度神油，更无家暴行为等劣迹，电影中这些情节无疑有损他的形象。陆勇坦言："电影里那个'程勇'，除了'勇'字和我的一样，其他哪里都和我不一样。我没打老婆，没卖神油，我没有卖药赚钱，我不是药贩子，我没有为救病人而对抗法律，没有违法。"陆勇反复强调，他要澄清一个事实，电影中程勇获刑 5 年，而现实中自己的行为并没有构成犯罪。他被关押了 100 多天，整个案子包括取保候审，共计 400 多天。但最后检察院撤回起诉，给他的结论是不起诉，就是无罪释放。陆勇还重申，电影里他最不喜欢的场景就是结尾千人摘下口罩送程勇的场面，因为太夸张了，让人觉得不真实。

他和家人都为这样一个角色感到担心，怕会给他的名誉造成损害，不明真相的观众会把主角的劣迹误解为源于他的本色。前一段时间媒体对陆勇的大量报道，已使陆勇案广为人知。如果将殴打老婆、卖印度神油等不光彩的事涂抹到陆勇身上，三人成虎，他会被人指着脊梁骨说三道四。

于是，陆勇正式提出了他的意见，并正式发出了一封律师函，对制片方提出了 6 点要求：

1. 对电影内容按照原授权约定的范围进行修改；

2. 在媒体和现场发布会上进行道歉；

3. 电影宣发时必须加上我真实的经历；

4. 拍摄我讲述的一个短视频并在公开场合播放，我讲述真实的经历；

5. 电影末尾加上原型短片；

6. 建议片方给白血病公益组织或者基金会或者患者捐助少部分电影票房收入。

如果制片方无视他的意见，不妥善解决这些问题，他只能通过法律途径寻求解决。影视圈的人都知道，一部电影或电视剧拍摄结束后，如果遭遇法律纠纷，会带来很大的麻烦和损失，极有可能使电影的档期无限期拖延甚至会被停映停播。

陆勇要求在影片结尾增加一段短片，有他两分钟的讲话，以澄清自己和角色的不同。制片方对此早就允诺了，这要求并不过分。陆勇爱惜自己的羽毛，一个受过伤的人对于自己的名誉特别敏感和珍惜，剧组是理解的，陆勇并非是在故意刁难。主创人员在创作过程中与陆勇沟通不够，也是造成僵局的原因之一。

2018 年 6 月 4 日，陆勇的律师李安和王易冰再次见面并进行沟通。王易冰同意第 3 条，其他并未同意。陆勇忍无可忍，在微博上发了一篇文章，将他和制片方的分歧进行了公开，义正词严。他希望获得公众对他的支持，也有向制片方施压的意思。

2018 年 6 月 6 日他在博客发表的文章转录如下：

各位亲朋好友，各位关心我的病友，大家好！

我是陆勇，以我真实事件改编的电影《我不是药神》即将上映，网上发布的该电影的预告片和花絮，给我平静的生活带来了很大的冲击和困扰。预告片中的"我"被无端改编为一个卖走私印度神油的小店主，从倒卖印度治疗慢性粒细胞白血病的药品中赚了大钱，最后锒铛入狱、被定罪判刑。大家出于对我的关心和支持，纷纷向我表达了对该片的不满，认为这部电影会让观众觉得我真的从中赚了钱，损害了我的名誉和形象。但是我想，公道自在人心，只要我确实没有干过对不起良心的事，我就可以睡得安稳。为了澄清事实、以正视听，我在此先做以下声明：

一、时至今日，我没有以任何方式，授权《我不是药神》的制片方改编拍摄此电影。我曾于2015年4月授权韩家女根据我的故事创作剧本，她承诺正面宣传我的形象，维护我的名誉，并尊重我的各项合法权益，且不得授权第三方对我造成伤害。但是，韩家女没有信守承诺，在没有征得我同意的情况下授权他人并给我造成伤害。

二、自始至终，我没有收过剧作者、制片人及其他任何人的一分钱，连提都没有提过。因此，请大家不要以为我从中得了多少钱，我就不是一个愿意出卖自己的经历来赚钱的人。更何况制片人扭曲我个人形象、败坏我声誉，我怎么可能拿他们的钱？我承诺，如果将来我能因此得到什么"赔偿"的话，我全部公开捐献给病友。

三、我对预告片和其他拍摄花絮中的搞笑行为及电影所塑造的人物形象表示极度不满。影片中的"爆笑"是建立在病人痛苦之上的，这种消费病人的行为，不值得称道；影片中的"我"从事非法经营、没有责任心且唯利是图。在我的字典里，"命不是钱"，命是活生生的，是最可贵的，是无法用钱来衡量和购买的。我不知道，这部电影的制片人、演员有没有想过，一位癌症病人看到这样的电影会是什么感受。你们恶心别人的时候，你们的良心就不会痛吗？你们没有考虑过尊重我和我的病友，因为在票房面前，我们什么都不是！

各位亲朋好友，事情至此，我也只有先向各位做以上说明。在病友面前，我是"神"；在制片人的资本和大牌明星面前，我即便是弱势群体，也要抗争并发出自己的声音。我深信公平、正义并不遥远，正在来的路上！

祝你们健康！

陆勇当时对电影的艺术创作与人物原型的关系也许还不够理解。另外，他很注重自己的形象，因为他的故事已广为传播，电影塑造的形象与他本人正气凛然、清白坦荡、躬耕事业的品格完全不符，一旦将两者混淆起来，极有可能对他造成名誉上的损害。

基于这样一种考虑，他对电影有了很大的抵触情绪。不过电影中的程勇虽是一个劣迹斑斑的社会底层人物，但最后在病人的生死存亡面前，他的良知和善良被唤醒了，同样表现了一种正直和侠义，显示了他生命的硬度，因而获得了观众的深深同情。事过之后，陆勇也承认了这一点，他毕竟是一个通情达理的人。

2018 年 6 月 19 日，电影《我不是药神》在上海国际电影节超前点映。当晚导演文牧野、发行人北京文化张苗、电影出品人刘瑞芳女士来无锡见陆勇和李安律师，交流电影放映后观众的反映并沟通处理双方的矛盾。

他们告知陆勇，片尾的短片被中宣部电影局否决了。片方一再解释，角色与原型的异样是艺术创作的需求，不是对他的抹黑，而且他们会在宣传中澄清。他们同意 6 条要求中的第 3、4、6 条，并邀请陆勇参加 7 月 3 日在北京的首映式，而且到时会在现场补录一个短视频。

他们还告诉陆勇剧组为这部电影付出了巨大的心血，目的就是颂扬"辛德勒名单"那样拯救苦难和生命的崇高行为；徐峥在网络上看到他的文章当场就泪奔了，他是个为了电影不要命的人。陆勇的心软了下来，态度松动了。后来他们承诺捐出 200 万元成立一个资助白血病患者的基金会，由陆勇来主持。成立基金会，是陆勇被释放后思考的问题。白血病患者这个群体，因一些医药医保政策的调整，境况已大有改善，但还是有一些患者存在这样那样的困难，急需一个基金会为他们纾困解难。

陆勇基本同意这些意见。"但是，建一个基金会要花不少精力进去，200万元也是不够的，还需要募集，目前我还没有想好。"陆勇对媒体有过这样的表白。对于电影，他也表现出宽容、理解的态度，甚至曾在公开场合说："当然，电影就是电影，不可能和现实生活完全一样，我也不能苛求。"

陆勇表示，其实，他希望拍的是一部更像自己的电影，描述他和病友们的真实故事，不需要太多的改编，便足以让观众落泪，更足以让观众感受到生命之光，感受到爱的力量。"电影来源于生活，但不同于生活。电影可以搞笑，病友们的求药之路却一点也不好笑，更多的是让人想哭。不过，回过头来看看我和病友们走过的坚实脚印，虽不能说感天动地，但也可以鼓励很多心态黯淡的人继续勇敢地活下去。"

定于2018年7月6日上映的电影《我不是药神》在济南举办了提前看片会，该片导演文牧野和片中"黄毛"的扮演者章宇一起来到泉城。导演文牧野表示，这是一部现实题材的电影，但是现实题材不代表干涩冰冷，要有温度，要充满希望；《我不是药神》以草根群像式的现实刻画，生动展开小人物坚韧的生命故事。观影结束，全场观众以经久不息的掌声表达了对《我不是药神》的喜爱之情。有观众真诚评价："有良心、有勇气、有温度、有演技、有质量，于题材和类型上，《我不是药神》是华语片一次重要的突破。"新世纪影城泉城路店经理李言鲁观影后表示："看完《我不是药神》，内心五味杂陈，一句'谁家还没个病人'的台词足以让人潸然泪下。医院里永远充斥着人生百味，上演着人世百态。国内终于有了这么优秀的现实主义题材的影片，荧幕上有了我们自己的平民英雄。这是一部有笑有泪的电影，是一部给人希望、充满力量的电影。生病很可怕，但活着，我们便拥有一切。"

另外一位观众也表示："《我不是药神》假药不假，真药也未必'真'。从之前发布的海报和预告片来看，我一直认为这是一部传统意义上的徐峥、宁浩式的喜剧电影。没想到恰恰相反，大家一起转型，揭露现实，笑点泪点都恰到好处，不过分，收得住，可见导演功力之深厚。这种题材、这种深度、这种节奏，感觉不像国产片，更不像导演的长篇处女作。"

在放映后的解读电影环节，文牧野透露，很多人在看完电影之后，认为徐峥饰演的程勇后半部分精神上发生了变化，其实并不是。程勇的本质并没有改变，每个人都有很多善念，只是他后来把自己的善念捡回来并放大了。每个人都可以成为英雄，在这部电影中，每个人其实也都是英雄。

饰演"黄毛"彭浩的演员章宇解释自己在剧中的死亡时坦言，程勇的进阶是分两个阶段的，老吕的去世是一个阶段，而彭浩的死是第二个阶段。这两个人的死亡戳中了程勇的痛点，让他一步步走向"神坛"。同时，章宇也自嘲，在这部电影中，自己的动作比语言多，有一个打群架的戏，从上午一直拍到晚上，连武行都受不了了。

几乎每一个剧评人和编剧都不吝对《我不是药神》给予最高的评价。编剧冉平评价它："紧贴中国人的日常生活经验，精准稳定。"通过这部电影，大家似乎重新发现了电影在娱乐之外的社会功能。编剧宋方金在自己的微信中向《我不是药神》致敬，他亲昵地称它为"我们的世界杯"。他说："《我不是药神》是每个中国人都应该看的电影。票房如果能达到20亿元，它将改变中国电影格局；如果达到30亿元，将影响中国影视题材和风格走向；如果能达到50亿元，它甚至会对中国社会和人心有所改变。这是一部成熟练达又保持了锐度的电影。文牧野导演将迎来自己的时代。这部电影没有奇技淫巧，创作者只被一种要打动观众的深沉欲望所吸引。"影评人梅雪峰如此评价《我不是药神》："我喜欢这部电影的原因很简单，这是一部充满道德感的电影。"他进而阐述道："真正的道德感，就是对他人苦难的感知，就是对真实的社会问题绝对不视而不见，对大多数人的痛苦更不会背过身去。"

在接下来的暑期档，电影在各大院线全面上映，电影的火爆程度是空前的，共创下了 30.987 亿元的票房，这是破纪录的。虽然陆勇对这部电影在主角的塑造上颇有异议，但观众对这部电影的高度热情和对白血病患者的困窘所表现出来的同情，也让陆勇的精神经受了一次洗礼。

在清华大学礼堂举行的《我不是药神》首映式上，陆勇以书面讲话的形式谈了他想说的话。全文刊发如下。

大家好：

我是陆勇，一名患病 16 年的白血病患者，本片程勇的原型。

今天受邀来参加《我不是药神》的首映式，我感到非常荣幸，非常高兴！感谢制片方对白血病患者的关注、关心！感谢演职人员的精彩表演和辛勤工作！感谢大家来参加今天的首映式，我希望能有更多的观众走进影院，感受生命之光！

2002 年，年仅 34 岁的我被确诊为慢性粒细胞白血病，一年近 30 万元的药费很快让我无以为继。一次偶然机会，我吃了两个月印度生产的仿制药，身体各项指标完全正常，而价格便宜了很多很多。从此，我踏上了印度求药之旅，并为数不清的病友提供帮助，从中分文未取，也未违反法律。2015 年初，我因在帮助病友购药过程中涉嫌非法使用信用卡罪被司法机关逮捕，引起了广大病友、媒体和社会各界的强烈关注。经侦查，我被免予起诉。该案被评为"2015 年度检察机关十大法律监督案例"。

这些年来，也有一些人对我的行为表示难以置信：当时国内的正品进口药每月药费两万元，而印度仿制药每月才 3000 多元的药费，甚至最后降到 200 元一个月，你怎么就没想过要从中赚钱呢？

是的，我也是人，并且是个花了巨额药费、天天要吃药的病人；我上有双老，下有幼儿，我确实需要钱。但也正因为如此，我比任何人都知道作为一个病人的痛苦！我是以一个病友的身份帮助别的病友的，而不是以一个商人的身份在帮助他们。在我的脑子里和潜意识里，一秒钟也没有闪过"我要赚钱"的念头！哪怕我稍微有一点这样的念头，那可能已经赚了上亿元。但如果这样，我也就没有了今天的自由。我至今无法忘记，800多块钱一天的药费让我和父母掰着手指算剩下的日子的情景！我至今无法忘记，搬开屋里所有家具找到掉在地上那颗救命药的喜悦，因为那颗药比黄金还贵！我至今无法忘记，当我熟悉的那个病友QQ头像不再闪烁，我默默地坐在电脑前发呆一上午的绝望！当我找到了一条生路，我立即与病友分享，对病人来说，那与钱无关，只与活着有关，与家人有关，那只是一条路，一条延续生命之路！

一路走来，我得到了社会各界和亲朋好友的关心、关注，借此机会，我对他们表示最真诚的感谢！我要特别感谢我七十多岁的妈妈，在她心里，我始终是她怀里的那个乳儿。在我被关押在看守所的那段日子，她只身来到湖南，一待就是好多天，为我奔走呼吁。湖南菜辣得她眼泪直流，但她真正的眼泪是为我这个不孝子流的。她七十多岁了，本可以和别人一样去旅游，去跳广场舞，但她没有，她仍在辛勤劳作，管理工厂。正是她这样的朴实之爱，她对待生活不屈不挠的态度，鼓舞着我勇敢地活下去。我还要特别感谢媒体的朋友，他们对我事件的持续关注和客观报道，既帮助了我个人，也促进了社会的进步。

我始终敬畏法律，不做违法之事。我始终感恩新时代，感恩生命的眷顾，感谢社会的进步。得了绝症后，我还能有尊严地活着，就是这个时代进步的最好证明！月有阴晴圆缺，人有生老病死。我向所有的病友呼吁，不要向病魔低头，不要给困难让步，你热爱生命，健康就是你的；你向往阳光，光明就是你的！我就是你们最好的榜样！我将继续和你们一道，和你们的家人一道，高昂着头，坚挺着胸，抗击病魔，再幸福生活30年！我将尽我所能，向病友们提供免费的咨询服务，分享故事，提升斗志，延续爱和生命。欢迎大家关注我的唯一个人微信公众号"药侠陆勇"。公众号头像就是本人的"靓照"，请大家不要认错，在QQ、微信上假冒我的人太多了。

今天，电影制片方和演职人员为表达对我的感谢，为了帮助广大病友，向我捐赠200万元善款。我向他们表示衷心的感谢！我将成立一个基金会，用好这笔善款，并以这个基金会为平台，凝聚更多的爱心，帮助更多的人。我承诺，这个基金会将是完全透明、完全公开的，基金会的每一笔捐赠和支出，都可在基金会网站上查到，一支笔、一张纸的明细账都会向全社会公开。我欢迎热心公益、善于运营管理的人士加入这个基金会。欢迎广大爱心人士，伸出你们的友爱之手，涓涓细流，汇成大爱！徐峥老师一直热心慈善事业，帮助了很多人。这次倾情出演满腔侠情救助病人的"药神"程勇，让观众深受感动！我想邀请他在现实生活中和我们一起帮助更多的病人。党的十八大以来，党中央、国务院牢牢树立人民中心思想，药品审批管理制度改革取得了巨大成就，人民群众的用药"获得感"显著增强。我坚信，广大病友一定能用上质量更好、价格更加合理的药品，健康中国梦一定能实现！朋友们，让我们一起观看《我不是药神》，一起感受用爱谱就的生命之歌！

2018年7月6日，在从北京回无锡的高铁上，陆勇至少接了3个小时的电话，都是媒体的朋友打来的。陆勇对媒体有着特殊的感情，他们打来的电话，都是对他的关心，他百接不厌。但是，他无法对所有人的问题都做出回答。

从首映式回来，陆勇有点累，需要喝一杯好茶。他不抽烟，不喝酒，泡一壶早年亲自从云南深山收购来的老班章，呷一口汤色纯正的茶水，他的整个身心都沉浸在这壶茶中，这壶茶便是他的世界，世界也就是这壶茶。看着茶气袅袅而起，他觉得自己仿佛也变成了一缕青烟，飘向了无垠的宇宙。

总体来讲，电影拍得很好看，演员演得很到位、很感人，创作团队是第一批关心白血病患者的电影人，《我不是药神》也是第一部以白血病患者求药为题材的影片。作为一个有着近 20 年病史的"资深"白血病患者，陆勇感谢他们对这群人的关注。电影上映后，会引起人们的更多思考，比如：我们为什么不合法地把印度仿制药引入国内呢？

实际上，最近几年来，国家药品管理制度改革取得了非常巨大的进步。国内仿制药也开始上市，抗癌药品进口零关税，国家有关部门出面和跨国药企谈判，抗癌药的价格大幅下降，不少抗癌药还被纳入了医保，国外新药在国内的上市速度也在加快。

影片里讲的那种价格差已不复存在，用药难的问题已经得到了极大地缓解，老百姓在用药上的"获得感"显著增强了。

第十八章

"民之所忧，我必念之；
民之所盼，我必行之"

陆勇的遭遇、白血病和其他重大疾病患者的遭遇及以陆勇为原型的电影《我不是药神》，都是围绕着"一颗药"展开的，那就是格列卫。这颗药虽小，但其中蕴含的却是无数病人的喜怒哀乐甚至生死。

在与疾病的斗争中，人类最有力的武器就是药物。药物对于人类来说也是逐步发展的，应该说已达到了相当高的水准。许多给人类造成巨大灾难的疾病，如疟疾、肺结核、黑死病、霍乱、天花、狂犬病、脊髓灰质炎、乙肝、丙肝、黄热病、白血病等，曾猖獗一时，给人类造成深重的浩劫，死难者无数。疾病社会史研究为我们揭开了医学史的另一个面目：疾病以超乎想象的方式影响了人类社会的方方面面，病原微生物以难以置信的方式干预了人类文明的进程。

在现代科技的强力支持下，人类在征服癌症（包括白血病）、艾滋病等方面取得了巨大的进展，研制出了一大批靶向药，让人感觉离最后完胜癌症这可怕的疾病似乎并不遥远了。药丸和疫苗的研制与改进是人类的一部史诗，也是科学、医学与工业的传奇。但是，我们不能盲目乐观，鉴于人类与病毒、病原体的共存关系，只要有人类存在，疾病和病毒的末日就永远不会来临。

远的不说，就拿这次新冠肺炎疫情来说，这次疫情是人类百余年来流行范围最广、后果最严重的一次大风暴。中国以最严厉的措施打响了这场阻击战，控制住了疫情的蔓延和扩散。现在，世界许多国家和地区的疫情还在肆虐，这场疫情几乎使整个世界按下"暂停键"，中国和其他国家都为此付出了沉重的代价。比尔·盖茨在英国《太阳报》刊登了公开信，认为新冠肺炎是一次"伟大的纠错"。也就是说，任何疫情的发生都与人类的生活方式有关，是由于物质主义对大自然的破坏，造成了大自然的免疫反应。但话虽这么说，人类却不能向病毒投降。抗疫是必需的，人类要从自己的工具箱内拿出储备的工具（武器）来对付狡猾、凶恶的新冠肺炎病毒。

习近平总书记在 2022 新年贺词中提出"民之所忧，我必念之；民之所盼，我必行之"，这是对中华传统文化民本思想的深刻揭示，也是中国共产党坚持人民至上、秉持执政为民价值理念的重要历史渊源。看得上病，看得起病，治得了病，是民忧民盼的一个大问题。党和政府亦念之行之。我们的医药卫生领域经过几次调整改革，有了很大的改善和进步。医院的床位、条件以及设备不仅在数量上大幅度增长，而且有了质的变化；医护队伍的人数和素质自改革开放以来也有了持续的增加和提高。

习近平总书记对人民群众的健康和生命极为重视。在 2020 年特殊时期召开的两会上，习近平总书记在 5 月 22 日参加内蒙古代表团审议时指出："人民至上、生命至上，保护人民生命安全和身体健康可以不惜一切代价。"5 月 24 日参加湖北代表团审议时说："每一次灾难过后，我们就应该变得更加聪明。"

对于药物，习近平总书记也是牵挂在心。2021 年 3 月 12 日，在看望全国政协十三届四次会议的医药卫生界、教育界委员，并参加联组会、听取意见和建议时，习近平总书记强调，要继续加大医保改革力度，常态化、制度化开展药品集中带量采购，健全重特大疾病医疗保险和救助制度，深化医保基金监管制度改革，守好人民群众的"保命钱""救命钱"。这都体现了习近平总书记"民之所忧，我必念之；民之所盼，我必行之"的丰沛温情和深切关爱。

陆勇这样的白血病群体面临的困境以及电影所反映的故事，说明了我们在医疗医药方面还存在着短板，"看病难，药价高昂""看不起病，因病致贫"等问题让病人忧虑重重。陆勇购买印度仿制药的故事，就是在这样的背景下发生的。让陆勇他们感到欣慰的是，党中央和国务院关注到了案子和电影所传递出来的某种信息。他们非常重视，闻风而动，急民之所急、解民之所盼，切实为人民群众排忧解难。

2018 年 7 月 18 日，《我不是药神》上映 13 天后，李克强总理对电影所引发的热议做出批示，要求有关部门加快落实抗癌药降价保供等相关措施。按照国务院的有关规定，自 2018 年 5 月 1 日起，我国对 28 类进口药的关税降至零，其中包含了格列卫在内的治疗癌症的常用药。另外，财政部等四部门还发布通知，自 5 月 1 日起，对进口抗癌药品，减按 3% 征收进口环节增值税。

"零关税"以及增值税减按 3% 征收，相当于药价成本降低了近20%，这对于癌症患者来说无疑是翘首以盼的好消息。对于药费开支每年动辄十几万元甚至数十万元的重症患者家庭来说，新政策为他们减轻的经济压力显而易见。遗憾的是，两个多月过去了，"零关税"新规的市场反应却出现了"滞后效应"——有媒体在调查中发现，那些享受了进口"零关税"新政红利的药品，销售给癌症患者时的价格却丝毫未动。抗癌药物降税却未降价，让一项利民政策迟迟不能转化为民众的"获得感"，这使相关的患者群体感到很不理解，颇感失落。对此，有专家分析说，药品价格不是由一个部门说了算，而是涉及国家发改委、卫健委、财政、海关、人社、医保等多个职能部门，还涉及需方、供方、药企等各方利益的协调分配。因此，每调整一次药品价格，一般需要半年到一年的时间才能体现到市场终端。另外，还有的商家说，要等到之前进口的库存抗癌药卖完以后，才会开始降价。抗癌药降税是为了救命，救命就是要抢时间、争速度，抢时间、争速度就不能按部就班，低效率办事。"零关税"政策实施已有两个多月，进口抗癌药何时降价、降价多少，却迟迟没有时间表，让患者望眼欲穿。本是惠民政策，却出现如此长的"空窗期"，有悖国家以民为本的宗旨，也有悖患者的殷切期盼。

2018年6月20日，李克强总理在国务院常务会议上指出："抗癌药是救命药，不能税降了价不降。""必须多措并举打通中间环节，督促推动抗癌药加快降价，让群众有切实的获得感。"李克强总理的这些话，有的放矢，说到了老百姓的心坎上。某些部门固然有其难处，但是否存在官僚主义、形式主义的问题，这值得反省。后来，国务院新一届医改领导小组成立后，第一件事就是切实把抗癌药药价降下来。国家医疗保障局也积极作为，落实李克强总理的指示，随着抗癌药新规逐步落地，督促和协调各有关部门积极落实抗癌药降税的后续措施，推动抗癌药加快降价，让群众有更多的获得感。

从2014年的"陆勇案"到2019年的"聊城假药案"，从帮助病友购买印度仿制格列卫的陆勇，到推荐患者使用印度仿制药卡博替尼的医生陈宗祥，都先后被刑事立案，假药的认定是否合理？2018年的长生问题疫苗事件轰动全国，从小罚小闹到最后的巨额罚单，假药劣药该如何处罚？这些案件都引发了公众、学界与监管部门对假药和劣药认定及责任的讨论与质疑。

2019年8月26日上午，新修订的《中华人民共和国药品管理法》经十三届全国人大常委会第十二次会议表决通过，于2019年12月1日起施行，修订后的药品管理法共十二章一百五十五条，其中第九十八条对何为假药劣药重新做出界定，进口国内未批准的境外合法新药不再按假药论处；第一百二十四条规定对未经批准进口少量境外已合法上市的药品，情节较轻的，可以减轻处罚，没有造成人身伤害后果或者延误治疗的，可以免予处罚。

2013 年 4 月，诺华公司研发的抗癌药物格列卫专利到期，这意味着中国可以生产这种让陆勇等慢性粒细胞白血病患者赖以生存的特效药品。国家政策也支持国内药厂生产仿制药。中国的正大天晴药业、豪胜制药开始生产中国版格列卫，价格在每盒 4000 元左右；2016 年石家庄药厂生产格列卫仿制药，价格降至每盒 1570 元。进口的正版原研药的价格也在下降，2019 年由原来的每盒 23500 元降至每盒 15000 元。但印度仿制药从 2014 年开始就已降至 200 元一盒，陆勇一直在服用，且病情控制得很好。服用印度仿制药的病人还是很多，以老病人为主，因为它不仅价格更便宜，药效也不亚于原研药。

格列卫原研药和仿制药进入医保是患者的强烈愿望，但进入医保的步伐并不是统一的。最早的是江苏省无锡市，2013 年格列卫专利到期，仿制药和原研药随即进入社保。2018 年电影《我不是药神》上映，陆勇在接受记者采访时说："希望格列卫这一药品能进入医保，目前有 9 个省份将其纳入了医保，还有许多省份按兵不动。"此后在李克强总理的关注下，各省才将此药纳入社保。原来价格高得离谱，让病人望而却步的原研药格列卫，已经在全国范围内被纳入医保，但在报销 90% 的情况下还是比印度仿制药贵。因而，陆勇发现的给广大白血病患者带来生命曙光的印度仿制药在当前仍有一定的市场。

为解决老百姓用药贵、用药难的问题，国家出台了多项政策促进药品降价，尤其是进口特效药。据国家卫健委的消息，从 2018 年起，实行三措并举降低抗癌药价格——进口药品实行零关税；对已纳入医保的抗癌药实施政府集中谈判、采购；对未纳入医保的抗癌药实行医保准入谈判。此后，各省药品采购平台陆续传来跨国药企降价的消息。一粒药的背后，让经历过苦难的患者看到了最可心、最欣慰的变迁。

一直以来，很多进口药尤其是已过专利期的原研药价格长期居高不下，很多远超周边国家。全球医药市场出现的专利断崖，在中国也并未发生。中国之所以未形成原研药专利断崖，河北医科大学第三医院药剂科主任刘国强解释称，是因为中国仿制药与原研药质量差距较大，暂时难以从药效上形成替代。一个跨国药企亚太区总裁也向记者表达了类似的观点，他以该药企 2012 年到期的一款药举例，称他们不会主动降价，因为中国长期以来没有可替代的高质量仿制药，市场仍会选择他们。

无可替代是跨国药企一直不降价的主要原因之一。因此，为提高药品质量，倒逼跨国药企降价，中国启动了仿制药一致性评价。国家出台了《关于改革完善仿制药供应保障及使用政策的意见》，仿制药替代既是国际规则和惯例，也是落实这个意见的要求。推行仿制药一致性评价的目的就是让仿制药逐步代替原研药。像中国这样的人口大国，不可能依靠进口原研药来维持病患的需求。据了解，一致性评价工作整体稳步推进，目前已经受理了数百个完成评价的品种。

对于如何才能让老百姓吃得起救命药这个问题，陆勇从患病那天就有所思考。2018 年 7 月 30 日，他在微博上发表了一则建议，希望提供给有关部门参考。当时围绕着"一颗药"，社会上议论颇多，患者有不切实际的想法，希望国家一夜之间就改变政策，进口原研药低价销售，或者像印度那样实行强制许可，进行仿制，并将其统统纳入医保，由国家大包大揽，甚至免费供药。有关部门也在犹豫之中，不知该如何掌握分寸。他们有他们的难处，而陆勇这个建议兼顾了各方面的利益和诉求，中肯而实在。他在建议中说：

这是我的一些思考，分享给大家。我只是一名白血病患者，一个做手套的，不是专家，可能说得不对。我也不是什么英雄，只是为了自救，顺便帮助了别人；如果我不是患者，我也不会去找药。苦难教会了我做个好人，希望自己受过的苦不要再加在别人身上。

患者有患者的立场和意见，因为患者有不同的体会和经历。古话说"子非鱼，安知鱼之乐"，现在的人说"屁股决定脑袋"，说的就是这个道理。我今天就是来说说我这个患者的想法。

首先，活命是人之天性，如果无药可救，那是天灾；如果有药可救，却因吃不起药而家破人亡，这个时候，请不要和我谈没用的，我只是为了活命，我没有错。

这些年来，我所做的一切，就是生了大病，能吃得起药，能活下来，谁不是谨小慎微地渴望活着？我的背景大家都知道了，知道就好，这会更有利于大家理解我的观点，也更加理解我为什么从来没想过要赚钱。

老百姓如何吃得起救命药？先从专利谈起吧。

感谢诺华，这家瑞士药企研发了格列卫。感谢印度，其药厂仿制了格列卫。很矛盾吧？这个社会矛盾无处不在。诺华做药，也不是活雷锋，只是一个企业的市场行为，我们不要拔高它，也不要贬低它。但我们应该遵守规则，下面就是我对规则的理解。

必须尊重专利，否则发明创造缺乏动力；必须尊重生命，发明创造是为了让人们生活得更美好。专利法给了创新药20年的专利保护期，就是为了让创新药获得合理的利润；但是，专利药药价之高，确实让很多人吃不起药，活生生的人看着价格高企无力承受的药物，无助地死去，有违人类的本性。于是世界贸易组织成员国经过多年谈判，于2001年签订《多哈宣言》，对《知识产权协定》做出修正：每个成员有权颁布药品生产"强制实施许可"，有权自由决定颁布强制实施许可的理由，也有权不经权利持有人的同意颁布强制实施许可；每个成员拥有平行进口药品的权利。

可惜的是，《多哈宣言》签订后多年，我国尚没有一家药企主动申请强制实施许可，国内很多药企都不知道《多哈宣言》对此的修订。也有很多药企天天生产仿制药，却不知仿制药为何物，总看不起仿制药；很多患者，天天吃着仿制药，却也看不起仿制药，总以为自己吃的是原研药。关键是我们自己的仿制药质量还不高，高端的仿制药还很少。国家已经开始重视这个问题了，国务院办公厅在 2018 年 4 月初印发了《关于改革完善仿制药供应保障及使用政策的意见》，提出了系列政策措施，仿制药发展迎来了春天。

用好规则，是我们的权利；但也不能滥用规则。因此，对于那些昂贵的专利药，主要还是要靠医保来解决，将更多的救命药纳入医保才是长远之计。近几年来，我们国家在这方面做了大量的工作，取得了巨大进步。如江苏省 2013 年 1 月将诺华生产的格列卫纳入医保支付范围并实行医保特殊药品管理，城镇职工医保报销不低于 75%，城镇居民医保报销不低于 70%，同时也将国产格列卫纳入医保。2013 年以来，江苏省建立谈判机制，将部分特效药纳入医保基金支付范围，目前，医保特效药范围已扩大到 22 种。政府出面与跨国公司谈判，降低药价，可以让更多进口药纳入医保。据报道，2017 年谈判药品的价格平均降幅达到 44%，最高的达到 70%。

另外，慈善组织对患者的帮助也很大。如中华慈善总会格列卫买三赠九活动，帮助了很多患者。其他一些慈善组织，也给患者提供了很多帮助。我也想把电影出品方捐赠的 200 万元做一个慈善基金会，放大这点钱的效应，帮助更多的人。我承诺，这个基金会将完全透明。

再一个，给保险公司做个广告，对于有条件的人来说，买个重大疾病保险也是有益的。人有旦夕祸福，有个保险还是好的。我在 2001 年买了个重病保险，虽然买得不多，但也有点帮助，保险公司赔付了 6.8 万元，这钱当时可以买三个月的格列卫。可惜现在保险公司不再接受我的保险申请了，不然我真的想多买些。

在我的微博上，有网友建议，药费也可以分期付款，有的说扩大仿制药进口，这些都是办法。境外自购，也是一个办法。患者去境外自购药品，只要不超过合理自用的规定，在任何国家都是合法的。欧洲、美国也有很多患者从印度自购药品。我们国家法律也是允许的。

总之，如何让老百姓吃得起救命药？我的建议是：纳入医保、合法仿制、专利谈判许可、商业保险、社会公益组织、慈善基金会，多管齐下。

陆勇案经媒体传开后，在医疗界引起热议；《我不是药神》电影上映后，医院一时成了千夫所指的对象。但医院也有医院的难处，市场化改革使医生为创收疲于奔命。

但不可否认的是，改革开放四十多年来，医疗卫生领域的变化同样翻天覆地。党的十九大更是明确了将"健康中国"作为国策。2018年10月26日，商务部投资促进事务局主办了一个医药界改革开放四十周年展览。展览会人物篇中展示了四十位砥砺前行的领军人物，位列前几位的有世界卫生组织前任总干事陈冯富珍、中国科学院院士、分子系统生物学专家、原卫生部部长陈竺、中国科学院院士、心血管病学家葛均波、中国科学院院士、呼吸病学家钟南山、诺贝尔医学奖获得者、青蒿素发明人屠呦呦等。陆勇也位列其中，对他的介绍是"抗癌药代购第一人"，这个评价看似平淡，其实内涵很深。陆勇的代购突破了法律的局限，具有开创性意义，客观上促进了医疗卫生体制的改革和进步，使广大白血病患者受益。这是对陆勇行为的高度肯定和赞誉，在医疗卫生体制的进步中，陆勇留下了他艰难而辉煌的足迹。

医保的全民覆盖和药品降价，是医改十多年取得的实打实的成绩，无人可以否认。但医改之后，公立医院医生的工作压力加大、医患关系难以缓解也是不争的事实。一些改革措施触及庞大的既得利益体系,也往往因"条件不成熟"和"需要进一步研究"无疾而终。

国家采取了一系列措施后,新的问题出现了。

高价"救命药"进了医保,在医院却买不到,患者只能自费购买的现象依然常见。被纳入医保报销的创新药在大部分医院仍面临落地难的问题,"通过谈判纳入医保目录中的药品,有的医院进百分之五六十、六七十,有的只进两三个、三四个品种"。过去,卖药是医院的一个营利项目。2017 年 7 月药品零加成政策在全国实施后,卖药变得无利可图,医院对新药的拣选和引入缺乏动力。

每年国家医保谈判所覆盖的药品,通常涉及癌症、心脑血管疾病、罕见病等重大疾病治疗领域,且多为临床价值较高但价格相对较贵的药品,这其中亦包含众多 1 类新药。通俗地解释,1 类新药是境内外均未上市的创新药,它们往往是临床急需的"救命药"。

根据中国药学会对 1420 家二、三级样本医院的统计数据,2018—2019 年纳入国家医保目录的肿瘤创新药,截至 2020 年第三季度,进院比例仅为 15%~25%。

2021 年全国两会期间,医药卫生界的专家学者以及代表委员频频发声,以期能改善这个局面。"建议从国家层面出台政策,鼓励医疗机构对 1 类新药进院开辟绿色通道,减免不必要的流程和限制,在各省市医保落地后快速进入临床。"在 2021 年"关于畅通 1 类新药快速准入医疗机构机制、提高患者可及性"的两会建议中,姚树坤如是写道。

在 2021 年全国两会上,针对药品"最后一公里"的难题,人大代表、武汉大学公共卫生学院院长毛宗福带来的建议是,建立创新药"定点医院""医保处方医师"和"医保定点药店"制度,方便处方流转和患者购药取药。同时,他建议国家医保局在谈判时,不光要谈价格，也要谈采购量，以给予创新药较为明确的市场预期。

一些地方的开创性探索引起了多方关注。自 2018 年起，一旦创新药通过国家医保谈判，在上海医保政策落地前，上海瑞金医院便会组织临床专家遴选所需药品，让其直接进院。

事实上，对于国家医保谈判药品的"最后一公里"难题，国家卫健委曾发文明确指出，医院不得以医保费用总控、"药占比"、药品品种数量限制等为由影响谈判药品的供应保障和合理用药需求，并将"国家医保谈判准入药品配备使用情况"作为医院考核指标之一。

但现实情况是，除了四川等少数地区，全国绝大部分医院均未落实上述新规。"归根结底，医保政策不利于这些创新药进医院，而医院必须找到自己的生存之道，将这些纳入医保报销的创新药踢出医院是最重要而简单的方法之一。"一位基层卫健局官员向《南方周末》记者解释道。

自 2019 年起，四川省医保局便对国家医保谈判中价格昂贵、用药人群特定、用药资金比较明确的药品实行了单行支付，不分门诊住院，不计起付线，直接由医疗保险基金按一定比例支付。目前，四川省已将 88 个"国谈药品"纳入了单行支付管理范畴。

我们高兴地看到，"最后一公里"的情况在好转，路程在缩短，谈判的力度在加强。据人民网 2021 年 12 月 3 日报道：国家医疗保障局当天公布了 2021 年国家医保药品目录调整结果，有 74 种药品新增进入目录，其中 7 种罕见病用药通过谈判方式进入医保目录中。

罕见病患者的用药一直是国家医保药品目录调整过程中重点关注的品种。在 2021 年的谈判中，治疗罕见病脊髓性肌肉萎缩症的药物谈判进行了一个半小时，全过程回顾下来，可谓异常艰难。这可以说是药品谈判中的经典一幕，荡气回肠，感人肺腑，令人振奋。

企业第一轮报价，给出的价格为每瓶 53680 元。国家医保局谈判代表张劲妮回答道:"希望企业拿出更多诚意报价,每一个小群体都不该被放弃。"她还给出了一个颇具"诱惑力"的条件:"如果这个药能进入医保目录,以中国的人口基数、中国政府为患者服务的决心,很难再找到这样的市场了。"

随后,谈判企业离席进行了第一次商量。商量过后,企业代表的报价到了48000元每瓶。张劲妮坦言,中国的医保基金,今年是一个非常困难的年份,包括新冠肺炎疫情期间,医保基金的减征缓征,疫苗费用实际上占了医保基金非常大的支出,"所以,对于国家医保局今年仍有勇气开展医保谈判工作,我们确实是体会到了政府在贯彻人民健康至上这一政策理念上的巨大决心"。

张劲妮的话,让企业代表再次离席商讨,这次他们把价格降到了45800元。

而张劲妮给出的答复是:"很困难,希望企业再努努力。"

谈判企业第三次离席商讨后,带回了42800元的价格。

张劲妮回答:"相信企业感到很痛,但离我们能进一步谈还有一定的距离。"

谈判企业又经历了第四次、第五次离席商量,价格降到了37800元每瓶,但这显然还没有达到医保局理想的价位。张劲妮笑着说:"谈判桌上我们作为甲方,这么卑微,真的很难。""真的很艰难,刚才我觉得我眼泪快掉下来了。"

企业又进行了第六次、第七次商量,将报价降到了34020元。

张劲妮的答复是:"觉得前面的努力都白费了,真的有点难过。"

随后,谈判组集体商议,张劲妮给出了33000元的报价,企业代表第八次离席商谈,最后确认了这一价格。

"请问这是你确认的最终报价吗?"

"确认。"

"好的，成交。"

一个半小时的漫长谈判，企业代表八次离席商谈，每瓶药的成交价比最初报价减少了 2 万多元。整个过程真可谓讨价还价、锱铢必较，张劲妮显然是一个有韧劲的谈判代表，但她的斤斤计较不是出于私利，而是为了罕见病人着想。

随着"成交"两字说出来，这场谈判终于落下了帷幕。医保局谈判代表们笑着鼓掌，国内相应罕见病的患者们也迎来了希望。

这场"灵魂砍价"连上了三个热搜，引发了网友的热议：

@ 国家队出马，很努力了。

@ 希望永远用不上这些药，也非常感谢国家。

@ 每年最爱看的国家队帮助砍价。今年的姐姐温柔又不失威严。

@ 小姐姐，谈判绝了，语音语调加表情。

@ 进入医保的药和没进的真的价格差距很大，谢谢国家、医保局和企业的努力。

@ 每一分钱都是老百姓省出来的，医院进药后，希望不要加价，估计有了这种方式，医院不敢胡乱加价，也不会开大处方了。医药代表没戏了，医生也拿不到好处了，端正了风气。

作为白血病患者，陆勇对这些问题很敏感，他认为不能因为病人不多，医院就不进药。对于这种现象，本质上还是要从医院的收益角度考虑问题。当年，尽管价格奇高，医院还是会替病人代购，很少有医院储备格列卫，病人需要，医院就会到诺华中国公司去进货。直到格列卫专利到期，中国开始生产仿制药并进入市场，医院才会正式批量采购。

关于医药领域存在的一些不足之处，陆勇认为，这个问题中央十分关注，已采取了不少措施，并取得了巨大的进步。"国家队"出面与药厂谈判，这是医药领域的一种良政善治，值得肯定。"最后一公里"问题的消除只是一个时间问题，对此，他认为要有信心，许多问题是长期积累和沉淀下来的，不可能一蹴而就。以治疗白血病的药物来看，病人已有了多种选择，和他偷偷购买印度仿制药时相比，如今有了隔世之感。当然，民间的所谓"药神"已不再需要了。现在，他的QQ群也已静寂了，头像暗黑的已极少，氛围完全变了，这当然是好事，因为这从一个侧面反映了医药医疗领域出现了体现人道主义和公平原则精神的新气象。

2021年2月，第四批国家组织药品集中采购中选名单出炉。此次集采药品共有45种，药价平均降幅超过了一半。值得注意的是，此次集采首次采购的注射剂多达8种，均是临床常用的大品种，占采购药品总金额的31%，而且平均降价75%。这给人民群众就医带来了实实在在的好处。

从2018年底11个城市试点国家组织药品集中带量采购以来，纳入集采的药品种类越来越多，剂型规格越来越丰富，中选产品的比例也越来越高，同一品种的最多中选企业数量增加到了10家。截至2020年，实际采购量已达到协议采购量的2.4倍，总体上节约费用超过了1000亿元。这一结果令人满意，在国家层级一系列集中带量采购机制的作用下，多年来虚高的药价终于降了下来，医药代表的身影已在医院消失，有效地铲除了腐败的土壤，挤出了大量的"水分"，留下的是全民享用优价保质药品的实惠。

国家组织的药品集中带量采购是一套量价挂钩、招采合一、协同发力、综合保障的运行机制。全国各地联合起来，委托上海阳光医药采购平台进行采购，由于集合了全国患者的用药量，形成了强大的议价能力，与入围的通过一致性评价的仿制药和原研药厂商进行谈判，形成最终的中选价格。与此同时，医保、卫健、药监等部门协同配合，保障了中选药品供应的稳定和使用人货款结算的及时，确保药品降下价格后群众买得到、用得起，切实提升了群众"病有所医"的获得感。

药品集中带量采购不仅要把价格降下来，更要确保药品的质量。在这一过程中，仿制药一致性评价机制就发挥了重要作用。仿制药一致性评价是我国药监部门对仿制药质量的认证方法，即对已批准上市的仿制药，要求其开展与原研药质量和疗效一致性的评价，使其在临床上能替代原研药。国家集采只"团购"通过一致性评价的仿制药或原研药，以确保患者用药的质量和有效性。因此，那些真正关注群众用药需求、勇于创新的企业才能从中胜出，这样也促进了中国制药产业与国际先进水准的接轨。

作为世界上人口最多的国家，在很多疾病领域，我国已是全球最大的用药市场。随着全民医保制度的建立，我国基本医保以 13.6 亿参保人的巨大基数，发挥着医保基金战略性的购买作用，从而能大幅降低药价，以避免因吃不起必须服用的特效药而死亡，避免前文中所提到的那些在悬崖边徘徊的人的悲剧，避免《我不是药神》中的故事发生。让特效药品降到低价，能让参保群众获得巨大的实惠，大大提高药品的可及性，这充分体现出我国强大的制度优势。

2021 年 1 月，国务院办公厅印发《关于推动药品集中带量采购工作常态化制度化开展的意见》，无疑是一个重磅"福利"，广大人民群众都能从中受益。确保用较少的医保资源买到性价比更优的药品，让人民群众以比较低廉的价格用上好药，这正是集采机制的初衷所在、使命所在。

第十九章

"谁也不是一座孤岛"

从某种意义上讲，电影《我不是药神》既表现了白血病患者生命的沉重感，也是对陆勇及病友人格、情感和观念的重塑。陆勇超越了一个"资深"白血病患者的身份，树立了一个生命卫护另一个生命的自觉的理念和境界，并投入到健康事业这个更高的层面中去。他坚持"不采华名，不兴伪事"，淡泊名利、脚踏实地地做一些实事。

陆勇案了结以后，他为云南某国营药企和印度药企的合作而积极奔走，印度成了他频繁出入的国度，几年中去了几十次。他带着云南药企的技术人员和管理人员去印度参观、洽谈，印度药商也来云南回访，达成了多项合作协议。这似乎成了他的主业，消耗了他大量精力和时间，但他心甘情愿，不求回报，只希望印度的白血病仿制药以及其他药品能惠及更多国内患者。除了格列卫，印度还有其他仿制药，如能显著延长肺癌患者生存期的进口正版易瑞沙，每片药在国内要卖500多元，一瓶30粒，售价15000元，而印度产易瑞沙每瓶仅需1300元，且还有下降的空间。又如抗肺癌"神药"欧狄沃，单支费用国内高达2万元，一年的治疗成本将近100万元，印度也有欧狄沃仿制药，如果能在中国生产，广大病友就能避免因吃不起这种效果很好的药而放弃生命。

妻子和母亲联合起来劝导陆勇说："你以前帮别人代购印度仿制药惹出了祸，现在怎么还不吸取教训？别去管这些事情了。你运气好，逃过了一劫，而且'功成名就'，就好自为之吧！管好你的手套就可以了！"陆勇曾在各个场合多次表示："我从来不后悔以前做的事，只要有可能，我还要继续做。"

他对我说过："几年前，我去了尼泊尔，白云深处，是喜马拉雅山脉的万年积雪，神圣、宁静，令人神往、令人震撼。面向群山，我感到人是多么的渺小和卑微，健康才是最重要的！为了生命和健康，我会完全以公益精神尽力而为。"妻子虽然为他的身体考虑而劝他，从理论上讲他还是一个病人，但说归说，张滢滢实际上是理解他的，也在尽力支持他。生活的坎坎不平使他们更珍惜相互之间的感情，这是经过生死考验的感情。

2020年春节期间，陆勇在印度待了八九天，不过因为印度禁止出口口罩等防疫用品，他便失落地无功而返，回到云南，看看还有没有别的机会和办法。后来，疫情越来越严重，他回到无锡，困居家中。人在家里，处江湖之远，则忧武汉等疫情高发区，时刻关注着那里的动静，并通过博客发表自己的见解。他和病友在以往的看病过程中遇到过一些不愉快的事，对医院、医生颇有微词，但这一次，他不惜笔墨对医护人员大加赞赏。

2020年2月22日，他在博文中写道："生命是最宝贵的，但人的一生中，总有某一个时刻，愿意为某个人、某件事献出自己的生命。如果你还没有经历这样的时刻，请慢慢等待；你还不成熟，不要怀疑人性。医护人员是伟大的，将最高的敬意献给抗疫中殉职的医务人员！"

2020年3月24日，他在博客中提议："只要符合规定，就应该给所有防疫的一线医护人员发补贴，不管他们最终是否接触过病例。打仗的时候，没有人知道哪颗子弹会飞过来，谁也不知道上了前线，还能不能下来。他们都是英雄。"

2020年2月27日，他再次向病友呼吁："科学抗癌，不吃野生动物！很多人吃野生动物是为了治病，尤其是治癌症。比如有的人说穿山甲的鳞片、犀牛角等可以治愈癌症。我认识的癌症患者成千上万，也有不少患者吃了各种野生动物，但真正因此而治愈的从未见过，都是以讹传讹。如果穿山甲的鳞片可以治愈癌症，我相信科学家早就以此为基础研制出特效药来了。癌症患者救命的心情可以理解，但吃野生动物不但于健康无益，还会增加身体负担，甚至会染上其他疾病，加速癌细胞扩散。为此，我向病友们呼吁：科学抗癌，不吃野生动物。欢迎大家转发，一起呼吁。"

当疫情在世界各地扩散之后，他更是忧心如焚，心怀仁义。2020年3月7日，他在博文中写道："病毒是人类共同的敌人，我们唯有同仇敌忾。如果我们将村村断路拒绝湖北人称为'硬核'，那么请不要怪其他国家歧视中国人，因为你先歧视了湖北人。中国人不等于病毒，湖北人也是（如此）。如果你嘲笑美国抗疫不力，请相信，美国人和媒体比你更能喷。两个月前我们去印度买口罩，现在印度朋友找我们买口罩。那个时候我们还可以飞去印度，而今天，全球上空的航班已经不多。大家都住在一个村子里，应该像邻居一样相互守望。"

2020年3月29日，他写道："希望欧洲好好的，世界好好的。1月23日，武汉封城。我的欧洲客户打来电话，给我送来祝福，并询问是否会影响手套供货。我告诉他，中国的整体情况很好。疫情只是在武汉，不会影响供货。客户很放心地挂了电话。1月29日，疫情向全国扩散，世界卫生组织在评估中国的疫情。我的欧洲客户又打来电话：'陆先生，你的情况还好吗？'我告诉他：'我正在印度采购口罩，中国的情况有点严重，但一定能控制住。'我感觉到他对供货的担忧。我进一步告诉他，我在新疆有工厂，新疆疫情不严重，请他不要担心。他觉得我说得有道理，又放心地挂了电话。"

2020年3月31日，世界卫生组织宣布新冠肺炎疫情为全球关注的公共卫生事件。欧洲客户又打来电话："陆先生，要不要考虑将你的生产工厂转移到越南？如果疫情在中国持续，可能会影响供货。"

陆勇说："我知道，但我短期内无法将工厂开到越南，他的意思是可能要考虑到越南采购了。欧洲客户是我最大的客户，一中标就是五年，从来不用催款。疫情属于不可抗力，如果我真的不能发货，人家完全可以到其他地方采购。而且，我的手套是给一些重要单位用的，一天都不能耽误。但我仍极力向他保证，我一定能按时供货，中国一定能控制住疫情。实际上，我也是有信心的。毕竟我的工厂开了20年，工人也稳定；毕竟这么大的国家，肯定能对付得了新冠肺炎疫情。但疫情多久能控制住，谁也不能保证。如果疫情持续三个月，新疆到上海的运输出现问题，那我的供货肯定就要出问题。如果欧洲客户不要我的货，我就至少损失了一半的订单，而且日本客户、其他客户都有可能出现同样的情况。我开了二十年的小工厂，可能就此关门。300多工人我也养不起，只好回家。在我的一再保证下，客人有点不放心地挂了电话。2月15日左右，我按时收到了欧洲客户的预付款。我太高兴了！因为这表明我今年一年的生活有着落了！我的工人不用回家了！那个时候，疫情依然严重，但客户还能这么信任我，真的让我很感动。实际上，我的外贸生意已经受到了影响，很多订单被退了。转眼到了今天，我们的情况已经好多了，而欧洲的疫情比我们还严重。我除了打电话向客户们表示慰问外，也做不了什么。如果他们需要口罩，我会寄些给他们，但国际快递业务已经受到了严重影响。我只能把手套做得更好，把残次率降到最低，让他们的工人用得放心。这就是我对他们最好的报答。我衷心祝愿欧洲好好的，世界好好的，尽快把疫情控制住，大家重新回到正常生活。世界不好，便有很大一部分人生活不好，而我就是其中之一。让我们为世界祈祷！为千千万万中小微企业祈祷！为千千万万员工祈祷！为自己祈祷！为我的手套祈祷！

坚强，只不过是经历太多苦难后的副产品。岁月静好，就是自己不需要为别人，别人也不需要为自己负重前行。"

2020 年 4 月 24 日，陆勇冒着疫情风险飞往深圳，参加深圳塔吉瑞生物公司王义汉博士的一项重要科研成果发布会。塔吉瑞公司是专门从事新药研发的公司。王博士曾留学美国，在美国工作了16 年，2014 年回国创业。他是慢性粒细胞白血病第三代药物研发的核心科学家。这次发布的研发成果是第四代慢性粒细胞白血病药物。4 月 11 日，国家药监局受理第四代慢性粒细胞白血病药物临床试验申请，这是中国科学家自己开发的世界领先的慢性粒细胞白血病药物，具有里程碑意义。它一旦上市，患者可第一时间服用这一新药，费用比进口的便宜很多，而且意味着中国在这个领域可以不再依赖进口，陆勇等患者也不需要服用印度仿制药了。从仿制走向自己研发，这是一个质的飞跃。这是陆勇和王义汉博士第二次见面。没有人会比陆勇听到这个消息更感到兴奋和感慨了，他对王博士说："一粒药，是一部历史，以前我们承载的是血泪和屈辱，我坚信，凭我们中国人的智慧，我们在新药研发上会赶超欧美，第四代慢性粒细胞白血病药物就是一个良好的开端，中国一定会成为新药研发和制造大国的，我们看到了新的希望。"

陆勇和几位慢性粒细胞白血病患者决定象征性地投资王博士的公司，以支持国产新药的研发。几个患者都表示，我们吃不起原研药的历史一去不复返了，我们期待新药早日上世，上市之日就是全国慢性粒细胞白血病患者的盛大节日。目前这个药已进入临床试验阶段。

2021 年 11 月，陆勇在微信朋友圈内转发了招募志愿者的信息，这是他在参与新药研发过程中做的一些辅助性工作。

2021 年 12 月下旬，在中国医药创新促进会主办的国家"重大新药创制"专项成果发布暨奥雷巴替尼（商品名为耐立克）全球首发上市会上，北京大学血液病研究所所长、北京大学人民医院血液科主任黄晓军指出，耐立克成功上市"意味着中国慢性粒细胞白血病治疗原有的耐药困境被打破，迎来了全新的里程碑药物，对临床医生和患者的意义巨大"。

这个创新药来自中国，陆勇早就知道这是亚盛医药集团自主研发的三代"格列卫"，他对这个药抱有殷切的希望和期待，一直关注着它的进展。2021年上半年，他兴奋地告诉我："成了，（耐立克）已通过临床试验了，国家食品药品监督管理局药审中心将其纳入突破性治疗品种，快上市了。这是白血病患者的福音，意义非凡。"

11月底，他又打我电话跟我说，这个药在11月25日正式获批上市，用于耐药并伴有T315I突变的慢性粒细胞白血病患者。在他的讲述中，我可以感觉到他的感慨万千和欢悦之情。他连声说："太好了！太好了！挂在我们头上的达摩克利斯之剑被拿下了，不管它是马鬃挂的，还是铁链挂的，我们看到第四代治愈药了。我相信，它并不遥远。我已经看到它了。"陆勇在第一时间将这个消息发布到了微博上，引起了一片欢呼。

陆勇获悉，世界卫生组织（WHO）于2022年4月19日在印度古吉拉特邦启动了全球传统医学中心，目的是通过将古代实践与现代科学相结合来发掘其潜力。世卫组织表示："在有证据的基础上，利用传统医学的潜力将改变卫生领域的游戏规则。"该组织指出，传统医学构成了日益增长的健康产业的一部分。据信，世界上约有80%的人口使用传统医学，比如草药混合物、针灸、瑜伽、阿育吠陀医学和本土疗法。联合国卫生机构将传统医学定义为，本土和不同文化长期以来用于保持健康以及预防、诊断和治疗生理或心理疾病的知识、技能与做法。印度为该项目投入了2.5亿美元，将重点关注四个战略领域：证据和学习、数据和分析、可持续性和公平性、创新和技术。在世卫组织各成员中，自 2018 年以来，有 170个国家承认使用传统和补充性药物，但只有 124 个国家报告说制定了有关使用草药的法律或法规——而只有一半国家对此类方法和药物制定了政策。世卫组织表示，传统医学在现代科学中的地位日益显著，目前被批准使用的药品中，有 40% 来自天然物质。它提到阿司匹林的配方中使用了柳树皮，还有利用野生山药植物根开发的避孕药、基于紫长春花属的儿童癌症治疗方法，以及抗疟疾药物青蒿素的开发，都借鉴了古老的中国传统医学。

陆勇很兴奋，这时正值第十五个"全国疟疾日"到来，20 世纪60 年代，氯喹抗疟失效，人类饱受疟疾之害。1969 年，时年 39 岁的屠呦呦临危受命，经过上百种中药筛选、数百次失败，屠呦呦及其团队终于研制出了青蒿素。据世界卫生组织的不完全统计，青蒿素在全世界已挽救了数百万人的生命。2015 年屠呦呦凭借"中药和中西药结合研究提出了青蒿素和双氢青蒿素的疗法"，获得诺贝尔生理学或医学奖。这是中国医学家迄今为止获得的最高奖项，也是中医获得的最高奖项。陆勇对已有两千多年历史的中医坚信不疑，他喝了 9 年的中剂，深深体会到，他的病情之所以稳定，除了格列卫以外，中药也功不可没。他一直保留着吴教授的方子，他打电话给印度的医生朋友，想借印度全球传统医学中心，把他认识的中医和治疗白血病的方子贡献出来，共同研究开发，将治疗白血病的来自天然物质的药物扩充到治疗癌症的广谱药物。印度医生对此很感兴趣，他们认为中医历史悠久，积累了丰富的经验，其技艺和方式有独到之处。《本草纲目》就是一本伟大的著作。他们商定，中医界和印度传统医学界可以多交流。在陆勇的工作项目中，他又多了一个选项。此外，对于用传统医学开发预防和医治新冠肺炎的药物更是一个迫切的课题。陆勇推荐了连花清瘟胶囊、疏风解毒胶囊、金花清感胶囊、藿香正气水等中药供他们研究，这些药物有清肺化湿、解毒利咽、疏风清热的功效。具体的草药成分有金银花、连翘、板蓝根、水牛角等。这事才刚刚开端，还有大量的事情要做，需要医生参与，陆勇只能做些牵线搭桥的事，但这些事也十分烦琐，够他忙的。他说，他特别希望能研究出真正有效的治疗白血病和其他癌症的中成药。

疫情，是陆勇的一个关注点。他说，2019年春节去印度，印度还风平浪静，没想到疫情持续时间那么长、蔓延那么广，全球各国几乎没有幸免的。幸运的是，中国取得了抗击疫情的战略性成功，在疫情阴霾持续笼罩世界许多国家和地区的两年中是一抹浓浓的亮色。但只要病毒还在世界各地肆虐，只要全世界的抗疫仍处在严峻的阶段，陆勇对所有国家的疫情便都很关注，每天都从网上收集世界的疫情报告。

2020年2月我开始写作此书时，美国还未有人感染，一派歌舞升平的景象。可是到本书2020年6月8日修订之时，美国累计确诊病例已达19万，累计死亡人数突破11万。10万之殇，说明了一个国家公共医疗卫生系统的崩溃，我不得不更新这方面的内容。我没有任何幸灾乐祸的意思，任何一个人倒在病毒下都是不幸的。5月13日，《纽约时报》头版整个版面列出了1000名新冠肺炎死者的姓名、年龄和身份，没有任何新闻报道。导语中说："他们不仅仅是一个个名字，他们曾经是我们。"

可是，又过了一年多，当我再度修订这部纪实文学时，国外疫情数据更新至2021年8月28日17：00，全球累计确诊216175488例，累计死亡4494685例，数据触目惊心。截至2021年8月27日，美国累计确诊39540401例，将近4000万，累计死亡653405例，位居世界第一，而且疫情还在继续扩散。到今天（2022年4月28日，我对此书稿付梓前的最后修订），根据美国约翰·霍普金斯大学公布的数据，截至当地时间 26 日，全美已累计报告新冠肺炎确诊病例超 8100 万，死亡人数近百万。待此书送到读者手里时，这些数字肯定还会有大幅增加。

西方国家有些人信奉"毋宁死，要自由"之说，不愿意保持社交距离，不愿意在公共场所佩戴口罩，反而到处活动，连暂时禁足都做不到。禁足至少能保证平安，有什么忍不住的呢？纵使空间有限，想象力始终无限。"忍不住"似乎是人类的魔咒，就像帕斯卡所说的："人类的全部不幸，就是他们不能安静地待在自己的房间里。"

截至 2021 年 8 月 28 日，印度累计确诊 32649947 例，死亡437403 例。陆勇对印度的疫情牵肠挂肚。有一阵子，他获悉印度感染者和死亡人数呈急剧上升的趋势，看到印度人还密密麻麻地挤在恒河里洗澡、喝河水。他着急了，这多危险啊！

他表示，我们不要讥笑印度，更不要幸灾乐祸，在世界疫情一波又一波持续蔓延的情况下，没有谁是一座孤岛，没有什么人能独善其身。

陆勇写信给印度的朋友，包括那些药商。他说："在我们最困难的时候，印度朋友千方百计提供援助，虽然印度政府下了禁令，不准防疫用品出口，以致他没能采购到足够的防疫用品支援危急中的武汉。但现在你们处境恶化，我要尽力帮助你们。中国有充足的抗疫物资，包括口罩、药品、疫苗等，而且中国没有下禁令关闭出口渠道，中国已对一百多个国家出口了大量抗疫用品，包括疫苗。中国作为一个大国，有着她该有的风范和气度。"

他为此写了多封邮件给印度的朋友。下面是陆勇写给印度朋友的第一封信，摘录如下：

Dear Mr. Pathak,

Greeting from Lu Yong !

Hope you & your family are safe under situation of COVID19 pandemic in India recently !

First of all, thank you again for your support for supplying medical googles when we were in Delhi on end of Jan, 2020.

Medical googles helped our doctors & nurses when they treated new coronavirus patients in hospital, it protected them from infection of new coronavirus. Also thank you for purchasing 3 ply surgical masks for us, unfortunately masks could not be delivered to China during to India authorities banned it for exporting.

Our government have invested a lot of manpower and funds to treat coronavirus patients and block the spread of the coronavirus. Now in China, coronavirus is controlled well & very few new cases appear and we hope it will return to normal soon. Necessary medical goods and devices are under manufacturing, we have enough medical goods and device for supplying overseas countries

We know India is still under lockdown & total coronavirus patients are more than 200,000 cases & 3,000 patients died.

Hope India authorities support India peoples fighting against coronavirus & pandemic will be stopped soon.

If your company or other friends/organization need medical goods & devices such as medical mask, medical use nitrile glove, ventilator & test kits, we could supply.

We believe pandemic of coronavirus will stop finally in India under efforts of all India people.

Best Regards !

Lu 2020 5/6

亲爱的帕特先生，

　　来自陆勇的问候！在新冠肺炎印度大流行的当下，希望你和你家人都安全！

　　首先，我要再次感谢你在 1 月底为我们的印度之行提供了医用护目镜！这些医用护目镜为医生和护士在治疗新冠肺炎患者时提供了很好的保护，使他们不被新冠肺炎病毒感染。也要感谢你们帮我们订购了三层的外科口罩，虽然最后这批口罩因为印度当局发布禁止出口令而不能运回中国。

　　其次，我们政府投入了非常多的人力与资金来治疗新冠肺炎患者和阻止新冠肺炎病毒的传播。现在在中国，新冠肺炎疫情已得到了很好的控制，每天新增病例很少。我们的生活有望很快回归正常。大量的医疗物资和医疗设备投入了生产，现在有足够的医疗物资及医用设备可以供应给国外。

　　最后，我们了解到印度还在封城中，确诊的新冠肺炎患者超过了 20 万，死亡的病人也有 3000 人。希望印度政府支持印度人民抗击新冠肺炎疫情，让大流行快些停止。如果你们公司或者朋友或者其他单位需要医用物资、医疗设备，如医用口罩、医用丁氰手套、呼吸机、检测试剂等，我们都可以提供。

　　我们相信在印度人民的努力下，新冠肺炎疫情大流行将很快在印度停止。

　　致敬！

陆勇

2020 年 5 月 6 日

参考资料

1. 陆勇就诊医院病历报告（2003年至2004年）。

2. 陆勇博客（微博）"药侠陆勇"有关内容。

3. 国家药典委员会编著：《中华人民共和国药典》，中国医药科技出版社2015年版和2020年版。

4. 《中华人民共和国药品管理法》。

5. 《白血病论文范文》（共40篇），百度文库。

6. 凌志军：《重生手记》，湖南人民出版社2012年版。

7. 张晨：《血癌患者也有阳光》，《科学新生活》2013年第44期。

8. 刘正琛：《行者之难》，引自《中国的进口抗癌药，为什么全世界最贵》，公众号"每日人物"2018年7月9日。

9. 丁雨菲：《印度抗癌药"代购第一人"被诉，百余白血病患者联名呼吁非罪化》，公众号"澎湃新闻"2014年12月8日。

10. 《放走"药神"的检察官："三年前，不起诉陆勇的决定是我做的！"》，公众号"中央政法委长安剑"2018年7月9日。

11. 劳东燕：《价值判断与刑法解释：对陆勇案的刑法困境与出路的思考》，《清华法律评论》2016年第1期。

12. 王建祥：《慢性髓性白血病中国诊断与治疗指南（2020年版）》，《中华血液学杂志》2020年第5期。

13. 石大雨、秦亚溱、赖悦云、石红霞、黄晓军、江倩：《BCR-ABL激酶区突变在酪氨酸激酶抑制剂耐药慢性髓性白血病患者中的分布及其影响因素》，《中华血液学杂志》2020年第6期。

14. 李红梅：《把药品集中带量采购这件实事办好》，《人民日报》2021 年 3 月 12 日。

15. 陈俊、赵丹丹、赵文君等：《"一粒药"的重量》，新华社 2019 年 8 月 27 日。

16. 黄思卓、陈洁玲高：《高价"救命药"：挤进医保门，难过医院》，《南方周末》2021 年 3 月 11 日。

17. 吴虞：《柳暗花明的新路口：耐药白血病患者的幸与不幸》，《南方周末》2021 年 12 月 17 日。

18. [美]凯瑟琳·埃班：《仿制药的真相》，高天羽译，民主与建设出版社有限责任公司 2020 年版。

19. [美]悉达多·穆吉克：《众病之王：癌症传》，李虎译，中信出版 2013 年版。

20. [美]丽莎·布伦南·乔布斯：《小人物：我和父亲乔布斯》，吴果锦译，北京联合出版有限公司 2019 年版。

21. [美]迈克尔·拉克姆：《内科学年鉴》1993 年。

22. [苏]亚·索尔仁尼琴：《癌症房》，常如德译，上海译文出版社 1980 年版。

23. [匈]裴多菲·山陀尔：《我愿意是急流》，孙用译，人民文学出版社 1979 年版。

后 记

这些年，我的创作方向转向了非虚构纪实文学，有历史题材，也有现实题材。《我不是药神》这个选题就是一个现实题材。对于这个题材，我非常看好，也非常重视和珍惜。原因很简单，这个故事具有深刻的社会意义和时代感，是对人性和生命价值的礼赞。另外，以这个题材改编的电影获得了巨大的成功，收获了广泛的赞誉，豆瓣评分高达9.0，创下票房30多亿元的历史新高，打破了现实题材电影赢得口碑而票房平平的魔咒。2018年7月6日《人民日报》及人民网点评说："很久没有这么经典的中国电影了。"

几年过去了，这部电影所带来的热浪已退去，但其产生的传播力和影响力并没有被历史的尘埃所淹没。从某种意义上说，它已被载入史册，不仅镌刻在电影史上，而且镌刻在人们的口碑中。在议论有关看病和药品等健康问题时，这部电影及其主角原型陆勇还"余音绕梁"，了解陆勇其事的人们还会肃然起敬。

但是，陆勇和电影主角程勇的艺术形象大相径庭，经历亦复杂、坎坷得多。作为印度仿制药采购第一人，陆勇所具备的思想和精神底色，也绝非程勇的良心发现所能比拟。

因此，全面还原和反映陆勇的这段经历，向读者描绘一个真实的陆勇具有深远的历史意义和现实意义。我们这个时代和社会需要英雄，虽然陆勇一再否认自己是英雄，认为他所做的一切是应尽之义，是举手之劳，但是在人们的心目中，特别是在那些与他风雨同舟且被他所发现和推广的廉价印度仿制药救活的病友心目中，他就是一个英雄，一个平民英雄。

纵观陆勇的经历，他完全可以不声不响地独享他所发现的印度仿制药，但他出于义气，冒着风险，为病友代办购买印度仿制药的烦琐手续，推广经过自己验证的特效药，使许多在死亡线上挣扎的病友活了下来。

救人一命，胜造七级浮屠。这样做的时候，陆勇或许确实没有意识到有多伟大，或者是出于同病相怜，或者是觉得这是自己应尽的义务和责任，但他在无形中成了一个时代的道德典范，他身上散发的人性光辉和浩然正气定会启示众人向善。

面对着几大本厚厚的采访笔记及一大堆佐证陆勇坎坷经历的文档，我陷入了长久的思考：如何来叙述陆勇的故事？叙事方式和视角有两种选择。一种是作为非虚构作品，我拥有了大量的第一手资料，最简单的办法就是将这些资料串联起来，拼凑成一部书稿。陆勇是一个很好的讲述者，时间、地点、事件都交代得非常清楚，而且有根有据。因此，串联拼凑的方式省工省力，但这样的表达肯定是失之肤浅的，它不过是陆勇讲述的记录或者是他经历的复盘。

另一种选择，是像电影那样现实主义地拓宽视野，绵密地表现白血病患者（包括其他重大疾病患者）的艰难和痛苦。陆勇并不仅仅是一个苦难个体，他的背后是一个群体，一个有着特殊遭遇、让人痛心的特殊群体。电影揭开了这个苦难的角落，展现了现实中一小部分人流淌着鲜血的活生生的惨状，因此深深打动了观众。

我理所当然地选择了后一种叙事方式，触及这个苦难群体深入骨髓的痛，讲述这些苦难个体的泪水、无奈和坚韧，捕捉人世间细腻的情感和中国传统文化的内涵，那就是良知、善良、怜悯、义气以及患难见真情，以引发观众心底深处的感情共鸣。

"不幸的家庭各有各的不幸"。陆勇患病后成为这个不幸群体的一员，他目睹了病友的千般不幸，向我讲述了许多重大疾病患者种种令人唏嘘的伤痕。他多次说过，这些病人的遭遇，用不着加工，就是一部生动的电视剧，当然是悲剧。因而，我在书中以较大的篇幅叙述了一些患者的疾苦，这虽然是一个个具体可触的命运小切片，但足以让人震惊。

有些专家认为我没有必要展开来讲述这些例子。但殊不知，如果我不将这些苦难讲透，何以能体现出陆勇用低价的印度仿制药来救赎病友的伟大？也难以理解，他获罪后，群情何以那么激愤？抱薪者反而受冻，在众人看来，这完全违反了判断善恶最起码的价值标准。

在写作过程中，我内心深处始终有一种沉重感、悲壮感。我确信，这种感觉已渗透到了字里行间，这可能是一种主观情绪，但我以为不全是。这同样是一种社会情绪。

沉重感和悲壮感是一种正常的情感反应，它是客观存在的，也是正常现象。如果听了这些故事仍不以为然，那是多么的不道德、不合常情。正是沉重感和悲壮感引导我对许多问题有了更深入的认知和思考，包括生命观、伦理观、人生观等。

大家可以看到，这部作品的布局结构不仅仅叙述了陆勇的个人经历，当然，陆勇的经历是一条主线，围绕这条主线，我还增加了其他方面的内容，目的是使陆勇这个人物更丰满、更生动，使作品更有艺术感染力。例如文中增加了《我不是药神》这部电影的诞生过程，从最初的授权到电影拍摄完毕，陆勇看到样片后对程勇这一艺术形象的不满，反应有些激烈等，最终得以和解，这些鲜为人知的内容都说明了陆勇身上透着做人的自尊和宽容。

陆勇的印度情结也是我刻意加进去的，是印度仿制药救了他的命，因此这种情结中带有感恩的成分，说明陆勇不仅讲义气，而且懂得知恩图报。他对印度仿制药是很信任的，此处无须赘述。2020

年新冠肺炎疫情暴发，他毅然到印度采购口罩、防护服等医疗物资，这再次放大了陆勇善良、侠义的精神境界。而他的这次印度之行成了这本书稿的切入点，结尾是印度疫情恶化后，他所表示的关心，并写信给印度的朋友承诺可提供帮助。此外，这几年他一直在为中国药厂和印度药商的合作牵线搭桥。这些细节的扩展，不仅说明了陆勇和印度之间的一种深厚渊源和情感交融，也进一步深化和支撑了陆勇这个平民英雄的品格和形象。

我在还原陆勇经历的过程中，尽量运用第一手的资料来铺陈故事线和进行细节描写。这些资料中有医学鉴定结论、中医药方、信件、博文、声明、判决书、辩护书、他被捕后病友及公众的微博以及权威媒体的新闻报道等，形成了一个特有的文字系统、历史语境和表达特色，使得故事的阐述更扎实，更有质感。

《我不是药神》这部电影之所以会取得成功，就在于其关注现实，不回避真实存在的社会问题。本书秉承了电影这种叙事风格。陆勇购买印度仿制药救己救人，并因此获罪入狱，这不可避免地涉及司法实践和医疗领域中的一些问题，这里面有一个认知上反省和调整的过程。

改革开放以来，中国飞速发展，各个领域都取得了巨大的进步，其中包括医疗领域和司法领域取得的可喜的改革成果。但是，不可否认的是，在我们"摸着石头过河"时，并非每一步、每一个环节都是尽善尽美的，不足和短板是不可避免的，我们不必回避这些问题和矛盾。例如涉及陆勇是否有罪，司法机关面对舆论监督和滔滔民意，能够认真反思，在法律和人伦、有罪和无罪的拿捏上体现了对事实本质的尊重，从而在法律运用上做出调整，否定了原来的认知，表现出了司法的勇气和温度，这是令人敬佩的。司法机关从以贩卖假药罪起诉陆勇到不予起诉、无罪释放并掷地有声地表示"如果判定陆勇有罪，是违反了司法的价值观"，这个转折是历史性的，是极具力量的。

至于书中提到的医疗领域的问题，本是客观存在的，国家对这些问题十分关注，坚持"生命至上、人民至上"的原则，在改革中守正创新，取得了重要成果和收获，变化和进步也是有目共睹的。

陆勇事件发生后，特别是电影上映后，一些不合理的政策法规得到了纠正，各种仿制药、靶向药大量生产或进口并进入医保。转机出现了，陆勇生病时期所遇到的困境一去不复返，重症病人的救治得到了极大的改善。这种"群体命运"的变化是时代洪流中医疗领域可喜进步的一个缩影，而且相信会继续发生进一步的积极变化。

《我不是药神》是发生在短时间内的一个悲情故事，质朴而深邃，以普通百姓的生活为切口，让"人世间"这个宏大命题变成了一个个鲜活的、有血有肉的平民命运切片。不掩饰人生的疾苦，不掩盖底层民众的苦难，不回避改革开放洪流中出现的痛点，拙作着眼于一个特殊群体的苦难以及命运转折的描述，我想这种创作思路和叙事方式是对的。陆勇的经历和他背后那个群体的命运变化，也许会让读者像观看电影《我不是药神》时那样感慨万分、五味杂陈，同时也会因时代和社会的进步而感到安慰和温暖。

书稿是在 2019 年无比静谧的春节中开始书写的，两个多月后在春暖花开时完成。此后数度易稿，反复修改。这个故事是否能带给读者心灵的触动，是否能够让人对责任、担当、使命及当下生活进行认真的思考，只能交给读者来评说了。

似乎说得有些多了。感谢东方出版社编辑朱兆瑞先生的辛勤付出和认真审读，感谢曾经关注这个书稿的《收获》杂志副主编钟红明老师、江苏凤凰文艺出版社编辑张黎老师。我特别要借此机会，再次感谢陆勇先生毫无保留地向我讲述了他的经历。尽管疫情反反复复，不免让人感到焦虑，但依旧有关于人间大爱和希望的故事发生在我们身边。春天依旧如约而至，鸟语花香，阳光明媚，预示着一切坎坷都会过去，未来是美好的。

在这样一个时刻，本书的主角陆勇依然在为白血病医疗事业忙碌着。就在数天之前，他还在微信朋友圈为北京大学人民医院血液科研发的一种新药代招临床试验患者。像这样的招募他已经发布过多次，至于投资或协助药厂试制治疗白血病的新药，更是他这几年孜孜不倦追求的事业。我真诚地祝福陆勇和这个群体。

如果父亲地下有灵，他一定会感到宽慰。

2022 年 5 月 11 日晚